# 죄인의 고백

한국문화사 세계문학 시리즈

James Hogg
제임스 호그

# 죄인의 고백

## 의롭다 함을 받은 어느 죄인의 비밀 회고와 고백

The Private Memoirs and Confessions of a Justified Sinner

박재영 옮김

한국문화사

# 죄인의 고백

**1판 1쇄 발행** 2025년 12월 5일

**원 제** | The Private Memoirs and Confessions of a Justified Sinner
**지 은 이** | 제임스 호그(James Hogg)
**옮 긴 이** | 박재영
**펴 낸 이** | 김진수
**펴 낸 곳** | 한국문화사
**등 록** | 제1994-9호
**주 소** | 서울시 성동구 아차산로49, 404호(성수동1가, 서울숲코오롱디지털타워3차)
**전 화** | 02-464-7708
**팩 스** | 02-499-0846
**이 메 일** | hkm7708@daum.net
**홈페이지** | http://hph.co.kr

**ISBN** 979-11-6919-371-9 03840

일러두기

· 이 번역서의 기준 판본은 The Project Gutenberg에 게시된 James Hogg의 *The Private Memoirs and Confessions of a Justified Sinner, Written by Himself*이며 옥스퍼드대학 출판사에서 출판한 같은 책을 참고했다.
· 본문의 각주는 옮긴이가 덧붙인 것이다.

# 차례

## 이 책의 주요 등장인물

- 조지 콜완 경: 달캐슬의 영주
- 라비나 (오드) 콜완: 콜완 경의 아내
- 애라벨라 로건: 콜완 경의 정부
- 로버트 링힘: 목사, 예정론자
- 조지 콜완: 콜완 경의 첫째 아들
- 로버트 링힘 콜완: 콜완 경의 둘째 아들이자 링힘 목사의 양자
- 애라벨라 캘버트: 절도범, 목격자

# 1
# 편집자의 진술

전해 내려오는 이야기와 현존하는 몇몇 교구 등록부에 따르자면, 달캐슬(때론 달캐스텔이라고도 한다)의 땅은 약 150년 전, 아니 최소 그 이전 한 세기 동안은 콜완 가문의 소유였다. 이 가문은 고대 콜쿠훈 가문의 한 분파로 추정되며, 확실한 것은 그로부터 코완 가문이 나왔다는 사실이다. 코완 가문은 국경 지역으로 퍼져 나갔다. 나는 조지 콜완이 1687년 같은 이름의 숙부로부터 달캐스텔과 발그레넌의 땅을 물려받았다는 기록을 찾았고, 이게 내가 과거 기록을 통해 이 가문에 대해 알아낼 수 있는 전부였다. 나머지 그 집안에 관한 잡다한 기담은 구전에 의존할 수밖에 없었다. 이차적인 정보원인 구전에 의지하게 된 것에 나는 불만이 없다. 구전은 한없이 많은 정보를 세상에 전해 주었기 때문이다. 다음에 이어지는 끔찍한 사건을 기록하면서, 스코틀랜드의 최소 네 개 카운티 주민들이 대체로 잘 알고 있던 내용만 언급할 것이라 약속한다.

조지 콜완이라는 인물은 부자였거나 부자였을 것으로 추정된다. 그는 나이가 꽤 들어서 글래스고에 사는 베일리 오드의 딸과 결혼했다. 그녀는 유일한 상속녀로 평판이 좋았다. 이 결혼은 당사자가 전혀 동의하지 않은 결합이었다. 이미 오래전부터 스코틀랜드인의 마음과 애정에는 종교 개혁의 원칙이 강하게 자리 잡고 있었으나, 이 정서가 보편적인 것은 아니었고, 누구나 똑같이 그렇게 느끼는 것도 아니었다. 공교롭게도 이 부부 또한 이 사안에 관해 완전히 다른 견해를 가지고 있었다. 내막을 아는 사람이라면 이 영주가 은둔적이어서 개혁파의 엄격한 교리를 고수하고, 젊고 활기찬 도시 소녀는 궁정파가 추종하는 자유 원칙을 따르며 엄격하고 비판적인 당대 사람들에 반발하여 오히려 극단으로 삶을 즐겼으리라 추측했을지도 모른다.

하지만 상황은 정반대였다. 영주는 이웃들이 "경솔하고 부주의한 양반"이라 부르는 사람이었다. 신을 향한 경외심은 별로 없었고 인간을 두려워하지 않았다. 영주는 고의로 사람들에게 잘못을 저지르거나 불쾌감을 주지 않았기 때문에 누군가의 복수심을 달래야 할 필요는 없었다. 그는 하늘의 권능을 믿으며 세상 사람들과 지금까지 친하게 살고 있었다. 허나 그가 그 썩어빠진 안일함이 착각이라는 사실을 곧 깨닫지 못한다면 화 있으리라! 그의 신부는 종교개혁 원칙을 절대

고수하는 엄하고 암담한 광신자였기 때문이다. 그녀가 따르던 것은 위대한 종교 개혁가들의 교리라기보다는 그것을 지나치게 왜곡하고 극단적으로 확대해석한 것이었다. 개혁가들의 교리도 받아들이기 어려운 것이었지만, 그녀의 교리는 그것을 더 씁쓸하고 고약하게 만들어 누구도 감당할 수 없을 정도였다. 그녀는 오직 한 열정적인 예정론자로부터 사상을 흡수했는데, 그의 교리는 너무나 엄격하여 많은 교인에게 걸림돌이 되었고, 반대파들이 그것에 맞서 국가 기관을 운영하는 데에 큰 핑계를 제공했다.

달캐슬에서 열린 결혼 축하연은 그 엄격한 시대의 분위기가 아니라 그 이전 시대의 화려함을 반영했다. 진수성찬과 춤, 피리 연주, 노래가 있었고, 술은 큰 나무잔에 담은 에일과 커다란 황소 뿔에 부은 브랜디가 넉넉하게 건네졌다. 영주는 소박한 기쁨을 마음껏 누렸다. 음악에 맞춰 손가락을 튕기고, 춤을 추고, 곡이 바뀔 때마다 손뼉을 치며 소리를 질렀다. 그는 홀에 있는 외모가 괜찮은 여인들에게 하나도 빠짐없이 깍듯이 인사하고, 그들의 남자들에게도 보복의 의미로 자기 신부에게 똑같이 하라고 주문했다. 그러나 신부는 연회장의 상부에 앉아 조용히 빛나는 아름다움을 간직한 채 어떤 신사와도 춤추는 것을 단호히 거부했다. 그녀가 유일하게 즐기는 듯 보이던 것은, 자신이 좋아하는 목사와 신성한 주제에 관해 간간이 달콤한 대화를 나누는 것뿐이었다. 목사는 그녀가 결혼 후 새집에 잘 정착하는지 보려고 같이 왔었다. 그는 여러 번 그녀를 새 이름인 콜완 부인으로 불렀으나, 그녀는 역겨워하며 고개를 돌렸고, 그 경박한 늙은 죄인이 한껏 좋아서 날뛰는 모습을 연민과 경멸의 눈으로 쳐다보았다. 목사는 그녀가 경건한 마음에 품은 생각을 눈치채고, 그 후로는 그녀를 달캐슬 귀부인이라고 정중하게 칭했다. 이 호칭은 그녀의 이름을 사악한 자와 연결하지 않아서 다소 괜찮게 들렸다. 비록 그녀가 엄숙히 서약했고, 특히 영주 쪽에서는 이 결합이 결코 평범한 게 아니었다고는 하나, 당시 그녀가 속으로는 그를 경멸했고 심지어 혐오했을 거라고 믿을 만한 이유는 충분하다.

선한 목사는 다시 한번 그녀를 축복하고 길을 떠났다. 그녀는 눈물로 그를 떠나보내며 아모리족과 헷족, 기르가스족의 이방 땅에 있는 자신을 자주 방문해 달라고 간청했다. 그는 여러 엄격하고 까다로운 조건을 내걸고는 그렇게 하겠노라고 답했다. 이제 아름다운 신부는 자기 방으로 돌아가 기도했다.

당시에는 신랑과 신부가 휴식을 취하러 물러가면 신랑 친구와 신부 들러리, 그리고 몇몇 가까운 친구들이 신혼집을 방문해 건강과 행복과 많은 자손을 기원하며 함께 잔을 나누는 것이 관례였다. 하지만 영주는 이를 달가워하지 않았다. 그는 보물을 혼자만 차지하고 싶어 했다. 그래서 떠들썩한 파티에서 몰래 빠져나와 사랑하는 이가 있는 방으로 들어가 문을 잠갔다. 영주는 그녀가 복음서에 몰입해 있으며 끔찍하게 진지한 것을 보았다. 그녀를 어루만지려고 다가갔으나, 그녀는 고개를 돌리며 늙은이의 어리석음과 멸망에 이르는 넓은 길에 대해 이야기했다. 영주는 이 비유를 완전히 이해하진 못했지만, 상당히 술에 취해 있었고 모든 것을 좋게 받아들이려는 성향이 있었기에, 신발과 양말을 벗으면서 "길이 넓든 좁든 간에 우리는 침상에 들 때가 되었소."라고 말했다.

"콜완 씨, 당신 인생에서 이렇게 중요한 시기에, 오늘 밤 먼저 당신과 저를 위해 기도하지 않고서 잠자리에 들지는 않으시겠지요."

그녀가 이렇게 말했을 때, 영주는 머리를 거의 땅에 처박고 신발 버클을 풀고 있었는데, 이런 밤에 기도한다는 말을 듣고는 장미꽃처럼 온통 붉고 빨개진 얼굴을 벌떡 들어 올리며 대꾸했다.

"기도라고요, 부인! 주여, 이 정신 나간 머리를 도우소서, 이런 밤에 기도라니요?"

차라리 그가 입을 다물고 있는 편이 나았으리라. 영주에게는 심오한 신학 설교가 쏟아져 내렸고, 그는 새 신부와 자신이 창피하게 여겨져 무슨 말을 해야 할지 몰랐다. 하지만 브랜디가 그를 도왔다.

"부인, 오늘 밤에 종교적 헌신을 논하는 건 좀 부적절한 것 같소." 그가 말했다. "그게 아무리 아름답고 유익하다 하더라도, 우리가 항상 그것에만 매달린다면 그건 끝내 우스꽝스러운 일이 되고 말 거요. 이는 마치 성경과 만담집을 번갈아 읽는 것과 같아서 인간 삶을 멍청하고 혼란스럽게 만들 뿐이니까."

허나 광신자나 위선자에게는 어떤 논리적 주장도 소용이 없는 법이다. 죽을 때까지 논쟁을 계속해도 그들은 끝까지 자기들이 옳다고 믿는다. 영주 부인의 경우도 마찬가지였다. 전혀 연관성이 없는 성경 구절이 이어졌고, 가정 예배의 의무를 증명하기 위해 심오한 링힘 목사의 설교문이 하나씩 인용되었다. 마침내 영주는 인내심의 바닥을 드러내고 침대에 벌렁 드러누우며, "오늘 밤만큼은 그 의무를 당신에게 맡기겠소." 하고 무심히 말했다.

귀부인 달캐슬의 온화한 마음은 남편의 갑작스러운 행동에 다소 혼란스러워졌다. 그녀는 오히려 자신이 난처한 상황에 빠졌다고 느꼈다. 그러나 그녀는 부도덕한 남편에게 자신이 신념을 굳게 지키기로 작정했음을 보여 주기 위해 무릎을 꿇고 간절하게 기도했다. 분명 남편이 깊이 감동할 거라고 생각했다. 그녀가 그렇게 기도하자, 얼마 지나지 않아 영주가 놀라울 정도로 열정적인 반응을 보이기 시작했다. 이에 그녀가 화들짝 놀라며 기도의 흐름이 깨졌다. 사실 영주가 코를 골기 시작했는데 이건 평범한 나팔 소리가 아니었다. 군대 나팔 소리에 버금갈 정도였다. 그녀는 기도를 계속하려 했으나, 침대에서 들려오는 소리가 더 크고 더 길게 팡팡거리며 귀를 때렸고, 조화로운 달콤한 소리가 너무나 한심스러워 온유한 부인의 영혼은 완전히 무너지고 말았다. 그녀는 한바탕 눈물을 흘린 후, 무릎에서 일어나 벽난로 옆으로 물러나 성경을 무릎에 놓고 앉았다. 거기서 그녀는 주정뱅이 나팔수가 올바른 정신을 찾을 때까지 오랫동안 경건하게 명상에 잠길 생각이었다.

영주는 쉽게 깨어나지 않았다. 과로와 술로 인해 지쳐 있었기에 깊이 잠이 들었고, 잠의 신 모르페우스의 장단이 더욱 거세졌다. 그 소릿결에는 다소 변화가 있었으나 대체로 이런 소절로 소리가 났다.

"히크-호크-휘이!"

소리는 이루 말할 수 없이 우스꽝스러웠다. 실망하고 겸손하고 경건한 신부를 제외하고는 누구에게나 재밌는 웃음을 선사했으리라.

선한 여인은 애처롭게 흐느꼈다. 그녀는 도저히 이 괴물을 깨워 자신이 들어갈 자리를 만들어 달라고 부탁할 수 없었다. 그래서 다른 곳으로 물러났다.

다음 날 아침 눈을 떴을 때 영주는 여전히 혼자 누워 있다는 걸 깨달았다. 정말 깊고 진정한 쉼이 있는 잠이었다. 그는 잠을 자면서 부인들이나 아이들, 혹은 연인들을 한 번도 떠올리지 않았다. 단지 꿈속에서 보는 것 외에는. 그는 서서히 정신을 차리기 시작했고, 깊은 수면 덕분에 영혼이 점차 가벼워지고 기분이 상쾌해졌다. 꿈속에서 그는 말로 표현하기 어려울 정도로 날아다녔다. 그는 릴, 지그, 스트래스페이, 코랑트와 같은 춤을 추는 꿈을 꾸었다. 그는 몸이 매우 탄력적이어서 소녀들의 머리 위로 뛰어올라 발이 천장에 닿을 정도였다. 잠시 황홀경을 즐겼다. 이 감정은 너무 강렬해 졸음의 신이 족쇄를 써도 제지할 수 없었다. 코 나팔이 길게 내던 소리가 일순간 멈추고, 대신 다소 열광적인 웃음이 터져 나왔다. "연주를 계속해라, 이놈들아, 연주를 계속해!" 베개에 누운 그대로 자세를 바꾸지 않고 영주는 외쳤다. 그렇게 현악기 연주자들을 붙잡아 두려고 애쓰던 차에 이 행복한 몽상가는 잠에서 깨어났다. 비록 웃음을 멈출 수는 없었지만, 웃음 사이로 차츰 사실들을 하나씩 연결해 가며 비로소 자신이 어떤 곤경에 처했는지 알게 되었다.

"라비나, 어딨소? 어떻게 된 거요?" 영주가 소리쳤다. 하지만 어떤 음성도 들리지 않았다. 대답하거나 반응하는 사람도 없었다. 그는 라비나가 전에 봤던 것처럼 여전히 무릎을 꿇고 있을 거로 생각하며 커튼을 젖혔지만, 그녀는 자고 있든 깨어 있든 거기에는 없었다. "라비나! 콜완 부인!" 목청껏 부르짖은 후, 그는 숨을 몰아쉬며 덧붙여 말했다. "국왕 폐하 만세… 아내가 사라졌다!"

영주는 벌떡 일어나 창문을 열었다. 동편이 밝아 오고 있었다. 봄이 되어 밤은 짧고 아침은 길어졌다. 그는 순식간에 옷을 반쯤 걸치고, 집 안의 온 방을 돌아다니며 창문을 열고, 침대와 구석구석을 샅샅이 살폈다. 그러다가 결혼 피로연이 열렸던 홀에 들어섰다. 여러 개의 창문을 열자, 사랑을 나누던 커플들이 이른 새벽에 놀란 토끼처럼 튀어 나갔다.

"이런! 에잇, 깜짝이야!" 영주가 외쳤다. "에잇, 미친놈처럼 달려라. 마치 못된 짓하다 잡힌 놈처럼 말이다!"

그들 중에도 신부는 없었다. 그래서 더 찾아볼 수밖에 없었다. "그녀는 어느 구석에서 기도하고 있겠지, 불쌍한 여자야." 그는 혼잣말했다. "기도를 하다니, 불행한 일이야. 근데 내가 아주 잘못한 것 같아 찜찜하군. 어떻게든 보상을 해야겠어."

영주는 계속해서 신부를 찾다가 마침내 사랑하는 그녀가 신부 들러리를 섰던 글래스고 사촌과 함께 침대에 누워 있는 것을 발견했다. "이 교활하고 심술궂은 도깨비 같은 것이라고는!" 영주가 말했다. "내가 잠든 틈을 타서 이런 장난을 치다니! 이렇게 영악하면서도 심각한 장난은 본 적이 없다. 이리 오너라, 이 말썽꾸러기야!"

"나리, 저는 나리의 원칙과 나리의 인격을 똑같이 혐오합니다." 그녀가 말했다. "제 인격이 타락한 천사 후손의 지배를 받게 할 수는 없습니다. 절대 안 되죠. 여자들 사이에서 난잡한 춤이나 추고 금지된 놀이를 즐기는 사람 말입니다. 나리, 무례하게 굴지 마시고, 제 앞에서, 제 친척 앞에서 나가 주세요."

"어서 오시오, 사랑스러운 라비나. 아무리 당신이 모든 청교도의 표본이고 성인 중의 성인이라 해도, 이제는 내 아내이거늘 내 말을 들어야 할 것이오."

"나리, 당신의 불경한 뜻을 따르느니 차라리 목숨을 버리겠습니다. 그러니 그만하고 가시지요."

그러나 영주는 이렇게 성마른 말에도 아랑곳하지 않고 신부를 담요로 돌돌 말아 당당하게 침실로 가져갔다. 행여 울부짖는 소리가 날 것을 대비해 그녀의 입 근처에 담요 한두 겹을 접어 두었다.

다음 날 아침, 신부는 오랫동안 모습을 드러내지 않았다. 하녀가 그녀를 뵙고 싶다고 요청했지만, 영주는 자신 외에는 누구도 그녀를 보지 못하게 했다. 그는 신부에게 여러 번 찾아갔고, 나올 때마다 항상 열쇠로 문을 잠갔다. 마침내 아침 식사가 차려졌고, 영주는 식사하면서 두어 번 우스갯소리를 해 보려 했으나, 평소처럼 유쾌하지 않았고, 그의 코끝이 유별나게 붉은 것이 눈에 띄었다.

신혼부부 사이가 좋지 않은 것은 의심할 여지가 없었다. 그날 신부는 그 거처를 떠났다. 길에서 하룻밤을 보낸 후 글래스고에 있는 아버지의 집에 닿았다. 당시 그 지역에는 역마차나 증기선이 존재하지 않았다.

오드 행정관은 외동딸이 아버지를 닮았다는 아내의 주장에 토를 달지 않았으나 딱히 딸을 사랑하거나 존중한 적이 없었기에 이런 행동에 놀라지 않았다. 아버지는 딸에게 가혹한 모욕이나 불쾌한 일이 있었는지 따져 물었다. 허나 딸이 그렇게 심각한 결정을 내릴 만한 정당한 사유는 찾지 못했다. 그리하여 행정관은 심사숙고 끝에 딸에게 다음과 같이 말했다.

"그래, 그래, 라비나! 그러니까 네가 기도하자고 했을 때 달캐슬이 거부했고, 너에게 무례하고 경박하게 굴면서 내 딸을 예우하지 않았다는 말이지. 내 딸을 마땅히 존중해야 했는데 그렇지 않았단 말이구나. 허나 자기 아내가 어떤 대접을 받아야 하는지는 나보다는 그가 더 잘 알 게다. 그래도 감히 내 딸에게 그렇게 굴었다니, 이놈을 당장 응징해야겠다. 그와 가까운 사람에게 그 책임을 지게 할 테다. 그러니까 그놈의 처를 데려다가 빚을 받아 내야겠어… 그놈도 한 번 당해 보라지."

"무슨 말씀이세요, 아버지?" 놀란 신부가 물었다.

"그 사악한 달캐슬이 내 딸에게 한 짓을 복수하겠다는 말이다." 아버지가 말했다. "이리 오시오, 콜완 부인, 당신은 이 일에 대가를 치러야 하오."

행정관 아버지는 이렇게 말하고서 도망쳐 온 딸을 체벌하기 시작했다. 매질은 사실 그리 가혹하지 않았다. 그는 오직 달캐슬 영주에게만 한껏 화를 내는 척하며 과장된 몸짓으로 매질을 했다.

"그놈은 사악한 놈이로구나!" 그는 소리쳤다. "내 자식을 어떻게 대해야 하는지 가르쳐 주겠다. 내 손수 그놈을 잡을 수 없으니 그와 가장 가까운 이에게 벌을 주리라. 자, 콜완 부인, 당신 남편의 무례함에 대한 대가요. 받으시오. 이것도 받으시고!"

불쌍한 여인은 울며불며 간청했지만, 행정관은 가혹함을 조금도 누그러뜨리지 않았다. 그는 씩씩대며 여러 번 채찍을 휘둘렀다. 멀찍이 서서, 살짝 닿게. 그러고는 5층 높이에 있는 방에 그녀를 가두고, 빵과 물을 먹이며 오만한 달캐슬 영주에게 복수했다. 행정관은 딸의 식사를 가지고 계단을 내려오며 이따금 혼자 중얼거렸다. "이 녀석이 영주를 보는 순간이 평생 가장 큰 기쁨에 젖도록 만들어 주마."

달캐슬 부인은 책을 읽고 기도하고 명상할 시간이 충분했다. 그러나 종교적 교리를 논할 사람이 없다는 점이 크게 아쉬웠다. 당시에는 종교적 교리에 대해 논쟁하는 것이 대단한 열풍이었다. 그런 논쟁이 없다면 성경을 읽고 복잡한 교리를 공부하는 것이 아무런 도움이 되지 않는다고 느꼈다. 그리하여 그녀는 종종 창가에 앉아 이교도라

여겨지는 달캐슬 영주가 오는지 살펴보곤 했다.

그렇게 오랜 시간이 지난 후, 마침내 그 영웅이 모습을 드러냈다. 문제를 해결하는 건 어렵지 않았다. 부인은 아버지 집이 피난처가 될 수 없음을 깨달았기 때문이다. 그리하여 몇 번의 한숨과 눈물 끝에 그녀는 남편을 따라 집으로 갔다. 모든 일이 정리된 후에도 상황은 나아지지 않았다. 그녀는 남편이 송곳니를 드러내도 개종시키겠다고 했지만, 영주는 개종하지 않으려 했다. 그녀는 영주가 아침저녁으로 가족 예배를 드리게 만들겠다고 했지만, 영주는 아침이든 저녁이든 기도하지 않겠다고 했다. 그는 찬송가조차 부르지 않았고, 그녀가 예배를 드릴 때도 옆에 무릎 꿇고 있지도 않았다. 또 부인은 언제 어디서나 종교적 신비를 이야기하려 했지만, 영주는 동참하지 않았다. 그녀는 남편의 주장을 정면으로 반박하면서 논쟁으로 끌어들여 영적으로 깨우치려 했으나, 영주는 이에 응하지 않았다.

영주는 오랫동안 화를 참았지만 결국 인내심도 바닥을 드러냈다. 그는 그녀가 영적 각성을 위해 헛되이 시도하는 것을 모두 끊어 버렸고, 철사처럼 길게 늘어진 믿음과 희망, 회개를 조롱했다. 또한 절대 예정론*이라는 위대한 교리를 감히 의심하여 부인의 기독교적 분노에 왕관을 씌웠다. 그녀는 남편이 적그리스도의 심복이라며 거듭난 사람은 결코 그와 함께할 수 없다고 선언했다. 그리하여 그녀는 별도

* 하나님이 창세전에 인간의 운명을, 즉 누가 구원받고 누가 멸망할지를 미리 정해 놓았다는 교리로 칼뱅주의와 연관성이 깊다.

의 거처를 마련해 달라고 요구했고, 결혼 후 6개월이 되기 전에 적절히 타협하여 별거에 들어갔다. 오래된 저택의 위층, 즉 3층은 그녀의 거처로 지정되었다. 그녀는 별도의 출입문과 별도의 계단, 별도의 정원, 그리고 어떤 경우에도 영주와 동선이 겹치지 않는 산책로를 갖게 되었다. 그리하여 그들의 분리가 완성된 듯 보였다. 그들은 각자 취향에 맞는 사람들을 초대해 모임을 가졌고, 영주는 한 번도 부인의 손님들에 대해 신경 쓰지 않았으나, 부인은 얼마 지나지 않아 영주 손님들에 참견하기 시작했다.

"저 통통하고 활기찬 여자는 누구지? 영주를 자주 방문하고, 항상 혼자던데." 어느 날 부인은 하녀 마싸에게 물었다.

"오, 마님, 제가 어떻게 알겠어요? 저희는 여기 손님들과는 멀리 떨어져 있는걸요. 달콤한 복음의 계율에서 멀리 떨어져 있는 것처럼요."

"저 명랑한 여자가 누군지 알아봐, 마싸. 너는 이 불경한 남자의 집을 왕래하고 있으니 어렵지 않게 정보를 캐낼 수 있을 거다. 그녀는 오갈 때마다 항상 우리 창을 힐끔거리던데. 내가 봤지. 그녀가 빈손으로 집을 나설 때는 거의 없는 것 같아."

그날 저녁, 마싸는 그 당당한 방문객이 로건 양이라는 정보를 가져왔다. 로건 양은 오랜 친분이 있는 영주의 친구로, 매우 훌륭하고 존경받을 만한 숙녀이며, 좋은 가문 출신이지만 그녀의 부모는 내전 중에 재산을 잃었다고 했다.

"하! 잘했어!" 부인이 말했다. "아주 잘했다, 마싸! 다음에 그 존경하는 숙녀가 영주를 방문하거든 그녀의 행동이나 태도를 주의 깊게 살펴보아라… 그다음에도 그렇게 하고. 기회가 많을 테니 걱정하지 않아도 되겠어."

마싸의 보고를 받은 후로 달캐슬 저택의 맨 위층에서는 매일 아침 저녁으로 그 가나안 여인*을 저주하는 기도가 이어졌다. 그곳에서는 불만이 부풀어 올라 증오와 눈물에까지 이르렀다. 글래스고로 편지가 한 통, 두 통, 계속 발송되었고, 얼마 후 부인이 크게 위안을 얻을 만한 일이 일어났다. 링힘 목사가 안전하고 경건하게 그녀의 높은 성소에 도착한 것이다.

이 유능한 사람들 간의 대화는 놀라웠다. 링힘은 완전히 서로 다른 여덟 종류의 신앙이 존재한다고 주장했다. 한편 부인은 고립된 상태에서 새로운 다섯 가지를 발견하였고, 그리하여 총 열두 가지† 가 되었다. 그들은 부인이 발견한 다섯 가지 신앙의 존재 여부와 그 진위를 조율하기 위해 장장 열일곱 시간에 걸쳐 대단히 계몽적인 토론을 이어 갔다. 논쟁이 이어지는 동안 두 사람은 자연과 유용성, 그리고 상식에서 멀어질수록 더 뜨겁게 열변을 토했다. 링힘은 마침내 이

---

* 가나안 지역에 살던 이방인으로 불경하고 도덕적으로 타락한 사람을 의미하는 상징적 표현이다.

† 불길한 숫자 13을 대신해 쓰는 표현인 "악마의 12(devil's dozen)"에 근거한다. 이는 "베이커의 12(baker's dozen)"와 비슷한 표현으로, 중세 영국에서는 빵 무게를 속인 빵집 주인에게 벌금을 물리는 법이 있었는데, 그 처벌을 피하기 위해 빵집 주인들은 12개를 주문받으면 하나를 추가로 더 넣어 총 13개를 주곤 했다.

신앙 중 하나와 믿음 사이의 어떤 충돌 지점에 대해 이례적으로 열정적인 태도를 보였다. 부인은 그의 열정이 도를 넘어서고 있음을 걱정하며 돌연 다음과 같이 모호한 질문으로 그의 격렬한 주장에 끼어들었다. "하지만 목사님, 그러면 제가 이 노골적이고 공공연한 부정을 어떻게 응대해야 할까요?"

목사는 말을 하지 못했다. 그는 의자에 몸을 기대고 수염을 쓰다듬으며 헛기침을 했다. 생각에 잠기더니 다시 헛기침을 했다. 그러고는 어투를 바꾸어 부드럽게 입을 열었다. "그야, 그건 부차적으로 고려해야 할 것이에요. 남편과 로건 양 사이에 일어난 일을 말하는 건가요?"

"그렇습니다, 목사님. 제 코앞에서 그런 정분이 벌어지고 있다니, 저는 경악을 금치 못하겠습니다. 이를 묵인하는 것은 절규할 만큼 심각한 악행입니다."

"부인, 악이란 능동적일 수도 있고 수동적일 수도 있습니다. 그들에게는 악이지만, 우리에게는 악이 아닐 수도 있고요. 우리는 사악하고 회개하지 않은 사람의 죄나 이교도 터키인의 죄에 대해 관여할 이유가 없지요. 세속적인 관계와 교제는 개혁 교회의 거룩한 공동체 안에서 흡수되고 소멸되기 때문입니다. 그래도 만약에 부인이 원한다면, 그가 자기 행동을 부끄러워하도록 질책하고 겸손해지게 만들어 보겠습니다. 비록 마음이나 행실이 아무리 불경할지라도, 단지 자존심 때문에라도 그러한 행동을 그만두게 하겠습니다. 악한 자에게는 모든 것이 악하지만, 의로운 자에게는 모든 것이

의롭고 옳은 법이지요."

"아, 참으로 달콤하고 위안이 되는 말씀이군요, 링힘 목사님! 의로운 사람은 잘못을 범할 수 없다고 생각하니 정말 기쁩니다! 우리를 자유롭게 하는 자유를 누가 부러워하지 않겠어요? 제 남편, 그 불쌍하고 불행한 눈먼 사람에게 가서 그가 얼마나 타락하고 죄 많은 상태인지 눈을 뜨게 해 주세요. 목사님만큼 이 일에 적합한 분은 없을 거예요."

"그래, 내가 가서 그를 혼란에 빠뜨리겠소. 죄와 사탄의 견고한 요새를 땅을 기름지게 하려고 납작하게 뿌려 놓은 퇴비처럼 내가 짓눌러 버리겠소."

"주인님, 현관에 어떤 신사가 오셔서 주인님과 개인적으로 말씀을 나누고 싶다고 하십니다."

"바쁘다고 전해라. 오늘 밤에는 누구도 만날 수 없다. 하지만 내일이라면 그분이 원하는 시간에 만날 수 있겠다."

"그분이 곧장 들어오고 계십니다, 주인님… 잠깐만요, 나리, 주인님이 바쁘십니다. 지금 만날 수 없다고 하십니다, 나리."

"비켜라, 이 이교도 놈아! 이건 급박한 일이다. 나는 그를 파멸의 구렁텅이에서 구하러 왔다!"

"그렇다면, 나리, 상황이 다릅니다. 우리가 위험에 빠질 처지라면, 말다툼을 벌이느니 차라리 그냥 가시는 게 낫겠습니다. 나리가 그렇게나 간절히 원하시니… 주인님, 이분이 주인님을 구하러 왔고, 그래서 멈출 수 없다고 하십니다. 여기 오십니다."

영주는 하인 워터스에게 분노를 터뜨리려 했으나, 말문을 떼기도 전에 링힘 목사가 이미 방 안으로 들어왔고, 워터스는 문을 닫고 나가 버렸다.

이보다 더 부적절한 등장은 없으리라. 그건 정말 불가능했을 것이다. 문이 열렸을 때는 영주와 애라벨라 로건이 한자리에 앉아 같이 책을 보고 있었기 때문이다.

"무슨 일이오?" 영주가 매섭게 물었다.

"매우 중요한 전갈이 있어서 왔소." 목사는 벽난로 앞으로 성큼 걸어가 불을 등지고 서서 그 죄인들 쪽으로 얼굴을 돌리며 말했다. "당신은 나를 아실 텐데, 나리?" 그는 얼굴을 반쯤 돌린 채 영주를 불쾌하게 바라보며 말을 이었다.

"그래야겠죠." 영주가 대답했다. "당신은 글래스고에 그 누구냐… 이름이 뭐더라… 나에게 인생 최악의 민폐를 끼쳤던 분이시지. 당신 같은 양반은 언제나 그런 짓을 하려 들지. 나리, 나리는 누군가에게 그런 악행을 상쇄할 만한 좋은 일을 한 적이 있소? 만약 없다면, 당신은…."

"그만둬요! 내 앞에서 그런 불경한 말은 하지 마시오. 그 경우에 내가 누군가에게 해를 끼친다면, 그건 그가 자초한 것이지 내가 악행을 한 게 아니오. 하나님과 이 증인 앞에서 당신에게 묻겠소. 당신은 그날 내가 축원한 언약을 엄숙하고 신성하게 지켰소? 대답하시오!"

"당신이 나와 맺어 준 그 배우자는 서약을 지켰소? 대답해 보시오! 당신보다 더 잘 아는 사람은 없소이다, 이름이… 뭐더라… 당신 말이오."

"그럼, 당신은 당신의 타락을 자백하고 방탕한 삶을 인정하는군. 그리고 여기 이 사람은 당신 죄악의 파트너일 테고. 그러니까 미모로 당신을 탈선시킨 사람이겠지! 둘 다 일어나시오. 내가 당신들을 책망하고, 당신들이 하나님과 사람 앞에 어떤 존재인지 알려 주겠소."

"당신이야말로 거기 가만히 서 있으쇼. 내가 하나님과 사람의 눈에 당신이 어떤 존재인지 알려 주겠소이다. 당신은 주제넘고 오만한 현학자이고, 교회에, 국가에, 가정에, 그리고 지역 사회에 분쟁과 소란을 일으키는 선동자요. 당신은 칼뱅의 교리를 구별할 수 없는 수천 개의 조각으로 쪼개고, 도덕적이든 신성하든 법을 어기는 것에 대해 은혜로 정당화하는 체계를 만드는 자요. 요컨대 당신은 곰팡이올시다. 피를 흘리지 않고는 결코 제거할 수 없는 질병을 일으키는, 개혁 교회 품 안에 있는 자벌레올시다. 자, 이제 평안히 가시오. 가증스러운 일일랑은 그만하시고, 자신을 낮추시오. 그렇지 않으면 더 큰 책망이 당신에게 닥칠 것이외다."

링힘은 꼼짝하지 않고 이 말을 모두 들었다. 그는 때때로 경멸을 담아 입을 비틀며 두 공격자에 대한 복수심을 차곡차곡 쌓았다. 그는 그들보다 우위에 있다고 느꼈으며, 복수와 분노를 그들에게 쏟아부을 작정이었다. 유감스럽게도 나는 현대 예의범절의 족쇄에 매여 이

유명한 질책을 여기에 옮기지 못하겠다. 예부터 스코틀랜드 전역에서 악명 높은 목사들은 이 질책을 부분부분 인용하곤 했다. 나 또한 그걸 기억하고 있는데, 그건 어떤 선동가들에게는 훌륭한 교훈이 될 수 있는 내용이다. 그 비유는 너무 강력하고 소름 끼치는 것이어서 로건 양은 얼마 견디지 못하고 당황스러워하며 자리를 뜰 수밖에 없었다. 영주는 버티고 서 있었으나 수치심과 분노로 얼굴이 울그락불그락했다. 영주는 몇 번이나 이 참견꾼 알랑쇠를 문밖으로 내쫓고 싶었으나 성직자는 절대자의 직속 종이므로 마음에서 우러난 존경심과 예의로 대해야 한다고 생각하며 절제했다.

링힘은 영주에게서 분노의 징후를 보며 그걸 부끄러움과 참회의 표시로 받아들였다. 그래서 비슷한 사건에 다른 성직자가 했던 것보다 더 심하게 몰아붙였다. 모든 말을 마친 후, 링힘은 더 이상의 논쟁을 막기 위해 천천히 위엄 있게, 마치 권위를 과시하듯 옷자락을 뒤로 휘날리며 방을 나갔다. 그는 분명 대단한 승리감에 도취되어 있었다. 위층으로 올라가 철학적 동반자에게 놀라운 성공담을 전했다. 어떻게 그 여자가 혼이 나간 상태로 울며불며 집에서 쫓겨났는지, 어떻게 타락한 영주를 말도 못 하고 얼굴도 들지 못하게 수치심과 회개의 궁지로 몰아넣었는지 얘기했다. 영주 부인은 목사의 우정 어린 열정과 강력한 언변을 칭송하며 진심으로 감사했고, 두 사람은 다시 종교 안에 존재하지도 않은 특이점을 만들며 사소한 것들에 신경을 곤추세웠다.

그들은 모두 하나님의 양자로서 선택된 사람들이었고, 함정에 빠지거나 악한 자의 권세 아래 있지 않았기 때문에, 목사가 방문할 때면 같은 방에서 밤을 보내며 달콤한 영적 대화를 나누는 것이 관례였다. 그러나 그날 밤, 그들은 의롭다 인정받음과 최종 선택받는 것의 차이에 대해 사소한 문제로 크게 의견이 달랐고, 열정이 과한 목사는 자리에서 일어나 이리저리 걸으며 강력히 자기주장을 내세웠다. 마싸는 그 소리에 깜짝 놀라며 그들이 곧 싸울 것이라 생각했다. 마싸는 목사가 여주인에게 위협이 될까 걱정한 나머지 두 번이나 침대에서 나와 옷을 입고는 필요하다면 당장 쳐들어갈 요량으로 문 뒤에서서 귀를 기울였다. 누군가 이 묘사가 지나치게 과장되었다고 생각한다면, 나는 그에게 이것이 꾸밈이 없고 진실임을 분명히 말할 수 있다. 다만 그 신학자가 미쳤다거나 술에 취해 있지 않았다고는 단언하지 않겠다. 이걸 들은 사람의 말에 따르자면, 그 둘 사이에는 또렷한 사랑이나 타협의 원칙은 전혀 찾아볼 수 없었으나, 진정한 그리스도인이 들으면 얼굴을 붉힐 정도로 하찮은 것에 열정을 불태웠는데, 이교도와 불경한 자가 이를 이용해 우리의 종교를 경멸할 수 있을 법한 내용이었다.

부인은 사랑하는 목사가 아래층 죄 많은 이웃을 짓누른 것에 크게 기뻐하며 마싸에게 소리 높여 자랑했다. 허나 기쁨은 오래가지 못했다. 5주가 지나고는 애라벨라 로건이 집사로 들어와 그 집에 상주하게 되었기 때문이다. 그녀는 저택의 안주인 대리로서 그의 식탁에 앉았고, 열쇠를 관리하기 시작했다. 부인은 슬픔과 분노가 그 어느 때보다 컸고, 의심스러운 두 사람을 떼어 놓기 위해 할 수 있는 방법을 모두 동원했다. 어떤 항의도 소용이 없었다. 영주는 그걸 시도하는 이들을 비웃으며 집사를 계속 있게 했다. 부인은 완전히 절망에 빠져 버렸다. 자신은 남편과 어울리지 않을지라도 다른 여자가 그렇게 하는 것은 견딜 수가 없었다.

여하튼 우리의 경건하고 괴로운 여인은 이 비통한 사건에 보상이라도 받으려는 듯 때가 되어 예쁜 아들을 낳았는데, 영주는 이를 제 아들이자 상속인으로 인정했다. 또 자기 이름을 딴 이름으로 세례를 받게 했고 자기 집에서 키웠다. 그는 유모에게 어머니가 아이를 보고 싶어 할 때면 언제든 데려가도 좋다고 허락했지만, 이상하게도 어머니는 아이가 태어난 날부터 한 번도 보고 싶어 하지 않았다. 소년은 건강하고 행복한 아이로 자랐다.

다음 해에 부인은 또 다른 아들을 낳았다. 법의 관점에서 그는 분명히 형제였고, 실제로도 형제일 가능성이 높았으나, 영주는 그렇게 보지 않았다. 영주는 그 아이를 지원하고 부양해야 할 의무가 있다는 걸 인정했지만, 다른 면에서 인정하지 않았다. 그는 아이를 위한 잔치에 참석하지 않았고, 세례 서약도 하지 않았다. 이 불쌍한 아이가 만 1년 동안 눈앞에 보이는 교회에서 이방인으로 살아야 했던 것은 당연지사였다. 마침내 링힘 씨는 불쌍히 여기고 친절을 베풀어 어머니를 아이의 보증인으로 삼고, 로버트 링힘이라는 이름으로 세례를 주었다. 그건 유명한 목사 자신의 이름이었다.

어린 조지는 아버지와 함께 자랐다. 일부는 교구 학교에서, 일부는 집에 고용된 가정교사에게서 가르침을 받았다. 조지는 너그럽고 다정한 소년이었으며, 항상 책임을 다할 준비가 되어 있었다. 누구에게도 불만을 품지 않았다. 한편, 로버트는 링힘 씨 밑에서 자랐는데, 영주는 매년 일정하게 부양비를 지급했다. 목사의 신념이 자의적이고 완강했던 탓에 소년은 일찍이 가혹함과 엄격함에 길들여졌다. 로버트는 매일 두 번, 안식일에는 일곱 번 기도하라고 배웠으나, 오직 택함받은 자들을 위해 기도했고, 고대의 마귀처럼 하나님을 떠나 멸망에 이른 이방인은 망하게 내버려두라는 가르침을 따랐다. 그가 양자로 입양된 가정에서는 소문상의 아버지와 형에 대해 사악한 말만 들었기 때문에 그들을 지독히 혐오했고 매일 저주했다. 그는 종종 "늙은 호색한 죄인이 죄악의 절정에서 끊어져 속히 지옥으로 끌려가고, 그 타락한 나무에서 자란 어린 가지도 더는 세상을 더럽히지 말고 사라지길, 다만 그는 무지했기에 그 죄가 용서되길" 기도했다.

로버트는 이런 신념 아래서 성장했던 것으로 보인다. 그는 총명한 소년이었고, 학습 능력이 뛰어났다. 그러나 열정이 넘쳐 통제할 수 없는 성질이 있었고, 또 태도가 엄격해서 다른 소년들은 그를 피했다. 그는 여러 수업에서 최고의 문법학도이자 최고의 독해자, 작가, 그리고 계산 능력이 뛰어난 학생이었다. 신학에서 논란이 되는 주제에 대해 에세이 쓰는 것을 좋아하여 상을 받았고, 후견인 목사와 어머니로부터 큰 칭찬을 들었다. 형 조지는 지식 습득에 있어서는 로버트보다 훨씬 뒤처졌지만, 체력이나 체형, 생김새, 그리고 고상한 외모와 품행을 구성하는 모든 면에서는 우월했다.

영주는 로건 양에게 두 소년이 어떤 경우에도 마주치거나 대화를 나누게 해서는 안 된다고 강하게 얘기했다. 로건 양은 조지가 마치 자기 아들인 양 깊은 애정을 주었다. 그가 소년일 때는 형제가 서로 마주치지 않도록 철저히 주의했다. 그러나 그들이 성인이 되어 갈수록 그렇게 하는 것이 어려워졌다. 코완 부인은 남편 집에서 글래스고로 옮겨 갔고, 대단히 만족스러워했다. 이 모든 조치는 어린 조지가 그녀와 둘째 아들로부터 오염되는 것을 막기 위한 것이었다. 영주는 그들이 주장하는 원칙의 영향력을 경험했고, 핍박이나 화형, 검보다 그것을 더 두려워했다. 그동안 끔찍한 시기를 거치면서도 영주는 온건함을 유지했으나 그래도 왕권을 지지하는 쪽으로 기울어져 있었다. 그래서 국왕의 종교 개입을 반대하는 성약주의자들*을 탄압하는 데에 동참하지 않으면서도 몰수나 벌금은 피할 수 있었다. 하지만 아내를 통해 그들의 교리와 방식의 한 예를 경험했고, 그 후 그런 가혹하고 당파적인 원칙이 견제나 제재 없이 확산되는 것에 경각심을 가졌다. 그때부터 그는 당시 카발리에당(왕당파)의 모든 활동에 합류하며 그들과 맞서기 시작했다.

* 17세기 스코틀랜드에서 국가 교회로부터의 독립을 주장하며 성경에 기초한 신앙을 고수하려 했던 개신교도를 말한다.

그리하여 영주는 씨필드 백작과 툴리바딘 백작의 영향력에 힘입어 그 유명한 의회 회기에 의원으로 선출되었다. 회기는 에든버러에서 열렸다. 당시 퀸즈베리 공작이 의회 의장으로 있었고, 당파적 열정이 극단으로 치달았던 시기였다. 젊은 영주 조지는 아버지와 함께 의회에 갔고 회기가 계속되는 동안 시내에 머물렀다. 그 기간 두 파벌에 이해관계가 있는 사람들은 모두 시내로 몰려들었다. 그 가운데에 중요한 인물인 링힘 씨도 있었다. 그는 참여할 수 있는 모임이라면 어디든 가서 혁명적 원리의 숯에 불을 붙이려고 애쓰며 많은 시간을 보냈다. 링힘 목사는 꺾이지 않는 뻔뻔함 덕분에 그 당에 속한 몇몇 서부 지방 신사들에게 큰 호응을 얻었다. 어떤 반대에도 그는 잠시 얼굴을 붉히거나 자신이 상정한 사안을 철회하는 법이 없었다. 그래서 아가일 공작과 친구들은 그를 마치 사냥개 다루는 듯 다뤘다. 사냥꾼이 테리어를 이용해 사냥감을 추적하고 크게 짖는 소리에 추적의 방향을 찾는 것처럼 그렇게 그를 활용했다. 이는 그저 단순한 장난으로 반대파를 괴롭히는 수단이 되었다. 링힘은 사람을 성가시게 하는 존재 중 가장 견디기 힘든 자였다. 사제복이 물리적 처벌로부터 보호해 준다는 걸 아는 그는 표독스러움을 숨기지 않았고, 상대방의 불쾌감과 분노에 환호했다. 그럼에도 그는 때때로 장로교 파의 수장들에게 유용했던 탓에 그들의 테이블에 합석할 수 있었고, 당연히 자신이 매우 위대한 사람이라고 믿게 되었다.

링힘 목사는 자신이 후견하는 양자 로버트를 동반했다. 그들이 에든버러에 도착한 지 얼마 되지 않아 로버트는 테니스 경기에서 처음으로 그의 형인 젊은 영주와 마주쳤다. 이 젊은 친구는 기량이 뛰어나고 민첩해 동료들에게 찬사를 받았다. 그는 거의 혼자서 매번 경기를 승리로 이끌었고, 내가 보기에는 상대가 1점을 얻을 때 그는 3점을 가져왔다. 이내 이 영웅의 이름은 회자되기 시작했고, 구경하던 로버트는 그토록 환호받는 사람이 누구인지 알고는 경기 내내 바짝 옆에 서서 틈틈이 조롱하듯 날카로운 논평을 던졌다.

조지는 로버트를 의식하지 않을 수 없었다. 로버트는 무례하게 말을 뱉어 냈고, 또 바짝 가까이에 서서 그가 빠르게 움직이는 것을 여러 번 방해했다. 당연히 조지는 격의 없이 그를 밀쳐 냈다. 가끔은 성마르게 욕설을 내뱉으며 거칠게 충격을 주고 밀쳤지만, 로버트는 멀리 떨어지기는커녕 이 경기의 왕에게 더욱 달라붙었다. 로버트는 경기와 연관된 사람으로서 또 관객으로서 자신의 권리를 수호하기로 작심한 듯 보였다. 만약 누군가가 시비를 걸었다면 그는 자신의 논점을 관철했으리라. 아니면 자기 후견인처럼 반대하는 일 말고는 어떤 일에서도 즐거움을 찾지 못했기에, 어쩌면 질투와 혐오의 불꽃을 튀며 싸움을 걸어 활기찬 군중의 관심을 끌려고 했을지도 모른다.

조지는 로버트를 무례한 신학생으로 여겼다. 단지 장난으로 그러는 거라고 생각했다. 조지는 이 검은 옷을 입은 경건한 얼굴의 청년이 몇 번이나 자기 앞을 가로막는 것을 의식했으나, 그저 불쾌하게 느낄 뿐 그 이상으로는 신경 쓰지 않았다. 그러나 다음 날도, 그다음 날도 변함없이, 이 악마 같은 청년은 그림자처럼 조지를 따라다녔고, 항상 앞길을 가로막으려는 듯 행동했다. 이따금 조지는 깊고 악의의 찬 로버트의 눈빛과 마주쳤는데, 그 눈빛이 너무나 악랄하여 흠칫 놀라곤 했다.

조지가 다음 테니스 경기에 임했을 때, 공을 두 번도 치지 않았는데, 또다시 로버트가 끼어들었다. 그 팀은 이름하여 블랙 불 선술집에서의 저녁과 와인이라는 상당한 내기를 걸고 경기 중이었다. 조지는 팀의 영웅이자 주장으로서 그 영광을 얻는 데 깊이 관여하고 있었기 때문에, 이 변덕스럽고 섬뜩해 보이는 학생의 모습이 전혀 달갑지 않았다. 조지는 "이봐요. 공이 닿지 않는 곳으로 가는 게 좋겠소."라고 말했다.

"무슨 법이나 규정으로 나한테 이래라저래라하는 거요?" 상대가 입술을 깨물며 경멸스럽게 말했다.

"법이나 규정이 없다면, 저 친구들이 강제로 그렇게 할 거요." 조지가 대꾸했다. "그러니 친구, 조심하는 게 좋아."

그렇게 말하는 조지의 잘생긴 얼굴은 분노가 스치며 붉게 달아올랐다. 반짝이는 파란 눈에서 강렬한 빛이 번뜩였으나, 그 감정은 익숙하지 않았기에 금세 사라졌다. 검은 옷의 로버트는 모자를 앞으로 눌러쓰고, 검고 깊은 눈 위 눈썹을 짙게 찌푸렸다. 그러고는 검은 벨벳 바지 주머니에 손을 찔러 넣은 채, 형 조지의 오른편, 반원 모양의 경기장 안으로 전에 했던 것보다 더 깊숙이 발을 내디뎠다. 거기서 그는 죽음처럼 비장한 얼굴로 두 다리를 꼿꼿이 세우고 자기 자리를 지키려는 듯했다. 그는 눈으로 공을 따라가는 척했으나 매 순간 조지를 흘끗거리고 있었다. 그러던 중 한 선수가 흥분한 나머지 경박하게 "젠장, 조지, 기똥찬 공격인데!" 하고 소리쳤다. 그 불청객은 그 말을 받아서, 그렇게 말한 선수의 어투를 잡아 흉내 내며 조지가 공격할 때마다 되풀이해 말했다. 그가 꽤나 우스꽝스럽게 흉내 냈던 탓에 몇몇 구경꾼은 참지 못하고 웃음을 터트렸다. 또 로버트는 성경 용어를 슬쩍 끼워 넣어 선수들과 경기를 우습게 만들었다. 이에 선수들은 상당히 불쾌해했다.

결국 사태는 장난을 넘어설 정도로 심각해졌다. 조지는 공이 떨어질 지점을 잡으려고 뒤로 물러서다가 이 무례한 방해꾼과 거칠게 부딪혔고, 그를 넘어뜨렸을 뿐만 아니라 그의 다리 위로 비참하게 쓰러졌다. 조지가 일어나자 상대는 그를 발로 걷어찼는데, 만약 그게 제대로 맞았다면 달캐슬과 발그레넌의 젊은 영주는 생명이 끝났을 것이다. 조지는 극도로 화가 났고, 특히 그를 조준한 치명적인 발길질에 격분하여 라켓으로 가해자를 가볍게 쳤는데, 그의 입과 코에서 피가 쏟아져 나왔다. 동시에 조지는 동료들에게 물었다. "이 악마 같은 새끼가 누군지 아는 사람?"

"당신의 친동생이오." 한 구경꾼이 말했다. "로버트 링힘 콜완 씨!"

"아니, 콜완이 아니오." 로버트가 주머니에 손을 넣고 앞으로 나아가며 말했다. "콜완이 아니야. 이제부터 난 그 이름을 거절하겠소."

"그래, 절대 아니지." 조지가 따라 말했다. "너는 어머니의 아들은 될지 몰라도 콜완은 아니야! 그건 맞아." 그러고는 정보를 제공했던 사람에게 돌아서서 말했다. "맙소사! 이 사람이 글래스고에서 온 그 미친 목사의 자식인가?"

이 질문은 순간적으로 짜증이 나서 나온 거였지만, 너무 무례하고 적절치 않았기 때문에 아무도 대답하지 않았다. 조지는 그 비난을 깊이 느꼈고, 잘못을 인정하거나 보상할 기회를 초조하게 엿보는 듯했다.

한편 링힘 2세, 로버트는 극도의 혐오감을 불러일으키는 대상이 되었다. 입과 코에서 흘러나오는 피를 막지도, 닦으려고도 하지 않아서 뺨과 가슴, 심지어 발가락까지 피가 흘러내렸다. 그는 그 상태로 선수들 사이에 끼어들었고, 가만히 있지 않고 공을 치려는 사람들을 방해하며 이리저리 날뛰었다. 선수들은 욕설을 퍼부었지만 아무 소용이 없었다. 로버트는 장난처럼 오래된 저주를 계속하며 철저하게 경기를 훼방했다. 선수들은 애를 써 보았으나 결국 경기를 중지하고 단념해야만 했다. 로버트는 이런 식으로 박해와 구타를 유도하는 듯했다. 그는 온통 피가 범벅인, 비참해 보이는 사람이었고, 그저 발길질당하고 싶어 하는 듯했으나, 누구도 그렇게 할 엄두를 내지 못했다. 조지는 그에게 분노든 비난이든, 더는 어떤 말도 하지 않았다.

경기는 완전히 중단되었다. 사람들은 돌 분수대에서 손을 씻었다. 그때 몇몇은 로버트 링힘에게도 씻으라고 했지만, 그는 그들을 조롱하며 지금 상태가 훨씬 낫다고 말했다. 얼마 후 조지는 겸연쩍어하며 그에게 다가가 말했다. "로버트, 내가 큰 잘못을 했어. 내가 한 일을 무척 후회하고 있어. 하지만 처음에는 네가 내 동생인 줄 모르고 실수한 거야. 두 번째는 내가 창피해서 순간 짜증을 냈던 거고. 그러니 나를 용서해 주렴. 우리 악수하자."

이렇게 말하면서 조지는 지저분한 동생을 향해 손을 내밀었다. 그러나 이 심술궂은 운명 예정론자는 바지 주머니에서 손을 꺼내지 않았고 대신 발을 들어 올려 형의 손을 걷어찼다. "그런 손에 이 손보다 더 어울리는 걸 주지." 로버트는 비웃으며 말했다. 그러고는 가볍게 몸을 돌리면서 덧붙였다. "이제 더는 멋들어진 공격을 안 하는 건가, 신사 여러분? 이렇게 유익하고 교육적인 경기를 포기하다니, 안됐군!"

"정말 너무하는군." 조지가 말했다. "하지만 일이 이렇게 되었으니 내가 후회할 일은 줄었네." 그는 무심히 이렇게 말하고는 더는 이 무례한 시비꾼에게 관심을 두지 않았다. 그러나 로버트의 괴롭힘은 경기장에서 끝나지 않았다. 그는 피투성이가 된 역겨운 몰골로 그들과 열을 같이하며 조지 옆에 붙어 블랙 불까지 행진했다. 그곳으로 가는 동안 여러 남자와 한가한 사람이 그들을 둘러싸고 야유를 퍼부으며 심히 불쾌하게 했다. 마침내 선술집에 들어섰을 때 그들은 안도했으나 이 이해할 수 없는 괴물은 그들을 따라 들어와 저녁 식탁에 같이 앉으려고 했다. 그는 거짓말을 하고 뇌물을 제안하며 여러 번 들어오려고 시도했다. 그러나 선술집 주인과 동료들은 눈치를 채고 힘으로 그를 저지했다. 이길 수 없음을 깨달은 로버트는 문 앞 사람들을 흥분시켜 폭력을 행사하기에 이르렀고, 하마터면 성공할 뻔했다. 집주인은 다른 방법을 찾지 못하고 결국 은밀히 두 경관을 불러 그를 위병소로 데려가게 했다. 불길하게 경기가 끝난 탓에 그날 저녁 젊은이 무리는 그리 유쾌하게 즐기지 못했다.

로버트 링험 목사에게 사랑하는 양아들을 구해 달라는 전갈이 보내졌다. 전령은 애넌데일 후작을 좌장으로 여러 휘그당 지도자가 앉아 있는 테이블에서 목사를 발견했다. 죄수의 전갈이 전해졌고, 링험이 그걸 소리 내어 읽으며 군데군데 설명을 덧붙였다. 사건의 정황이 이렇게 확대되고 왜곡되면서 모여 있던 당원들 사이에서는 가해자들과 그 행위에 대한 강한 혐오감이 일었다. 그들은 그 행위를 아버지의 집에서 쫓겨난 불행한 형제의 인격과 심지어 생명에 대한 부적절한 도전이라고 비난했다. 당시에는 당의 뜻이 곧 법도였기 때문에 이 사건의 책임을 당파심의 탓으로 돌리려는 시도가 있었다. 한마디로 말해, 그 젊은 죄수는 이 땅에서 가장 훌륭한 혈족의 보증으로 풀려났다. 하지만 링험은 양아들이 겪은 고난을 듣게 되었고, 그를 핏자국으로 지저분한 상태 그대로 영예로운 후견인들에게 데려갔다. 이로 인해 젊은 영주 조지와 친구들을 향한 분노가 천배나 높아졌고, 실제로 당원들은 일순간 광기에 휩싸였다. 아마도 그들은 와인과 증류주에 약간 취해 있었을 것이다. 그렇지 않았다면 테니스장에서 일어난 두 청년의 우연한 다툼에 그렇게까지 극단으로 치닫지는 않았으리라. 여하튼 분명한 것은, 처음에 한 사람이 도덕적, 정치적 관점에서 그 범죄의 잔학성을 역설하기 위해 일어난 것을 필두로 돌연 여섯 사람이 동시에 일어나 그것에 대해 장황하게 논하기 시작했고, 얼마 지나지 않아 방에 있던 모든 사람이 한껏 목청을 높이며 모두 같은 주제에 대해 같은 편에 서서 논쟁했다는 것이다.

이런 아수라장 속에 캐넌게이트 뒤편에 있는 저택에서 누군가가 외쳤다. "음모다, 음모! 반역이다, 반역이야! 블랙 불에 있는 피비린내 나는 선동자들을 타도하라!"

당시 에든버러에는 엄청나게 많은 사람이 모여 있었다. 그들은 모두 정치적 동기에 따라 움직였기 때문에 산불을 일으킬 수 있는 불씨 정도면 충분했다. 저녁 날씨가 좋고 거리가 사람들로 붐비면서 함성은 입에서 입으로 도시 전체로 퍼져 나갔다. 게다가 최근 블랙 불의 문 앞에 모였던 군중은 일부 흩어져 있었는데, 그들은 젊고 한가한 부랑자들로 단지 더 신나는 오락거리를 찾아 거리 이곳저곳을 얼쩡거리고 있었다. 따라서 말 한마디면 그들이 탐탁지 않은 무언가를 목격했던 이전의 집결지로 다시 모여들 판이었다.

선술집 주인은 사람들이 소란스럽게 다시 모여드는 걸 보고 놀랐다. 그러나 손님들이 모두 고위층 인사였기 때문에 그는 보호받거나 적어도 배상받을 수 있으리라 믿었다. 당시 선술집에는 두 무리의 사람들이 있었는데, 그중 큰 무리는 휘그당 혁명가들*이었고, 다른

* 제임스 2세 국왕의 즉위를 반대했던 세력인 휘그당을 말한다. 제임스 2세는 절대 왕권을

하나는 젊은 테니스 선수들과 동료들이었다. 테니스 선수들과 동료들은 모두 자코바이트* 소속이든지, 아니면 적어도 스코틀랜드 성공회† 편에 가까웠다. 큰 무리는 앞쪽 방에 있었는데, 군중은 다소 불안하고 조심스럽게 그들의 창문을 먼저 공격했다. 한 유리창에서 쨍그랑 소리가 났고, 환호성이 크게 울리더니, 뒤이어 여럿이 웅성거리는 소리가 났는데, 그것은 창문을 부수는 것으로 분노를 터트리지 말고 안에 있는 사람들에게 그걸 돌리라고 독려하는 거였다. 휘그당원들은 집주인을 불러 왜 이리 소란스러운지 물었다. 주인은 기사당이나 고교회파‡ 청년들이 휘그당원에 대항하여 군중을 선동하는 것 같다고 교묘하게 대답했다. 휘그당원은 대체로 젊은 신사로 구성되어 있었고, 그 무렵에는 어떤 싸움에도 대항할 준비가 되어 있었다. 그들은 어떤 경우에도 자기들을 대적하는 무리로부터 수난당하지 않으려 했다.

---

주장했고, 열렬한 로마 가톨릭 신자로서 개신교도를 박해했다. 휘그당은 절대 왕정을 반대하고 의회의 권한을 강화하려고 했다.

* 자코바이트파는 제임스 2세(스튜어트 가문)와 그 후손을 합법적인 통치자로 지지하는 세력으로 제임스 2세 후손의 왕위 회복을 꾀했다. 즉, 혁명당(휘그당)은 의회 중심의 권력을 강화하고 왕의 권한을 제한하려 했으나, 자코바이트파는 스튜어트 왕조의 복권과 절대 군주제를 지지했다.

† 스코틀랜드 교회는 종교개혁자 장 칼뱅의 영향을 받아 1560년에 로마 가톨릭에서 분리되었고, 장로교 신념과 개혁 신학을 받아들여 1582년에 스코틀랜드 성공회로 독립했다. 하지만 스코틀랜드 성공회는 장로들이 주축을 이루는 장로교 체제를 선호하지 않았고, 주교 중심 체제인 감독 교회 구조를 따랐다.

‡ 기사당은 1642년 잉글랜드 내전 당시 찰스 1세(재위 1625-1649)를 지지했던 세력이고, 고교회파는 16세기 종교 개혁 이후 스코틀랜드 성공회의 강력한 권위와 전통을 수호하며 절대 왕권을 지지했던 세력이다. 찰스 1세는 강력한 왕권을 주장하며, 고교회파를 지지하고 개신교(청교도)를 박해했다.

그리하여 주인이 도발적인 정보를 제공하자마자 그들은 반사적으로 욕설을 내뱉었고 무기가 될 만한 걸 집어 들었다. 무장하고 있던 고위층 인사 몇몇은 담대하게 검을 빼 들었다. 아랫사람들은 곧바로 달려가 방이나 부엌, 싱크대에서 무기가 될 만한 것, 부집게나 부지깽이, 쇠꼬챙이, 받침대, 삽 등을 손에 들었다. 우리의 영웅들은 적그리스도의 자식이자 저주받은 자의 후계자, 즉 국가의 자유를 팔아먹고 가장 신성한 신앙을 배신한 고교회파 성직자들을 향한 원한을 내뿜으며, 정의와 권리, 자유를 대의 삼아 용기를 냈다. 그들은 무장한 채 거리로 뛰쳐나가 순식간에 폭도들을 박살 내고, 바람 앞의 겨와 같이 수천 명을 흩트리기 위해 강력하게 공격했다. 정작 폭도들이 분노한 대상은 자코바이트파였으나, 그들은 앞방에서 멀리 떨어진 방에 앉아 있었던 까닭에 그들의 귀에 휘그당의 돌격 소리가 닿기 전까지는 휘그당이 일으킨 두 번째 소동에 대해 전연 알지 못했다. 그러다가 그들은 군중이 반대파의 젊은 신사를 괴롭힌 자신들 때문에 그 집을 공격했다는 사실을 전해 들었고, 자신들을 방어하기 위해 또 다른 활기찬 무리가 밖으로 나가서 불합리한 전투에 임하고 있다는 소식을 듣게 되었다. 이 혈기 왕성한 청년들은 그 수비대가 누구인지 따져 보지도 않고 그들을 돕기 위해 용감무쌍하게 전장으로 달려 나갔다.

폭도는 마치 동쪽 폭풍 속의 밀물과 같아서 물러나는 것처럼 보이다가 더 큰 격렬함으로 다시 돌아왔다. 매우 강한, 무장한 무리가 집에서 나와 크게 분노하며 길을 막는 모든 것을 쓰러뜨렸을 때, 사람들은 놀라움을 금치 못했다. 문에 가까이 있던 이들, 즉 절박한 위험에 처음으로 직면한 이들은 힘에 부쳐 군중 속으로 밀려났다. 블랙 불은 하이 거리와 카우게이트 사이의 작은 광장에 자리 잡고 있었고, 입구는 두 골목으로 연결되어 있었는데, 군중이 일제히 떠밀리면서 수천 명이 왜 그런지도 모른 채 도망치기 시작했다.

허나 그들이 이내 다다른 에든버러의 하이 거리는 폭도들을 공개적으로 공격하기에 위험한 장소였다. 선술집 입구는 거리 남쪽의 크로스 근처 어딘가에 있었던 것으로 보인다. 군중은 동쪽과 서쪽으로 재빠르게 도망쳤고, 승리한 이들은 자연스럽게 나뉘어져 격렬하게 뒤쫓으며 다치고 상처를 입었다. 하지만 묘하게도 양 진영이 100미터도 채 쫓아가기 전에 도망가던 적의 편대가 사라져 버렸다! 수천 명이 유령처럼 사라졌다! 우리의 영웅들이 무엇을 할 수 있겠는가? 음, 그들의 성채, 블랙 불로 돌아갈 수밖에. 그러나 그 일은 그들이 예상한 것처럼 그렇게 쉽게, 무난하게 끝나지 않았다. 길 양쪽에 있는 수많은 골목이 몇 초 만에 군중을 삼켜 버렸던 까닭에 그들은 그 골목들을 둘러보느라 바빴다. 그러는 사이에 군중이 폭도의 공격수가 부족함을 감지하고 양쪽에서 달려든 것은 불과 몇 분 전에 그들이 사라진 것만큼이나 빠르고 경이로웠다. 골목마다 빨아들였던 사람들을 토해 냈는데, 이들은 조금 전 후퇴했을 때보다 더 많은 전투 무기를 들고 있었다. 승리를 거둔 우리 휘그당원의 두 종대에게는 화 있을진저! 폭도들은 실제로 그들을 삼켜 버릴 것처럼 주위를 에워쌌고, 동시에 살벌한 무기로 공격 소나기를 퍼부었다. 신사들이 전에 짜증이 났었다면 지금은 더욱 분노했으나, 위험이 너무 임박하여 더는 묵과할 수 없었다. 양측은 마치 같은 기운에 사로잡힌 듯 필사적으로 달려들었고, 더 많은 이가 싸움에 참여했다. 일부는 쓰러졌고, 다른 이들은 동료들에게서 떨어져 나가 기꺼이 침묵하는 군중의 일원이 되었다.

전투는 이제 블랙 불로 이어지는 골목들 바로 앞에서 격렬해졌다. 작은 무리의 휘그당 신사들은 패배 직전에 있었다. 바로 그 순간 젊은 기사당원들이 합류하지 않았다면 아마도 모두 짓밟혀 쓰러졌을 것이다. 새롭게 무장한 기사당원들은 골목에서 빠져나와 통로의 입구를 확보하고 용감하게 싸워 나갔다. 그들은 분노한 휘그당의 사기를 북돋웠다. 사실 군중 속에서 가장 큰 혼란을 일으킨 건 바로 그 휘그당 신사들이었다.

이제 도시 수비대는 경계 태세에 들어갔다. 더글러스 대위는 캐머런 연대의 두 중대를 이끌고 성에서 전투 현장으로 달려왔다. 병사들이 거리를 소란스럽게 했음에도 불구하고 싸움은 막상막하로 치달았고, 양쪽 사람들은 서로 붙잡고 치고받던 중에 붙잡혀 갔다. 수비대와 병사들이 그들의 목을 움켜잡아도 떼어 놓을 수 없을 정도였다.

그날 밤 에든버러는 엄청난 경계와 혼란에 빠졌다. 사람들은 이걸 당파 싸움이라고 결론 내렸다. 두 정당의 힘이 동등했기 때문에 매우 심각한 결과가 있으리라 예상했다. 이곳저곳이 소란스럽게 들썩이자, 크고 작은 마을 모임은 전부 해체되었다. 총독은 늦은 시각이지만 이 사건이 어떻게 발단되었는지 알아보기 위해 에든버러와 린리스고우의 집행관들 그리고 여러 귀족과 함께 직접 의회 회관에 나타났다.

법정은 한동안 커다란 혼란에 빠졌다. 연행된 신사들은 하나같이 상대파가 자기들을 습격했다며 신랄한 말로 비난을 퍼부었다. 상황은 매우 나빠 보였지만, 결국 법정은 양 당의 신사들을 번갈아 가며 심문하고 있다는 사실을 깨닫기 시작했다. 실제로 체포된 이들은 양 당에서 거의 균등하게 잡혀 왔던 것이다. 결국 밝혀진 것은, 체포된 신사 중 3분의 2가 열렬한 휘그당 지지자였음에도 불구하고, 그들 모두가 에든버러의 휘그당 전체를 공격하는 데 가담했다는 사실이었다. 조사는 그 자체로 웃지 않을 수 없는 결론을 드러냈다. 당시 두 정당을 화해시키려 했던 퀸즈베리 공작은 이 난동을 불운한 장난으로 돌리려고 했다. 어느 쪽도 악의는 없었으나 많은 결과를 초래한 해프닝으로 치부하려 했던 것이다.

사람들은 대체로 만족하며 집으로 돌아갔지만, 로버트 링힘 목사는 그렇지 않았다. 그는 젊은 기사당원들, 특히 달캐슬의 젊은 영주에 대해 판사들과 대중을 선동하기 위해 온갖 노력을 퍼부었다. 링힘 목사는 조지를 불순한 부모가 사주한 선동자로 묘사했다. 조지가 자기 어머니를 비방하고 하나뿐인 불행한 동생을 해치려 한다고 주장했다. 사실, 인간의 공적을 모두 비난하던 이 설교자는 힘 있고 수수하며 신랄한 웅변으로 청중을 움직이는 경우가 많았다. 그 결과 당시 두 형제 사이의 불행한 사건은 매우 부정적으로 비추어졌고, 사람들은 달캐슬 영주와 아들 조지에 대해 나쁜 인상을 받은 채로 집으로 돌아갔다. 그들은 그 자리에 없었기에 변호할 기회조차 없었다.

로버트 링힘 목사는 젊은 영주 조지가 고의로 공격을 가한 가해자라고 믿게 되었다. 그리하여 분노와 악의로 가득 찬 채 숙소로 돌아갔다. 그러나 그가 가장 분개한 대상은 항상 혐오하던 조지의 아버지였다. 목사는 이 무례한 공격이 소중한 피후견인이자 이름을 공유한 양자에게 가해진 것에 대해 그 아버지를 전적으로 비난했다. 또한, 아버지 영주가 로버트를 링힘의 아들이라고 부름으로써 자신에게 죄를 덮어씌운 것에 대해서도 분노했다. 이는 링힘 자신이 교회를 빙자하여 온갖 비난의 화살을 퍼부었던 죄목과도 연관된 것이었기에 그는 더욱 분개했다.

링힘 목사는 마음이 어느 정도 이런 악한 감정으로 채워져 있었으나 그럼에도 주님을 향한 경외심을 항상 목전에 두어 외적인 종교 의무는 소홀히 하지 않았다. 허나 더 깊은 속내를 누가 알 수 있을까. 그건 인간의 능력 밖이다. 그는 밀러 씨 가족과 함께 머물렀는데, 밀러 부인은 글래스고 출신이었다. 밀러 씨는 당연히 링힘 씨를 깊이 존경했고 그가 하는 말을 경청했다. 링힘은 그 집에서 매일 공적 예배를 드렸다. 그날 밤 그는 은혜의 보좌 앞에서 간구하면서 한 특정한 죄인의 머리에 수많은 호리병의 진노가 쏟아지길 기도했다. 그 기도를 듣던 이들은 두려움에 떨며 귀를 막았다. 파문에 이르는 강력한 처벌을 내리기 위해서는 정당한 성경적 근거가 필요했기에 링힘 목사는 다음 구절을 찬송하며 저녁 예배를 시작했다. 이 구절은 그리스도교의 온화하고 자비로운 원칙에 어긋나는 것으로 성가에 포함된 것이 유감스러울 정도이다.

그 악한 자를 그의 위에 세우시고
　그의 오른손 위에
그의 가장 큰 원수
　사탄까지도 서게 하소서.
당신께서 심판하실 때에
　그를 기억하시고,
그가 당신께 부르짖을 때에
　그의 기도가 죄로 변하게 하소서.
그의 날들이 적게 하시고, 그의 자리는
　다른 이에게 주시며,
그의 자녀는 아버지를 잃게 하시고
　아내는 과부가 되게 하소서.
하나님께서 그의 아버지의 사악함을
　그대로 기억하게 하시고,

그의 어머니의 죄악이
　절대 지워지지 않게 하소서.
그가 저주 속에서 쾌락을 취하는 것처럼
　추락하게 하시고,
축복하기를 기뻐하지 않으니
　절대 그를 축복하지 마소서.
그가 저주를 옷 입듯이 입었으니
　저주가 물 흐르듯 그의 창자 속으로
기름처럼 그의 뼛속으로
　스며들게 하소서.

젊은 로버트만이 이 영적인 노래의 진정한 의미를 알았다. 그는 아버지와 형이 버림받은 자이자 배척당한 자이며, 교회와 참 신앙에서 떠난 이방인이고, 시간과 영원 속에 저주받은 자라는 사실에 그 어느 때보다도 흡족해하며 잠자리에 들었다.

다음 날 조지는 평소처럼 친구들을 만났다. 그들 누구도 심각한 부상을 입지 않았었다. 그들이 시내를 거닐자 따가운 눈초리와 경멸의 손가락이 그들을 향했다. 처음에는 아무도 그 이유를 몰랐다. 그로 인해 그들은 기분과 즐거움에 찬물을 맞았고, 그것을 극복할 수 없었다. 그들은 전에 테니스를 치던 곳으로 시합이 아니라 연습 삼아

오전 경기를 하러 갔다. 그들이 미처 자리를 잡기 전에 로버트 링힘이 모습을 드러냈다. 로버트는 어느 때보다 진지하고 단호한 표정이었다. 예전처럼 형의 오른편에 서서, 입이 거의 안 보일 정도로 입술을 꽉 다물고, 거룩한 분노의 빛을 번득이는 검고 깊은 눈으로 불경한 무리를 보았다. 그의 존재는 사교적 교류나 즐거움 속에 핀 곰팡이 같았다. 경기는 시작도 하기 전에 엉망이 되어 끝이 났다. 그들은 멀리서 서로 귓속말을 나누었는데, 이 집요한 훼방꾼의 파괴적 영향에서 벗어나기 위해 여러 지인의 집으로 흩어졌다가 링크스에서 다시 만나 크리켓 경기를 하기로 약속했다.

그들은 그렇게 했다. 옷을 일부 벗어 던진 후 격렬하고 활기찬 크리켓 경기를 시작했다. 그러나 5분도 채 되지 않아 로버트가 그들 가운데를 활보하며 경기를 방해하기 시작했다. 사방에서 고성이 터져 나왔다. "에이, 이대로는 안 돼. 경기장에서 쫓아내 버려! 저 악당을 때려눕히든지 묶어서 그냥 가만히 자빠져 있게 해야 해."

그러자 조지가 소리쳤다. "아니야, 절대 그렇게 하지 마. 그는 분명 그걸 원하고 있어. 손끝 발끝 하나라도 그를 건드리면 안 돼." 그러고는 친구들에게 돌아서서 소곤거리듯 말했다. "고든, 네가 말해 봐. 네가 부탁하면 우리가 운동장을 사용하게 내버려둘지도 몰라."

고든은 로버트에게 다가가 "좀 떨어져 있어 주세요. 다칠 수도 있고, 또 다치게 되면 어떻게 다치든 누구도 책임지지 않을 테니까요." 하고 정중하면서도 간절하게 요청했다.

로버트는 무례하게 뒤돌아서서 설교단에서나 들을 법한 헛기침 소리를 냈다. 그러고는 "내 일은 내가 알아서 하겠소. 나를 해치려거든 해 보쇼. 내가 그 대가를 치르게 할 테니까." 하고 덧붙였다.

젊은 신사들은 그 고집불통을 향해 경멸과 짜증을 드러내며 비웃었다. 고든은 그를 따라가 타이르려고 했지만, 그는 "지금 이 시간에 여기 있는 건 내 맘이요. 당신 일행이 다른 사람들보다 그리고 나보다 우선하여 이 대지에 어떤 특권을 가지고 있다면 증명해 보시오. 그럴 수 없다면 나는 이 공터 어디든지 내가 원하는 자리에 계속 있을 거요. 그렇게 시민으로서의 내 권리를 주장할 작정이요."라고 고든에게 알렸다.

"당신은 신사가 아니군." 고든이 말했다.

"그럼 당신은 신산가?" 상대가 되물었다.

"신사지. 신께 맹세컨대, 내가 신사라는 걸 보여 주지!"

"그렇다면 당신은, 당신이 모독한 그분께 감사드려야겠군. 난 신사가 아니니까. 당신 일행 중에 신사가 있다면, 맹세코 난 신사가 아니고 싶거든!"

이제 모두에게 명료해졌다. 그는 어떻게든 그들을 자극해서 욕설과 폭력을 유발하고 있었다. 그들은 그가 이런 특이한 호의를 쫓는 것에 사악하고 음험한 음모를 품고 있음을 감지했다. 정말 그를 응징하고 싶었고, 그는 응징당해도 싸지만, 그들은 지혜롭게 절제했다.

동료들 사이에서 젊은 조지 콜완이 환영받지 못하는 것은 더 이상 비밀이 아니었다. 사람들이 모인 곳이면 그게 분명히 드러났다. 지인들은 조지와 함께 있으면 모욕당할 수 있어서 그를 멀리했다. 절친인 애덤 고든은 이에 조지가 놀라지 않도록 경고하지 않을 수 없었다. 조지는 고마워했고, 그들은 에든버러에 머무는 동안 낮에는 은신해 있다가 밤이 되면 못 만났던 친구들과 함께 만나자고 의견을 모았다.

조지는 은둔 생활을 고수해야 할 필요성을 날마다 절실히 느꼈다. 그를 뒤쫓는 것은 소년들과 사람들의 야유만이 아니었다. 더 악랄한 면모를 지닌 악마가 동생의 형상을 입고 항상 그의 팔꿈치에 있었다. 그가 어떤 오락 장소에 가든지, 그리고 그곳에 가려는 계획을 아무리 치밀하게 숨겨도, 동생 또한 항상 거기에, 몇 미터 내에 있었다. 보통 일정한 거리를 유지하며 영혼을 오싹하게 하는 눈빛으로 종종 조지를 노려보았다. 가슴 깊은 곳까지 찌르는 듯한 느낌을 주는 형언할 수 없는 눈빛이었다. 이 섬뜩한 눈빛은 주변 사람들에게도 독특한 영향을 미쳤는데, 이것을 엿본 사람이라면 이것이 꽂히는 대상에 눈길이 가게 되었다. 그 대상인 조지의 점잖고 온화한 태도를 보고 그들은 대개 놀란 불안감을 진정시켰다. 그러나 검은 옷을 입은 젊은 로버트의 시선이 그의 형제를 향할 때 그걸 목격한 사람은 누구라도 처음에는 강한 불안과 경계를 드러냈다.

조지는 대단히 혼란스러웠다. 압박이 밀려오는 것뿐 아니라 이 불가사의한 존재가 도대체 어떻게 그의 움직임과 마음속 의도를 속속들이 직감하고 있는지 알 수 없었다. 지난날의 감정과 결심을 되돌아보며 조지는 이런저런 장소에 간 상황이 우연히 생긴 일이라는 걸 깨달았다. 순간 기분에 따라 그곳에 갔으나, 몇 분 지나지 않아 그곳에 그 존재가 똑같은 자세로, 마치 물체의 그림자가 드리워지거나 혹은 빛이 유리창에 굴절되는 것처럼 변함없이 나타났다.

예를 들자면, 어느 날 조지는 신성한 고교회파 예배에 참석하려고 집을 나섰다. 그가 교회 문에 거의 다다랐을 때 클로즈번의 킬패트릭 청년을 만났다. 킬패트릭은 애인을 보러 그레이-프라이어스 수도원에 가던 길이었다. 그가 말했다. “조지, 같이 가자. 내 애인을 보게 해 줄게. 그럼 너도 나만큼이나 앞서가는 거니까.”

조지는 즉시 동의하고 함께 갔다. 자리에 앉은 후, 조지는 하나님의 집에 오면 늘 하던 습관대로 머리를 숙이고 짧게 소리 내어 기도를 되뇌었다. 기도를 마치고 자연스럽게 오른편을 향해 눈을 들었다. 늘 그랬듯이 동생의 사나운 유령이 시야에 들어왔다! 동생은 평소와 같은 옷차림, 형태, 태도, 동일한 거리를 유지한 채 그곳에 있었다. 내심 너무 놀라서 기절할 지경이 되었던 조지는 다시 고개를 숙였다. 그는 곧 용기를 내어 설교자와 회중, 특히 킬패트릭 대장의 연인을 보려고 했지만, 검은 옷을 입은 동생의 적의에 찬 눈빛이 너무 끔찍해 견딜 수가 없었다. 조지는 그쪽을 보든 안 보든 그 눈빛이 느껴졌다. 얼마 후 그는 상당히 위축되어 남은 예배 시간 내내 바닥을 내려다보고 있을 수밖에 없었다.

밤이나 낮이나 마찬가지였다. 의회 의사당 복도에서, 극장 박스형

관람석에서, 교회에서, 집회에서, 거리나 교외 지역, 들판에서, 그리고 매일, 매시간 그는 나타났다. 두 사람이 처음 만났던 후로 그의 출현은 점점 더욱 빈번해지고, 더욱 설명할 수 없었으며, 더욱 불안하고 참기 어려운 것이 되었다. 결국 조지는 사교계에서 외면당했고, 어쩔 수 없이 자기 집과 아버지 집에서 문을 닫고 지내야만 했다. 그곳에서조차 그는 끊임없이 괴로웠다. 눈을 들어 무언가를 보게 될 때마다 지구상에서 가장 혐오스러운 그 얼굴이 보이리라는 생각에 사로잡혔다. 동생의 존재는 이제 영혼을 파멸에 팔아 버린 사람에게 붙어 다니는 악마 같았다. 그는 소리소문없이 다가왔고, 섬뜩한 악의에 가득 찬 표정을 지었다. 조지는 거리에서 그가 따라오거나, 자신을 따라 어떤 집이나 교회에 들어오는 걸 보지 못했으나, 그는 그냥 그 자리에 있었고, 어떻게, 어디서 그가 왔는지는 알 수 없었다. 조지는 처음 그에게 친근하게 다가갔을 때 너무 불쾌했던 경험이 있던 터라 그 미심쩍은 추종자와는 두 번 다시 말을 섞지 않았다.

조지가 이 특이한 출현의 정황에 대해 혼자서 곰곰이 생각하던 중에 어쩌면 동생 로버트가 마음을 바꾼 게 아닐까 하는 생각이 들었다. 비록 완고하고 무뚝뚝해서 잘못을 인정하거나 화해를 구하지는 않겠지만, 그럼에도 그가 특이한 방식으로 밤낮 그의 발걸음을 쫓는 것은 바로 이런 목적 때문일지도 모른다. 조지는 생각했다.

'나는 도무지 다른 이유를 찾을 수가 없다. 그는 결코 내 목숨을 노릴 생각이 없어. 그리고 설사 그럴 의향이 있다 하더라도 감히 그렇게 할 수는 없지. 비록 그의 방식이 유난히 불쾌하지만, 내 어머니의 아들이 화해하기를 원하는데 내가 거만하고 무례하게 행동해서 거부당했다고 느낀다면, 그건 안 될 말이지. 그런 생각으로 마음의 짐을 지고 싶지는 않다. 다음에 그가 다가오면, 나는 어떤 대가를 치르더라도 형제를 대하듯 그를 대해야겠다. 그래도 그가 경멸한다면, 그 책임은 그가 져야겠지.'

이렇게 너그러이 결심한 후 한동안 이 미지의 동행자는 근처에 모습을 드러내지 않았다. 조지는 그가 더 이상 찾아오지 않을 거라는 생각이 들기 시작했다. 이 희망은 말로 표현할 수 없는 안도감을 주었지만, 조지는 이것이 너무 극적인 감정이라 오래 지속될 수 있을까 불안했다. 상대는 의도가 무엇인지는 모르지만 너무 집요했기 때문에 쉽사리 포기할 리 없었다. 여하튼 조지는 조금씩 자유를 누리기 시작했고, 며칠 동안 별 탈 없이 그걸 즐겼다.

조지는 어릴 때부터 활발하고 역동적인 기질이 있어 갇혀 있는 것을 참지 못했다. 그는 최근에 이 특이한 박해자로 인해 청년기 활동에 많은 제약을 받았고, 이 제약에 불편해하고 있었다.

어느 날 아침, 일찍 잠에서 깬 그는 아서 시트 정상으로 산책을 나갔다. 새벽바람을 마시며 동쪽 바다에서 떠오르는 태양을 보고 싶었다. 아침은 고요하고 평온했다. 캐넌게이트 남쪽 뒤를 따라 궁전을 향해 내려가자 안개가 너무 짙어 길 건너편의 집들이 보이지 않았다. 그가 수비대장의 관저를 지날 때는 수비병들이 궁전 옆으로 가지 말라고 경고했다. 앞으로 한 시간 동안 모든 문이 닫히고 경비가 있을 거라고 했다. 조지는 길을 찾아 세인트 앤서니 정원 뒤편으로 돌아가 세인트 예배당과 우물에 인접한 낭만적인 오솔길로 접어들었다. 그는 여전히 짙은 연기 같은 푸른 안개에 휩싸여 있었지만, 그 속 공기는 정말 상쾌하고 향기로웠다. 풀과 꽃에는 이슬이 맺혀 있었다. 이마의 땀을 닦으려고 모자를 벗었을 때, 검고 광택 있는 모자의 모피가 섬세한 은빛으로 덮여 있는 것을 발견했다. 마치 작은 구슬들로 이루어진 요정의 거미줄 같았다. 구슬들은 너무 작아 눈으로는 하나하나 구분할 수 없었지만, 수백만 개의 작은 구슬들이 영롱하게 빛나고 있었다. 이 아름답고 섬세한 장식을 훼손할까 봐 그는 모자를 조심스럽게 다시 쓰고 가벼운 마음으로 발걸음을 옮겼다.

그가 골짜기 꼭대기에 있는 언덕, 로시안 해변과 동쪽 경계선이 한눈에 들어오는 근사한 가장자리에 올라 고지에서 약간 떨어진 작은 공간에 이르자, 놀랍게도 안개구름 속에서 밝은 빛무리가 연한 무지개처럼 반원을 그리며 머리 위로 떠올랐다. 이른 아침이면 흔히 펼쳐지는 광경이었지만 그는 한 번도 본 적이 없었기에 이 아름다운 장면에 그 자리에 굳어 버렸다. 그는 이내 어떻게 이런 현상이 일어나는지 알 수 있었다. 구름 한 점 없이 맑은 아침 하늘에서 내리쬐는 태양 광선이 짙은 수증기에 부딪혀 굴절된 것이었다. 자연의 작품은 알면 알수록 더욱더 감탄하게 된다. 이것은 과학의 사람에게는 기쁨을 주는 장면이었겠지만, 무지하고 추악한 사람이라면 컴컴한 곳에서 두더지가 언덕을 쌓는 것보다 대수롭지 않게 여겼을 것이다.

조지는 이 영화로운 빛무리에 경탄했다. 그가 구름 표면에 가까워질수록 빛무리는 점점 넓어지고 흐려졌다. 하지만 그가 아서 시트의 정상에 닿았을 때는 이 현세의 무지개가, 이 지상의 영광이 정말 선명한 색상으로 발아래 펼쳐져 있는 것을 보고 놀라움과 기쁨을 금치 못했다. 태양의 본체는 아직 보이지 않았으나, 뒤에서 비치는 빛은 눈부실 정도로 강렬했다. 그 빛은 언덕과 샐리스베리 바위 사이에 있는 깊은 계곡의 짙은 안개구름에 반사되고 있었고, 언덕의 흐릿한 그림자가 그 구름과 뒤섞이며 계곡을 암흑의 구덩이로 만들었다. 그늘진 구름 속에서 생겨 난 아름다운 무지개는 평원을 따라 펼쳐져 있고, 찬란한 천상 곡선의 가냘프고 화려한 색조를 띠었으나 모든 색이 더 여리고 흐릿해 보였다. 양치기 소년들은 이 이른 아침의 현상에 "작은 무지개 유령"이라는 이름을 붙여 주었는데, 이보다 더 잘 묘사할 수는 없으리라.

이것이 바로 조지가 그날 목격한 아침 풍경과 언덕의 야생 그늘을 아버지와 아담 고든 씨에게 묘사한 내용이었다. 독자가 다음에 오는 내용을 이해하려면 이것의 본질을 어느 정도 파악해야 할 필요가 있다.

그는 언덕 꼭대기에서 서쪽으로 약간 내려가 바위 절벽에 앉았다. 가볍고 부푼 마음으로 아침의 아름다움을 감상하며 상쾌한 공기를 들이마셨다. '여기서는 방해받지 않고 자연과 대화할 수 있겠구나. 섬뜩하고 밉살스러운 방문자가 방해할 일도 없겠지.' 하고 그는 생각했다. 그 순간 동생의 어둡고 사악한 표정이 머릿속을 스쳐 갔고, 그는 직감적으로 오른쪽으로 시선을 돌렸다. 그곳은 언제나 불청객이 모습을 드러내는 지점이었다. 오, 하나님! 눈앞에 환영이 나타나다니! 조지는 구름 속에서 정말 끔찍한 외관을 가진 인간의 어깨와 팔, 이목구비를 보았다. 얼굴은 동생의 얼굴이었으나 크기는 원래보다 스무 배나 커져 있었다. 검은 눈동자는 안개 사이로 그를 노려보았고, 흉측한 이마의 주름은 하나하나가 언덕의 골짜기처럼 깊게 파여 있었다. 조지는 이 끔찍한 괴물을 보고 놀라서 머리카락이 솜털처럼 일어섰다. 그 얼굴의 모든 특징과 선이 또렷이 보였다. 그것은 견디기 힘들 정도로 강렬하게 그를 노려보고 있었다. 눈은 마치 육식동물이 먹잇감을 노리는 것처럼 그에게 고정되어 있었다. 그 기괴한 이목구비에는 살인적 악의가 선명하게 드러나면서 공포와 전율이 흘렀다. 거대한 환영은 때때로 두려운 듯 몸을 움츠렸고, 그래서 단지 눈썹과 눈동자만 보였다. 그래도 그것은 한순간도 상대를 회피하지 않았다. 그것은 다시 눈에 띄지 않게 솟아올라 매우 조심스럽게 접근하기 시작했다. 가까이 다가올수록 그 형체의 크기는 줄어들었지만, 여전히 본래 크기보다 훨씬 더 컸다.

조지는 그것이 혼이라고 생각했다. 다른 것이 될 수는 없었다. 그건 그를 괴롭히는 무서운 악마였다. 생김새는 동생의 이목구비를 닮았으나 인간의 형태를 취하면서 크기를 잘못 계산한 듯했다. 그래서 죽음의 동굴이나 불타는 지옥에서 뿜어져 나온 공기가 부풀어 오른 거대한 형상으로 그의 앞에 나타난 것이었다. 생명체가 발 디딜 수조차 없는 절벽 앞을 그것이 가로질러 오는 것을 보며 그것이 악령이라는 믿음이 더욱 확고해졌다. 하지만 조지는 공포와 경악에 휩싸여 움직이지 못했고, 그것이 대략 2미터 안으로 다가왔을 때까지 그대로 있었다. 순간 그것이 자신을 향해 난폭하게 튀어 오르는 것을 감지하고, 조지는 화들짝 일어나 정신없이 반대 방향으로 도망쳤다. 그 위험한 곳에서 붙잡힐까 두려워 그는 연신 뒤를 흘끗거렸다. 그러나 그가 도주하다 맞닥뜨린 첫 번째 날벼락은 실제 살과 피로 이루어진 육체와 부딪힌 것이었다. 충돌은 강렬했다. 둘은 울툭불툭한 바위 사이로 떨어졌고, 조지는 상대 위로 굴렀다. 상대는 "살인이다" 하고 소리치면서 일어나서 허둥지둥 도망쳤다. 조지는 그 존재가 동생임을 알아차렸다. 조지는 그림자와 실체 사이에서 혼란스러워하며 자신이 무엇을 하고 있는지, 무엇을 했는지 알지 못했다. 절벽 끝에서 물러나는 자연스러운 경로는 하나뿐이었고, 그래서 그 또한 일어나 겁에 질린 범인을 쫓아 언덕 정상을 향해 전속력으로 질주했다. 로버트는 "살인이다! 살인!"이라고 외쳤고, 이에 조지는 역겨워했다. 뭔가 위험한 일이 일어났다는 생각이 들며 조지는 정신이 어수선해졌다. 이 비겁한 로버트를 따라잡은 순간 조지는 거칠게 그의 어깨를 붙잡았고, 손으로 입을 틀어막았다. "살인이라니, 이 짐승 놈아!" 조지가 소리쳤다. "대체 왜 그렇게 살인이라고 외치는 거냐? 도대체 누가 너를 죽인다는 거냐, 누가 죽이겠다고 하는 거냐고?"

로버트는 형의 손 밑에서 입을 억지로 벌려 갑절의 힘으로 울부짖었다. "어! 어억! 살인이다! 사람 살려!" 등등. 조지는 누군가 그 소리를 듣고 달려오거나 사실과 다르게 추정할까 봐 이 끔찍한 외침을 멈추게 하리라 작정했다. 로버트는 너무나 큰 공포에 빠져 있어서 타이르는 것이 불가능했다. 조지는 왼손으로 그의 입과 코를 움켜잡았는데 너무 세게 움켜서 손가락이 그의 뺨을 파고들었다. 그러나 이 겁쟁이는 계속해서 소리를 지르려고 했고, 조지는 그의 왼쪽 관자놀이에 주먹을 날렸다. 로버트가 그대로 땅에 고꾸라졌다. 맞은 것보다는 공포의 영향이 더 컸다. 마치 스컹크가 악취를 뿜어 방어하듯 로버트는 코에서 피를 뿜어냈다. 그런 다음 그는 일어나 무릎 꿇고 주저앉아 그 끔찍한 얼굴을 쳐들었다. 양쪽 귀로 피가 흘렀다. 그는 극히 애처롭게 입을 벌려 흐느끼며 아주 비참하게 형에게 살려 달라고 빌었다.

"자, 이야기해 봐." 이 비참한 자의 공포를 최대한 활용하기로 결심한 조지가 말했다. "무엇 때문에 내 뒤를 따라다니며 괴롭히는 거냐? 당장 분명하게 말해, 그렇지 않으면 저 벼랑 끝에서 던져 버릴 테니까."

"아, 다신 안 그럴게! 다신 안 그럴게! 목숨을 살려 줘요, 형! 살려 줘! 형한테 해를 끼친 적은 없잖아!"

"그럼 나를 따라다니며 사악한 위협의 표정으로 괴롭히지 않겠다고, 너를 창조한 하나님께 맹세해라. 다시는 초대받지 않고서는 내 앞에 나타나지 않겠다고 맹세해. 그렇게 맹세할 거야?"

"그래, 그럴게요! 그렇게 할게!"

"하지만 그걸로 충분하지 않아. 오늘 아침에는 무슨 요량으로 나를 쫓아 왔는지 말해 봐."

"오, 형! 오로지 형을 위해서 온 거야. 형에게 도움을 주려는 것 말고는 아무 생각도 없어. 위대하고 영원한 선한 이유 때문이지."

"근데 어떻게 내가 여기 있는 걸 알았지?"

"친구에게 들었어. 근데 난 믿지 않았어. 진- 진짜로 형을 보기 전까지는 그게 사실이란 걸 몰랐어."

"하나만 말해 봐, 로버트. 이걸 말하면 모든 것을 잊고 용서하지. 그 친구가 누구야?"

"형이 모르는 사람이야."

"그럼, 그는 어떻게 나를 알지?"

"나도 몰라."

"그 사람이 여기 너랑 같이 있었어?"

"응. 멀지 않은 곳에 있었어. 나랑 같이 이 언덕에 왔어."

"지금은 어디 있는데?"

"몰라."

"그럼, 이 비겁한 자식아, 내가 여기 있다고 말한 그 친구가 악마라고 솔직히 말해라. 너와 함께 이곳에 왔던 그 친구가 악마라고 털어놓으란 말이야. 악마가 아니라면 내가 여기 온 걸 절대 모를 테니까."

"아! 형은 그에 대해 너무 몰라! 오직 악마만이 과거 행동과 사건에서 자연스러운 결론을 도출할 수 있는 예지력을 지녔다고 말하는 거잖아? 그런 사람이나 영혼은 없다고? 아아, 형! 내가 왜 그런 구닥다리 관념에 연연해야 하지? 형이 그런 관념과 원칙을 소중히 여기고, 그것들로 인해 형의 영혼과 육체가 멸망하리라는 건 이미 창세전에 정해져 있었어. 분명히 말하지만, 내가 형을 찾아온 것은 형을 도우려고 한 것일 뿐이야. 다른 목적은 없어!"

"좋아 로버트, 믿어 보지. 나는 다혈질 성향이 있어. 내 본성의 결점이지. 하지만 결코 악의를 품거나 해를 끼치려고 한 적은 없어. 맹세컨대, 네 목숨을 위협하는 것은 나나 아버지의 목숨을 위협하는 것과 같아." 이 말에 로버트는 허탈하게 웃으며 주머니에 손을 넣고, 그가 늘 있던 거리만큼 뒤로 물러났다. 조지가 말을 이었다. "이제 마지막으로 부탁할게. 우리 서로를 용서하고, 친구로 헤어지고, 친구로 남자."

"그러면 편할 것 같아? 그게 하나님의 영광에 합당할까? 난 그렇게 생각하지 않아."

"그보다 더 좋은 방법은 없어. 그게 복음의 가르침과 완벽히 일치하지 않아? 자, 동생, 우리가 깨끗이 화해했다고 하자."

"그래 물론이지! 혈육의 형에게 내가 말하지. 종달새가 살무사와 화해하는 것만큼이나 완벽하다고 말이야. 그 이상도, 그 이하도 아니야. 화해했다고, 어이가 없군! 근데 내가 무엇과 화해하는 거지?"

이렇게 말하면서 로버트는 분연히 멀어져 갔다. 목숨이 안전하다는 말을 듣는 순간 그는 예전의 오만함과 복수심에 불타는 표정을 되찾았고, 그날 아침 언덕 정상에서 조지와 헤어질 때는 어느 때보다도 더욱 무서운 표정이었다.

"그래 잘 가라." 조지가 말했다. "어떤 이는 너를 경멸하겠지만, 나는 네가 불쌍하구나. 네가 사탄의 졸개가 아니라면 누가 졸개겠니."

이제 햇살이 안개를 몰아냈고, 아침은 표현할 수 없을 정도로 아름다웠다. 조지는 언덕 정상에 앉아 그날 아침 자신에게 일어난 불가사의한 사건에 대해 곰곰이 생각해 보았다. 그는 도저히 이해할 수 없었지만, 이전의 다른 상황과 함께 고려할 때, 동생의 탈을 쓴 사악한 망령과 더불어 검고 신비한 존재에 의해 괴롭힘을 당했다는 확신을 떨쳐 버릴 수 없었다. 그날 아침 바위 위에서 본 환영이나 그가 예견할 수 없는 곳에서 그 존재가 갑자기 여러 차례 나타난 걸 설명할 수 없었으며, 또한 그 존재가 다른 사람처럼 살과 피를 가진 인간이라면 어떻게 항상 그가 있는 곳에 불쑥 나타날 수 있는지 설명하기 어려웠다. 그리하여 조지는 집에 도착하자마자 아버지께 자초지종을 이야기하고 조언과 도움을 청하기로 마음먹었다. 아버지가 문제를 해결할 수 있는 적임자가 아니라는 것을 알지만 그래도 그렇게 했다. 아버지는 당시 정치에 깊숙이 관여하고 있었고, 링힘이라는 이름만 들어도 혐오와 분노의 궁지로 빠져들었다. 아버지가 그들에 대해 하는 말이라고는, 자신이 생각할 수 있는 온갖 혐오스러운 이름을 부르는 것뿐이었다.

조지가 애초에 예상했던 대로 달캐슬 노공은 그들에 관한 이야기를 가만히 듣고 있지 않았다. 조지는 동생이 시간과 장소를 안 가리고 항상 자신을 괴롭힌다고 불평했다. 달캐슬 노공은 그 개 같은 놈이 불쾌하게 굴면 왜 발로 차 버리지 않느냐고 물었고, 조지는 그가 악마를 친구로 둔 것 같다고 대답했다. 아버지는 그 말에 조금도 놀라지 않는다고 말했다. 그 젊은 놈은 삼대에 걸친 간음의 자식이고, 그런 자식은 모두 반쯤 악마로 태어나며, 따라서 끼리끼리 엮이는 것이 자연스러운 일이라고 했다. 이런 식으로 아버지는 아들이 최근에 겪은 고통과 혼란을 위로했다.

조지는 애덤 고든 씨에게서 좋은 친구를 발견했다. 그의 감정을 공감해 주고, 그 문제에 대해 모든 것을 알고 있는 친구였다. 고든은 어떤 경우에도 그 상황에서는 초자연적인 것이 있을 수 없으며, 조지가 짙은 안개 속 바위에서 본 광경은 뒤에서 다가오는 동생의 그림자였을 거라고 주장했다. 조지는 이것을 받아들일 수 없었다. 그는 구름 위에 드리운 자신의 그림자를 보았고, 그 모습은 자신의 형체와는 전혀 닮지 않았으며, 오히려 구름 가운데 가장 희고 깨끗한 부분을 둘러싼 영광의 후광만을 보았다고 했다. 고든은 아버지 소유지에 있는 애버딘셔 산에 함께 가자고 제안했다. 매일 아침 그곳에 해가 비칠 때 같은 크기의 거대한 영혼을 보여 주겠다는 것이었다. 조지는 이 말에 호기심이 동했고, 에든버러에서 겪은 몇몇 일이 실망스러워 떠나고 싶었다. 조지는 고든과 함께 하일랜드로 가서 시간을 보내는

데 동의했다. 이에 따라 출발 날짜가 정해졌고, 노공 영주의 허락을 받았다. 이리하여 두 젊은이는 여행에 대한 큰 기대를 안고 헤어졌다.

그러나 이렇게 결정한 직후에 조지는 또 다른 사건이 있었음을 알게 되었다. 로버트 링힘은 그날 아침 언덕에서 내려와 얼굴과 목의 피를 씻지 않은 채 강직한 보호자에게로 돌아갔다. 그는 보호자에게 참으로 비참한 이야기를 풀어 냈다. 아침에 언덕에 산책하러 나갔다가 형과 마주쳤는데, 형이 안개 속에서 그를 쓰러뜨리고, 죽이려 하고, 절벽 위에서 내던지겠다고 매섭게 욕하며 협박했다는 것이었다.

위대한 성직자 링힘의 분노는 헤아릴 수 없을 정도로 불타올랐다. 그는 지극히 높으신 분의 이름으로 가해자를 저주했고, 그 사악한 인간의 죄악이 일곱 배가 되어 그의 머리로 되돌아오게 하겠다고 맹세했다. 그러나 그는 복수를 더 진행하기 전에 양자로 삼은 아들과 함께 무릎을 꿇고 모든 문제를 주님께 맡겼다. 그는 주님을, 불타는 로뎀나무 잉걸불을 내뿜고 번개를 그의 앞에 던지시며 약속의 자녀들에 맞서 손이나 혀를 놀리는 인간을 전멸하고 뿌리 뽑기 위해 오신 분이라고 칭했다. 그리하여 그는 확신에 차 일어났고 필연적인 승리를 위해 나아갔다.

지금 일어난 사건을 더 파고들기 전에 먼저 한 사람의 이야기를 약간 해야겠다. 이 사람은 모든 정황을 알고 있고 깊이 관련되어 있다. 그의 진술은 전해 내려오는 얘기와 옛 기록에서 찾을 수 있는 어떤 것보다 높은 가치가 있다. 하지만 구전되는 이야기들과 다르므로 우리에게 공개적으로 전달된 대로 묘사하는 것이 좋겠다. 중요한 것은, 저녁이 되기 전에 조지가 체포되어 감옥에 갇혔다는 사실이다. 형제를 살해하려는 의도로 유혈이 낭자할 때까지 폭행하고 구타했다는 혐의였다. 그러자 노공 영주는 큰 충격에 빠졌다. 처음부터 체계적이고 의도적으로 진행된 것으로 보이는 이 사건을 너무 가볍게 여긴 자신을 탓했다. 악한들은 말하자면 젊은 영주를 없애 버리려 했고, 동생은 노공의 반대에도 불구하고 스스로 영주가 되려고 하는 듯했다.

달캐슬 노공은 같은 당파에 속한 귀족과 법률가 들 사이에서 영향력을 발휘하기 시작했다. 아들의 사건은 전에 사람들이 보는 앞에서 폭행한 전례와 그때 그가 사용했던 부적절한 표현들로 인해 상황이 나빠졌다. 게다가 그는 이번 공격을 부인하지 않았고, 그가 왜 공격했는지에 대한 동기나 이유가 명확히 드러나지 않았다.

조지가 집행관 앞에서 처음 진술했을 때 상황은 나아 보이지 않았다. 집행관은 휘그당원이었다. 잘 알려진 사실이지만, 당시 스코틀랜드에서는 사람들이 자기 당원 사건과 반대 정치 논리를 가진 사람의 사건을 다르게 대했다. 오늘날은 전혀 그렇지 않지만, 허나 누가 알겠는가, 그들은 여전히 파렴치할 때가 있으니 말이다. 첫 번째 사건의 증인에 따르자면 고소인인 로버트가 먼저 공격했던 것으로 보였다. 그는 위험을 알고도 길을 비켜 주지 않았다. 형이 뜻하지 않게 부딪혔을 때 그는 발길질을 해 댔고 그게 제대로 맞았다면 형이 죽었을 수도 있었다. 하지만 밝은 대낮에 벌어진 유령—그 지표면에서 날아오른 것—이야기며, 형이 동생을 쫓아 가 뒤엉키고 때려눕힌 일에 관한 진술이 나올 때는 판사가 웃음을 머금었다. 판사는 "정말 비범한 이야기군." 하고 말하며 조지를 감옥으로 돌려보냈고, 이 사안은 최고 법원으로 넘어갔다.

사건이 최고 법원에서 이르자 상황이 다른 방향으로 흘러갔다. 한 형제가 다른 형제에게 계속해서 언짢게 들이댄 것이 의구심을 불러일으켰다. 이것은 퀸즈베리 하우스 수비병들의 진술로 어느 정도 확인되었는데, 이들에 따르자면, 그날 아침 죄수는 그들을 지나서 언덕으로 향했고, 약 20분 후에 원고가 지나가면서 어떤 젊은 남자가 앞서 지나갔느냐고 물었다. 원고는 죄수의 생김새를 묘사하며 질문했고, 수비병들이 그렇다고 대답하자, 그는 발걸음을 재촉하며 내달리기 시작했다.

이 말을 들은 법관은 죄수에게 동생이 그의 목숨을 노리고 있다고 의심한 적이 있는지 물었다.

조지는 동생을 처음 불쾌하게 대면한 이후로 이해할 수 없이 그가 끊임없이 따라다녀서 어떤 특별한 의도가 있으리라 생각했다고 답했다. 또한 존경하는 법관께서 추측한 대로 안개 속에서 다가왔던 것이 동생의 그림자였다면, 그것이 웅크리고 조심스럽게 오던 것으로 보아, 동생은 그날 아침에 나를 절벽에서 밀어 버릴 작정이었을 거라고 추호도 의심하지 않는다고 덧붙였다.

그 후 법관은 검사와 대화를 나누었는데, 그 사이 법정 안이 소란스러워져서 문을 지키라는 명령이 내려졌다. 아, 중요한 로버트 링힘군이 법정 밖으로 빠져나가려다 붙잡혔다. 결과적으로 조지는 명예롭게 무죄를 선고받았다. 로버트는 무거운 벌금을 부과받았고, 담보를 건 보호관찰 처분을 받게 되었다.

그날은 조지와 젊은 동료들에게 매우 기쁜 날이었다. 그들은 모두 로버트를 혐오했다. 저녁을 매우 즐겁게 보냈다. 아담 고든 씨와 조지는 하일랜드 방문이 오래 지연되었으나 포기하지 말자고 다짐했다. 말썽꾼의 음모로 인해 즐거운 시즌은 놓쳤지만, 그래도 사슴 사냥에서 많은 위안을 찾을 수 있을 거라 생각했다. 그리하여 다시 출발 날짜를 정했고, 조지는 그 전날 모든 일행을 노르웨이의 블랙 불이라는 간판을 단 곳으로 초대했다. 다시 한번 저녁 식사를 같이하고 싶었다. 모두가 축제와 즐거움만을 기대하며 참석하겠노라고 약속했다. 아, 우리는 얼마나 근시안적이고 즉흥적인 존재인가. 저녁에 들었던 기쁨의 잔이 아침에는 슬픔으로 이어지는 경우가 얼마나 많던가!

그날이 도래했고, 젊은 귀족과 신사 들로 이루어진 일행은 모여서 그야말로 행복하고 즐거운 시간을 보냈다. 조지는 그 어느 때보다도 빛나고 활기가 넘쳤으며, 주위에 모인 많은 용감한 젊은 귀족과 신사를 보며 크게 기뻐했다. 그들은 뜻이 같은 충성의 도의를 자랑스러워했다. (어쩌면 '충성'이라는 말은 '반역'으로 써야 했을지 모르겠다.) 조지는 연설을 하고, 건배를 제안하고, 노래를 불렀는데, 은밀하게 모두 한편이 되어 가고 있었다. 이런 분위기는 늦은 시간까지 이어졌다. 마침내 조지는 오랜 시간 마음껏 술을 마셔 머릿속 구석구석이 취기로 가득했다. 그는 이성 마님을 멀리 밀쳐 내고, 그녀의 조언과 훈계를 무시할 정도였다. 고주망태가 된 한 젊은이가 남은 밤은 모두 매음굴로 가서 보내자고 무모하게 제안했고, 찬동의 목소리가 이곳저곳에서 들렸다.

그들은 그렇게 했다. 이어지는 내용으로 보아 그들이 찾아간 집은 블랙 불 여관 맞은편, 길 건너 동쪽으로 조금 더 떨어진 어딘가였던 것으로 보인다. 그들이 머문 지 한 시간도 채 되지 않아 조지 콜완과 저명한 귀족의 둘째 아들인 드러먼드 씨 사이에 말다툼이 벌어졌다. 지극히 우발적인 일이었고, 지금까지도 그들이 무슨 일로 다투었는지 정확히 아는 사람은 없다. 어쩌면 누군가가 말한 낱말의 오해로 인한 것이었을지도 모른다. 하지만 두 사람 사이에는 험한 말들이 오갔고, 위협이 뒤따랐으며, 다툼이 시작된 지 2분도 채 되지 않아 드러먼드는 불쾌한 기색을 보이며 집을 떠났다. 상대방에게는 좀 더 적절한 장소에서 문제를 해결하자는 암시를 남겼다.

동료들은 서로를 바라보며 어리둥절해했다. 그런 일이 있었다는 걸 알기도 전에 이미 끝나 버렸기 때문이다.

"도대체 무슨 일이야?" 누군가 소리쳤다.

"드러먼드가 왜 저러지?" 다른 이가 외쳤다.

"그가 누구랑 싸웠어?" 세 번째 사람이 물었다.

"몰라."

"도무지 알 수 없어."

"아마 와인이랑 싸웠을 거야. 그리고 도전장을 보낼 거고."

그 즐거운 자리에서 이런 질문과 대답이 오갔고, 다들 그 문제를 더는 마음에 두지 않았다.

하지만 얼마 지나지 않아, 그다음 날의 기억들이 크게 엇갈릴 정도로 짧은 시간 안에, 거칠게 문을 두드리는 소리가 들렸다. 한 여자가 문을 열었는데, 안쪽에 체인이 걸려 있어서 문밖에 서 있는 사람의 모습이 한쪽만 보였다. 젊은 신사로 보였고, 조금 전에 그 집을 떠났던 사람과 닮은 모습이었다. 그는 작은 소리로 "조지 달캐슬이 아직 집에 있소?" 하고 물었다. 그녀가 모른다고 하자, 그는 "집에 있다면 잠깐 나와 이야기하자고 전하시오." 하고 덧붙였다. 여자는 사람들 앞에서 그 말을 전했는데, 그중에는 유명한 숙녀가 여럿 있었다. 조지는 한 숙녀 옆에 앉아 있다가 그 말을 듣고서 곧바로 벌떡 일어났다. 그러고는 모두가 들리게 "이자가 드러먼드라는 것에 백 머크*를 걸지." 하고 말했다. 누군가가 "조지, 그와 싸우지 말게나." 하고 말했고, 다른 이는 "그자를 이리로 데려오게." 하고 말했다.

조지는 밖으로 나갔다. 문에는 다시 빗장이 채워졌고, 체인이 걸렸다. 안에 남은 무심한 일행은 다음 날 아침까지 그 사건에 대해 별다른 생각을 하지 않았다. 아침이 되자 북쪽 호수 가장자리 빨래터에서

---

* 스코틀랜드에서 오래전에 쓰였던 화폐이다.

젊은 신사가 살해되었다는 소식이 도시 전역에 퍼졌고, 이 무심한 일행이 모였던 골목의 끝자락까지 전해졌다.

그들 중 몇 명은 처음 소식을 듣고 시체가 안치된 위병소의 영안실로 달려갔다. 이내 그것이 친구이자 마지막 주인공이었던 조지 콜완의 시신임을 알게 되었다. 연관된 사람들은 모두 놀라고 슬퍼했다. 특히 연로한 아버지와 로건 양은 더욱 그랬다. 조지는 두 사람의 유일한 희망이자 사랑이었기에, 그 사건 소식을 접한 그들은 공황 상태에 빠졌고 어떤 생각이나 노력도 할 수 없었다. 노공 영주는 정신적 충격을 받아 무너졌다. 유쾌하고 선량하며 활동적인 사람에서 일순간 넋 나간 사람으로 전락했다. 그저 아들의 시신에 흐느끼고 상처와 입술과 차가운 이마에 번갈아 입 맞추며 알 수 없는 소리를 중얼거렸다. 살인자들에게 복수를 외쳤고, 아들 대신 자신이 이 참혹한 운명을 만나지 않은 것에 원통해하며, 만약 그랬다면 가문의 희망을 지켰을 거라고 한탄했다. 요컨대, 그에게는 이 세상에서 관심을 주거나 사랑해야 할 대상이 사라졌고, 살아가야 할 동기도 없어졌다. 그는 절망 속에 자포자기하며 아들과 함께 무덤으로 내려가겠노라고 울부짖었다.

비록 영주는 살인자를 찾으려고 시도하지 않았으나, 정의의 손길은 가만히 있지 않았다. 결국 그 범죄가 젊은 드러먼드로 귀결되는 것은 모두에게 자명해졌다. 드러먼드는 숨고 싶지 않았으나, 몇몇 친구들이 그를 찾아와 증거가 드러날 때까지는 숨어 지내라고 권했다.

한편, 드러먼드는 이 사건에 대해 전혀 모른다고 단호하게 주장했다. 그가 유죄라고 의심했던 친한 친구들과 친척들은 그의 결연한 태도에 아연해했다. 드러먼드의 부친은 스코틀랜드에 없었다. 내가 듣기로, 드러먼드는 멜포트 공작 존의 둘째 아들이었는데, 공작은 스튜어트 왕가와 함께 해외에 거주하고 있었다. 드러먼드는 외가 친척들과 살았고, 그중에는 세션 경이라는 숙부가 있었다. 이들은 그를 철저히 숨긴 후 재판에 나가 증언을 들었다. 새로운 증인이 나올 때마다 그들은 그 젊은 친척이 친구를 살해한 거라고 확신하게 되었다.

그 일행에 있던 젊은 신사들은 모두 조사를 받았다. 그러나 드러먼드를 불렀을 때는 어디에서도 그를 찾을 수 없었다. 이 상황은 판사와 배심원, 그리고 친구와 적의 마음에 강한 의혹을 불러일으켰다. 친척들이 그를 숨긴 것이 그의 명예와 사건에 해를 끼쳤다는 건 의심의 여지가 없었다. 일행에 있었던 젊은 신사들은 드러먼드와 고인의 다툼에 대해 의견이 분분했다. 일부는 듣지도 보지도 못했다고 했고, 또 일부는 듣기는 했는데 어떻게 시작되었는지 모른다고 했다. 어떤 이는 드러먼드가 집을 떠나면서 위협하는 걸 들었고, 한 명은 그가 검에 손을 얹는 것을 보았다고 진술했다. 그날 문에 와서 고인과 이야기하고 싶어 했던 사람이 드러먼드였는지는 누구도 확언하지 못했으나, 전반적으로 그들은 그가 드러먼드였으리라는 인상을 받았다고 했다. 한 여성은 문에서 나는 음성을 또렷이 들었고, 그 음성이 말하는 모든 말을 들었으며, 동시에 고인이 그것이 드러먼드 목소리라고 말하는 걸 들었다고 맹세했다.

한편 드러먼드 측에서도 몇 가지 증거가 있었다. 숙부인 크레이기 경이 수집한 거였다. 크레이기 경은 그날 밤 조카가 차고 있던 칼을 가져왔다. 거기에는 피도 흠집도 없었다. 무엇보다도 그는 여러 외과 의사의 증언을 토대로 강력히 주장했고, 의사들은 고인이 받은 상처는 두 곳 모두 뒤에서 공격당한 것이라고 공언했다. 하나는 왼쪽 팔 아래에 난 경미한 상처이고, 다른 하나는 몸통을 관통한 것인데, 둘 다 같은 무기로 상처가 난 게 자명했다. 드러먼드가 차고 있던 것과 동일한 형태의 양날 검이었다.

결국 법정에서는 의견이 나뉘었지만, 다수결로 결정을 내렸다. 드러먼드는 살인죄로 유죄 판결을 받았다. 허나 법정에 출두하지 않아 수배령이 내려졌고, 높은 체포 포상금이 걸렸다. 그는 어렵사리 작은 무역선을 타고 탈출하여 네덜란드에 상륙한 후, 독일로 도망가 찰스 6세 황제를 섬기게 되었다. 많은 이는 그가 체포되어 그런 범죄에 마땅한 처벌을 받지 않은 것에 개탄스러워했다. 이 비극적인 사건은 스코틀랜드의 많은 지역에서 설교 주제가 되었고, 젊은이들에게는 인류 안에서 경솔하고 부도덕하고 비열한 모든 것을 키워 내는 악과 타락의 소굴을 경계하라는 적절한 경고로 제시되었다.

이 전도유망했던 청년의 장례식이 끝난 후 그의 아버지는 더 이상 고개를 들지 못했다. 로건 양이 온갖 방법을 동원해도 그는 세상사에 관여하지 않았고, 어떤 일도 마음을 두지 않았다. 처분할 수 있는 자산은 그녀에게 선물로 주었다. 재산은 어떻게 해야 하느냐는 말이 나왔을 때 그는 전부 바닷속에 묻고 자신도 함께 묻혔으면 좋겠다고 했다. 하지만 로건 양이 토마스 드러먼드가 살인자라는 정황을 언급할 때면 그는 고개를 저으며 이렇게 말한 적이 있었다. “그건 모두 실수야. 치명적인 실수. 이런 극악무도한 일을 허락하신 신께서 당신의 시간과 방법으로 밝혀 주실 거요.” 몇 주 후 그는 아들을 따라 무덤으로 갔다. 악명 높은 로버트 링힘은 고인의 합법적인 아들이자 혼인을 통해 태어난 후계자로 그 재산을 차지하게 되었다.

로버트의 서임식은 기도와 시편 찬송, 종교적 담론으로 거행되었다. 후견인이자 양아버지인 링힘과 이제 새 영주가 된 로버트의 어머니는 성대한 행사를 주재하며 그날 모든 순서에서 주목받았다. 새 영주는 과거 어느 때보다 훨씬 더 술독에 빠져 있었으나, 참석자들은 이구동성으로 달캐슬의 큰 연회장에서 이렇게 성스러운 축제가 열린 적이 없었다고 말했다. 감사 기도를 드린 후 그들은 기분 좋게 자리를 떠났다. 감사 기도란 전적으로 전능한 분이 어떤 분인지를 선포하고, 그분에게 기도하는 그들은 또 어떤 사람들인지 정확하게 고백하는 것으로 이루어져 있었다. 대중을 향한 링힘의 설교는, 모든 인간은 멸망할 운명이라고 경고한 다음, 그를 따르는 자에게만 구원의 약속이 주어졌으며, 그들은 결코 타락하지 않을 선택받은 소수라는 희망을 제시하는 것으로 구성되어 있는 듯했다. 이 위선적인 교리는 매우 감미로운 것으로 최악의 사람들에게는 다른 어떤 것보다 큰 기뻠을 줄 것이었다.

그러나 하늘의 뜻은 완전히 헤아릴 수 없고 인간의 행위와 이해를 훨씬 뛰어넘는다. 이는 마치 장엄하게 타오르는 태양이 작은 아이가 저녁에 쏘아 올린 불꽃 위에 있는 것과 같다. 오직 천지 만물의 관리자만이 어둠에서 빛을, 혼란에서 질서를 가져올 수 있다. 두더지가 은밀한 어둠의 행로에서 보석과 금과 귀중한 광석을 토해 내게 하는 이가 누구인가? 이는 아기와 젖먹이의 입에서 완벽한 찬양을 끌어내고, 가장 비천한 피조물을 통해 깊이 숨겨진 진리를 밝히는 분이시다.

로건 양은 고인이 된 주인의 예언을 잊은 적이 없었다. 주인은 하늘이 아들의 불행한 죽음에 관한 진실을 밝혀 줄 것이라 말했었다. 로건 양은 그가 치명적인 소식을 접한 순간부터 마지막 순간까지 표현하기에는 너무 끔찍한 어떤 이상한 신념에 사로잡혔다고 느꼈다. 그는 마지막에 오직 믿음으로만 의롭게 된다는 주장과 절대적이고 영원한 예정설 때문에 집안이 망했다고 두서없이 말하며 미친 듯이 절규했다. 이 말은 분명 노쇠해서 나온 지극히 험악한 최후 발언이었지만 로건 양의 영혼 깊숙이 파고들었고, 마침내 그녀는 스스로 생각하기에 이르렀다.

'혹시 링힘 사람들과, 그들과 결탁한 교활한 자, 그리고 고인이 된 사랑스러운 도련님의 모친이 도련님을 파멸로 몰고 간 게 아닐까? 만약 그렇다면, 나는 그 사악한 행동을 들추고 폭로하기 위해 내 남은 삶과 작은 재산을 바칠 것이다.'

로건 부인(이제 이렇게 불렀다)은 외출할 때나 돌아올 때 이 하나의 목표에서 눈을 떼지 않았다. 새롭게 실망할 때면 그것에 대해 자세히 알아내고자 하는 욕망이 더욱 강렬해졌다. 그녀는 오랫동안 격렬하게 생각했고, 점차 그것은 봉인된 진실로 그녀의 마음속에 자리잡았다. 이런 문제라면 항상 여자는 같은 여자를 시기하기 때문에 로건 부인의 의심은 가장 큰 적인 콜완 부인, 즉 현 달캐슬의 미망인에게 집중되었다. 모든 것이 혼란과 암흑의 혼돈에 휩싸여 있었지만, 마침내 로건 부인은 수천 번의 교활하고 은밀한 탐문 끝에 살인 사건이 일어난 날 밤에 달캐슬 부인이 어디에 있었는지, 어떤 사람들과 함께 있었는지, 어떤 사람들이 오고 갔는지를 알아냈고, 그 실마리를 계속 붙잡고 있는다면 어둠을 지나 진실의 빛으로 인도할 단서를 발견하리라는 희망을 품게 되었다.

어느 날 저녁, 로건 부인은 하인들과 나가 무언가 정보를 얻어 보려 했으나 별다른 성과 없이 늦게 집으로 돌아왔다. 그날 저녁 내내 하녀가 동행했는데, 집에 도착했을 때 그들은 집이 도난당하고 많은 귀중품이 사라진 걸 알게 되었다. 이미 그동안의 탐문이 전혀 성공적이지 못해 지칠 대로 지친 상태였던 로건 부인은 이 도난 사건으로 인해 완전히 기운이 빠져 버렸다. 이제 그녀는 이 무익한 탐문을 조금씩 내려놓기로 마음먹었다.

며칠 후, 로건 부인은 옷과 식기가 대부분 회수되었다는 소식을 받았다. 공범자의 증언대로 그 물건들이 그녀의 것이라면, 그녀는 기소장에 명시된 대로 절도범을 기소해야만 했다. 그녀는 트위드 강변의 피블스라는 마을로 가서 회수된 물품들을 확인하고, 집행관 앞에서 그 물품이 자신의 것임을 증언하라는 소환이나 요청을 받았는데, 어느 것을 받았는지 나는 잘 모르겠다. 그리하여 그녀는 피블스로 향했다.

그녀가 북문을 통해 마을에 들어서자 너덜너덜한 옷을 입은 가난한 소녀가 다가와 그녀의 이름이 로건 부인인지 조심스럽게 물었다. 부인이 그렇다고 답하자, 소녀는 감옥에 갇힌 불운한 죄수가 전하는 말이 있다고 했다. 죄수는, 인생에서 소중한 무언가를 생각한다면 법정에 출두하기 전에 꼭 자신을 만나 달라고 요청했다고 소녀가 전했다. 죄수는 로건 부인에게 전할 중대한 말이 있다고 했다. 로건 부인은 호기심이 생겨 소녀를 따라 감옥으로 갔다. 가는 도중에 소녀는 산전수전을 다 겪은 탁월한 정신력을 가진 여성을 보게 될 거라고 설명했다. 소녀는 이어서 "그분은 매우 불행했어요. 아마 나쁜 일을 했을 거예요."라고 덧붙였다. "하지만 그분은 제 어머니세요. 모든 잘못과 결점에도 불구하고 그분은 한 번도 저를 쌀쌀맞게 대한 적이 없었어요. 정말이에요. 부인께서는 그분을 구할 힘이 있으세요. 하지만 어머니는 부인께 잘못을 범했어요. 어머니를 용서하기 어려우시다면, 저를 위해서라도 그렇게 해 주세요. 고아를 돌보시는 하나님께서 부인을 축복해 주실 거예요."

로건 부인은 고개를 살짝 젖히며 흠! 하고 소리를 내고는, 단지

"죄를 저지른 자들이 항상 처벌을 피할 수 있도록 해선 안 되지. 그렇게 한다면 우리가 사는 세상이 어떻게 되겠어!"라고만 대답했다.

부인은 감옥에 들어가는 것을 허가받았고, 그곳에서 키가 크고 야윈 한 여자를 만났다. 여자는 한때 잘생긴 용모를 가졌을 법해 보였으나 이제는 상당히 나이가 들어 있었다. 여자는 부인을 차갑고 고요한 눈빛으로 바라보았다. 마치 외모를 통해 부인의 지적 능력을 파악하려는 듯했다. 로건 부인에게 말을 할 때도, 이런 처지의 사람이 생살여탈권을 쥔 상대에게 보일 만한 겸손함이나 힘겨운 간절함은 없었다.

"적절한 시기에 찾아와 주셔서 정말 감사합니다, 로건 부인." 여자가 말했다. "제가 당신을 급히 부른 것은 목숨이 아까워서가 아니고, 죽음을 두려워하기 때문도 아니에요. 하지만 제가 목전에 둔 죽음의 방식이 여자의 마음에 특별히 혐오감을 주는 건 사실입니다. 하나님, 입을 벌리고 쳐다보는 수많은 사람 앞에서 교수형을 당하는 장면을 생각할 때면, 그중에는 제가 친하게 지냈던 사람들도 있을 텐데, 그들과의 이별 순간이 얼마나 끔찍할지 생각하면 제 영혼이 산산이 부서지는 것 같습니다. 저는 다른 세상에 태어났어야 할 영혼을 가졌지만, 한 악랄한 귀족의 이기심이 제 모든 희망과 미래를 망쳐 버렸답니다. 제 말을 들어 주세요. 당신의 동정을 구하는 게 아닙니다. 저는 당신이 여성답게 신중하게 행동하기를 바랄 뿐이에요. 오늘 당신이 물건들을 보고 당신 게 아니라고 한다면 당분간 저는 목숨을 부지할 겁니다. 저를 죽음으로 몰아넣을 다른 증거는 없으니까요. 저를 배신한 그자의 말은 전혀 의미가 없어요. 그는 자신을 구하려고 너무나도 뻔뻔하게 말을 바꿨어요. 당신이 그렇게 하면, 물건들을 다 돌려받을 수 있고, 그 이상도 얻게 될 겁니다. 반대로 그것들이 당신 것임을 공언한다면 소송 과정에서 물건 값의 절반을 잃게 될 거예요."

"그럼 나는 어떻게 그걸 보장받을 수 있죠?" 로건 부인이 물었다.

"제가 하는 말 말고는 없어요." 상대가 당당하게 대답했다. "저는 여태껏 한 번도 제가 한 말을 어긴 적이 없어요. 그걸 믿을 수 없다면, 최악의 경우 어떻게 될지 난 알고 있습니다. 참, 제가 잊은 게 있네요. 밖에 감옥 문 근처에 불쌍한 아이가 하나 있어요. 굶주리며 기다리고 있죠. 그 애 얘길 하고 싶은데, 제가 치욕스럽게 죽으면 아이는 비참한 상태로 남을 거예요."

"아이는 솔직하고 정이 많은 것 같더군요." 로건 부인이 말했다. "내가 잘못 생각한 게 아니라면, 이런 보호자나 안내자가 없는 것이 아이에게 백번 나을 수도 있겠죠."

"그럼, 그래스 마켓에 와서 제가 처형당하는 걸 봐 주시겠어요?" 죄수가 말했다. "여성으로서, 그리고 어머니로서, 이런 끔찍한 상황에 부닥쳤을 때의 감정을 당신이 어느 정도 이해할 거라고 생각했어요. 하지만 당신은 냉정하시군요. 당신은 당신의 비정상적인 옛 주인에게 묶여 있는 감정 외에는 아무것도 모르는 것 같군요. 하지만 저는 당신을 원망하지 않습니다! 제가 당신에게 잘못을 범했으니까. 그리고 정의는 실현되어야 하고. 우리가 헤어지기 전에 저를 용서해 줄 수 있나요?"

로건 부인은 잠시 머뭇거렸다. 그녀는 다른 생각을 하고 있었다. 이를 보고 죄수는 덧붙였다. "아니죠, 저를 용서하지 않으시겠죠, 알겠어요. 하지만 하나님께서 저를 용서해 달라고 기도는 하시겠죠? 그건 하실 거라고 믿어요."

로건 부인은 여자가 비꼬아 하는 말을 듣지 못했다. 부인은 죄수를 멍하니 무심하게 바라보며 물었다. "당신은 돌아가신 주인을 아나요?"

"아, 알죠. 좋은 일은 아니었어요." 여자가 대답했다. "노인과 청년 둘 다 알아요. 청년이 살해당했을 때는 근처에 있었어요."

여자가 무심히 던진 이 말에 로건 부인은 매우 색다른 방식으로 반응했다. 말이 끝나기 무섭게 눈에서 눈물이 쏟아졌고, 그 순간 그녀는 마치 마음을 잃어버린 사람처럼 보였다. 그녀는 마치 떨어뜨린 물건이라도 찾는 듯 이리저리 몸을 돌렸다. 눈물 대신 눈을 잃어버린 듯했다. 마침내 본능에 이끌린 듯 비틀거리며 죄수의 얼굴에 가까이 다가가, 간절하면서도 기쁜 표정으로 숨이 멎을 듯이 긴장하며 말했다. "오오, 부인, 이름이 어떻게 되나요?"

"제 이름은 애러벨라 캘버트입니다." 상대가 말했다. "아가씨든 부인이든 과부든, 아무렇게나 불러도 돼요. 나는 이 셋을 모두 겪었으니까. 그것도 한두 번이 아니었어요. 아, 그리고 그 이상도 경험했고요. 하지만 당신은, 당신은 어떤 것도 해 보지 못했죠!"

"아아! 당신이 벨 캘버트군요? 음, 그럴 줄 알았어요." 로건 부인이 말했다. 부인은 죄수의 무릎에 가까이 다가와 자리를 잡았다. "그래 정말 당신이 한때 벨 캘버트라고 불리던 여자군요. 음, 당신은 내가 세상에서 누구보다도 만나고 싶었던 여성이에요. 하지만 당신을 찾을 수가 없었어요. 당신에 대한 말은 들리는데, 보이지 않는 존재였죠."

"제가 주목받던 시절도 있었지요." 그녀가 대답했다. "그때는 나처럼 주목받던 사람이 거의 없었어요. 하지만 그 이후로는 실제로 제가 눈에 띄지 않는 날들이 있었어요. 제 죄가 컸지만, 고통은 더 컸어요. 너무 커서 당신이나 세상은 그걸 알 수도 없고, 상상할 수도 없을 겁니다. 지극히 높으신 분께서 그걸 고려해 주시길 바랄 뿐이지요. 제 죄는 지극히 절망적인 것이었어요. 아, 부인께 이런 말을 하다니! 저를 그냥 혼자 내버려두는 게 좋겠어요, 부인."

"내버려두라고요? 도련님이 살해되던 날 밤 당신이 어디에 있었는지 듣기 전에는 절대 그럴 수 없어요."

"저는 악마가 있을 법한 곳에 있었어요! 그걸로 충분하지 않나요? 아, 그건 정말 추잡한 짓이었어요! 잊을 수 없는 밤이었죠! 가지 않을 건가요? 딸에게 부탁할 일이 있는데."

"난 가지 않아요, 캘버트 부인, 당신이 그 비밀을 털어놓기 전까지는 갈 수 없어요."

"그렇다면 저와 함께 저승에 가야 할 거예요. 이 세상에서는 그럴 일이 없을 테니까."

"만약 당신이 대답을 거부한다면, 나는 당신을 법정으로 데려가 영혼까지 털리게 할 거요."

"그런 무모한 소리를! 재판을 운운하며 협박한다고 해서 내가 눈이나 깜빡할 것 같아요? 어차피 나는 곧 이 세상 최후 법정에 서야 할 사람인데? 이런 죄인의 말이 무슨 의미가 있겠어요? 설령 의미가 있다 해도, 그 말을 듣고 집행할 판사가 어디 있단 말인가요?"

"당신은 그 문제를 해결할 방법이 있다고 하지 않았나요?"

"그랬어요. 당신에게 내 목숨을 살려 달라고 애원했죠. 당신은 그럴 힘이 있으니까. 그렇게 해도 당신은 한 푼도 들지 않았을 텐데, 거절했죠. 그렇게 하면 엄청난 대가를 치를 테지만 당신은 뜻을 굽히지 않았어요. 그런 심보를 가진 사람과는 더 얘기하고 싶지 않아요. 그런 마음을 가진 사람에게서 목숨을 선물로 받고 싶지도 않고, 그런 사람과 예의를 차리며 대화하고 싶지도 않아요."

"사실, 캘버트 부인, 나는 당신을 처음 만났을 때부터 당신이 어떤 사람인지 생각하는 데 골몰하느라 당신이 무엇을 제안하는지 몰랐어요. 난 당신을 구하기 위해 내가 할 수 있는 일을 하려고 했던 거 같아요. 하지만 당장 그 애틋한 청년의 죽음에 대해 알고 있는 모든 걸 말해 주세요. 내가 할 수 있는 일이라면 무엇이든 도와주겠어요."

"아니, 난 그런 천박하고 사사로운 궁금증을 채워 주는 거래를 경멸합니다. 당신의 열정이 제 두려움보다 강한 것 같으니 우리는 대등한 조건으로 헤어지는 겁니다. 할 수 있는 대로 해 보세요. 제 비밀은 교수대와 무덤까지 가져갈 테니."

로건 부인은 이제 매우 당황했다. 부인은 살인 사건과 관련된 세부 내용을 알려 준다면 그녀가 요구하는 걸 모두 들어 주겠노라고 제안했지만 물거품이 되면서 결국 간청하는 처지가 되었다. 하지만 정황을 이해할 수 없던 죄인은 자신의 우월한 위치를 만끽하며 부인을 비웃었다. 마침내 캘버트는 우쭐함과 조바심에 발작하며 간수를 불러 부인을 쫓아냈고, 어떤 구실로도 두 번 다시 면회를 허락하지 말라고 부인이 들리게 소리쳤다.

로건 부인은 이제 곤경에 빠졌다. 다시 한번 거의 절망 상태에 이르렀다. 만약 그녀가 상대하는 여인의 성격을 미리 알았더라면, 삶에서 가장 갈망하던 것을 쉽게 얻을 수 있었을 것이다. 그 고귀하고 고달픈 영혼을 달래는 법을 알았더라면 좋았을 것을, 하지만 기회는 지나갔고 심문의 시간이 다가오고 있었다. 부인은 처음 의도했던 대로 가서 자신의 물건들을 요구할 생각도 했다. 하지만 한때 경멸과 혐오의 대상이었던 링힘 사람들이 달캐슬을 지배하고 있을 것을 생각하니, 그것도 아마 가장 악마적인 방법으로 그러고 있을 것이라 생각하니, 그 미스터리한 사건의 실마리를 볼 수 있는 마지막 남은 기회를 망치고 싶지 않았다.

결국 로건 부인은 법정에서 부르면 응하지 않기로 작정했다. 출두해서 거짓말을 하고, 나중에 그것을 선서로 확인해야 하는 상황을 피하고 싶었던 것이다. 그녀는 그렇게 했고, 집행관이 관리들에게 에든버러에서 온 로건 양을 찾으라고 지시했다는 걸 들었다. 마을의 여러 숙박업소를 수색하여 그녀를 신속히 법정으로 데려오라는 명령이었다. 매우 중요한 사안들이 걸려 있다는 이유에서였다. 부인은 또한 죄수에 대해 증언했던 공범 남자가 두 번째로 심문받고 교묘하게 추궁당했다는 것도 들었다. 로건 부인이 보기에 그의 답변은 대체로 사실이었지만, 집행관은 전혀 만족하지 않은 듯했다. 하지만 무엇보다 관심을 끄는 질문과 답변이 몇몇 있었다.

"캘버트 부인을 알게 된 지는 얼마나 되었는가?"

"일 년 반 정도요."

"가능하면 정확한 시점을 말하라. 당신 기억에 낮이었는가, 밤이었는가?"

"1705년 2월 28일 오전이었습니다."

"오전 몇 시였나?"

"아마도 한 시쯤이요."

"그렇게 일찍? 어디서 만났나?"

"에든버러 북쪽 한 골목 끝에서 만났습니다."

"만나기로 약속했던 건가?"

"아니요. 그렇지 않았습니다."

"뭐 때문에 만났지?"

"이유 없이 만났습니다."

"당신이 고발한 여자를 우연히 만났다면서 어떻게 그렇게 날짜와 시간을 정확하게 기억할 수 있지? 그날 밤 수백 명의 다른 사람도 같은 방식으로 마주쳤을 텐데."

"기억할 만한 충분한 이유가 있습니다."

"이유가 뭔가? 대답해? 이유가 뭔지 말하지 않을 거야?"

"말씀드릴 수 있는 입장이 아닙니다."

그 후 집행관은 다른 세부 사항을 캐물었는데, 그것은 그 남자가 노련한 악당이며 잔혹한 범행을 대부분 저지른 장본인임을 입증하는 것이었다. 실제로 집행관은 캘버트 부인의 유일한 잘못은 이 남자와 너무 가깝게 지내며 지나치게 충성했다는 것일 수 있다고 넌지시 말했다. 이 사건은 법무 법원으로 이관되었다. 하지만 로건 부인은 이미 충분히 들었다. 범인들이 처음 만난 곳이 바로 조지 콜완이 살해된 바로 그 장소 그 시각이었다는 걸 확신하게 되었다. 그들은 분명 콜완 부인이 자신과 사랑하는 자식 로버트를 부유의 길로 이끌기 위해 교사한 자들이라고 로건 부인은 믿었다.

사실 로건 부인의 생각은 틀렸다. 이는 후속 이야기에서 밝혀질 것이다. 하지만 콜완 부인에 대한 반감이 있어서 그녀는 사건의 진행 상황을 세심히 지켜보았다. 그녀는 벨 캘버트가 피블스에 있는 동안 그곳에 머물렀고, 캘버트가 에든버러로 이송되었을 때도 뒤따라갔다. 재판이 시작되면서 로건 부인과 하녀는 다시 한번 배심원단 앞에 증인으로 소환되었고, 검찰에 의해 출두를 강요받았다.

먼저 하녀가 불려 나왔다. 그녀가 증인석에 들어서자, 피고인은 불안하고 절망적인 표정을 지었다. 하지만 베시 길리스라고 자신을 소개한 이 소녀는 너무나 가볍고 겁 없는 태도로 대답해서 방청객들을 웃게 했다. 몇 가지 일상적인 질문 후에, 부검사는 그녀에게 지난 9월 5일 아침, 주인 댁이 도둑맞았을 때 집에 있었는지 물었다.

"집에 있었냐구요? 아니었죠, 맙소사! 제가 집에 있었다면, 더욱 큰일이 났을 거예요. 제가 얼마나 요란하게 비명을 질렀을지 생각해 보세요!"

"그럼 그날 아침에 어디 있었느냐?"

"제가 어디 있었냐구요? 마님이 방문 중인 집에 있었죠. 부엌에서 꾸벅꾸벅 반쯤 자고 있었어요. 마님께서 곧 출발하실 거라 생각했는데, 두 시간이나 그렇게 있었어요."

"집에 돌아갔을 때 무엇을 발견했나?"

"뭘 발견했냐구요? 맙소사, 부서진 자물쇠랑 텅 빈 상자들을 발견했죠."

"구체적으로 말해 보아라."

"나리, 도둑들은 구체적인 걸 따지지 않았어요. 최고 좋은 것을 도매로 가져갔다고나 할까요."

"내 말은, 그때 마님과 너는 무슨 생각이 들었는지 말해 달라는 거다."

"무슨 생각을 했냐구요? 아, 별생각 없었어요. 전 무척 화가 났는데, 마님은 약간 멍해 있었죠. 마님이 문에 열쇠를 꽂으려고 하셨는데, 문이 벽까지 확 열렸어요. '맙소사, 이게 무슨 일이야?' 하시더니, '네가 문을 열어 둔 거지, 이 멍청아!'라고 하셨어요. 저는 '절대 그런 적 없어요. 제 손으로 다시는 열쇠를 돌리지 못하게 될망정 절대 아니에요.' 하고 말했구요. 촛불을 켜고 보니 집 안이 온통 엉망이었어요. '베시, 얘야, 우린 완전히 망했구나.' 하고 마님이 말했어요. '절대 아니에요, 마님. 절대 그럴 수는 없어요. 흥! 제 나이의 처녀가 망했다니요! 전 재킷 안에 든 것 말고는 별로 가진 게 없는걸요. 거기서 절 망치고 싶은 도둑이 있다면 한번 해 보라지요.' 하고 제가 말했어요."

"그날 마님이 하신 말씀 중 또 기억나는 것이 있느냐? 누군가를 탓하는 소리를 들었다든가?"

"아, 마님은 재수가 없다고 하시면서 한참을 투덜거리고 끙끙대셨어요. 그리고 링건인가 뭐 그런 이름을 가진 사람들이 저지른 파멸의 일부라고 하신 것 같아요. '저들이 다 가져갈 거야! 다 가져갈 거라고! 전부! 저들은 다 가져가고, 지옥까지 가져가서, 둘 다 차지할 거다.' 하시면서 손을 비비셨죠. 그래서 제가 그랬죠. '글쎄요, 정말 그러면 좋겠네요.'"

"링건이라는 사람들이 누구인지 아느냐?"

"아마도 마님이 꿈에서 본 괴물들인 것 같아요. 마님이 말하는 것처럼 그렇게 나쁜 사람들이 실제로 있을 수는 없을 것 같거든요."

"저기 피고석에 있는 캘버트 부인 혹은 벨 캘버트라 불리는 여자가 마님 집을 털었다거나, 그녀가 링건 중 한 명이라는 얘기를 들어 본 적이 있느냐?"

"전혀 없어요. 최근에 누가 벨 캘버트라는 사람이 집을 털었다고 마님한테 말했지만 마님은 믿지 않아요. 저도 마찬가지고요."

"왜 그걸 믿지 않은 거지?"

"그날 밤 빗장과 자물쇠가 부서진 걸 보면 여자가 할 수 있는 일이 아니었거든요."

"매우 적절한 지적이구나, 베시. 이리 와서 탁자 위의 물건들을 보아라. 이 은수저들을 전에 본 적 있느냐?"

"이런 비슷한 것들을 본 적이 있어요. 은수저를 본 사람이라면 누구나 그럴 거예요."

"이것들을 전에 본 적이 없다고 맹세할 수 있느냐?"

"아뇨, 아뇨, 제가 직접 특별한 표시를 해 놓은 게 아니라면, 어떤 은수저에 대해서도 맹세할 수 없어요. 그리고 전 그런 적이 없어요."

"여기. 모두 C라는 표시가 있다."

"아가일에 있는 숟가락은 전부 그렇고, 에든버러에 있는 것은 절반이 그렇게 표시되어 있을걸요. C는 아주 흔한 철자고, 그걸로 시작하는 이름도 그렇죠. 그만두세요, 그만두시고, 저 불쌍한 여자에게 수저를 돌려주세요. 그녀의 이름으로 표시되어 있고, 이게 그녀 것이고, 그녀에게도 한때 좋은 시절이 있었다는 건 의심할 여지가 없어요."

"오, 하나님, 저 여인을 축복하소서!" 피고인은 한숨지었고, 그 축복의 말은 많은 이의 가슴속 숨결 속에서 메아리쳤다.

"이 드레스를 전에 본 적 있느냐?"

"이와 아주 비슷한 걸 본 적 있어요."

"이 드레스가 한때 마님의 것이었다고 맹세할 수 있느냐?"

"아뇨, 제가 마님이 입은 걸 보고 그 값을 치른 걸 알지 않는 한, 그렇게 할 수는 없어요. 전 맹세하는 걸 아주 조심스럽게 생각해요. '비슷하다'는 건 허접한 증거예요. 너무 허접해서 저는 그런 것에는 쉽게 맹세하지 않아요."

"하지만 저 드레스가 네 마님이 입던 것과 매우 비슷하다고 했잖아."

"전 그런 말 한 적 없어요. 뒷마당 빨랫줄에 걸려 있던 것과 비슷해요. 그래스 마켓에서 버틀러 부인이 입고 있던 것과도 아주 비슷하고요. 오히려 그것과 같은 게 아닐까 생각해요. 맙소사, 나리, 저는 제 집게손가락이라도 오랫동안 보지 못하다가 저 탁자에 올려놓으면 맹세할 수 없을 거예요."

"얘야, 넌 아마 잘 모르는 모양인데, 네 신중함 때문에 공정의 가치가 훼손되고, 네 마님이 천 머크에 달하는 재산을 잃을 판이다." 판사가 말했다.

"그건 어쩔 수 없습니다, 나리. 그건 마님이 해야 할 일이니까요. 저는 어쨌든 결혼할 때까지는 양심을 깨끗이 지키려고 합니다."

"이것들을 살펴보고, 이 중에 네 마님의 소유물이라고 확실히 말할 수 있는 물건이 있는지 보아라."

"하나도 없습니다, 나리, 하나도 없어요. 맹세는 무서운 것입니다,

특히나 생사가 걸린 문제라면요. 저 불쌍한 여인에게 물건들을 돌려주시고, 마님은 다음에 물건을 찾으면 가져가게 해 주세요. 그게 제가 드리는 말씀입니다."

로건 부인이 증인석에 들어섰을 때, 피고는 신음을 내며 고개를 숙였다. 하지만 부인이 다음과 같은 취지의 증언을 하는 것을 듣고는 놀라지 않을 수 없었다. 그녀가 어떤 처벌을 받게 되든, 자신의 집을 침입한 것이 여자일 리 없다는 확신이 있기에 한 여인의 생명을 걸고는 증언하지는 않겠다는 것이었다.

그녀는 말했다. "제 물건이 거기서 발견됐을 수도 있습니다. 하지만 그것들이 저 여인의 소지품에서 발견됐다 하더라도, 그녀는 여기서 이름을 밝힐 수 없는 사악한 무리의 도구나 희생양이 된 것입니다. 저는 그녀가 제 물건을 훔치지 않았다고 믿기에, 그녀의 유죄판결에 어떠한 관여도 하지 않을 것입니다."

판사가 말했다. "이는 내가 지금까지 본 것 중 가장 특이하게 뒤틀린 것이군요. 로건 부인, 나는 피고인이나 대리인들이 정의 실현을 방해하기 위해 당신과 모종의 합의를 했다는 강한 의심이 듭니다."

"전혀 그렇지 않습니다, 나리. 저는 한 번도 만난 적 없는 이 여인을 찾아 피블스 감옥에 갔고, 그녀가 몇 가지 간단한 사실만 알려준다면 이 기소와 증언을 철회하겠다고 제안했습니다. 하지만 그녀는 제 제안을 거부했고, 저를 무례하게 밖으로 내쫓았습니다. 간수에게는 어떤 구실로도 저를 다시 들이지 말라고 명령했고요."

피고의 변호인은 이 증언을 토대로 배심원들에게 유창하게 변론했다. 결국 기소는 철회되었고, 피고인은 과거 행실에 대한 엄중한 질책과 함께 더 좋은 사람들과 어울리라는 훈계를 받으며 석방되었다.

며칠 지나지 않아 한 심부름꾼이 큰 꾸러미를 들고 로건 부인의 집을 찾아왔다. 그는 꾸러미를 부인의 손에 전달했는데, 물품 목록이 담긴 봉인된 쪽지와 함께 불운한 애라벨라 캘버트가 부인과 대화를 나눌 수 있을지 묻는 요청이 있었다.

로건 부인은 이 전갈을 받고 이토록 기쁜 적이 없었다. 부인은 답례의 인사를 보냈다. 캘버트를 만나면 매우 기쁠 것이며, 그녀가 도착할 때까지 꾸러미의 어떤 물건도 보거나 만지지 않을 것이라고 했다. 얼마 지나지 않아 캘버트가 모습을 드러냈다. 지금까지 본 것보다는 좀 더 나은 차림새였다. 그녀는 도난당했던 물건을 대부분 돌려주었다. 거기에다 로건 부인의 것이 아니거나 캘버트가 가질 수 있도록 자기 것이 아니라고 부인했던 물건들도 함께 건넸다.

캘버트가 들려준 불운한 이야기는 가장 비참한 성격의 것이었다. 인간성의 가슴속에 있는 연민과 혐오의 감정을 자극하기에 충분했다. 그녀는 명성과 재산 그리고 육체적 박탈을 겪었다. 감옥에 투옥되었고, 협박당했으며, 사기꾼이라는 낙인이 찍혔다. 이 모든 것은 그녀가 몇몇 인간 말종에게 흔들림 없이 충성하고 진실했던 탓에 당한 일이었다. 그들은 모두 그녀를 완전한 빈곤과 수치 속에 내던져 버렸다. 허나 우리는 지금 이 이야기를 더는 다룰 수 없다. 어쩌면 우리 이야기의 흐름을 망칠 수 있고, 또 뒤이어 나올 이야기를 로건 부인이 애타게 기다리며 안절부절못하고 있기 때문이다.

"로건 부인, 당신이 조지 콜완 씨의 죽음과 관련된 정황을 자세히 듣고 싶어 하는 걸 알고 있어요. 당신에 베푼 무한한 관용과 사심 없는 태도에 감사할 따름입니다. 제가 아는 모든 것을 말씀드릴게요. 저는 생전에 그 일에 대해 아무것도 밝히지 않기로 결심했었습니다. 그 이유는 나중에 아시겠지만, 말씀드리자면, 부인이 실망하실 거예요. 왜냐하면 그 신사가 아니니까요. 비록 그가 이 죄로 기소되어 유죄 판결을 받았고, 도망치지 않았다면 법정 최고형을 받았을 테지만, 부인의 도련님을 죽인 건 그가 아니었습니다. 그는 이 일에 전혀 연관이 없어요."

"난 그가 했다고 생각한 적이 없어요. 하지만 그걸 어떻게 아나요? 말씀해 주세요."

"말씀드릴게요. 저는 요크에서 교활하고 능란한 악마에게 버림받았고, 극악무도한 범죄에 연루되었다는 누명을 쓰고 그자를 대신해 고초를 당했습니다. 생각만 해도 몸서리나는 고통이었죠. 그 지역에서 추방당했고, 버림받은 불쌍한 아이와 함께 구걸하며 에든버러까지 걸어갔어요. 그곳에서 생애 두 번째로 우리 두 목숨을 지키기 위해 가장 비천한 수단을 택할 수밖에 없었어요. 저는 옷을 하나 빌려 입고, 떨리는 마음으로 하이 거리로 나섰어요. 의회가 열릴 때는 사람으로 붐비고 흥청망청하는 시기라 제 외모와 차림새라면 금방 고객을 끌 수 있다고 생각했죠. 제가 막 거리로 나섰을 때, 젊은 신사들 일행이 지나갔어요. 그들이 하는 소리와 대화 내용을 듣자니 이미 취해 있다는 것을 알 수 있었어요. 그래서 가능하다면 그들 중 하나를 먹잇감으로 삼을 요량으로 그 근처를 얼쩡거렸답니다. 마침 한 신사가 저를 눈여겨보기 시작하자 한 경비병이 저를 거칠게 좁은 골목으로 밀쳐 버렸어요. 그 일행이 거침없이 큰 소리로 떠들어 대서 저는 그들이 어느 집으로 향하는지 알았답니다. 그래서 골목을 따라 내려가 그들이 모이기로 한 집으로 갔어요. 하지만 이미 늦었더군요. 그들은 모두 집 안으로 들어가 버렸고, 문은 잠겨 있었죠. 저는 기다리기로 했습니다. 그들 모두가 오래 머물 수는 없을 거라고 생각했거든요. 저는 배가 고파 죽을 지경이었고 쓰러질 것만 같았어요. 달빛이 대낮처럼 밝아서 골목 끝에 있는 간판이 보였는데, 거기 이 층에 특정한 유형의 작은 선술집이 있다는 걸 알 수 있었어요. 저는 그곳에 올라가서 주인 여자를 불러 제 계획을 말했습니다. 그녀는 크게 찬성했고, 제가 그 귀족 손님 중 한 명을 데려오면 가장 좋은 방을 내주겠다고 했어요. 그녀는 그 일행이 머무는 선술집 주인을 '럭키 써즈'라고 부르면서 욕했는데, 틀림없이 그 집에서 엄청난 수익을 내는 것을 질투하는 것 같았어요. 주인 여자는 제게 마실 것을 좀 주었어요. 제 처지가 하도 궁핍했던지라, 정말 고마웠답니다. 저는 기회를 놓치지 않으려고 아래층으로 내려갔습니다. 제가 바닥에 발을 딛는 순간 럭키 써즈의 출입문이 열렸다 닫혔고, 토마스 드러먼드 경이 발꿈치에 검이 철컥거리며 격정적인 발걸음으로 황급히 내려왔습니다. 저는 부드럽고 달래는 듯한 어조로 그에게 말을 걸었어요. 그는 제 말투에 마음이 끌렸나 봅니다. 그는 즉시 멈춰 서서 저를 뚫어지게 쳐다보더니, 그 장소를 둘러보고, 다시 저를 보았어요. 저는 그에게 따라오라고 손짓했고, 그는 더는 예의를 차리지 않고 따라왔습니다. 우리는 곧 모든 것이 초라한 집의 가장 좋은 방에 함께 있게 되었어요. 그는 계속해서 주변을 둘러보다가 저를 쳐다보았지만, 그동안 한마디도 하지 않았어요. 마침내 제가 그에게 무언가 드시겠냐고 물었더니, '좋아요.'라고 했어요. 제가 무엇을 드시고 싶은지 물었지만, 그는 단지 '아무거나 괜찮아요.'라고만 답했어요. 그가 제 말투에 마음이 끌렸다면, 저는 그의 말투에 훨씬 더 매료되었죠. 그는 완벽한 신사였고, 신사는 언제나 신사답게 행동하기 마련이니까요. 마침내 그가 말을 했어요.

'어떻게 이렇게 만날 수 있는지 도저히 이해할 수가 없군요, 마담. 마치 마법에 걸린 것 같아요. 제 눈을 믿기가 어렵고요. 영국 귀부인이신 것 같은데, 태도와 말씨로 보아 최상류층의 일원으로 보이시는 분이 이런 곳에 계시다니 정말 놀라워요. 에든버러의 이런 골목 끝에! 그것도 이런 밤늦은 시각에! 분명 보통이 아닌 불운이 있으셨기에 이런 상황에 처하신 것이겠지요?'

저는 울었습니다. 아니, 우는 척했습니다. 그러자 그가 덧붙였어요

'마담, 제발 마음을 추스르세요. 무슨 일이 있었는지 말씀해 보세요. 당신이 고국이나 친지들에게 돌아가는 데 도움이 될 수 있다면 제가 힘을 보태겠습니다.'

그때 저는 친구가 절실히 필요했고, 이제야 친구를 얻을 기회가 왔다고 생각했어요. 그래서 방금 부인에게 했던 그 감동적인 이야기를 하기 시작했어요. 하지만 곧 깨달았어요. 제가 진실을 너무나 꾸밈없이 털어놓았고, 그 바람에 제가 의도했던 것에서 완전히 빗나가 버렸죠. 그는 자신이 허름한 집의 초라한 구석방에 앉아 있다는 것을, 그것도 사기꾼이자 사칭범으로 얼마 전에 태형을 받고 추방당한 죄인과 함께 있다는 것을 알게 되자, 소심한 성정에 경각심을 느꼈고, 동정은 고사하고 충격에 빠졌어요. 그는 제 팔에 남은, 우연히 생긴 몇몇 흉터에 시선을 고정했고, 그 순간부터 불안해하며 떠나고 싶어 안절부절못하더라고요. 저는 그를 붙잡아 두려고 몇 가지 부드러운 술수를 써 보았지만 소용없었습니다. 결국 그는 쾌락을 맛보기는커녕 요구도 하지 못한 채 여관 주인과 저에게 돈을 지불하고 떠나 버렸어요.

저는 그를 아래층까지 배웅했답니다. 그가 막 다음 건물 모퉁이를 돌아서는 순간, 한 남자가 그의 곁을 거칠게 스쳐 지나갔어요. 남자는 그와 눈을 마주치고는 제게로 달려왔습니다. 그는 매우 흥분한 상태였고, 숨을 헐떡이고 있었죠. 그가 제 손을 잡았고, 우리는 말없이 계단을 뛰어 올라갔어요. 순식간에 제가 막 나왔던 방으로 들어갔는데, 거기엔 아직 손대지 않은 포도주 한 병이 놓여 있었어요. '아, 이거 운이 좋군!' 그가 말하며 스스로 술을 따랐습니다. 한편 우리 방은 모퉁이에 있어서 동쪽과 북쪽이 모두 보였습니다. 저는 그 드러먼드를 살펴보려고 동쪽 창가로 서둘러 갔어요.

자, 제 말을 잘 들어 보세요. 드러먼드가 타탄 무늬 옷과 보닛 모자를 쓴 채 동쪽으로 걸어가는 것이 보였어요. 그가 찬 클레이모어 검의 도금된 손잡이가 달빛에 반짝거렸죠. 바로 그 순간 다른 두 남자가 눈에 들어왔어요. 한 명은 검은 옷을 입었고, 다른 한 명 역시 타탄 무늬 옷을 입고 있었는데, 그들은 호수 건너편 둑에서 계단 쪽으로 걸어오고 있었어요. 저는 드러먼드와 그 두 사람이 서로를 바라보며 지나치는 것을 보았어요. 드러먼드가 리스 와인드 쪽으로 사라질 때까지 지켜보았고, 그때쯤 두 낯선 남자는 우리 창문 바로 아래까지 와 있었죠. 제가 특별히 주목해 주길 바라는 점이 이거에요. 저는 드러먼드를(그가 이름과 주소를 알려 주었어요) 우리가 짧은 계단을 올라가는 그 짧은 시간 동안만 놓쳤을 뿐이에요. 아마 그 시간 동안 그가 잠시 멈췄었나 봐요. 제가 다시 보았을 때, 그는 아직 다음 입구에 이르지 않았고, 열 걸음이나 열두 걸음도 더 가지 않은 상태였거든요. 그리고 바로 그때 저는 두 남자가 호수 반대편 둑을 따라 내려오는 것을 보았는데, 그 거리가 약 300보쯤 되어 보였어요. 그들 모두가 제 시야에 똑똑히 들어왔어요. 드러먼드가 하이 거리 아래쪽으로 이어지는 좁은 골목 중 하나로 사라질 때까지 그들은 서로 말을 건넬 만큼 가까이 있었던 적이 없었어요. 그러고는 그 두 남자가 제 창문 아래로 왔고요. 그러니까 드러먼드가 그 남자 중 한 명일 수도 없고, 그들과 어떤 접촉을 했을 리도 없다는 건 아주 자명해요.

그런데 말이에요. 잘 들어 보세요. 이것은 제가 지금까지 본 것 중 가장 이상한 일이었으니까요. 제가 아래 두 낯선 이들을 내려다보는데, 그중 한 명이 드러먼드를 너무나 빼닮았더라고요. 옷차림이며 체형, 생김새, 목소리까지, 정말 그 둘을 구분할 수 없을 정도였어요. 하지만 저는 그가 드러먼드일 수 없다는 걸 확신했어요. 한 명이 가고 다른 한 명이 오는 것을 동시에 보았으니까요. 그 순간 저는 마치 드러먼드 모습을 한 악령이나 악마를 보는 것 같았어요. 심장 주변으로 오싹함이 스며들었고, 무릎이 후들거리기 시작했어요. 그래서 어둠이 드리웠던 창에서 고개를 돌려 옆에 있던 남자에게 말했어요. '맙소사, 이게 무슨 일이람?'

'무슨 일이라니?' 그도 저만큼이나 당황한 표정이었죠.

'맹세컨대, 저기 환영이 서 있어요!' 하고 제가 말했어요.

제가 그렇게 말해도 그는 그리 두려워하지 않았어요. 그는 조심스럽게 밖을 내다보았어요. 잠시 창밖을 살피며 귀를 기울이다가 고개를 뒤로 빼더니, '둘 다 살아 있는 사람이오. 그중 한 명은 내가 모퉁이에서 지나친 사람이고.' 하고 말했어요.

'절대 그럴 리 없어요. 맹세할 수 있어요.' 하고 제가 단호하게 말했죠.

그는 웃으며 고개를 젓더니, '난 한 번 본 사람은 절대 잊는 법이 없소. 특히나 그게 방금 전에 본 사람이라면. 근데 그렇든 안 그렇든 그게 중요한가? 우리가 상관할 바가 아니니 앉아서 재미나 봅시다.' 하고 말하더군요.

그래서 제가 '그래도 저에게는 아주 중요한 일이에요. 세상에나, 머리가 어지럽고 숨이 막혀요. 마치 악령들에게 둘러싸인 듯한 기분이랄까. 근데 당신은 누구신가요?' 하고 말했어요.

'우리가 헤어지기 전에 알게 될 거요, 아가씨. 방금 전에 떠났던 젊은 신사가 이곳에 다시 돌아온 걸 보고 왜 그리 불안해하는지 모르겠군. 아마도 지나가다 당신을 흘깃 보고는 걱정돼서 돌아온 걸 거요. 그게 이 수수께끼의 비밀이야.' 하고 그가 말했어요.

'그러시다면 친절히 밖으로 나가서 그와 합류해 주신다면 정말 고맙겠습니다. 난 평생 이런 불길한 예감을 느껴 본 적이 없어요. 내가 허락하지도 않았는데 어떻게 당신이 여기로 올라왔는지 이해할 수 없네요. 나가 주시겠습니까, 나리?' 하고 제가 말했어요.

거의 성공할 뻔했는데…. 그가 지갑을 꺼냈어요. 거기 있게 해 달라며 돈을 주었어요. 더 이상 말할 필요는 없겠죠. 아, 그 순간 그를 내보내려던 나약한 결단을 지켰더라면, 얼마나 많은 수치심과 비참함을 피할 수 있었을까요! 하지만 그건, 비록 아직도 제 마음속에서 가장 큰 자리를 차지하고 있긴 하지만, 여기서 할 이야기는 아닙니다.

제가 다시 내다보니, 두 남자가 조용한 소리로 다투고 있었어요.

한 사람은 극도로 동요되고 겁에 질린 상태였고, 다른 사람은 그를 질책하며 어떤 무모한 행동을 하라고 재촉하고 있었어요. 마침내 저는 하일랜드 복장*을 한 젊은이가 분노에 찬 목소리로 이렇게 말하는 것을 들었어요.

'조용히 해, 겁쟁이 놈아! 이건 신께서 너에게 수행하라고 위임한 것이야, 반드시 해야 해. 하지만 네가 정말로 거부한다면, 내가 직접 하겠다. 그땐 그 뒷일을 책임져야 할 거다.'

'어, 할게요. 할게요! 항상 그랬던 것처럼 이번에도 당신이 가르쳐 주세요.'라며 검은 옷을 입은 상대가 비참히 애원하는 어투로 외쳤어요.

그동안 저는 그들로부터 잘 숨어 있다고 생각했는데, 타탄 옷을 입은 사람이 슬쩍 제게 고개를 끄덕이는 것을 보고 적잖이 놀랐어요. 마치 '어떻게 생각하시오?'라든가, '보시는 것을 잘 기억해 두시오.'라고 말하는 것 같았죠. 이를 통해 저는 그가 무슨 일을 하고 있든 간에 그걸 비밀로 하고 싶어 하지 않는다는 것을 알 수 있었어요. 저는 도저히 이길 수 없는 공포와 불안감에 사로잡혀 있었어요. 하지만 오히려 더욱 궁금해져서 모든 사건을 지켜보았답니다.

저는 아직도 하일랜드 남자를 토마스 드러먼드의 악령이라고 믿어요. 그는 모든 행동을 생각하는 즉시 실행했어요. 그는 검은 옷 청년을 창문에서 약간 서쪽으로 난 좁은 통로에 숨겼어요. 그가 청년의 어깨를 붙잡고 달빛이 비치는 풀밭을 건너갈 때 보았는데, 둘 다 장

* 스코틀랜드 고지대에서 입던 타탄 무늬의 전통 복장을 말한다.

검으로 무장하고 있었어요. 그는 어렵지 않게 청년을 어둡게 그늘진 골목으로 밀어 넣었고, 나에게 다시 한번 신호를 보낸 뒤, 골목을 따라 럭키 써즈의 현관 앞으로 급히 올라갔어요. 도시와 아침이 너무나 고요해서 제가 창밖으로 머리를 조금 내미니 모든 소리가 들렸어요. 하일랜드 남자는 문을 예리하게 두드렸어요. 꽤 시간이 지난 후에 빗장이 열리더니, 제가 짐작하기로는 무거운 체인이 되는 데까지만 문이 열렸어요. '조지 청년이 아직 집에 있소?' 하고 그가 날카롭게 물었어요.

대답은 듣지 못했지만, 뒤이어 그가 '만약 있다면, 잠시 밖에서 내가 좀 보잔다고 전해 주시오.'라고 말하는 것은 들었어요. 그는 그러고 나서 문에서 물러나 느긋이 골목을 내려왔어요. 자주 뒤를 돌아보며 질질 끄는 듯한 모습이더군요. 조지가 나왔어요. 그를 따라 몇 발 앞으로 나온 뒤 멈춰 섰는데, 마치 친구를 불러 동행해야 할지 망설이는 것 같았어요. 바로 그 순간 그의 뒤에 있던 문이 닫히고, 체인이 걸리고, 쇠 빗장이 잠겼어요. 이 소리를 듣고는 더는 망설이지 않고 상대를 따라갔어요. 그가 내 창문 아래를 지나갈 때, '부탁이야, 드러먼드, 이 일을 성급하게 하지 말지.'라고 말하는 걸 들었어요. 그러나 상대방은 이미 모퉁이를 돌아선 후라 대답을 들을 수는 없었죠.

저는 침대에 기대어 졸고 있던 남자를 깨워서 함께 북쪽 창으로 밖을 내다보았어요. 우리는 그늘에 있었지만, 두 젊은 신사는 훤한 달빛 아래 있었죠. 조지 청년은 눈에 띄게 술에 취해 있었는데, 상대

방에게 꽤 오랫동안 말을 했어요. 우리 쪽으로 등을 돌리고 있어서 그가 하는 말은 들리지 않았으나, 어조와 몸짓으로 보아 뭔가를 설득하는 것 같았죠.

그가 말을 마치자, 타탄 무늬 옷을 입은 키 큰 청년이 검을 뽑았어요. 그는 얼굴이 우리 쪽을 향하고 있었어요. 그가 '조지, 더 이상 말은 필요 없다. 내가 생각하는 것처럼 네가 사내라면, 검을 뽑아라. 여기서 결판을 내도록 하자.'라고 말할 때는 똑똑히 들렸어요.

조지 청년은 자세를 바꾸지 않은 채 검을 뽑았어요. 목소리는 차분했는데, 말소리가 들렸어요. '드러먼드, 내가 자네에게 겁을 먹을 거라 생각하나? 분명히 말하지만, 자네 가문에서 가장 훌륭한 사내 열 명이 등을 맞대고 있어도 나는 두렵지 않네. 내가 원하는 건 단 하나, 우리가 공정하게 싸우는 것을 지켜봐 줄 친구들이 있었으면 하는 것뿐이야. 나랑 맞붙기만 한다면, 자네는 죽은 목숨이나 다름없으니까.'

상대방은 이 말에 격분해서 '이 허풍쟁이야. 천하의 망나니 같으니! 대자연의 얼굴에 얼룩 같은 놈! 너는 기독교 세계의 재앙이다! 이 타락한 놈아! 네 영혼을 가져가겠다. 내일이면 너는 저세상에서 테니스나 치면서 선택받은 형제들을 경멸하고 있겠지.' 하고 소리를 질렀어요. 이렇게 말하며 그는 조지를 도발하려 장검을 휘둘러 댔어요. 그는 의도한 바를 이루어 냈어요. 이미 검을 뽑아 들었던 조지는 방자하고 허세 넘치는 적을 향해 나아갔고, 격렬한 전투가 시작되었죠. 저랑 같이 있는 남자는 이를 보며 꽤나 신이 나 '와 죽이는군!

정말 대단해!' 하고 크게 소리쳤어요. 저는 그를 제지하지 못했어요.

저는 심장이 사시나무처럼 바들거렸습니다. 조지 청년이 상대보다 확실한 우위를 점하고 있었거나, 아니면 상대가 일부러 그렇게 보이도록 내버려둔 것 같았어요. 상대는 계속해서 자리를 옮기고 욕설을 내뱉으며 조지가 찌르는 것을 그림자처럼 피해 다녔어요. 때론 비웃음 섞인 소리를 내질러서 상대를 극도로 짜증 나게 했죠. 또 때로는 멀찍이 뛰어가 거리를 벌렸다가, 번개 같은 속도로 다시 달려들곤 했고요. 하지만 젊은 영웅은 언제나 자리를 지켰고 공격을 막아냈어요. 그들이 달빛에 허연 녹지를 거의 두 바퀴를 돌며 싸웠지만(부인도 아시겠지만 결코 작은 공간이 아닙니다), 그는 한 걸음도 물러서지 않았어요. 마침내 그들은 어두운 입구 바로 앞까지 싸움을 이어갔는데, 그곳에는 줄곧 검은 옷을 입은 자가 숨어 있었어요. 그때 타탄 무늬 옷을 입은 결투자가 상대와 몸싸움을 벌이는 척하다가, 상대를 붙들어서 꼼짝하지 못하게 하고는, 순간 방향을 돌려 상대의 등이 입구 쪽으로 향하게 했어요. 그러고는 '오, 친구여, 지옥이 왔구나! 친구여!' 하고 외쳤어요.

바로 그때, 검은 옷을 입은 자가 장검을 뽑아 들고 은신처에서 튀어나와 용감한 조지의 등에 두 번 치명상을 가했답니다. 정말 순식간에 일어났고, 저는 두 번 다 칼날이 그의 몸을 관통했다고 생각했어요. 그는 쓰러졌어요. 그러고는 몸을 뒤로 굴려 돌리며 이렇게 비겁하게 자신을 죽인 자가 누구인지 보았어요. 그는 제가 일찍이 들어 본 적 없는 처절한 죽음의 목소리로 '오, 지옥의 개만도 못한 놈, 바로 네놈이었구나!' 하고 말했어요.

조지는 조금 더 말을 했는데, 다른 소리에 가려 잘 들리지 않았어요. 검은 옷을 입은 자가 치명적인 상처를 가했을 때, 제 옆에 있던 남자는 '비겁하다, 이 악당 놈아! 그건 너무 하잖아! 용감한 사람을 등 뒤에서 치다니! 한 명씩 상대하라고, 이 겁쟁이 놈들아!' 하고 소리쳤어요. 이에 타탄 무늬 옷을 입은 비정한 악마는 승리에 찬 큰 웃음으로 답하더군요. 그러고는 공포로 얼어붙은 살인자의 팔을 잡아 다시 어두운 입구로 끌고 갔어요. 그 후로는 그들을 볼 수 없었죠."

이때쯤 로건 부인은 일어나 있었다. 캘버트 부인이 이야기를 마쳤을 때, 그녀는 두 팔을 한껏 위로 뻗은 채 서서 고개를 숙이고 있었다. 얼굴에는 극도의 공포가 어려 있었다.

"돌아가신 내 은인의 암울한 의심이 옳았군요. 그분이 마지막에 예언한 대로 이루어졌어요." 부인이 울부짖었다. "유능한 조지 콜완을 죽인 살인자가 바로 친형제였어요. 틀림없이 두 아들을 낳은 그 여자와, 그녀를 조종하는 수호신이자 스스로를 합리화하는 광신자의 사주를 받았겠지요. 그래, 저기 저들은 어떠한 처벌도 받지 않고 그토록 비싼 대가를 치르고 얻은 사치를 누리고 있어요! 전능하신 분께서 저들을 수치와 혼란 속에 던져 버리지 않으신다면, 이 세상에서는 응보의 희망이 없는 거예요. 주님의 권능으로, 내가 그것을 이루는 도구가 되겠어요! 당신과 있던 남자는 어찌하여 그 비열한 살인자들을 추격하지 않았을까요? 왜 경보를 울리고 순찰대를 부르지 않았나요?"

"그 남자요? 야비한 사람이었죠! 그는 자신이 차지한 은신처에서 움직일 엄두조차 내지 못했어요. 죽어도 그렇게 못했을 거예요. 그가 처음 내 품으로 뛰어들었을 때, 그는 목숨을 위협받고 쫓기는 몸이었어요. 하지만 전 그걸 몰랐어요. 그래, 그때는 그가 누군지도 몰랐어요. 그 혐오스러운 놈에게 하늘의 저주와 지옥의 재앙이 내리길! 정의를 위해 추격을 한다고요? 천만에요! 그가 하는 모든 짓을 사악한 것이었어요, 선을 위한 건 단 한 건도 없었죠. 그래서 제가 경보를 울렸어요. 비참하고 타락한 몸이었지만, 내가 직접 추격하고 순찰대를 불렀어요. 그 끔찍하고 수수께끼 같은 사건에 벨 캘버트라는 이름이 연루됐다는 얘기를 듣지 못했나요?"

"들었어요. 비밀리에 여러 번 들었어요. 그런데 어떻게 당신을 찾을 수 없었던 걸까요? 토마스 드러먼드의 무죄를 입증할 수 있는 유일한 사람인데, 왜 그를 변호하기 위해 나타나지 않았나요?"

"그럴 수 없었어요. 저는 악당의 권력과 지배 아래 있었고, 그 악당은 이 사건에 연루되는 걸 죽기까지 싫어했거든요. 더 나쁜 건, 그의 증언이 내 증언을 뒤덮어 버릴 수 있다는 거였어요. 그자는 조지 콜완과 싸움을 벌인 사람이 내 거처를 나서다 만난 바로 그 사람이라고 맹세했을 테니까요. 그걸로 끝이었죠. 게다가 그자는, 제가 말하는 그 비열한 작자는, 평생 단 한 번도 사람을 잘못 알아본 적이 없었고, 누구나 그걸 알고 있었어요. 그러니 그 시비를 걸었던 사람이 드러먼드와 닮았다는 불가사의한 사실이 더욱 기이해지는 거죠."

"당신이 말한 대로 그가 만약 드러먼드였다면, 내 추측은 여전히 틀린 게 되는군요."

"적어도 드러먼드가 아닌 것은 확실해요. 우리가 이 세상에서 의지할 수 있는 건 감각밖에 없어요. 이마저 우리를 속인다면, 우리가 무엇을 할 수 있겠어요? 내가 그것을 설명할 수 없다는 건 인정해요. 그리고 내 평생 그것을 설명할 수 없을 거예요."

"당신이 그 검은 옷을 입은 남자를 다시 보면 알아볼 수 있을까요?"

"그가 걷거나 뛰는 걸 본다면 알아볼 수 있을 거예요. 걸음걸이가 아주 특이했거든요. 마치 발바닥이 평평하고, 다리가 강철로 만들어진 것처럼 걸었어요. 발목이나 발에 관절이 전혀 없는 것처럼요."

"맞아요, 그거예요! 바로 그거! 부탁인데, 나와 같이 며칠간 시골에 가서 그런 사람을 한번 봐 줄 수 있어요?"

"부인이 제 생명을 구했으니, 부인을 위해서라면 무엇이든지 하겠습니다. 기꺼이 가지요. 그의 모습이 제 마음에 쉽게 사라지지 않는 인상으로 남아 있으니 알아볼 수 있을 겁니다. 하지만 분명한 것은, 제 옆에 있던 그 야비한 인간이 그를 알아보고, 평생 매일 같이 그가 누구인지 맹세할 수 있다는 거예요."

"그 사람은 어디 있죠? 어디 있나요? 오! 캘버트 부인, 그는 어디에 있나요?"

"그 인간이 어디 있냐고요? 제가 말했듯이 그자는 비열한 자예요.

몰락한 불쌍한 사람이 줄 수 있는 모든 애정을 받고서, 또 제가 전혀 모르는 수천 가지 흉악한 짓을 저지르고서, 악마 같은 자기 목숨을 구하려고 밀고자가 된 자예요. 그러고는 제 목숨을 모든 것의 희생양으로 바치려 했어요. 먼저 우리 둘이서만 가 보죠. 그리고 다른 사람을 더 보낼 필요가 있는지 제가 말씀드릴게요."

다음 날 아침, 두 여인은 시골 부녀자처럼 옷을 입고, 안장을 얹은 튼튼한 조랑말 두 마리를 빌려 서쪽으로 여정에 올랐다. 에든버러를 떠난 지 이틀째 되는 날 저녁, 달캐슬에서 3킬로미터 아래에 있는 마을에 도착해 말에서 내렸다. 그들은 거의 여정의 끝에 있었다. 하지만 로건 부인은 캘버트 부인이 어떤 언질이나 선입견 없이 판단하도록 그 사실을 말하지 않았다. 그들이 잠시 앉았을 때 이 생각을 염두에 둔 로건 부인은 "후유, 난 지쳤어요! 더 멀리 가기 전에 여기서 하루 쉬어야 하지 않을까요?" 하고 물었다.

로건 부인이 이렇게 말할 때 캘버트 부인은 창턱에 기대어 밖을 바라보고 있었는데, 너무나 몰입한 나머지 대답을 하지 못했다. 그녀는 마을 먼 쪽에서 다가오는 두 젊은이를 골똘히 쳐다보고 있었다. 그러다 심각한 표정으로 고개를 돌리더니, 좀 더 가자고 했었나요? 그럴 필요가 없겠어요. 바로 저기, 우리가 찾던 바로 그 사람이 진짜로 오고 있으니까요!" 하고 말했다.

로건 부인이 창가로 달려가서 보니, 과연 로버트 링힘 콜완(지금은 달캐슬의 영주)이 한 청년과 팔짱을 끼고 그들이 있는 창문 아래로 걸어오고 있었다. 두 사람이 지나갈 때, 청년은 위를 올려다보며 두 부인에게 교묘한 신호를 보냈는데, 입술을 깨물고 왼쪽 눈을 윙크하며 고개를 끄덕였다. 캘버트 부인은 이 암호 같은 신호를 보고 깜짝 놀랐다. 앞서 결투가 있었던 날 밤, 달빛 아래서 그 청년과 함께 있던 남자도 똑같은 신호를 보냈었기 때문이다. 게다가 불현듯 이 청년의 얼굴을 어디선가 본 적이 있는 듯했다.

캘버트 부인이 그를 뒤따라 보고 있을 때, 그는 어깨 너머로 윙크를 했다. 하지만 그녀는 그의 인사에 답할 수가 없었다. 로건 부인이 신음과 비명이 섞인 큰 소리를 지르며 갑자기 무너진 벽처럼 쿵 하고 바닥에 쓰러졌기 때문이다. 로건 부인은 완전히 정신을 잃었고, 그날 저녁 내내 동행인의 보살핌을 받아야 했다. 한 번의 발작에서 겨우 회복되면 곧바로 다른 발작이 찾아왔고, 의식이 있던 짧은 순간에도 그녀는 제정신이 아닌 사람처럼 혹은 꿈을 꾸는 것처럼 헛소리를 했다.

밤까지 깊은 잠을 자고 난 후에야 로건 부인은 평정을 되찾았다. 두 사람은 봤던 것에 대해 진지하게 대화를 나누기 시작했다. 캘버트 부인은 창문 옆을 지나간 젊은이가 바로 조지 콜완을 등 뒤에서 찔렀던 바로 그 사람이라고 단언했다. 그녀는 언제든 필요하면 증언할 의향이 있다고 했고, 설령 그 비열한 리즐리가 그 사람을 본다 해도, 그도 똑같이 인정할 것이라고 확신했다. 그는 걸음걸이가 독특해서 보통 수준의 식별력을 가진 사람이라면 누구도 놓치지 않을 거라고 했다.

로건 부인은 크게 동요하며 말했다. "이건 내가 줄곧 의심해 왔던 거예요. 내 은인이신 돌아가신 주인님도 확신하셨던 것이고요. 이런 끔찍한 생각에 그분은 일찍 돌아가셨어요. 캘버트 부인, 저 비열한 자는 자기 친형제를 죽였어요. 한 배에서 태어난 형제인데. 아버지가 같은지는 주님만이 아시겠지만. 오, 캘버트 부인, 하지만 그것 때문에 내가 지금 이렇게 혼란스럽고 신경증에 걸린 건 아니에요. 오늘 밤 그와 함께 걷던 젊은이가 누구라고 생각하세요?"

"아무리 생각해도 기억나지 않아요. 하지만 분명히 그 멋진 체구와 얼굴을 전에 본 적이 있어요."

"그런데 그가 우리를 알아보는 것 같지 않았나요, 캘버트 부인? 부인은 일어난 일들을 잘 기억하시잖아요. 그가 우리를 알아보고 그런 뜻으로 신호를 보낸 것 같지 않았나요?"

"맞아요, 그랬어요. 더욱이 아주 재밌어하는 것 같았어요."

"오, 캘버트 부인, 저를 붙잡아 주세요. 신경 쇠약이 다시 도질 것 같아요. 그가 누구인가요? 그가 누구죠? 누구라고 생각하는지 말해 주세요. 난 차마 내 생각을 말할 수가 없네요."

"전혀 기억이 나지 않아요."

"그날 밤 살해당한 젊은 신사의 모습을 기억하시나요? 우리 도련님 조지 콜완의 모습을 조금이라도 기억하시나요?"

캘버트 부인은 말없이 앉아서 상대방의 얼굴을 가만히 응시했다. 두 사람의 시선이 마주쳤고, 각자의 눈빛에서 비현실적인 경이로움이 번뜩였다. 눈빛이 마주치자 실제로 불이 붙는 듯했고, 그 불길은 그들의 달아오른 상상력으로 되돌아왔다. 두 동지는 마치 조각상처럼 되어 버렸다. 손은 펼치고, 눈은 고정된 채, 턱이 가슴까지 내려왔다. 앞서 로건 부인이 어지러워할 때 호출받았던 여관 주인 노파는 마침 이 위기의 순간에 강심제를 들고 들어왔다. 숙박객들의 상태를 보고는 그녀도 감염된 듯 똑같이 조각상처럼 굳어 버렸다. 이보다 더 충격적인 장면은 없었을 것이다. 만약 캘버트 부인이 정신을 되찾아 말문을 터서 이 마법 같은 상황을 깨지 않았다면, 이 상태가 얼마나 오래 지속되었을지 누가 알겠는가.

"그 사람이 맞는 것 같아요." 캘버트 부인이 마치 속으로 말하듯 중얼거렸다. "다른 사람이 될 수는 없어요. 하지만, 아니, 그건 불가능해요! 전 그의 심장이 관통하는 걸 봤는걸요. 풀밭에서 뒤로 쓰러져, 피에 흥건하여 마지막 말을 하고, 신음하며 영혼이 떠나가는 걸 봤다고요. 근데, 만약 그가 아니라면, 도대체 누구일까요?"

"도련님이에요!" 로건 부인이 발작적으로 외쳤다.

"맞소, 맞아, 그 사람이오!" 여관 주인 노파도 맞장구를 쳤다.

"누구 말인가요?" 캘버트 부인이 말했다. "누구를 말씀하시는 거죠, 부인?"

"오, 나도 모르겠소! 모르겠어! 그냥 겁이 났을 뿐이오."

"그럼 정신을 차리실 때까지 가만히 계시다가 할 수 있을 때 새로운 달캐슬 영주와 어울리는 저 젊은 신사가 누구인지 말해 주세요."

"오, 그 사람이에요! 그 사람이라고요!" 로건 부인이 양손을 비틀며 비명을 질렀다.

"오, 그 사람이요! 그 사람이야!" 주인장 노파도 자신의 손을 비틀며 외쳤다.

캘버트 부인은 주인장을 차분하고 정중하게 방 밖으로 안내했다. 방 안 공기가 뭔가에 전염된 것 같으니 방 밖에 있는 것이 좋겠다고 그녀에게 말했다.

두 부인은 불안하고 끔찍한 밤을 보냈다. 잠은 그들을 위로하러 오지 않았다. 그들은 오직 살아있는 것처럼 보이는 죽은 이에 관해서 대화를 나누었다. 그들의 마음은 미스터리의 혼돈 속에서 더듬더듬 방황하고 있었다. 캘버트 부인이 물었다. "시신을 보았나요? 정말로 그가 죽어서 묻혔나요?"

"예, 그래요. 훼손되었지만 그 고운 시신이 집에 왔을 때부터 관에 안치할 때까지 내가 돌봤어요. 생명이 없는 육체에 길게 늘어진 혈흔을 닦았고, 너그럽고 온화한 심장을 관통한 검푸른 상처를 씻어 냈어요. 왼쪽 옆구리에도 상처가 하나 있었는데, 그곳에서 출혈이 가장 심했어요. 상처를 씻고 밀랍과 향이 나는 연고로 봉했지만 피가 계속 배어 나왔어요. 그래서 그를 관에 눕혔을 때는 마치 방금 살해당한 사람 같았죠. 용감하고 너그러운 우리 도련님. 나한테는 항상 아들 같았어요. 어떤 아들도 어머니에게 그렇게 다정하고 공손할 수는 없었을 거예요. 하지만 그는 도살당했어요. 성년에 이르기도 전에 이 세상에서 잘려 나갔어요. 잔인하고 부당하게 살해되었어요. 그런데 어떻게, 도대체 어떻게 그를 여기서 다시 보게 된 걸까요? 그것도 그를 살해한 자와 팔짱을 끼고 걸어가는 모습을요?"

"그럴 리가 없어요, 로건 부인. 그건 우리의 불안한 상상력이 만들어 낸 환상이에요. 그러니 이 문제를 더 조사해 보기 전까지는 침착하자고요."

"자연의 이치로는 있을 수 없는 일이죠." 로건 부인이 말했다. "어떻게 내가 그럴 수 있다고 생각했을까요… 그를 아기 때부터 알고 키워 온 내가 말이에요… 바로 여기에 모순이 있어요. 당신이 앞서 말했듯이, 우리는 감각 외에는 의지할 데가 없어요. 당신과 내가 어떤 사람을 보았다고 믿는다면, 그건 우리가 실제로 그를 본 거예요. 누가 말이나 논리로 우리가 감지한 것과 다르게 설득할 수 있겠어요? 우리가 시골 물건을 파는 가난한 여자로 변장하고 그 저택에 들어가서 무엇이든 볼 수 있는 것을 보고 들을 수 있는 것을 들어 봅시다. 우리가 맡은 일은 비정한 괴물에게 법의 심판을 내리는 매우 중대한 일이니까. 또 할 수 있다면, 그를 동행한 사람이 과연 누구인지도 알아보죠."

캘버트 부인은 의견을 같이했고, 두 여인은 잡동사니를 담은 바구니를 들고 달캐슬로 향했다. 그들은 마을에서 저택으로 가는 일반적인 길을 택하지 않고 다른 길로 접근했다. 달캐슬까지 800미터 정도 남은 지점에서 그들은 그 길로 걸어오는 두 청년을 보았다. 이는 마치 어떤 초월적인 힘이 그들이 원하는 정보를 얻을 기회를 놓치지 말라고 명령하는 듯했다. 누구나 알다시피, 달캐슬에서 북동쪽으로 향하는 길은 보글-후크*라 불리는 어두운 덤불 제방을 따라 나 있다. 두 여인이 가고 있던 길이 바로 이 길이었는데, 그들은 두 신사가 다가오는 것을 보고 뒤로 물러났다. 그들이 시야에서 벗어나자마자 길옆 덤불 속에 몸을 숨겼다. 로건 부인은 발각될까 두려웠다. 몰래 염탐하고 싶었다. 이제 캘버트 부인은 로건 부인에게 무엇을 보거나 듣더라도 의연함을 유지하라고 당부했다. 만약 그녀가 거기서 기절하여 발각된다면, 그녀의 신세가 과연 어떻게 되겠는가!

두 젊은이는 열띤 대화를 나누며 점점 다가왔다. 하지만 대화 주제는 끔찍한 것이었고, 그리스도교 공동체 앞에서 되풀이하기에는 부적절한 내용이었다. 로버트 링힘은 진정한 그리스도교인의 자유가 무한하다는 것에 의문을 제기했다. 자신이 영원 전부터 선택받은 자임을 알면서도 여전히 그 언약에서 제외당할 수 있는 행위가 있지 않을까 의심했다. 상대방은 강력한 언변으로, 그런 일은 전적으로 불가능하며 영원불변한 예정설과는 완전히 모순된다고 주장했다. 그의 주장은 설득력을 얻었고, 로버트는 무뚝뚝이 말이 없었다. 한편 두 여인에게 놀라운 일이 일어났다. 논쟁에 이긴 청년이 지나가면서 예전처럼 덤불 사이로 그들에게 아는 척하는 신호를 보낸 것이었다. 그리고 동료의 참모습을 적나라하게 드러내려는 듯, 그가 여인들 앞

* 유령 절벽이라는 뜻이다.

을 스무 번도 넘게 왔다 갔다 하게 만들며, 저지른 범죄와 계획 중인 범죄를 모두 자백하게 했다. 마침내 청년이 말했다. "친구야, 내가 분명 이 산책로에서 떠돌이 여자들을 보았거든. 그들을 찾을 수 있다면 좋겠는데, 분명히 네 숲속 어딘가에 숨어 있을 거야."

"찾으면 좋겠군요." 로버트가 대꾸했다. "그들을 학대하고 괴롭히면서 재미를 볼 수 있을 테니까."

"그래, 정말 그렇지! 로버트, 만약에 말이야, 네가 잘되는 꼴을 보기 싫어하는 사악한 여자가 너를 속이려고 이 숲에 숨어 있는 걸 발견하면 어떻게 하겠어?"

"개한테 여자를 갈기갈기 찢으라고 해서 살점을 던져 줄 거요. 변태적인 우리 아버지랑 살던 늙은 창녀가 있어요. 그녀는 너무 끔찍하죠. 그래서 난 항상 그녀가 무서워요. 그녀의 피를 볼 수 있다면, 내 재산의 절반이라도 내놓겠습니다!"

"내가 만약에 그녀를 네 손아귀에 넣어 주고, 그녀를 제거할 정당하고 진정한 구실을 마련해 준다면, 그러니까 지금이나 나중에 네가 법정에서 답변으로 쓸 수 있는 그런 걸 준비해 준다면, 나한테 뭘 해 줄 텐가?"

"난 그 못된 마녀가 깔아뭉개지는 꼴을 보고 싶어요. 그녀는 가문의 전통 식기류를 가지고 있어요. 법적으로는 내 건데 말이죠. 게다가 값비싼 유품을 수천 개나 가지고 있고, 재산도 많아요. 모두 그 늙은 난봉쟁이가 파렴치하게 물려 준 거예요. 또 듣자 하니, 나를 파멸시키겠다고 호언장담했다더군요."

"맞아, 그래. 하지만 그녀가 그걸 어떻게 이룰 수 있을지 모르겠군. 그 일은 아주 갑작스럽게, 조용한 한밤중에 처리되었으니까 말이야."

"목격자가 몇 명 있다고 하던데. 근데 그 추잡한 로건 양을 어디서 찾을 수 있을까요?"

"내가 곧 보여 주지. 근데 네가 기특한 일을 하나 해 줄 수 있을까? 자, 남자답게 망설이지 말고."

"약속을 지키겠다는 확신만 주면 그렇게 하겠습니다."

"그럼 내가 정보를 하나 줄 테니 이쪽으로 와 봐."

그들은 말소리가 들리지 않을 만큼 멀어졌지만 시야에서 벗어나지는 않았다. 두 여인은 끔찍한 곤경에 처했으나 감히 움직일 수 없었다. 이 기이한 인물이 그들과 같은 목적을 수행하고 있고, 그들의 존재를 알고 있으며, 그들의 증언을 활용하려고 한다는 희망이 있었기 때문이다. 로건 부인은 이 청년의 등장에 너무 놀라서 여러 번 쓰러질 뻔했으나 캘버트 부인이 얼굴을 가려 주어 당황하지 않고 들을 수 있었다. 그러나 그들은 마지막 대화에서 다른 감정을 느꼈는데, 바로 위험이 임박했을 때 오는 감정이었다. 그들은 장난기 많은 청년이 로버트에게 그들이 숨어 있는 곳을 가리키는 것을 보았고, 로버트는 그걸 전혀 믿지 않는 듯했으나, 그래도 궁금해하며 친구가 장난친 것이 무엇인지 보려고 그들 쪽으로 다가왔다. 로버트가 달려가자, 친구는 "그녀를 혼자 감당하기 힘들면, 날 불러." 하고 외쳤다.

그러고는 반대 방향으로 시야에서 황급히 사라졌는데, 이 장난을 무던히 즐기는 듯했다.

로버트는 성급하게 덤불을 헤치고 로건 부인이 쪼그리고 있던 자리로 달려왔다. 그녀는 머리를 감싼 천을 꽉 붙들고 있었지만, 그가 그것을 잡아떼고 그녀를 발견했다.

"당신에게 저주가 있을지어다!" 그가 말했다. "어떤 악마가 당신을 여기로 데려왔는가? 무슨 목적으로 왔는가? 하지만 당신이 무엇에 이끌리어 왔든지 나는 당신을 잡았다!"

그는 로건 부인의 목을 움켜잡았다. 두 여인은 이 사악한 인간에게서 위험의 소리를 들었을 때 서로 떨어져서 덤불 사이에 웅크리고 있었기 때문에, 그는 캘버트 부인의 존재를 전혀 눈치채지 못했다. 하지만 그가 생명의 은인인 로건 부인을 붙잡자마자, 캘버트 부인은 마치 들고양이처럼 덤불에서 튀어나와 순식간에 양손으로 그의 목을 움켜잡더니, 이내 한 손으로 스카프를 잡아 비틀었다. 그녀는 그를 덤불 속으로 끌어당겼고, 두 여인은 마치 하피*처럼 달라붙어 그를 손쉽게 제압했다. 이제 그는 정말 곤경에 빠졌다. 한동안 그는 친구가 등 뒤에 있을 거라 여기고, 충혈된 눈을 길가로 돌려 소리치려 했으나, 그곳에는 어떤 친구도 없었고, 여인들은 그의 스카프를 다시 한번 비틀어 부르짖는 소리를 막았다. 로건 부인이 말했다.

"자, 당당하고 정의로운 달캐슬의 영주님, 당신은 무슨 할 말이 있

---

* 그리스·로마 신화에 등장하는 괴물로 여자의 머리와 새의 날개와 발을 가졌다.

소? 당신이 자초한 운명을 맞을 각오를 하시라. 이제, 용감하고 하나뿐인 당신의 형제를 살해한 죄에 대한 마땅한 벌을 받게 될 것이오."

"거짓말하지 마라, 지옥의 요녀야! 난 형의 목숨에 손대지 않았다."

"그가 등을 돌리고 있을 때, 어, 네 친구와 격렬하게 싸우고 있을 때, 네가 한 짓을 보았다. 지금 네가 쳐다보고 있는 이 두 눈으로 똑똑히 보았어." 캘버트 부인이 말했다.

"방금 네가 여러 번 실토하는 것을 들었다." 로건 부인이 말했다.

"아, 나도 들었다." 캘버트 부인이 말했다. "살인은 결국 드러나게 돼 있어. 설령 전능하신 분께서 버드나무에 듣는 귀를 주시고, 갈퀴덩굴의 일곱 개 혀를 주셔야 할지라도."

"너희는 거짓말쟁이 마녀다!" 분노로 거품을 물며 그가 소리쳤다. "태초부터 영원한 파멸을 위해 준비된 자들이다. 너희 뼈와 피를 저주받은 제단에 제물로 삼겠다! 오 길-마틴! 길-마틴! 지금 어디 있는 거요? 여기에 축복받은 복수에 완벽한 먹잇감이 있어요! 여기요!"

그곳에는 그의 말을 듣거나 도와줄 친구는 없었다. 길-마틴도 없었다. 그의 운명은 두 여인의 자비에 달려 있었으나, 그들은 그 힘을 절제하여 사용했다. 그들은 그를 조롱하고, 괴롭히고, 협박했다. 마침내 그에게 잔뜩 겁을 준 후, 등 뒤로 손을 묶고, 바구니에 우연히 가지고 있던 긴 가터 끈을 꺼내 발을 단단히 묶어서 그들이 안전하게 도망칠 때까지 쫓아오지 못하게 했다. 그를 길 한가운데 남겨 두고 떠나면서 캘버트 부인이 말했다. "우리가 죄 많은 네 생명을 끝낼 수 있으나 손에 피를 묻히고 싶지 않다. 허나 넌 여전히 우리 손안에 있어. 국가가 너를 응징할 것이다. 비겁하고 비열한 살인자. 네가 예상하는 것보다 더 빨리 닥칠 것이다!"

여인들은 에든버러로 향했다. 그들은 영국 상인의 보호를 받고 있었다. 그래서 길에서는 거의 대화를 나누지 않았다. 상인은 짐을 실은 스무 마리 말과 무장한 하인들을 거느리고 에든버러로 가고 있었다. 로건 부인의 집에 도착했을 때 그들은 보고 들은 바를 털어놓으며 로버트 청년을 단죄하기에 증거가 충분하다는 데 동의했다. 로버트가 엄중한 심판을 받아 마땅하다고 그들은 믿었다.

"제 평생 이처럼 악마 같은 인간은 본 적이 없어요." 캘버트 부인이 말했다. "만약 악마가 살과 피를 물려받았다면, 이 청년이 제가 상상할 수 있는 바로 그런 악마일 겁니다. 그의 눈에 깃든 깊이와 악의는 소름 돋게 합니다. 숨결은 시체 보관소에서 나는 냄새 같고, 살은 마치 절대 죽지 않는 구더기가 이미 갉아먹고 있는 것처럼 뼈에서 썩어 가는 듯해요."

"그는 언제나 혐오스러웠어요. 모든 면에서 그랬어요." 로건 부인이 말했다. "근데 지금은 더욱 나빠졌어요. 그를 붙잡고 있을 때 느꼈는데 몸이 여위고 허약하더군요. 하지만 그는 영적 교만이 가득 차 있어서 자기 행동이 하나님 앞에 정당화된다고 믿어요. 양심의 가책을 받기는커녕 그렇게 행동한 것을 큰 공적으로 여기고 있죠. 그래도 난 그보다는 그와 같이 있던 그 기이한 존재를 더 생각하고 있어요.

그 사람은 모든 일을 너무나 쉽고 무심하게, 그리고 빠르고 효과적으로 했어요. 그가 악행의 달인이라는 걸 보여 주었죠. 근데 불운한 우리 도련님과 너무나 닮아 보여서 도저히 우연의 일치라고 할 수는 없어요. 그 사악한 친구는 어떤 꿍꿍이속이나 속셈이 있어서 우리 도련님을 흉내 내고 있는 것 같아요. 모든 생김새며 표정, 몸짓이 너무 똑같아서 아무리 이성적으로 예리하게 따져 봐도 난 그 사람을 도련님과 구별할 수가 없어요. 이 둘이 동일한 존재이거나, 아니면 한 사람이 다른 사람의 원형이라는 묘한 느낌이 마음에 자리 잡고 있어요."

"전능하신 분이 자연의 질서를 무너뜨려서라도 응징해야 할 범죄가 있다면, 그건 형제 살인일 겁니다." 캘버트 부인이 말했다. "오, 부인, 그 교활하고 악마 같은 자가 그 살인자를 부추기어 무슨 짓을 하려 했는지 알겠어요?"

"아니요, 난 그걸 이해할 수 없어요. 감각이 완전히 뒤죽박죽되어서 내가 감각에 속고 있다는 생각이 들어요. 그래서 그걸 믿을 수가 없어요."

"잘 들어 봐요. 전 그자가 온갖 방법으로 로버트 링힘을 설득해서 어머니를 없애려고 했다는 생각이 들어요. 그 선동하는 자가 그것에 찬성한다고 말하는 걸 들은 것 같아요!"

"정말 끔찍하군요. 결과를 볼 때까지 더 이상 이에 대해 말하거나 생각하지 맙시다. 그동안 우리가 할 일을 다하도록 해요. 이 비열한 살인에 대해 우리가 아는 것을 전부 공개합시다."

그리하여 두 여인은 사법관인 크레이기의 토마스 월러스 경에게 갔다. (내가 알기로는, 월러스 경은 콜완의 죽음 때문에 범법자가 되어 나라를 떠나야만 했던 드러먼드의 숙부이거나 할아버지였던 것 같다.) 두 여인은 보고 들은 모든 정황을 월러스 경에게 얘기했다. 그는 캘버트 부인에게 꼼꼼히 질문했고, 그녀의 증언에 깊은 관심을 보였다. 그는 캘버트 부인의 말이 사실이라고 말하며, 그 증거로 책상에서 드러먼드의 편지를 꺼냈다. 드러먼드는 편지에서 자신의 무죄를 강력히 주장하며 친구들과 헤어진 후에 이러이러한 집에서 이러이러한 여인과 함께 있었다고 털어놓았다. 그리고 집에 돌아왔을 때는 월러스 경의 하인이 문을 열어 주었는데, 당시 어두웠기 때문에 이 상황에서 알리바이를 입증할 수 없었다고 했다. 드러먼드는 월러스 경에게 기회가 된다면 이 미스터리를 밝히고, 그의 나라와 친척들 사이에서 친구의 등을 찔렀다는 끔찍한 오명을 없애 달라고 간청했다.

월러스 경은 두 여인을 적절한 당국으로 안내했다. 당국은 그들의 증언을 들은 후에 현재의 달캐슬 영주인 로버트 링힘 콜완을 체포하여 재판에 부치는 게 적절하다고 판단했다. 하지만 그 전에, 톨부스 감옥의 죄수, 즉 캘버트 부인과 함께 전체 사건을 목격했던 자를 보내 몰래 로버트 링힘을 살펴보게 했다. 그가 분별력이 좋은 것은 익히 알려져 있었기에 비밀리에 그의 보고서를 따르기로 했다. 그에 따라 그들은 그를 법적인 임무가 있는 것처럼 가장하여 달캐슬로 보냈다. 그리고 방문 목적을 밝히지 않은 채 젊은 영주를 만나 대화를 나누도록 지시했다. 그가 돌아온 후 그들이 심문하자, 그는 그곳이 완전히 혼란과 공포 속에 빠져 있었다고 말했다. 달캐슬 부인은 실종되어 죽었는지 살았는지 알 수 없고, 찾을 수도 없다고 했다. 그에게 이전에 그 영주를 본 적이 있는지 묻자, 그는 화들짝 놀라며 대답을 꺼렸다. 결국 그를 본 적이 있다고 답했고, 심지어 한때 그가 어떤 장소, 어떤 시간에 한 사람을 죽이는 것을 목격했다고 털어놓았다.

곧바로 그 괴물을 체포하여 법의 심판대에 세우기 위해 관리들이 파견되었다. 그들이 저택에 이르러 그의 행방을 물으니, 집에 있다는 대답이 돌아왔다. 이에 그들은 경비병들을 배치하고 모든 건물을 수색했으나 그를 찾을 수 없었다. 침대를 뒤집고, 마룻바닥을 들어 올리고, 벽장을 부숴 열어 보았지만 모두 헛수고였다. 로버트 링힘 콜완은 영원히 사라져 버렸다. 그의 어머니 역시 사라졌다. 그녀의 실종과 연관해서는, 그녀가 못살게 굴었던 몇몇 농부와 하인이 강한 의심을 받았다. 토마스 드러먼드 경은 오스트리아 군에서 뛰어난 장교가 되었고, 스코틀랜드에 기억에 남는 해인 1715년에 사망했다. 이것이 이 사건 관련해 역사와 법원 기록, 그리고 전해 내려오는 이야기를 통해 내가 알게 된 전부이다.

이제 나는 독자들에게 이 특이한 사건의 원전을 제공하게 되어 기쁘다. 이 문서는 독자가 읽을 수 있도록 더욱 특이한 방식으로 보존되었다. 독자가 스스로 판단할 수 있도록 나는 이에 대해 아무런 의견을 내지 않았고, 그저 한두 가지 사안만 추가했다. 우리는 과거 광신주의의 광기에 대해 많이 들어왔지만, 이것과는 비교할 수가 없다.

## 2
## 어느 죄인의 비밀 회고와 고백

내 삶은 고난과 혼란의 연속이었다. 변화와 부침의 삶이었으며, 분노와 환희, 슬픔과 복수의 삶이었다. 복음이 경시당할 때 나는 슬퍼했고 원수들에게 복수를 가했다. 그런 까닭에 나는 천상의 권능을 받으며 글을 쓸 것이다. 약속의 믿음과 은혜로 의롭다고 하심을 받아 내가 행한 일을 이 세상의 사악한 자들에게 알릴 것이다. 그들은 그것을 읽고 떨리라. 그들의 피가 제물이 되기 전에 그들의 영역에서 하늘의 신하가 제거되었으니, 그들은 금과 은의 신들에게 감사하리라.

나는 버림받은 자로 태어났다. 세상에서 눈에 띄는 역할을 하도록 운명 지어졌다. 어머니는 스코틀랜드 성도들 사이에서 불타고 빛나는 등불이었다. 처녀 시절에는 성도들의 박해 속에서 많은 고난을 당했다. 그러나 어머니는 자신의 신앙을 시험하고자 온몸이 죄의 문둥병으로 얼룩진 사악한 남자와 결혼하여 하늘을 기쁘시게 했다. 불과 물이 서로 섞이길 바라듯, 순결과 타락이 합쳐져 조화를 이루길 바랐는지도 모른다. 어머니는 결혼 첫날 밤에 그의 품에서 도망쳤고, 그때부터 그의 죄악으로 인해 올곧은 마음을 태우다 결국 절교했다. 어머니는 아버지와 같은 저택에 살면서도 별도의 거처에서 지냈다.

나는 이 불행한 결혼의 둘째 아들로 태어났다. 내가 태어나기도 전에 육신의 아버지는 나와의 모든 연관성을 부인했다. 법이 강제하여 마지못해 약간의 양육비를 준 것 외에는 나에 대해 달리 관심도 없었다. 어머니의 스승이자 복음의 충직한 성직자가 아니었다면 나는 분명 교회로부터 버림받은 자로 남았을 것이다. 그분은 나를 불쌍히 여겨 교회뿐만 아니라 가정과 성직으로 받아들였다. 나는 어린 나이에 선과 악, 옳고 그름에 대한 높은 인식과 놀라운 분별력을 얻게 되었다. 하늘 아래 그분께 큰 은혜를 입었다. 그분은 내가 고대 신학자의 학문과 개혁 교회의 교리를 공부하는 데 올바른 방향을 제시해 주었다. 나를 그의 보좌관이자 성직을 이어갈 후계자로 준비시키려 했다. 나는 성직자 아버지와 어머니가 매우 기뻐하시는 신학의 세세한 부분들을 완벽하게 익히기 위해 어떤 기회도 놓치지 않았다. 마침내 나는 엄청난 지식을 쌓았고, 이에 선생님들은 놀라며 서로 눈빛을 교환했다.

내 후견인의 집에서는 매주 안식일 밤에 독신 교리 문답을 하는 것이 관례였다. 먼저 후견인이 질문했고, 두 번째는 어머니가 물었으며, 그다음은 차례로 질문하고 대답하는 형식이었다. 어머니가 나에게 유효한 소명이 무엇이냐고 물었다. 나는 정중하면서도 강하게 대답한 후 덧붙여 물었다.

"그럼, 어머니, 제가 질문드리겠습니다. 무효한 소명이란 무엇입니까?"

"무효한 소명이라고? 그런 건 없다, 로버트." 어머니가 대답했다.

"아니, 있습니다, 어머니." 내가 말했다. "그렇게 대답하시는 건 어머니가 그 기본적 교리를 암기할 뿐 깊이 생각해 보지 않았다는 뜻이에요. 무효한 소명이란 겉으로만 외치는 복음을 말합니다. 그건 거듭나지 않고 회개하지 않은 죄인들의 마음에 아무런 영향을 주지 못합니다. 그들도 우리가 받은 것과 똑같은 소명과 경고, 교리, 책망을 받았으나 무시하는 겁니다. 이게 무효한 소명 아닙니까? 아딘퍼리가 이런 소명을 받지 않았습니까? 패트릭 맥루어도 마찬가지지 않나요? 달캐슬 영주와 그의 타락한 상속인도 그렇죠? 누가 이것을 무효한 소명이 아니라고 하겠습니까?"

"넌 정말 대단한 아이구나!" 어머니가 말했다.

"저 녀석이 잘난 체하는 바보가 될까 걱정입니다." 목사의 사환인 바넷 노인이 말했다.

"아니야." 나의 목사님, 아버지(이제부터 이렇게 부를 것이다)가 말했다. "아니야, 바넷. 이 아인 훌륭한 아이야. 얘가 어릴 때 내가 그런 재능을 달라고 기도했으니 놀랄 일도 아니지. 하늘이 그렇게 사심 없는 기도를 거절하리라고 생각하는가? 아니, 그럴 수는 없지." 그는 어머니를 향해 말을 이었다. "정작 내가 염려하는 것은, 부인, 아이가 아직 죄악에 매여 있다는 거요."

"그럴 리가요!" 어머니가 말했다.

"나는 전능하신 분과 오랫동안 힘겹게 씨름했소." 목사가 계속했다. "하지만 로버트가 그분을 받아들였다는 확실한 징표를 아직 받지 못했소. 정말 힘든 싸움이었지만, 거절당했소. 그분은 보통 내 청을 잘 거절하지 않으시는데 말이오. 그분의 말씀을 되풀이하며 약속을 지키라고 간구했지만, 그분은 지고한 권능 안에서 수많은 변곡점을 가지고 계시기에 나를 거부했소. 사랑하는 우리 아이가 아직도 언약의 울타리 밖에 산다고 생각하면 얼마나 끔찍한지! 하지만 나는 서원했고, 그 안에 희망이 있소."

나는 아직도 버림받은 상태로 살고 있다는 생각에 두려워 심장이 떨렸다. 사소한 사건이나 사고로 죽음과 심판, 영원한 고통이라는 끔찍한 결과에 직면해야 할 수도 있었다. 나는 온 마음을 다해 기도의 의무를 다했다. 하루에 세 번 기도했고, 안식일에는 일곱 번 했다. 하지만 더욱 열렬히, 더 자주 기도할수록 나는 더 많은 죄를 지었다. 이즈음, 그리고 이후 오랜 기간, 수년 동안, 절망적이고 비참한 상태로 살았다. 나는 나에게 말했다. "만약 영원부터 생명책에 내 이름이 기록되어 있지 않았다면, 내가 기도로, 서약으로, 아니면 모든 인류가 다 같이 기도함으로 내 이름을 넣을 수 있으리라 기대하는 건 헛된 일이다."

나는 많은 서약을 했고, 그것도 정말 엄숙하게 했으나, 그 모든 것을 어겼다. 사춘기의 음울함으로 나는 나에게 희망이 없음을 보았다. 매시간 연이어 죄를 지었고, 그러면서도 동시에 죄를 짓지 않으려고 몸부림쳤다. 죄를 지은 후에는 생각할 여유가 있을 때마다 하나씩 회개했다. 하지만 이 구원받지 못한 상태란 얼마나 비참한가! 의로움을 향한 모든 노력은 오히려 죄를 악화시킬 뿐이다. 나는 싸우는 것이 헛됨을 깨달았다. 마음속 깊이 고심한 후 이런 결론에 이르렀다. "내가 모든 죄를 회개하고 그것에 대해 피눈물을 흘린다 해도, 원죄의 짐은 나를 밑바닥 지옥으로 처박을 만하지 않은가. 죄를 지은 첫 조상들에게 화를 낼지라도, 내가 파악할 수 없는 그들의 죄에 대해 내가 어떻게 회개해야 할까."

이 타락과 부패의 시절에도 나는 후에 신앙과 약속의 영웅들 사이에서 놀라운 결과를 맺게 할 몇 가지 원칙을 마음에 품고 있었다. 특히 이 세상의 모든 악한 자들에게 나는 큰 분노를 느꼈고, 가끔은 세상에서 그런 해로운 짐을 제거할 방법이 있기를 바랐다.

나는 목사 아버지의 사환인 존 바넷을 극히 혐오했다. 하지만 그가 의인 중 하나일 수도 있다는 생각에 어떤 해도 끼치지 않았다. 그는 항상 나에 대해 좋지 않게 말했고, 우리가 헛간이나 들판에서 단둘이 있을 때면, 내 잘못에 대해 너무나 가혹하게 꾸짖어서 심적으로 감내

하기 힘들었다. 그는 내가 꾸민 몇몇 지독한 거짓말을 발견하고, 내가 어떻게 해도 빠져나갈 수 없는 방식으로 질책했다. 나는 수치심보다는 분노로 뺨이 붉어졌고, 그는 나를 제압했다고 생각하며 가차없이 조롱했다. 그는 나를 이기적이고 오만한 무뢰한이라고 했고, 기만적인 성향을 감추기 위해 종교적으로 헌신하는 척한다고 했다. 제발로 교수대로 간다고 해도 그리 놀라지 않을 것이라고.

그가 지나치게 가혹했기에 나는 용기를 내어 다음과 같이 응대했다. "당신은 전능하신 분이 보시기에 인간이 아니라 한낱 벌레일 찐데, 누가 당신더러 그분이 만든 피조물의 행동이나 성향을 판단하라고 했소? 어찌하여 당신이 심판과 저주를 내리는 거요! 나와 당신의 경우처럼 그분이 하나는 귀하게, 또 하나는 천하게 만들지 않았소? 그분께서 하늘에 여러 층 건물을 지으시고 땅에 기초를 놓지 않으셨소? 그렇다면 어찌 당신 같은 존재가 그분의 손 아래 있는 선과 악을 판단한단 말이오? 인간의 영혼 속에서 대립하는 원칙들, 서로 교정하고, 수정하고, 정제하는 이 원칙들을 어찌 당신이 판단할 수 있겠소?"

나는 내 나이에 걸맞게 강력하게 말했고 바넷 노인이 무척 당황하리라 예상했었다. 그러나 그는 그저 고개만 저을 뿐, 신경질 나게 웃으며 말했다. "허허, 이 사람 보소! 이렇게 고상하면서도 터무니없는 궤변은 한 사람 빼고 다른 입에서 들어 본 적이 없수다. 당신 아버지가 누군지는 교회 앞에서 맹세할 필요도 없겠어, 도련님. 내가 눈뜨고 이렇게 아버지 닮은 아들은 본 적이 없으니까." 그러고는 악의에 찬 표정으로 이렇게 말하며 자리를 떴다. "당신은 귀하게 만들어지고, 난 천하게 만들어졌다고! 헉, 당신은 추잡한 양배추여!"

나는 '언제고 저 못된 노인을 눌러 버리겠다.' 하고 생각했다. 나는 어머니에게 가서 바넷이 의로운 사람이냐고 물어보았다. 어머니는 알 수 없다고 하면서도 아마 그럴 거라고 추측했고, 그리하여 나는 어떤 위로도 얻지 못했다. 다음으로 나는 목사 아버지께 가서 의견을 여쭈었는데, 이편에서도 별로 기대하지는 않았다. 아버지는 직감으로 선택받은 사람을 알아봤고, 당신 교구와 이웃 교구에 누가 성스러운 언약 안에서 태어났고 누가 그렇지 않은지 말할 수 있었다.

"아버지, 저는 아버지의 하인 바넷 노인과 자주 이야기를 나눕니다." 내가 말했다.

"그래, 나도 보았다." 목사 아버지가 말했다.

"제가 어떤 그룹에 속한 걸 모르니, 그와 너무 자주 어울리면 안 되겠지요." 내가 말했다. "아버지, 바넷은 의인인가요?"

"글쎄, 아들아, 그가 그저 그렇지. 바넷은 도덕적으로 좋은 사람이긴 한데, 진정한 의로움의 누룩은 거의 없지. 신앙을 담은 누룩 말이다. 늙은 바넷은 그가 가진 모든 도덕성에도 불구하고 버림받은 자가 될 게다. 안타깝지."

나는 목사 아버지의 말에 크게 힘을 얻었다. 나는 깊이 한숨을 내쉬고 고개를 한쪽으로 기울였다. 존경하는 아버지는 나를 보시더니 왜 그러느냐고 물었고, 나는 이렇게 답했다. "이런 사람과 매일 함께 지냈다고 생각하니 끔찍해서요. 이 사람은 빨간 글자로 써 있는 생명책 페이지에 이름이 적혀 있고, 몸과 영혼이 영원한 파멸로 넘겨졌으며, 또 속죄의 피에는 절대로 닿을 수 없으니까요. 아버지, 이것은 무시무시한 일이에요. 제 상식을 넘어서는 일입니다."

"우리는 이 세상에 사는 한, 세상 사람들과 어울려야 한다." 목사 아버지가 말했다. "그리고 이런 피할 수 없는 교류를 통해 우리에게 묻은 오점들은 모두 씻겨질 게다. 하지만 우리에게는 사악한 사람들과 섞이는 것을 피해야 할 의무가 있지. 그들과 같이 죄를 짓고 또 같이 벌을 받아서는 안 돼. 바넷은 도덕적으로 선한 사람이라, 어쩌면 후에라도 은혜를 받을 수 있을지도 모르겠구나."

"오늘까지 저는 그가 좋은 사람이라 생각했어요." 내가 말했다. "근데 그가 오늘 아버지 성품에 대해 끔찍한 말을 내뱉었어요. 그가 마음속에 품은 사악함과 악의를 생각하니 치가 떨립니다. 그는 저를 무례하게 꾸짖었는데, 그 잘못이란 게 질투심이 많은 머릿속에서나 생각해 낼 법한 거였어요. 제가 냉정한 기독교 논리로 그의 믿음을 바로 잡으려고 해 보았지만, 그가 뭐라 한 줄 아세요? 그는 입술을 삐쭉거리며, 이렇게 고상하면서도 터무니없는 궤변을 말하는 사람은 딱 한 사람뿐이라고 했어요(아버지를 말하는 거죠). 제가 누구 자식인지 교회 앞에서 증명할 필요도 없다고요. 저처럼 아버지를 꼭 빼닮은 자식은 세상에 본 적이 없답니다."

"그 사람은 영혼의 구원을 위해서나 그보다 훨씬 더 중하게 여기는 일용할 양식을 위해서라도 감히 그렇게 말해서는 안 되지. 그러니 네가 주장하는 바를 조심하거라." 목사 아버지가 말했다.

"그는 분명 그렇게 말했고, 부정하지 않을 겁니다, 아버지." 내가 말했다.

목사 아버지는 크게 화를 내며 바넷을 찾으러 갔다. 나는 몸을 숨기고 뒷창문에서 엿들었다. 바넷은 집 뒤편 텃밭을 손질하고 있었다. 내가 그들의 대화를 듣고 기뻐한 것이 죄가 아니길 바란다. 그건 잘못에 대한 정의의 승리였으니까.

"음, 바넷, 오늘은 땅을 파기에 좋은 날이군."

"네, 그럭저럭 괜찮은 날씨입니다, 어르신."

"바넷, 이런 현세의 은혜에 대해 마음으로 감사하고 있는가?"

"아, 우리는 현세와 영적인 은혜에 감사함이 부족한 거 같습니다요, 어르신. 하지만 항상 혓바닥을 놀려 떠들썩하게 표현하는 것이 다는 아닙죠."

"그 말에 사사로운 뜻이 담겨 있는 건 아니겠지, 바넷?"

"누구라도 머리에 맞는 모자를 찾으면 그냥 쓰면 됩니다요, 어르신."

"바넷, 나는 그렇게 빗댄 말을 좋아하지 않네. 자네는 사람들이 오해하기 쉽게 격언을 악의적으로 꼬아서 쓰는 버릇이 있어. 자네가 하는 애매한 암시는 나쁜 뜻을 담고 있거든."

"아이고, 어르신, 그저 나쁜 놈들이나 그렇게 생각하는 겁니다요. 제 농담이 마음에 찔리니까 움찔거리는 겁죠."

"그 말은 아까 한 말보다 열 배는 더 나쁘네, 바넷. 명백한 모욕이야. 그건 내가 나쁜 사람이라고 면전에서 말하는 것과 같지."

"사람이 자기 생각을 어떻게 막습니까, 어르신."

"그렇지, 하지만 사람의 생각이란 대개 관찰에서 나오는 법이야. 그래 내 행동이 어떤 부분에서 그런 결론을 내리게 했는가? 불신자의 입에서 나오는 말이라도 한번 듣고 싶구먼."

"딱히 특정한 부분은 없습니다요, 어르신. 전 사람의 성격을 전체적으로 보고 결론을 내리는데, 그리 틀리진 않습니다."

"좋아, 바넷. 그럼 자네는 전반적으로 내 성격이 어떻다고 생각하나?"

"어르신의 성품은 성경에 나오는 그런 성품이지요. 그걸 증명해 보이겠습니다요."

"그래, 해 보게, 바넷. 자, 성경의 어떤 인물이 내 성격과 가장 가깝다고 생각하나?"

"한번 맞춰 보세요, 어르신. 제가 증거를 대 보겠습니다."

"음, 만약 구약의 인물이라면, 멜기세덱이면 좋겠구먼. 어쨌든 자네도 한 가지 공통점은 부인할 수 없을 테니 말이야. 나는 그처럼 의의 설교자이지. 신약의 인물이라면, 아마도 이방인의 사도가 되겠지. 나는 그분의 부족한 대변자이지."

"아닙니다, 어르신. 그보다 더 좋고 훨씬 더 닮은 인물이 있습니다요. 어르신이 그리 말씀하셨으니 제 생각을 말씀드려야겠군요. 어르신은 바로 그 의로운 바리새인입니다. 가난한 세리와 함께 성전에 올라가 기도했던 그 사람 말입니다. 지금도 똑같은 역할을 하고 계시지요. 어르신은 마음속으로 '하나님, 감사합니다. 제가 다른 사람들과 같지 않고, 또 이 불쌍하고 믿음 없고 거듭나지 못한 죄인 존 바넷과는 전혀 다름을 감사드립니다.' 하고 마음속으로 말씀하고 계실 테니까요."

"그렇게 말할 수 있으면 좋겠군."

"거 보세요! 제가 말씀드렸잖아요! 하지만 들어 보세요, 나리. 여기서 있는 가난한 죄인 존 바넷, 당신의 교회 관리인이자 하인인 저는 다음 세상에서도 당신과 운명을 바꾸지 않을 겁니다. 이 세상에서 당신이 가진 것의 열 배를 준다 해도, 믿음으로 당신이 의롭다고 하는 것과 다른 모든 것을 준다고 해도, 전 양심을 바꾸지 않을 거요."

"바넷, 무척 무례하고 건방지군. 하지만 난 비난의 언어에 신경 쓰지 않아. 그저 자네에게 하나 물어보려고 왔네. 솔직하게 대답해 주게. 내가 로버트의 친부라고 누구에게 말한 적이 있나?"

"아이고, 없습니다요, 어르신! 하하하! 목숨을 걸고라도 그런 말은 못 합니다요. 그런 말을 했다간 참회 의자에 앉거나, 참회복을 입거나, 아니면 쇠줄에 목이 매달렸을 테니까요. 아이고, 아이고! 맙소사, 맙소사! 멜기세덱이나 성 바울 같은 분이 그런 짓을 하셨겠습니까!"

"바넷, 자네는 불경스러운 늙은일세. 나를 농지거리로 삼지 말게. 자 말해 보게나, 자네는 내가 그 아이의 친부라고 말할 수 있겠나, 아니면 감히 그렇게 생각하는가?"

"제 생각이 어떻든 어르신이 막을 순 없습니다요. 저도 제 생각을 막을 순 없습죠."

"근데 자네는 누군가에게 그 아이가 나를 닮았다거나, 아이를 보면 아버지가 누군지 충분히 알 수 있다고 말한 적이 있는가?"

"그가 어르신을 닮았다고 말한 적이 몇 번 있습니다. 그건 누구도 부인할 수 없습죠."

"하지만 바넷, 혈연이 아니더라도 그렇게 닮은 데는 당연히 이유가 있네. 그건 주로 아이 어머니의 생각과 감정에 달려 있지. 어쩌면 어머니가 품행이 단정치 못한 남편에게 버림받고 나를 보호자로 생각했을 수도 있어. 그래서 놀랍게 닮아졌을 수도 있고."

"네, 그럴 수도 있겠죠, 어르신. 저로서는 뭐라 드릴 말씀이 없습니다요."

"바넷, 내가 아는 어떤 부인은 단지 흑인 하인이 갑자기 들어와 놀란 것 때문에, 그리고 몇 시간 동안 그를 잊지 못했다는 이유만으로도 흑인 아이를 낳았다네."

"그럴 수도 있겠죠, 어르신. 하지만 제가 그 영주였다면 그런 이야기는 믿지 않았을 겁니다요."

"그래, 그렇다면 바넷, 자네는 우연히 닮은 것으로 이 소년이 내 아들이라고 믿는 건가?"

"인간의 생각은 헛된 것입니다요, 어르신. 생각은 청하지 않아도 와서 허락도 없이 사라지지요. 우리는 그걸 막을 수 없습니다. 저는 이 아이가 어르신의 아들이라고도, 아니라고도 말하지 않겠습니다. 그러니 더 이상 저에게 묻지 마십시오."

"그렇다면 내 결정을 들어 보게, 바넷. 자네는 앞으로 절대로 이 아이가 내 친자식이라고 말하거나 암시하지 않겠다고 신의와 명예를 걸고 맹세하게. 그렇지 않으면 교회 열쇠를 빼앗고 자네를 해고하겠네."

바넷은 열쇠를 꺼내 성직자의 발 앞 자갈 위에 던졌다. "여기 당신 교회 열쇠가 있소이다! 당신이 그 문에 들어선 이후로 이 열쇠들은 그다지 명예롭지 않았소. 33년 동안 이걸 들고 다녔지만, 당신을 위해 문을 열었던 순간부터 이것들은 내 주머니를 태울 듯 뜨거웠소이다. 자, 다시 가져가시오. 당신이 원하는 사람에게 주시구려. 그 사람에게 행운이 있기를. 늙은 바넷은 건초 창고나 돌담 뒤에서 거지로 죽을지언정, 항상 마음대로 생각할 것이고, 원하는 대로 말할 거요."

바넷은 그날 목사관을 떠났고, 나는 그가 떠난 것에 안도했다. 그는 불의에 묶여 있고 희망이 없어 보였다. 나는 그런 사람에게 억눌려 살고 싶지 않았다. 그는 고집을 피우며 충직한 스승인 주인에게 복종하기를 거부했다.

바로 이즈음에 나는 목사 아버지의 설교에서 들었던 한 문장에 심기가 매우 불편해졌다. 요지는 이랬다. 회개하지 않은 모든 죄는 사람이 숨을 쉴 때마다 새로운 죄를 낳고, 이 새로운 죄들은 각각 같은 방식으로 목록에 추가된다는 것이었다. 나는 엄청나게 불어나는 내 죄에 완전히 당황했다. 내가 철저히 회개할 수 없었던 수많은 죄가 있다는 것을 알고 있었고, 이 순간에 일어나는 죄들은 대충 계산해도 이미 오래전에 분당 15만 개에 달했으며, 내가 계속해야 할 회개는 끝이 보이지 않았다. 일평생 해도 그 모든 것을 이루기에는 부족했고, 그때 내가 확신할 수 있는 것이라곤 나는 본성의 상태에 있다는 것과, 회개의 은혜는 나에게서 적용되지 않는다는 것뿐이었다. 내가 무엇을 해야 했을까, 나는 무엇이 되는 걸까? 한편 나는 끝없이 죄를 지었으며, 죄의 크기보다는 그것이 수없이 쌓여 가는 것이 더 고민스러웠다. 작고 사소한 죄들이 더 흉악한 죄들보다 나를 더 혼란스럽게 했는데, 흉악한 죄는 대개 사악한 자들이나 심술궂은 머슴애들, 기만적인 여자들을 벌하는 데에 어느 정도 효과가 있었기 때문이다. 나는 그때 아직 어린 나이임에도 주님의 손에 들린 채찍으로 쓰임 받는 것에 기뻐했다. 마치 예후왕이나 고레스왕, 혹은 느부갓네살왕처럼.

대체로 내가 죄와 회개에 대해 극심한 혼란에 빠졌던 것을 기억한다. 어디서부터 시작해야 할지, 어떻게 나아가야 할지 알지 못했고, 종종 내가 그리스도 없이 완전히 방황하고 있으며, 하나님이 나에게는 꺼져 가는 불이 될까 두려웠다. 나는 끊임없이 새로운 죄를 지었다. 그걸 피할 수 없었지만, 다행히도 이러한 범죄가 발각되어 물리적 징벌을 받음으로써 진심으로 회개하게 되었다. 특히 나는 거짓말하는 경향이 있었는데, 이런 어린 시절의 죄를 모두 대가 없이 용서해 주신 하나님의 자비에 감탄할 수밖에 없다. 이제 내 모든 죄는 지워졌고, 내가 받아들여진 사람이라는 것을 알기에 더욱 자유롭게 고백할 수 있다.

사실은 이렇다. 한 거짓말이 다른 거짓말로 이어졌고, 시시각각, 날마다, 해마다 그랬다. 나는 거짓의 미궁에 빠져 있었고, 그곳에서 헤쳐 나올 수 없었다. 내가 만약 경건한 사람을 만나면 그의 발에라도 입 맞추고 싶었지만, 육욕적인 인간에게는 끊임없이 맞섰다. 나는 진정한 복음 전도자들을 존경했다. 하지만 고위 성직자 집단과 선행을 설교하는 사람들은 혐오했다. 지금까지도 나는 그들을 가장 악하고 끔찍한 죄인으로 여긴다.

미스터 마녀 선생님 반에는 모든 면에서 나보다 뛰어난 소년이 한 명 있었다. 나는 해마다 그와 경쟁했지만 모두 헛수고였다. 그는 매우 사악한 소년이었고, 나는 그가 악마와 거래한다고 확신했다. 실제로 그 지역에서는 그의 어머니가 마녀라는 소문이 돌았다. 나는 얼마 후 그가 라틴어에서 그렇게 쉽게 나를 이긴 것은 인간의 재능이 아니라는 확신을 갖게 되었다. 나는 종종 밤새도록 목사 아버지와 함께 공부하며 그가 읽는 만큼 읽거나 때로는 더 많이 읽었으나, 윌슨 선생님이 우리를 시험할 때면 그는 나보다 한 수 위에 있었다. (나는 그가 사악한 놈이자 악마의 자식이라고 믿었기 때문에) 그에게 복수하고 그를 어떤 방법으로든 굴복시키기로 작정했다. 그래서 나는 선생님이 그를 꾸짖을 기회를 절대 놓치지 않았고, 그는 여러 번 무고

한 죄로 심하게 매를 맞았다. 악한 피조물이 고통받는 것을 보는 기쁨은 말로 표현할 수 없다. 비록 한 가지 일로는 고통받아야 할 이유가 되진 않았겠지만, 여러 일이 더해지면 당연히 그럴 만해졌다. 어떤 이들은 내가 큰 죄를 지었다고 말할지도 모른다. 하지만 나는 그것을 부정한다. 나는 그걸 의무로서 행했으며, 사람이나 소년이 옳은 일을 위해 행하는 것은 결코 그가 지은 죄악의 총합에 포함되지 않을 것이다.

소년의 이름은 맥길이었다. 그는 틈이 날 때마다 짐승이며 사람, 여자, 집, 나무 등 눈에 띄는 모든 것의 불경스러운 그림을 그렸다. 선생님은 종종 이런 불경스러운 그림들을 보고 미소를 지으며 감탄했다. 그래서 나도 몰래 따라 하기 시작했다. 시험 삼아 사람의 형체를 한두 번 그려 보았더니, 윌슨 선생님의 얼굴 특징을 정확히 잡아낼 수 있게 되었다. 윌슨 선생님의 얼굴 특징은 너무나 독특해서 쉽게 알아볼 수 있었다. 나는 내가 그린 우스꽝스러운 닮은꼴에 신이 나 크게 웃었다. 나는 다른 인물은 시도하지 않았다. 사람과 선생님이 있을 수 있는 모든 상황에 그를 그려 보았다. 나는 종종 몇 시간씩 이 초상화 작업을 했고, 얼마 지나지 않아 윤곽 잡는 것을 완전히 터득해서 어떤 상황에서든 즉석에서 그릴 수 있게 되었다. 그 뒤에 나는 맥길의 대수학 계산 노트를 집으로 가져와 한가한 시간에 윌슨 선생님의 황당한 캐리커처를 여기저기에 그려 놓았다. 그중 일부는 지독히 우스꽝스러운 장면이었다. 나는 그 비장품이 발견되기를 간절히 기다렸지만, 맥길이 그 노트를 사용하지 않아 이 원대한 계획이 이루어지기까지는 오랜 시간이 걸릴 듯했다. 그래서 내가 가진 모든 기지를 동원하여 그것이 선생님 눈에 띄게 만들었다.

그 폭군의 얼굴에서 번뜩이던 분노는 결코 잊지 못할 것이다! 실제로 그를 쳐다보기가 무서웠고, 그의 목소리가 들리면 몸이 떨렸다. 맥길은 호출되었다. 그는 그 추악한 그림에 대해 조사를 받았다. 맥길은 자신의 소행이 아니라고 단호하게 부인했다. 선생님이 그 그림이 누구의 것이냐고 묻자, 그는 모른다고 대답하며 이건 단연코 누군가 꾸민 짓이라고 했다. 월슨 선생님은 잠시 망설이는 듯했으나, 맥길에 대한 증거가 너무 확고했기 때문에 결국 그가 결연히 무죄를 주장하는 것은 그의 죄를 더욱 무겁게 만들었다. 학교에는 맥길 말고는 그림을 그리는 사람이 없었고, 그 폭군의 진노는 온전히 그에게 떨어졌다. 그것은 끔찍했다. 나는 한때 그가 범인을 살려 두지 않을 것이라 기대했다. 그러나 맥길은 자기 잘못이 아닌 일에 대해 처벌받는 걸 거부하며 몇 달 동안 학교에 오지 않았다. 나는 우리 반에서 왕이 되었다.

마침내 맥길의 부모는 선생님과의 갈등을 해결했다. 그즈음에는 나는 이미 그를 앞서가고 있었다. 나는 주도권을 잡기 위해 평생 그렇게 열심히 노력한 적이 없었다. 하지만 허사였다. 마법의 힘이 승리했고, 나는 다시 눈물을 흘리며 좌절했다. 보복할 방법은 오직 하나뿐. 절망감에 몰린 나는 그 방법을 실행에 옮겼다. 그에 대해 거짓

말을 했다. 용기 내어 선생님께 다가가 맥길이 엄청나게 험한 말로 선생님을 욕했노라고 말했다. 선생님은 맥길을 불러 그 죄를 추궁했고, 그 오만한 어릿광대는 죄의 심각성에 너무 당황한 나머지 얼굴이 붉게 달아올랐다. 맥길은 힘겹게 부인하려 했지만, 말이 목구멍에 걸렸다. 그의 죄는 명백해졌다. 그는 다시 가차 없이 매를 맞고 영원히 학교에서 추방되었다. 그는 구제 불능의 쓰레기로 낙인찍혔다.

이는 커다란 승리였다. 나는 그 성과에 매우 기뻐하고 기뻐했다. 그러나 이것은 내 생명을 앗아갈 뻔한 일이기도 했다. 얼마 지나지 않아 들판에서 맥길을 만나게 되었는데, 그가 다가와서 내게 거짓말쟁이라며 싸움을 도발했다. 나는 거절했고 그에게는 관심이 없다고 말했지만, 그는 물러서지 않았다. 결국 그는 내가 그를 치든지 그가 나를 쳐서 복수를 해야 한다고 으름장을 놓았다. 나는 겁을 주려 해 보았지만, 소용이 없었다. 그를 피할 수만 있다면 나는 세상의 모든 것을 다 바쳤으리라. 결국 그는 나를 발로 걷어차고 얼굴을 때리기까지 했다. 나는 그보다 나이도 많고 힘도 세었기에 그런 모욕을 참고만 있을 순 없었다. 그럼에도 나는 그의 어머니의 마력이 결국 승리할 거라는 걸 잘 알고 있었다. 그에 대한 공포나 그에게 잘못한 것에 대한 죄책감 때문에 나는 팔에 힘이 빠져 엉망으로 싸웠고, 이내 완전히 패배했다. 너무 심하게 패배해서 무릎을 꿇고 사과하려 했지만, 순간적으로 다른 생각이 들었다. 나는 얼굴을 땅에 대고 내심 도와달라고 하늘에 기도했고, 내 기도가 들리고 응답받을 것이라는 확신이 들었다. 내가 땅에 엎드린 채로 있는데, 이 악한이 나를 발로 걷어 차고 저주했다. 그러자 나는 새로운 용기가 솟아나 다시 한번 그를 마주했다. 우리가 두 번째 싸움을 시작하고 얼마 지나지 않아 나는 누군가가 우리 쪽으로 황급히 오는 것을 보았다. 나는 기쁨의 환호를 내질렀고 맹렬하게 싸웠다. 그러나 다시 보았을 때 그가 내가 이전에 모욕했던 존 바넷 노인이라는 것을 알게 되었다. 이 두 악한 사이에서 공정한 대우를 기대할 수는 없었다. 다시 팔에 힘이 빠졌고, 상대방이 우위를 점했다. 나는 쓰러져서 냉혹하게 맞았다. 그 폭력배가 나를 발로 차고 주먹으로 때리며 마음대로 굴리고 있을 때, 숨 가쁘게 달려 온 존 바넷이 한 번의 손바닥 공격으로 상대를 땅바닥에 쓰러뜨렸다.

"이거나 받아라!" 바넷이 말했다. "예의를 갖춰야지. 어허, 싸우려면 공정하게 싸워야 하는 법이오. 맙소사, 당신은 신사의 자식이라 쓰러진 사람을 발로 차고 주먹으로 때리는 거요?"

이렇게 뜻밖에 친절하게 참견하는 소리를 듣고는 나는 다시 한번 용기를 냈고, 벌떡 일어나 상대방에게 달려들었다. 하지만 바넷은 아무 말도 하지 않고 입술을 깨물더니 내 목을 잡아 나를 다시 넘어뜨렸다. 맥길은 바넷에게 옆에 서서 공정한 싸움을 지켜봐 달라고 요청했고, 우리가 마저 싸움을 끝내게 해 달라고 했다. 그는 덧붙였다. "이 사람은 거짓말쟁이고 나쁜 놈이에요. 내가 줄 수 있는 것보다 열 곱절은 더 벌을 받아야 마땅해요."

"난 당신이 말한 것을 알고, 또 더한 것도 알고 있소, 젊은이." 바넷이 말했다. "하지만 당신도 그와 똑같이 나쁘거나 아니면 더 나쁘지 않다고 어떻게 확신하시오? 당신들이 여기서 개처럼 서로 물어뜯는 걸 보면 당신 둘 다 별 볼 일 없다는 걸 알겠소이다."

바넷은 몽둥이를 들고 우리 사이에 서서, 누구든 상대방에게 먼저 손을 들면 때려죽이겠다고 위협했다. 하지만 우리 중 누구도 물러설 기미가 보이지 않자, 그는 마치 소를 몰듯 나를 집으로 몰고 갔다. 맥길이 뒤쫓아 올지도 모른다며 그는 뒤에서 계속 경계하며 따라왔다. 나는 바넷에게 크게 신세를 졌다고 느꼈으나 어머니에게는 그가 개입한 것에 불만을 터트렸고, 그 늙은 참견쟁이는 자신의 수고에 대해 아무런 감사도 받지 못했다.

나는 단지 기억에 의존해 글을 쓰고 있다. 이 이른 시기, 이것 외에 달리 기록할 만한 가치가 있는 것은 기억나지 않는다. 나는 큰 죄인이었고, 비할 데 없는 죄인이었음을 고백한다. 하지만 나는 여전히 용서받을 수 있다는 희망을 품고 있었다. 왜냐하면 나는 결코 의도적으로 죄를 지은 것이 아니라 우연히 지었기 때문이다. 그리고 항상 이런 죄들을 한꺼번에 회개하려고 했다. 하나씩 하는 것은 불가능했다. 비록 항상 성공하지는 못했으나, 그건 어쩔 수 없었다. 회개의 은총이 나에게는 내리지 않았기에, 그 실패는 내 책임이 아니라고 여겼다. 게다가 내가 저지르지 않은 치명적인 죄도 많았다. 나는 「요한계시록」에 언급된 구원받지 못하는 죄들을 두려워했기 때문에 끊임없이 그것들을 경계했다. 특히 여자의 아름다움을 경멸했다. 혐오하기까지 했다. 여자의 아름다움을 인류가 받기 쉬운 가장 큰 함정으로 여겼다. 비록 젊은 남녀와 심지어 늙은 여자들이(어머니를 포함해서) 나를 비정상적인 천박한 인간이라고 비난했지만, 나는 이런 대접에서 자부심을 느꼈다. 오늘날까지도 가장 위험한 함정을 모두 피할 수 있었음에 감사하고 있다.

나는 또한 우상 숭배와 그릇된 믿음의 죄로부터 자유로웠다. 둘 다 치명적인 성질의 죄이다. 전체적으로 볼 때, 그때 십계명 중 네 개 이상은 어기지 않았다고 생각한다. 그러니까 완전히 어긴 건 아니라는 말이다. 그럼에도 불구하고 내 선행이나 악행이 나에 대한 하나님의 영원한 결정에 영향을 미친다고 생각할 만큼 어리석지는 않았다. 이는 내가 받아들여지는 것이나 버림받는 것 모두에 해당했다. 나는 전적으로 값없는 은혜의 관대함에 의지했고, 인간의 모든 의로움을 더러운 누더기처럼 여겼으며, 죄의 짐이 더 무거운 사람일수록 은혜의 보좌 앞에 더 환영받는다는 중요하고 장엄한 진리를 믿었다. 그리고 결국 이런 의존과 믿음으로 내가 그곳에 받아들여지는 것이 보장되었다고 믿을 만한 이유가 있었다.

이제 내 삶의 가장 중요한 시기에 이르렀다. 이 시기는 내 성격을 형성하고 삶의 모든 행동에 영향을 미쳤다. 이 시기가 없었다면, 내 행적에 대한 이 상세한 기록은 그저 진부한 스토리가 되었을 것이다. 단조로운 잡동사니, 지루한 장광설, 한마디로 아무것도 아닌 것이 되었을 것이다. 그러나 보라! 이제 이것은 하늘의 권능과 위임에 따른 위대하고 두려운 행적에 관한 진술이 되리라. 아멘.

이스라엘의 죄 많은 왕처럼 나는 한동안 주님 앞에서 조심스럽게 걸었다. 내 죄로 인해 겸손해졌고, 내가 기억하는 한 그 죄의 수와 흉악함에 후회했다. 게다가 목사 아버지는 내 영혼의 상태를 매일 시험했는데, 때론 내 대답에 만족했고, 때론 그렇지 않은 듯했다. 한편 어머니는 내 믿음에 대해 끊임없이 잔소리를 했다. 나는 어머니가 그리스도인이라는 것을 알면서도, 고백하건대 어머니의 잡다한 가르침을 항상 무시했다. 인간적으로도 그리 존경하지 않았다. 이것이 죄라 해도 어쩔 수 없다. 솔직히 인정한다. 나는 이것이 어머니가 과거에 지은 죄에 대한 하늘의 심판이었다고 믿는다. 또 나에게는 어머니를 달리 대할 힘이 없었다고 믿는다.

내가 이런 마음을 가지고 있었는데, 어느 날 아침, 내가 방에 들어서니 목사 아버지가 자리에서 일어나 나를 맞아 주셨다. 그는 나를 껴안고 지상 의인들의 공동체에 온 것을 환영한다고 했다. 나는 놀란 표정을 지을 뿐 말문이 막혀 아무 말도 하지 못했다. 어머니도 다가와 나에게 입 맞추며 눈물을 흘렸다. 그리고 수많은 축복을 내 머리 위에 쏟아부은 후, 어머니 역시 나를 완전해진 의인들의 공동체로 환영해 주었다. 그러고는 두 분이 각각 내 손을 잡았고, 목사 아버지가 설명해 주었다. 그는 옛 족장처럼 하나님과 씨름을 했다고 했다.

하룻밤이 아니라 수일, 수년 동안 나를 위해 쓰라림과 고통의 영으로 씨름했다고 했다. 비로소 그는 승리했고, 이제 전능하신 하나님께서 당신 아들의 공로와 고난을 통해 나를 받아들이셨다고, 오랫동안 간절히 바랐던 확신을 얻었다고 말했다.

나는 이제 의롭게 되었으며, 하나님의 자녀로 입양되었다. 내 이름은 어린양의 생명책에 기록되었다. 이 결정은 과거에 나나 다른 사람이 지은 어떤 죄악으로도, 또 미래에 나나 다른 사람이 지을 어떤 행위로도 바꿀 수 없다.*

"모든 어둠의 권세도 다시는 너를 구원자의 손에서 빼앗아 갈 수 없을 것이다." 목사 아버지가 말했다. "자 아들아, 진리 안에서 강하고 굳건하여라. 죄와 죄인들을 대적하고, 이 땅의 많은 신실한 자들이 그랬듯이 피 흘리기까지 저항하거라. 그리하면 너의 상급은 배가 될 것이다. 나는 오류가 없으신 분의 말씀과 영으로 네가 받아들여졌음을 확신하며, 때가 되면 생명에 이르는 회개와 성화가 따라올 것이다. 기뻐하고 감사하라, 너는 불타는 가운데서 건져 낸 그슬린 나무 조각과 같으니, 이제 너의 구원은 봉인되고 확고해졌다."

나는 모든 죄로부터 자유롭게 되었고, 새로운 상태에서 다시는 타락할 수 없다는 확신을 얻어 기쁨의 눈물을 흘렸다. 들판과 숲으로

---

* 칼뱅주의에 따르면, 인간은 원죄로 인해 완전히 타락하여 선을 행할 능력이 없으며, 오직 하나님의 은혜로만 구원받을 수 있다. 또 하나님의 선택을 받은 사람은 과거, 현재, 미래의 죄와 상관없이 영생의 구원을 보장받는다.

달려가 전능하신 분께 그의 자비에 대해 영을 쏟아 기도했다. 온몸이 새롭게 된 것 같았고, 모든 신경이 새 생명으로 약동했다. 마치 공중을 날 수 있거나 나무 꼭대기를 뛰어넘을 수 있을 것 같은 느낌이 들었다. 영혼의 고양감이 나를 마치 땅과 그 표면을 기어다니는 죄 많은 피조물들로부터 멀리 들어 올리는 듯했다. 나는 인간 자식들 사이에 나는 독수리와 같았고, 높이 날아오르며 아래에서 기어다니는 피조물들을 연민과 경멸의 눈으로 내려다보았다.

이렇게 길을 가던 중에 신비로운 모습의 청년이 내게 다가오는 것을 보았다. 나는 혼자만의 명상에 빠져 있었기에 그를 피하려 했지만, 그가 내 길에 뛰어들어 피하기 어렵게 되었다. 게다가 나는 그에게서 끌리는 일종의 보이지 않는 힘을 느꼈다. 마치 저항할 수 없는 마법의 힘 같았다. 우리는 서로 가까워지면서 눈이 마주쳤고, 그 인상적인 순간에 이상한 감각이 내 온몸을 관통했다. 나는 그게 무엇인지 결코 설명할 수 없다. 그 순간은 나에게 엄청난 결과를 내포한 순간이었다. 나 자신도 당혹스럽고, 또 내가 이 세상에 없을 때 세상 사람들을 당혹스럽게 할 모험의 시작이었다. 그 시간이 이제 곧 올 것이다. 내 생각의 혼란과 영혼의 고뇌를 모르는 사람이라면 누구도 예상할 수 없을 만큼 빨리 올 것이다. 그리고 그 시간이 와서 지나갈 때, 내 살과 뼈가 썩고 내 영혼이 영원한 거처로 떠났을 때, 그때 인간의 자손들은 내 삶의 사건들을 곰곰이 생각하게 될 것이다. 어떻게 이런 일들이 있을 수 있는지 경이로워하며 떨며, 또 떨며 경이로워할 것이다.

그 이상한 청년과 나는 말없이, 천천히 서로의 눈을 바라보며 가까워졌다. 우리는 거리가 1미터도 채 되지 않을 정도로 근접했고, 그 자리에 멈춰 서서 서로를 머리부터 발끝까지 살펴보았다. 그가 나 자신과 똑같이 생긴 존재라는 걸 깨달았을 때 얼마나 놀랐던가! 옷차림 세세한 부분까지 똑같았다. 체형도 같았고, 겉보기 나이도, 머리카락 색깔도, 눈도 같았다. 그리고 내가 거울로 본 내 얼굴을 기억하는 한, 얼굴 특징까지도 정확히 일치했다. 처음에는 내가 환영을 보고 있다고 생각했다. 내 수호천사가 이 인생의 중요한 시기에 나타난 것이라고 믿었다. 하지만 이 특이한 존재는 내 표정에서 생각을 읽었고, 내가 막 하려던 말을 예상하고 있었다.

"당신은 내가 당신의 형제라고 생각하든지, 아니면 내가 당신의 두 번째 자아라고 생각하는군요." 그가 말했다. "나는 실제로 당신의 형제요. 혈육으로 그런 건 아니지만, 같은 진리를 믿고, 같은 구원의 방식에 확신을 갖는다는 점에서 그렇소. 나는 이 땅에서 이보다 더 위대하거나 영광스러운 것은 없다고 생각하오."

"그렇다면 당신은 내 현재 상태에 잘 어울리는 동료군요." 내가 말했다. "지금은 내가 영적으로 크게 기뻐할 때니까. 나는 죄와 비참함의 속박에서 구원받은 것에 대해 지존하신 분께 감사드리러 가는 중이오. 만약 당신이 즐거운 감사의 마음으로 나와 함께하고 싶다면, 우리 둘이 함께 예배드릴 수 있을 거요. 그렇지 않다면, 당신은 당신

길을 가시고, 나는 내 길을 가겠소."

"아, 내가 당신과 함께 고결한 예배에 동참하는 것이 얼마나 기쁜지 당신은 잘 모를 거요." 그가 열정적으로 말했다. "당신은 정말 부러워할 만한 상태에 있소. 하지만 나는 이미 그걸 알고 있고, 당신의 겸손한 제자가 되기 위해 왔소이다. 당신과 이야기하면서 진정한 구원의 길에 입문하고, 또 어쩌면 당신의 기도로 도움을 받을 수도 있겠지요."

이 말에 나는 영적 자부심이 크게 부풀어 올랐고 교사의 역할을 맡기로 했다. 나는 이 특별한 청년에게 그가 가진 종교 원칙에 대해 질문했다. 만약 그가 선행을 통해 하나님께 구원받을 수 있다고 믿는다면, 그와 교제하지 않겠다고 분명히 말했다.* 그는 즉시 강하게 부인하며, 내가 믿는 바에 동의한다고 단언했다. 나는 그에게 인간의 구원과 정죄에 대한 하나님의 영원불변한 결정을 믿는지 물었고, 그는 그렇다고 답했다. 그렇지 않다면 그가 믿는 다른 모든 것에 무슨 의미가 있겠느냐고 덧붙였다. 우리는 우리 신앙의 모든 부분에 관해 대화를 나누었다. 그는 내가 제안한 모든 것에 동의했다. 그날 그는 내가 제안한 것들을 종종 극단으로 몰고 갔는데, 나는 그가 은연중에 신성모독을 저지르고 있는 게 아닌가 하는 은밀한 두려움이 들었다. 그에게는 독특한 분위기가 있었고, 내 의견에 그토록 경의를 표했기

* 칼뱅주의는 하나님의 절대 주권을 강조하며, 인간의 구원은 선한 행동이 아니라 오로지 하나님의 은혜로 주어진다고 믿는다.

에 나는 완전히 매료되었다. 동시에 나는 그에게서 설명할 수 없는 경외감을 느꼈다. 하지만 문득문득 무심결에 그에게서 황급히 벗어나고 싶은 충동에 사로잡혔다. 그는 항상 내 생각을 예상하는 듯했다. 그래서 그는 내가 특별히 흥미로워하는 대화로 방향을 틀어 내 결심을 바꾸곤 했다. 그는 하나님과의 언약 안으로 일단 받아들여진 사람은 결코 버림받을 수 없다는 논리를 많이 강조했다. 그 확신과 신뢰를 중심으로 내 모든 희망이 놓여 있다는 걸 그는 알고 있는 듯했다.

우리는 하루가 저물 때까지 이곳저곳을 돌아다녔다. 그러는 동안 나는 마음이 계속해서 소용돌이치는 듯한 동요 상태에 있었다. 헤어질 때가 되어서야 내가 본래 들판에서 하려고 했던 일을 소홀히 했다는 걸 깨달았다. 나는 이 독특하고 설명할 수 없는 존재의 궤변과 독단에 집중하느라 하나님께 드리는 예배를 잊어버렸던 것이다. 그는 지금껏 내가 아는 모든 사람의 지식과 정보를 더한 것보다 더 다양한 지식과 정보를 가지고 있는 것 같았다.

우리는 서로 아쉬워하며 헤어졌다. 그를 떠났을 때 나는 해방감을 느꼈지만, 동시에 그에게서 완전히 자유로워질 수 없을 거라는 느낌이 들었다. 그는 좋든 나쁘든 나에게 달라붙어 있을 친구가 될 것 같았다. 나는 모든 것에 대해 그가 가진 예리함과 지식에 놀랐다. 하지만 그가 나와 닮았다는 점은 정말 설명할 수 없었다. 그는 모든 면에서 나와 같은 사람이었으나, 그렇다고 항상 그런 건 아니었다.

우리가 특정 신학자들과 그들의 교리에 관해 이야기할 때 그의 얼굴이 그들의 생김새와 비슷해지는 것을 나는 여러 번 목격했기 때문이다. 그가 다른 사람의 특징을 자기 얼굴에 나타내며 그들의 생각과 감정을 즉시 이해하는 것은 대단히 놀라웠다. 나는 그와 대화를 나누며 크게 감명받았고 흥미를 느꼈다. 그것이 나에게 좋은 것인지 나쁜 것인지는 알 수 없었다. 나는 하나님의 크신 은혜에 감사드리는 것을 소홀히 했고, 떠날 때와 똑같은 상태로 집에 돌아왔지만, 똑같은 활력과 마음의 가벼움은 없었다.

내가 처음으로 하나님 자녀의 모든 특권을 상속받게 된 날과, 그리고 그날부터 이 글을 쓰고 있는 오늘까지 나의 영적 일과 세속적 일에 끼어든 이 신비한 친구를 처음 만난 날을, 나는 잘 기억하고 있다. 그것은 1704년 3월 25일, 내가 막 18세가 되던 날이었다. 그날의 사건에 대해 하나님께 감사해야 할지 아니면 한탄해야 할지 두렵고 떨리는 마음으로 살펴보았으나 내 분별력으로는 판단할 수가 없었다. 그리고 이제 나는 다른 세상에서 내 모든 행적을 정리하고 계산해야 하는 그날이 오기 전에 이 사건의 진정한 의미를 발견할 수 있으리라는 희망을 모두 잃어버렸다.

나는 집에 돌아와서는 곧장 거실로 갔다. 어머니가 혼자 앉아 있었는데, 갑자기 벌떡 일어나 숨 막히게 비명을 질렀다. "로버트, 무슨 일이냐? 사랑하는 아들아, 너에게 무슨 일이 있는 거냐?"

"왜 그러세요, 어머니? 뭐가 잘못되었나요?" 내가 말했다. "문제는 어머니가 있는 것 같아요. 어머니 머릿속이 혼란스럽거나 눈이 흐려져서 그런 거겠죠. 저에겐 아무 문제도 없어요."

"아, 로버트, 넌 아프구나!" 어머니가 외쳤다. "너는 많이 아파, 사랑하는 아들아. 넌 완전히 변했어. 목소리와 태도까지. 아, 제인, 빨리 서재로 가서 링힘 씨께 당장 와서 로버트와 얘기해 보시라고 해라."

"제발 진정하세요, 어머니." 내가 말했다. "이렇게 흥분해서 판단력을 잃으시면 제가 집을 나가겠습니다. 도대체 무슨 말씀이세요? 제가 말씀드렸잖아요, 저는 아무 문제 없다고요. 전 어느 때보다도 건강합니다."

어머니는 비명을 지르며 나와 문 사이로 달려가 내가 나가지 못하게 막아섰다. 그 순간 목사 아버지가 들어왔다. 그때 아버지가 안경 너머로 어머니를 보고 나를 보던 그 눈빛을 나는 잊지 않았다. 아버지의 눈이 촛불처럼 타오르는 것 같아 두려웠고, 그것 때문에 내 표정이 평소보다 더 불안해 보였을 것이다.

"이게 다 무슨 일이오?" 아버지가 말했다. "부인! 로버트! 무슨 문제가 있는 거냐?"

"오, 나리, 우리 아들이에요!" 어머니가 외쳤다. "사랑하는 우리 아들이라고요, 링힘 씨! 이 애를 보세요, 그리고 말을 걸어 보세요. 아이가 죽어 가고 있거나 변해 버린 것 같아요!"

아버지는 매우 놀란 표정으로 나를 바라보았다. 혼잣말로 무언가를 중얼거리시더니 내 맥박을 짚어 보려는 듯 팔을 잡으시고는 떨리는 목소리로 말했다. "네게 뭔가가 일어난 게 분명하구나, 몸이든 마음이든. 아침과는 달리 네가 너무 변해서 같은 사람이라고 알아보기 힘들 정도다. 무슨 사고라도 당했느냐?"

"아니요."

"자연의 섭리를 벗어난 무언가를 보았느냐?"

"아니요."

"그렇다면 사탄이 너를 유혹하느라 바빴다는 것이냐? 인생의 중대한 시기에 특별하게 너를 유혹했다고? 걱정되는구나."

나는 마음이 그날의 동행자에게로 향했고, 그가 악마의 대리인일 수 있다는 생각이 들자 아무런 대답도 할 수 없었다.

"알겠다." 아버지가 말했다. "네가 영적으로 고통받고 있구나. 구원을 방해하는 적이 너와 신속히 씨름했음이 분명하다. 말해 보거라, 그가 이겼느냐?"

"그는 이기지 못했습니다, 사랑하는 아버지." 내가 말했다. "주님의 힘으로, 제가 물리쳤기를 바랍니다. 하지만 정말로, 제가 그와 씨름했다면, 저는 그걸 몰랐습니다. 오늘 저는 단 한 명의 이방인과 대화를 나눴을 뿐인데, 그는 빛의 천사로 보였습니다."

"그렇게 보이는 것이 악마의 교활한 술책 중 하나지." 어머니가 말했다.

"여자는 입을 다물라!" 목사 아버지가 말했다. "당신은 당신이 모르는 걸 가르치려 하고 있어. 얘야, 말해 보거라. 네가 만난 그 낯선이가 내가 너에게 알려 준 종교적 원칙들을 고수했느냐?"

"네, 넓은 범주 안에서 모든 원칙을 고수했습니다." 내가 말했다.

"그렇다면 네가 대화를 나눈 사람이 사악한 자의 대리인은 아니구나." 그가 말했다. "왜냐하면 그것은 바로 암흑 왕국의 권세와 권력, 힘과 지배를 뒤엎기 위해 만들어진 교리이기 때문이다. 자, 기도하자."

예수 그리스도의 이 거룩한 사역자는 약 15분 동안 엄숙하고 숭고한 감사 기도를 올렸다. 다음 날은 가족이 엄숙한 감사의 날로 지켜야 하며 기도와 찬양으로 보내야 한다고 선포했다. 이는 가족 한 명이 부르심과 선택을 받았기 때문이었다. 더 정확히 말하자면, 그 개인의 선택이 하늘에서 확정되었을 뿐만 아니라 땅에서도 드러났음을 기념하기 위해서였다.

다음 날은 나에게 거룩한 환희의 날이었다. 이날은 목사 아버지가 내 머리에 손을 얹고 축복한 후 가장 엄숙하고 인상적인 방식으로 나를 주님께 헌신하며 시작되었다. 그는 이 뜻깊은 의식을 평범한 방식으로 진행하지 않았다. 진정한 대의에 헌신하는 신도의 열정과 자신이 지지하는 편의 투사로서의 열의를 다했다. 그는 의미심장한 말을 했는데, 나는 여전히 이 말을 마음속에 간직하고 있다.

"저는 이 사람을 오직 당신께, 전적으로 당신께, 그리고 영원히 당신께 바칩니다. 그의 영혼과 몸과 정신을 당신께 봉헌합니다. 이 세상의 악인이나 당신의 이름을 모독하는 교회의 삯꾼처럼 이 종을 바치는 것이 아닙니다. 암기한 말과 형식으로, 적그리스도의 손발이 지시하는 대로 하는 것이 아닙니다. 오, 주여, 마치 장군이 부하의 손에 칼을 쥐여 주어 적을 무찌르게 하는 것처럼 저는 그를 당신의 손에 맡깁니다. 그가 당신 손의 양날 무기가 되게 하시고, 당신의 입에서 나오는 창이 되어 파괴하고, 정복하고, 넘어서게 하소서. 그리고 당신 교회의 적들이 그 앞에 쓰러져 땅을 비옥하게 하는 거름이 되게 하소서!"

그 순간부터 나는 복음의 사역자가 아니라 복음의 투사가 되어 주님의 적들을 이 땅에서 제거해야 할 운명이라고 생각했다. 나는 이 사명이 기뻤다. 설교단에서 열변을 토하며 죄인들을 설득하려고—하나님께서 절대적 예정으로 영원히 불가능하게 하신 변화를 이끌어 내려고—애쓰는 것보다 칼로 그들을 베는 것이 적성에 더 잘 맞았다. 나는 이것을 생각하면 할수록, 목사가 죄인이 할 수 없는 일을 하도록 설득하며 평생 노력하고 조언하는 것이 어리석고 모순적임을 더욱 깨달았다. 하나님께서 모든 인간의 운명을 영원 전부터 정하셨음을 생각할 때, 창조주께서 변함없는 섭리로 멸망시키기로 정하신 자들을 구하려는 인간의 노력은 얼마나 헛된 일인가! 가장 선한 사람이 나에게 가르쳐 준 이 교리를 나는 믿지 않을 수 없었다. 그는 성경 전체가 이를 증거한다고 말했으며, 이로 인해 기독교 세계의 체계는 나에게 완전히 모순으로 보였다. 나는 생각했다. 죄인들을 칼로 제거하는 것이 얼마나 더 지혜로운 일인가! 그것이 이루어지기 전에는 성도들이 땅을 평화롭게 상속받을 수 없을 것이다. 만약 내가 이 위대한 정화 작업을 시작하는 도구로 쓰임 받는다면, 나는 기뻐할 것이다. 그러나 나는 무슨 방법이 있으며 어디에서부터 시작해야 하는지 알 수 없었다. 한 가지는 분명했다. 나는 이제 주님의 것이 되었으며 주님의 일을 위해 분발해야 했다. 아, 내가 만약 군대를 지휘할 수 있다면, 나는 악행을 행하는 자들 가운데서 타오르는 불과 같으리라!

이런 위대한 생각들로 가득 차서 나는 도시를 서둘러 빠져나와, 다시 피니스턴의 들판과 숲을 가로지르는 비밀 산책로를 찾았다. 그곳은 존경받는 스승님이 연구를 위해 산책할 수 있는 특권을 가진 길로, 내가 언제라도 사용할 수 있도록 열쇠를 주었던 곳이었다. 그 산책로의 한 울타리 근처에서 나는 젊은 남자가 경건한 자세로 성경을 읽고 있는 것을 보았다. 그는 일어나 모자를 들어 인사를 했고, 나도 답례한 뒤 걸음을 계속했다. 그러나 울타리를 완전히 넘어간 순간, 나는 그 청년의 얼굴이 낯익다는 생각이 들었다. 그는 내가 잘 아는 친한 지인이었으며, 그와 대화를 나눴어야 했다는 생각이 스쳤다. 나는 계속 걸어가다 멈추고, 다시 돌아서기도 하며 그가 누구인지 기억해 내려 애썼으나 도무지 떠오르지 않았다. 그런데도 그의 표정과 태도에는 저항할 수 없이 나를 끌어당기는 매력이 있었다. 결국 나는 그에게로 다가가 일단 말을 걸어 보고 그가 누구인지 알아보기로 했다.

내가 다가가 말을 걸었으나, 그는 책에 너무 몰두한 나머지 내가 말을 해도 눈을 들지 않았다. 나도 그 책을 들여다보았는데, 역시 성경처럼 보였다. 세로 단과 장, 절이 있지만, 내가 모르는 언어였고,

붉은 선과 문장들이 가로지르고 있었다. 그 신비한 책을 처음 본 순간, 전율 같은 감각이 나를 덮쳐 꼼짝할 수 없었다. 그때 그가 고개를 들어 미소를 지었고, 책을 덮어 품에 넣었다.

"내 책을 보며 묘하게 감명을 받으신 것 같군요." 그가 온화하게 말했다.

"도대체 그게 무슨 책입니까? 성경인가요?" 내가 물었다.

"내 성경입니다." 그가 말했다. "하지만 그만 읽겠습니다. 당신을 뵙게 되어 반갑습니다. 그런데 오늘은 당신에게 거룩한 축제일이 아닌가요?"

나는 그의 얼굴을 빤히 바라보았으나 아무 대답도 하지 못했다. 나는 감각이 혼란스러웠다.

"나를 모르겠어요?" 그가 물었다. "당신은 어쩐지 당황한 것 같군요. 어제 당신과 내가 만나 즐거운 시간을 보내지 않았나요?"

"죄송합니다만, 당신이 어제 내가 함께 시간을 보낸 그 젊은 신사라면, 당신은 카멜레온처럼 외모를 바꾸는 재주가 있는 것 같군요. 전혀 못 알아보겠으니 말입니다." 내가 말했다.

"나는 내가 학습하고 느끼는 바에 따라 외모가 변합니다." 그가 말했다. "이것은 나한테 자연스럽게 나타나는 특성입니다. 내가 통제할 수 있는 게 아니에요. 내가 어떤 사람의 얼굴을 진지하게 관찰하면, 내 얼굴은 점차 그 사람과 똑같은 모습과 특징을 띠게 돼요. 그리고 얼굴을 세밀히 관찰하면 단순히 외모뿐만 아니라, 그 사람과 똑같은 생각과 사고방식, 그리고 그 사고를 배열하는 방식까지도 얻게 됩니다. 그러니 보시다시피, 내가 어떤 사람을 주의 깊게 바라보면 점차 그 사람과 같은 외모를 띠게 되고, 그 외모를 통해 그의 가장 은밀한 생각까지도 소유하게 되죠. 이것은 내 본성에 깃든 특성으로, 나를 만드신 하나님의 선물입니다. 그러나 이것이 축복으로 주어진 것인지 아닌지는 하나님께서 아시며, 나 또한 압니다. 어쨌든 이 특성 덕분에 나는 관심이 가는 사람의 본질을 파악하는 데 절대 실패하지 않죠."

"정말 보기 드문 능력을 가졌군요." 내가 대답했다. "그런 능력을 가질 수 있다면 나는 무슨 대가든 치르겠어요. 당신에게는 뭔가를 숨기려고 애쓸 필요가 없겠네요. 당신은 언제든 우리의 가장 은밀한 생각을 꿰뚫어 볼 수 있을 테니 말입니다. 이미 내 본성도 알고 계시겠죠?"

"그렇습니다." 그가 말했다. "그것이 바로 내가 당신에게 끌리는 이유입니다. 어제는 당신의 모습을 취하면서 당신의 성격도 알게 되었습니다. 그리고 당신이 가진 사상의 깊이와 폭넓음, 그리고 그러한 사상에 결부된 영웅적 관대함에 매우 놀랐습니다. 게다가 이제는 당신이 주님의 위대한 사역에 헌신하고 있으니, 이러한 이유로 나는 당신과 가능한 한 가까이 연을 맺기로 결심했습니다. 내 미천한 능력이 닿는 한, 전적으로 당신을 도울 생각입니다."

이렇게 뛰어난 자질을 가진 이가 내 능력을 칭찬하자 나는 크게 우쭐해졌다. 그는 나이에 비해 흔치 않게 겸손하고 친절했다. 동시에 인간의 이해력을 초월하는 높은 천재성과 지식을 겸비하고 있었다. 그럼에도 나는 그가 나를 계속 고귀한 인물로 여기도록 어느 정도 우월한 자세를 취했다. 마땅히 그렇게 해야 한다고 생각했다. 우리는 날이 저물 때까지 다시 대화를 나누었고, 그가 가장 강조한 것은 선택받은 자의 무류성*과 세상에 일어나는 모든 일은 예정되어 있다는 교리였다. 나는 내 논쟁 능력을 보여 주기 위해 첫 번째 주장에 대해 일부러 반박하는 척하며 말했다. "분명, 죄를 짓는 데는 정도의 차이가 있으며, 죄로 말미암아 심지어 선택받은 자들도 하나님께 버림받을 수 있습니다." 그러자 지금까지 겸손하고 점잖던 동료는 매우 강하게 논쟁을 펼쳤고, 나를 침묵하게 할 뿐 아니라 심히 부끄럽게 만들었다.

"아니, 그렇게 슬쩍 떠보면서 당신은 당신이 믿는 위대한 속죄를 깎아내리고 있군요." 그가 말했다. "예수의 피는 수천 개의 세상을 구원할 만한 공덕이 충분하지 않다는 뜻입니까? 만약 그가 세상을 위해 죽었다면 말입니다. 이제 당신이 알고 있듯이(또 모든 선택받은 자가 스스로 알 수 있듯이), 이 구세주가 아주 특별히 당신을 위해 죽었다는 걸 알면서도, 감히 그분의 위대한 속죄는 당신의 죄를, 그게 아무리 극악무도한 죄일지라도, 모두 없애기에는 충분하지 않다

* 무류성이란 어떤 주장이나 판단이 절대 틀릴 수 없다는 뜻으로, 즉 하나님이 선택한 자는 오류(죄)가 있을 수 없다는 의미이다.

고 말하는 겁니까? 더욱이 당신은 하나님이 모든 일을 미리 정하시고 결정하셨다는 걸 인정하지 않는 겁니까? 어떻게 당신은 삶 속에서 일어나는 일을, 그게 선하든지 악하든지, 제힘으로 피할 수 있다고 생각합니까? 분명 위대한 설교자의 이 조언이 옳습니다. '네 손이 할 일을 찾거든, 힘을 다해 그것을 행하라. 우리 중 누구도 내일 일은 알지 못하나니.' 이는 즉, 우리 중 누구도 무엇이 예정되어 있는지 모르지만, 무엇이 예정되어 있든 우리는 그것을 행해야 하며, 그 중 어느 것도 우리에게 책임을 묻지 않을 거라는 뜻입니다."

이 주장에 정통성이 있거나 진정성이 있다고는 믿기 어려웠다. 그러나 나는 곧 그가 겸손한 제자가 아니라 오히려 길잡이이자 지도자가 될 사람이라는 걸 느끼게 되었다. 그는 내 발 아래서 올바른 길을 배우려는 겸손한 자세를 보였으나, 그 겉모양 밑에는 더 큰 권위가 숨겨져 있었다. 그는 나에게서 예수와 교회를 위해 위대한 일을 하도록 예정된 사람을 보았다고 말하며, 나와 함께 그것에 동참하기를 간절히 원했다. 내가 진리에서 벗어나거나 나를 선택하신 분의 은혜에서 떨어질 수 있다는 생각은 하지 말라고 그는 종용했다. 그런 의심은 내가 착수하려는 모든 선한 일을 방해할 거라고 했다.

이 모든 말에는 기분 좋게 하는 무언가가 있어서 나는 거부할 수 없었다. 그럼에도 그가 떠나자 큰 안도감을 느꼈다. 하지만 다음 날이 오기 전에 나는 다시 그가 보고 싶어 애가 탔다. 우리는 매일 만남을 이어 갔고, 그러면서도 나는 여전히 그가 누구인지 몰랐다.

어머니와 목사 아버지는 내가 완전히 달라졌다고 했다. 외모와 태도, 그리고 모든 행동이 변했다고 계속 주장했다. 나는 그에 대해서 처음 만났을 때 얘기했던 것 이상으로는 말하지 않았다. 무언가가 나를 막고 있었다. 그와 함께 있는 것이 즐거웠고, 그를 자랑스럽게 여겼으며, 곧 그 없이는 살 수 없게 되었다. 날마다 그에 관한 이야기를 숨김없이 털어놓으리라 다짐했건만 그것을 실행에 옮길 수 없었다. 무언가가 항상 나를 가로막았다.

결국 나는 더 이상 고민하지 않기로 했고, 그와의 매혹적인 동행을 비밀스럽게 즐기며 어떤 일이 있어도 그 관계를 유지하기로 결심했다. 이 결심은 무익한 것이었다. 나는 단호한 태도를 보이려 했지만, 그 일을 감당하기에는 힘이 부족했다. 이 친구는 상상할 수 있는 모든 온화함과 설득력을 동원하여 결국 자신의 뜻을 이루고야 말았다. 나는 때때로 분노했고, 때로는 그의 제안에 굴복해야 한다는 사실에 눈물을 흘리기도 했다. 처음에 내 영혼은 모든 이성을 통해 그의 제안에 반대했다. 그럼에도 불구하고 그는 항상 자신의 논리를 나에게 확신시키는 데 성공했다. 그는 나를 굴복시켜 그의 방침에 동의하게 만들거나 그의 주장이 진실하다는 걸 인정하게 했다. 그게 아니라면 나를 완전히 제압해서 아무 반박도 할 수 없게 만들었다.

우리가 몇 주, 아니 몇 달간 친하게 지내면서 놀랍게도 한 번도 함께 기도한 적이 없다는 걸 나는 깨달았다. 더 나아가 그는 내가 기도 의무에서 멀어지도록 끊임없이 유도했고, 결국 나는 기도를 완전히 소홀히 하게 되었다. 중요한 종교적 사안을 가르치려는 듯 보이는 사람에게 이것은 나쁜 징조라고 나는 생각했다. 그래서 다음 날 그를 시험해 보기로 했다.

나는 그에게 우리 둘을 대표하여 그 신성한 의무를 수행해 달라고 요청했다. 그는 당차게 거절했다. 그는 자신이 함께 기도할 수 있는 사람은 극히 드물며, 그들이 자신이 반대하는 많은 것을 요구할 것이 분명하기 때문에 절대 그렇게 하지 않는다고 말했다. 만약 그가 직접 기도를 주관하게 되면, 그 역시 상대방의 신앙 범위에 포함되지 않는 많은 것들을 언급하게 될 것이라고 했다. 그는 흔히 행해지는 방식의 기도를 전혀 인정하지 않는다고 말했다. 사람들은 기도를 단지 이기적인 문제로 만들고, 끊임없이 이것저것 요구하는 데에만 사용한다는 것이다. 반면 하나님의 모든 창조물은 주어진 운명에 만족해야 하고, 오직 하나님 앞에 무릎 꿇는 것은 하나님이 적절하다고 보시는 축복에 대해 감사하기 위한 것이 되어야 한다고 주장했다. 결국 그는 매우 열정적으로 논쟁을 펼쳤고, 헤어지기 전에 나는 평소처럼 그의 주장을 받아들이게 되었다. 이후 나는 그에게 더 이상 기도에 대해 언급하지 않았다.

내가 그와 함께 있는 모습이 자주 목격되면서, 몇몇 사람들이 그 사실을 어머니와 목사 아버지께 언급하게 되었다. 그러나 흥미롭게도 그들은 모두 그를 서로 다르게 묘사했다. 결국 부모님은 내가 날마다 집을 비우는 것을 두고 내가 누구와 어울리는지 캐묻기 시작했다. 나는 단 한 명의 젊은 신사와 친하게 지내고 있으며 그의 종교적 사고방식이 내 생각과 너무나 잘 맞아 그를 떠나 살 수 없다고 말했다. 어머니는 오래된 믿음의 몇 가지 원칙을 나에게 설교하기 시작했으나, 나는 그것을 혐오하며 외면했다. 새로운 친구의 논리적 열정에 비하면 어머니의 주장은 너무나 무기력하게 느껴져 도저히 견딜 수가 없었다. 또한 나는 부끄럽게도 이 무렵부터 목사 스승님의 설교들이 더 이상 끌리지 않고 점차 지루하게 느껴졌다. 그의 가르침은 내 친구의 가장 평범한 관찰조차 따라올 수 없을 정도로 힘과 숭고함이 부족했다. 두 사람을 비교해 보자면, 목사 스승님은 아무것도 아닌 것처럼 보였다. 스승님은 친구와 관련해 여러 질문을 던졌고, 나는 거의 모든 면에서 그를 만족시킬 수 있었다. 하지만 한 가지는 해결하지 못했다. 나는 내 친구가 누구인지, 이름이 무엇인지, 출신은 어디인지 전혀 알지 못했다. 우리가 이렇게 오랫동안 친분을 쌓았음에도 나는 한 번도 그런 것들을 생각해 보지 않았다. 그런 나 자신이 놀라웠다.

다음 날 나는 그에게 이름이 무엇인지 물었다. 대화하다 보면 이름을 몰라 난감할 때가 종종 있다고 말했다. 그는 우리처럼 사적으로 만나는 경우는 굳이 이름을 부르지 않아도 된다고 답했다. 우리가 처음 만난 이후로 그는 한 번도 내 이름을 부른 적이 없고, 내가 요청하지 않는 한 앞으로도 부를 생각이 없다고 했다. 그는 덧붙였다.

"그래도 네가 이름을 부르지 않고는 대화할 수 없다면, 당분간 나를 '길'이라고 불러. 그리고 언젠가 내가 다른 이름을 사용하게 되면 너에게 허락을 받도록 하지."

"길이라!" 내가 말했다. "길 말고 다른 이름은 없어요? 그게 무슨 이름이지요? 세례명인가, 아니면 성?"

"아, 성도 필요해?" 그가 대답했다. "좋아, 그럼 길-마틴이라고 불러. 세례명은 아니지만, 너한테는 괜찮은 이름일 거다."

"참 이상하군요!" 내가 말했다. "부모님이 부끄러워서 그러는 건가요?"

"난 부모가 딱 한 명 있어. 근데 난 그를 인정하지 않지." 그가 당당하게 말했다. "그러니 제발 그 얘기는 그만하지. 불쾌한 얘기니까. 나는 성격이 매우 독특해. 수많은 하인과 신하가 있지만, 어떤 기이한 기분이 들어서 그들을 떠나 이 도시에 은거하게 되었어. 그리고 이 도시에서 사교 활동은 모두 제쳐두고 오직 너에게만 애착을 갖게 되었고. 이건 비밀이다. 내가 우정의 표시로 너에게만 말하는 거니까. 그러니 이건 비밀로 간직하고, 더는 이 사안에 대해 논하지 마라."

나는 동의했고, 그에 대해 더는 묻지 않았다. 순간 그가 러시아의 표트르 대제일 수도 있겠다는 생각이 들었다. 그가 변장하고 유럽을 여행 중이라는 소문을 들은 적이 있었다. 나는 이 위대한 권력자의 영향력에 힘입어, 압제당하는 그리스도 교회의 수호자이자 복수자로서 높은 지위에 오를 수 있으리라는 큰 희망을 품게 되었다. 그는 이미 악한 자들을 개혁하려고 애쓰는 것보다 그들을 칼로 제압하는 것이 더 명예롭고 효과적이라고 암시한 적이 있었다. 나는 그가 나에게 중대한 임무를 줄 것이고, 그래서 모든 스코틀랜드 사람 중에 나를 동료로 선택했다고 생각하며 스스로 합리화했다. 심지어 그는 나에게서 위대한 종교적 진리를 배우는 척하기도 했다. 그때부터 나는 이 위대한 군주의 제안을 주저 없이 받아들일 마음이 생겼다.

그가 지닌 비범한 능력만큼 나를 놀라게 한 것은 없었다. 어느 날 산책 중에 우리는 블랜차드 씨를 만났다. 그는 도덕성이 강한 훌륭하고 경건한 성직자로 알려져 있었다. 그가 우리와 합류했고, 우리 셋은 함께 걸어가다가 들판에 앉아 쉬게 되었다. 내 동행은 그를 좋아하지 않는 듯했지만, 그럼에도 주의를 기울이며 자주 그를 바라보았다. 그가 블랜차드 씨를 관찰하며 그의 생각을 읽으려 하는 듯한 순간이 여러 번 있었는데, 그때마다 얼굴이 블랜차드 씨의 얼굴과 너무나 비슷해져서 둘을 구별하기 어려울 정도였다. 두 사람은 서로에게 반감이 있었고, 얼마 지나지 않아 또렷이 드러났다.

내 동행인 왕자가 떠난 후에 블랜차드 씨는 그에 관해 물었다. 나는 그가 이 도시에 낯선 사람이지만 매우 특별하고 위대한 인물이라고 말했다. 블랜차드 씨는 이렇게 대답했다. “로버트 군, 내 평생 이렇게 싫은 사람은 처음이야. 만약 그가 이방인이라는 게 사실이라면, 난 믿지 못하겠지만, 그는 좋은 목적으로 온 게 아니야. 나를 믿게나.”

“그가 얼마나 강력한 정신력을 가졌는지 보지 못했습니까?” 내가 물었다. "흥미로운 신학 주제에 대해 명확하고 주저 없이 말하는 거 보셨잖아요!"

"나는 그가 뛰어난 정신력을 가진 게 두렵네." 그가 말했다. "그런 사람이 악의를 품으면 어떤 해를 끼칠지 알 수 없으니까. 그의 생각에는 숭고함이 있지만, 내게는 공포가 섞여 있어. 종교를 논할 때면 그는 진리를 경외하기보다는 오히려 두려워하는 사람처럼 말하지. 그가 개혁 교회가 인정하는 교리의 일부 요점에 대해 엄격한 정통성을 표방하는 듯하지만, 사실 자네들이 이러한 요점을 위험한 극단으로 몰고 가고 있다는 걸 모르는 것 같군. 종교란 숭고하고 영광스러운 것이라네. 이 세상 사회의 유대이며, 인류를 신성한 본성과 연결하는 매개이지. 그러나 인간에게 가장 위험한 것은 종교의 원칙 중 하나를 왜곡하거나 적정 범위를 넘어 강요하는 것이야. 이는 무엇보다도 파멸로 가는 지름길이지. 또 가장 쉽게 저지를 수 있는 오류이기도 하고. 인간은 그 오류의 정당성을 하나같이 성경을 통해 증명하려고 한다네. 그렇지 않은 건 없어. 자네가 강하게 얘기할 때면 그는 그 주제에 대해 논의하는 걸 피했어. 설령 그걸 감안하더라도 자네들이 절대적 예정론과 그에 수반되는 요소들에 대해 과도하게 확대 해석하고 있는 건 분명하네. 그건 모든 종교와 계시를 뒤엎어 버리는 거지. 적어도 그것들을 헷갈리게 해서 우리가 무엇이 옳은지 선택할 수 없게 하거든. 로버트 군, 내 말을 믿게나. 그 고상한 외지인과는 어울리지 않는 게 좋겠어. 나한테는 자네와 그가 믿는 신조가 그 자체로 멸망의 길을 담고 있는 것처럼 보이니까."

나는 그의 말에 다소 충격을 받았으나, 부러 무시하듯 미소 지으며, 어린 사람이 나이 든 사람을 통제하려는 건 적절하지 않고 우리는 근본적으로 원칙이 다르므로 이 주제는 그만두는 것이 좋겠다고 말했다. 허나 블랜차드 씨는 그만두지 않았다. 그는 언변이 뛰어나고 정신력이 강한 노인이었다. 그는 나와 내가 가진 원칙을 신랄하게 비판했다. 우리가 헤어지기 전에 나는 그의 충고를 따르기로 약속했다. 그때는 내가 거의 그렇게 결심했다고 믿는다.

하지만 그것은 마치 햇빛을 피하려고 시도해 보는 것만큼이나 불가능한 일이었다. 친구는 그림자처럼 항상 나와 함께 있었고, 나는 점차 그의 영향력에 빠져들었다. 그의 곁을 떠나면 전혀 행복하지 않았다. 그의 곁에 머물러도 크게 행복한 건 아니었다. 나는 블랜차드 씨가 했던 말을 그에게 해 주었다. 그는 얼굴이 붉으락푸르락 분노와 격분으로 불타올랐다. 그러다가 점차 눈이 깊숙이 들어가고 눈썹이 찌푸려졌다. 나는 무서워서 그에게서 시선을 옮겼다. 잠시 후 내가 말을 하면서 우연히 다시 그의 얼굴을 보았는데, 화들짝 놀라 움찔했다. 그는 블랜차드 씨와 생김새가 똑같게 변신해 있었다. 나는 실제로 블랜차드 씨에게 말을 하고 있다고 믿었다. 내가 설명할 수 없는 몽롱한 상태에서 그런 일이 벌어지고 있었다. 그는 내가 직면한 당혹한 상황에 재밌어하기는커녕 오히려 불쾌해하는 듯 보였다. 사실 그는 어떤 것에도 즐거워하는 법이 없었다. 그는 냉랭하게 물었다.

내가 보통 사람처럼 평범한 능력만을 가졌을 거라고 생각했는가?

나는 왕자나 권력자가 다른 사람보다 더 큰 능력을 갖추었다고 생각해 본 적이 없으며 오히려 그렇지 않은 경우가 많다고 답했다. 그는 고개를 저으며 이 주제에 대해 다시 한번 생각해 보라고 했고, 그것으로 대화는 끝났다. 나는 날이 갈수록 그의 우월함을 인정하는 쪽으로 기울어졌다. 내가 알아낸 바를 종합해 보면, 그가 러시아의 표트르 대제라는 것에는 의심의 여지가 없었다. 모든 정황이 이 추측을 뒷받침했고, 따라서 나는 내가 내린 결론에 따라 행동하기로 마음먹었다.

며칠간 우리는 블랜차드 씨의 의혹과 교리를 주제 삼아 대화를 나누었다. 친구는 그것들을 매우 경건하게 비난했다. 또 한탄했다가, 그런 사람은 인류에게 큰 해악을 끼칠 수 있다며 비통해했다. 나는 그 해악이 넓게 퍼질 수 있음을 인정하며 동의했다. 마침내 그는 내가 그러한 시련과 능력의 시험을 이겨 낼 성향을 갖추었다고 판단했고, 우리 둘이 블랜차드 씨를 없애 버리자고 차분히 제안했다. 나는 너무 충격을 받아 가슴이 텅 빈 것 같았다. 심장 박동 소리가 그 안에서 크고 공허하게 울렸다. 숨이 막히고, 혀와 입천장이 말라 말을 할 수 없었다. 그는 나를 겁쟁이라고 조롱하며, 강력한 언변으로 이 사안에 대해 논리적으로 설명했다. 우리가 헤어질 때쯤에는, 나는 블랜차드 씨를 죽이는 것이 나의 엄중한 의무라고 확신하게 되었다.

하지만 그걸 행동으로 옮기는 것에는 절대 동의할 수 없었다.

그날 밤 나는 잠을 설쳤다. 다음 날 아침, 동틀 무렵에 나는 다시 밖으로 나가서 훌륭한 내 친구를 만났다. 같은 주제가 다시 언급되었고, 그는 다음과 같은 요지로 논리를 폈다. 만약 내가 교회의 적들을 물리치려는 기독교 군대의 수장이 되었다고 가정해 보자. 내가 이 적들을 파괴하고 뿌리 뽑는 데 주저했을까? 당연히 주저하지 않았을 것이다. 그렇다면 이 땅의 그리스도 교회에 누군가가 수만 명의 적들보다 더 큰 해를 끼치고 있다면, 그를 제거하고 선택받은 자들을 구원하는 것이 내 의무가 아닐까? 그는 말을 이었다.

"용감한 친구여, 그리스도와 교회를 위한 투사가 되고자 하거든 일찍 시작해야 한다. 작은 시작이 어떤 영광스러운 자리로 이어질지는 아무도 모르는 일이니까. 만약 블랜차드라는 자가 가치 있는 인물이라면, 그는 그저 더 나은 위치로 옮겨 갈 것이다. 만약 가치가 없는 인물이라면, 그로 인해 천 명의 영혼을 멸망하게 하느니 차라리 한 사람이 죽는 게 낫고. 우리는 소명을 가지고 행동해야 한다. 나는 결심이 섰다. 이 세상에서 내 목표는 단 하나이고, 결코 한순간도 그걸 놓치지 않을 것이다."

나는 그가 가진 논리의 힘을 인정할 수밖에 없었다. 비록 그가 한 말을 정확히 기억해 되풀이할 순 없지만, 그의 언변은 가히 압도적이어서 다른 이들의 미묘한 논리는 그 앞에서 무력해지는 듯했다. 나는 (내가 그의 광범위하고 단호한 계획에 동참한다는 전제하에) 나를 최고의 지위로 올려 줄 수 있는 위대한 권력자가 이 말을 했다는 것에 확신이 있었고, 이 확신은 젊은 시절 특유의 망설임과 양심의 가책을 떨쳐 내는 데 큰 도움이 되었다. 게다가 이토록 강력한 후원자가 나를 지지해 준다면 결과를 두려워할 필요가 없을 거라는 생각이 들었다. 나는 동의했다! 하지만 조금 더 생각할 시간을 달라고 부탁했다. 그는 의무에 대해 깊이 생각하지 않을수록 더 좋다고 말했다. 그리고 우리는 헤어졌다.

이 불가사의한 친구가 내 마음에 미치는 힘에는 특이한 점이 있었다. 그는 밤이나 낮이나 나에게 완전한 영향력을 행사하고 있었다. 모든 꿈은 그가 연상한 것과 정확히 일치했고, 그가 주장하는 바는 그가 곁에 없을 때조차 있을 때보다 더 깊이 각인되었다. 그날 밤 나는 큰 승리를 얻는 꿈을 꾸었는데, 비록 전체 장면은 희미하고 어수선했지만 블랜차드 씨의 몰락과 죽음이 내가 높은 지위에 오르는 첫걸음이라는 건 분명해 보였다. 이렇게 밤에는 사건을 꿈꾸고 낮에는 그것에 대해 논하다 보니, 그것은 이내 내 마음에 너무나 친숙해져서 거의 이미 일어난 일처럼 느껴졌다.

결심이 섰다. 이것은 처음이자 가장 큰 승리였다. 블랜차드 씨는 날씨가 좋은 날이면 언제나 혼자서 사유지를 거닐었기 때문에 그를 제거할 기회를 찾는 것은 어렵지 않았다. 나는 이틀 동안 그의 설교를 들으러 갔다. 그의 교리는 사실 신성모독에 가까웠다. 그것은 내가 일찍이 들어 본 적 없는 것이었는데, 많은 신도가 귀를 쫑긋 세우고 그의 교리를 꿀처럼 들이마시고 있었다. 그것이 그들의 육체적 본성과 자만심에 딱 들어맞았기 때문이다! 그는 실제로 "구원받지 못하는 것은 자기 잘못"이라고 주장하고 있었다! 이 얼마나 끔찍한 곡해인가! 또한 그는 자연과 이성을 통해 누구라도 원치 않는다면 죄를 짓지 않을 수 있다고 주장하며 증명하려 애쓰고 있었다! '몹쓸 논쟁가 놈이다!'라고 나는 속으로 수백 번이나 생각했다. '설교가 이렇게 무례하고 터무니없으니 어찌 주님의 검이 평화의 자리에 가만히 있을 수 있겠는가!'

내가 왕자에게 이 거짓 교리에 대해 말했다. 놀랍게도 그는 자기도 그 교회에 있었고, 그 늙은 목사가 사용한 모든 논리를 속속들이 알고 있다고 했다. 그는 그 교리가 자신이 가진 사회적 견해와는 다르다고 우려를 표했다. 그는 또한 모든 도시와 나라에 부하들을 두어 이를 억제하기 위해 힘쓰고 있다고 말했다. 나는 매우 단순하게 물었다. "왕자님, 당신의 신하는 모두 그리스도교인입니까?"

"유럽의 신하들은 모두 그렇거나, 그렇다고 믿고 있지." 그가 답했다. "그들은 가장 충직하고 진실한 신하들이다."

이 말을 듣고서 그가 러시아의 표트르 대제가 아니라고 누가 의심하겠는가? 그럼에도 나는 그 후 그의 정체성을 의심할 이유를 가지게 되었다. 내 추측 중 어느 것이 맞는지는 오직 하늘의 신만이 아실 것이다. 나는 알 수 없다. 나는 기억나는 대로 계속 글을 쓰겠다. 만약 누군가 수고스럽게 이 고백록을 읽는다면, 스스로 판단해야 하리라. 이 비범한 인물을 만난 이후로 내가 오직 그에 관해서만 글을 써 왔다는 점을 주목할 것이다. 그리고 나는 이 회고록의 끝까지 계속 그렇게 할 수밖에 없을 것이다. 그의 중추적인 역할 없이는 나는 어떤 위대한 행동도, 흥미로운 행동도 하지 않았기 때문이다.

어느 날 그가 나에게 와서 말했다. "우리가 결심한 일을 실행하는데 이렇게 지체해서는 안 된다. 우리는 인류의 이익을 위해 시민으로나 종교적으로 해야 할 일이 많다. 여기서 해야 할 일을 하고 나서 다른 도시로, 어쩌면 다른 나라로 가야 할 것이다. 블랜차드 씨는 다음 주 일요일 페이즐리 대성당의 특별한 행사에서 설교할 예정이다. 이를 저지해야 한다. 그가 그곳에 가서는 안 돼. 그가 설교 준비로 바쁠 테니, 예상컨대 금요일과 토요일 대부분은 피니스턴 델에서 혼자 산책을 할 것이다. 거기서 그를 제거하도록 하자. 한 사람의 생명이 양이나 다른 무죄한 동물의 생명보다 더 중할까? 그렇지 않다. 특히 이 늙은이가 우리 형제들 사이에서 얼마나 큰 해악을 일으키는지를 봐라. 하나님께 헌신한 사람은 이런 곰팡이를 제거할 의무가 있다. 그것에 누가 의문을 제기하겠는가?"

"위대하신 군주님, 응징에 대한 당신의 생각이 이 나라의 법도에 비추어 볼 때 지나치게 과격하고 독단적이지 않을까 두렵습니다." 내가 말했다. "당신이 위대하고 고귀한 동기를 지녔다는 점은 부인하지 않겠습니다. 다만 어떤 결과가 나올지 숙고하고 그런 결말을 내리신 것인지요?"

"그렇다." 그가 대답했다. "나는 하나님과 공정의 원칙 앞에서 이 행동에 책임을 질 것이다. 인간의 법령이라면, 난 경멸할 따름이다. 주님의 무기가 복수를 시작하는 것을 몹시 보고 싶다!"

이렇게 말할 때 그의 얼굴에 조소가 살짝 어리는 듯했으나, 나는 이런 사람 앞에서는 말문이 막혔다. 그가 미루는 것을 원치 않는 것을 알기에 나는 그 일에 스스로 분발했다. 이론적으로는 찬성했지만, 내 영혼은 그걸 실행하는 것으로부터 멀리 떨어져 있었다. 악인과 불신자가 모두 제거되어 하나님의 선민들을 괴롭히거나 오도하지 않는다면 그들은 더 행복하고 순수해질 것이다. 하지만 이 훌륭한 이방인이 선동하지 않았다면, 나는 결코 혼자서 그렇게 큰일을 도모하지 않았을 것이다. 그는 종종 내 열정을 최고조로 끌어올렸지만, 나는 피를 보는 일에 마음이 내키지 않았다. 이 식견 있고 자발적인 후견인이 끊임없이 나를 선동했기에 마침내 나는 결단을 내리게 되었다. 내가 할 수 있는 말을 전부 하고, 모든 반대가 꺾인 후에(내가 했던 말과 행동을 마치 어제 일처럼 기억한다), 나는 머뭇거리며 돌아서서 하늘을 올려다보며 계시를 구했다. 그러나 눈이 흐릿해져 아무것도 볼 수 없었다. 마치 베일이 나를 덮은 것 같았다. 그게 너무 가까워 손을 뻗어 만져 보려고 했다. 그때 길-마틴(이 위대한 군주가 원하는 이름)이 찡그리며 나한테 무엇을 잡으려고 하는지 물었다. 나는 무슨 말을 해야 할지 몰라 두려움과 부끄러움으로 대답했다. "저는 무기가 없습니다. 그게 어디에 있는지도 모르고요."

"만약 네가 너에게 맡겨진 신뢰를 감당할 자격이 있다면 네가 섬기는 신이 주실 것이다." 그가 말했다.

나는 다시 우리를 덮고 있는 구름 같은 베일을 올려다보았다. 그 안에서 온갖 종류의 금빛 무기가 내려오는 듯했다. 하지만 모든 무기의 끝이 나를 향하고 있었다. 내가 무릎을 꿇고 손을 뻗어 하나를 잡으려고 하자, 후견인이 내 옷을 붙잡고는 새끼 양처럼 편안하게 끌어당기며 기쁘고 고양된 목소리로 말했다. "자, 친구여, 가자. 너는 꿈을 꾸고 있다. 꿈을 꾸고 있어. 고양된 네 마음의 에너지를 모두 불러일으켜라. 너는 크게 은총을 받은 자이니, 네가 섬기는 그분이 항상 오른편과 왼편에서 너를 인도하고 도와주실 것을 의심하지 말아라."

이 말에, 특히 하늘에서 내려오는 금빛 무기들의 환상에, 나는 열정이 극도로 고조되었고 제정신이 아닌 사람처럼 행동했다. 부모님은 그날 밤 이를 알아차리고 나를 방에 가두려는 기색을 보였다. 나는 가족 기도에 참여했고, 그 후 혼자서 찬송가를 부르고 기도했다. 나는 이 작은 찬양과 기도의 봉헌이 죄로 변하지 않았음을 믿을 만한 이유가 충분히 있었다. 하지만 자연에는 이상하고 설명할 수 없는 힘들이 존재한다. 오직 천사들 사이에 거하시는 그분만이 그것들을 해석할 수 있으니, 그분께 영원히 영광이 돌아가야 한다. 아멘.

그날 밤 나는 크게 힘을 얻고 용기를 얻었다. 다음 날 아침 나는 동반자를 만나러 갔다. 이제 그의 눈빛 없이는 살 수 없었다. 그는 내가 피를 통한 대개혁의 위대한 일에 적극적인 것을 보고 기뻐했다. 그는 장차 내가 얻을 명성과 영광에 대해 희망을 드높이는 말을 많이 했다. 그리고 순금으로 만든 두 자루의 권총을 꺼내 들고는 내게 하나를 선택하라고 했다. 이것이 하늘의 흐린 장막, 창공의 희미한 태피스트리에서 내려온 무기 중에 있던 권총 두 자루라는 걸 나는 순간 알 수 있었다. 그는 "네 주인이 너를 위해 마련한 것을 보아라!" 하고 말했다. 나는 그중 하나를 열정적으로 집어 들었다. 그리고 속으로 말했다. '분명 이것은 주님의 뜻이로구나.'

그 작고 화려하며 매혹적인 물건은 너무나 완벽하고 정교했다. 나는 기증자의 뜻을 실행할 준비가 되어 있었다. 이제 그분을 섬기기 위해 그것을 사용하고 싶어 견딜 수가 없었다. 나는 직접 하나를 장전했고, 길-마틴도 다른 하나를 장전했다. 우리는 숲 가장자리의 산사나무와 가시나무 덤불 뒤에, 산책로 가까이에 자리를 잡았다. 길-마틴은 모든 것을 예리하게 계산했기에 결코 오류를 범하지 않았다. 우리가 자리를 잡은 지 1분 반도 채 되지 않아 블랜차드 노인이 나타나 천천히 걸어왔다. 우리는 몸을 낮추고, 각자 한쪽 무릎을 땅에 대고, 덤불을 통해 권총을 겨누었다. 조준이 너무나 안정적이어서 희생양을 놓칠 수 없었다.

노인은 느긋하게 걸어오며, 때로는 한참 동안 멈춰 서 있었다. 그가 돌아서면 어쩌나 하고 걱정이 될 지경이었다. 길-마틴은 염려했고, 나도 그렇다고 말했지만, 마음속으로는 그가 돌아서기를 바랐다. 하지만 그는 계속 걸어왔다. 그가 걸어오던 모습은 절대 잊히지 않으리라! 그렇다, 시간의 좁은 범주 안에서도, 영겁의 세월 속에서도, 나는 결코 그걸 잊을 수 없다! 그 투박하고 볼품없는 육신은 나이가 들어 구부정했다. 손을 등 뒤 코트 밑에 맞잡고 있었고, 아주 독특하게 천천히 몸을 흔들며 걸어왔다. 그가 멈춰 서서 자연을 바라볼 때면 그 행동이 매우 인상적이었다. 그는 완전히 혼자였으며, 그저 하나님과 그리고 그의 피조물들과 대화를 나누고 있는 듯했다. 인간의 무념을 이토록 잘 보여 주는 그림은 없을 것이다! 소가 외양간으로 가듯 느긋하고 무심하게, 자신을 한 존재에서 다른 존재로 던져 버릴 자에게 한 걸음 한 걸음 다가가는 사람. 끔찍한 환영이여, 내 머릿속에서 사라지거라! 그렇지 않다면, 내가 어떻게든 견딜 수 있게 해 다오!

그가 무기 총구 바로 앞에 다다랐을 때 길-마틴이 짧고 빠른 소리로 "어!" 하고 외쳤다. 노인은 놀라지 않고 얼굴과 가슴을 우리 쪽으로 돌려 숲을 바라보았지만, 우리 머리 위로 지나쳐 보았다.

"지금이다!" 동료가 속삭이며 발사했다. 하지만 내 손은 움직이기를 거부했다. 그 순간 나는 그리스도와 교회를 위해 암살자가 되는 것이 옳은지 확신하지 못했기 때문이다. 나는 뒤에서 조심하라고 속삭이는 달콤한 목소리를 들은 것 같았다. 내가 뒤를 돌아보려 하자 순간 동료가 외쳤다. "겁쟁이 녀석아, 우리는 망했다!"

나는 다른 선택을 할 겨를이 없었다. 노인의 가슴이 불과 몇 미터

밖에 떨어져 있지 않았는데도 길-마틴의 총알이 빗나갔다. 정말 놀라운 일이었다. "이봐!" 블랜차드가 외쳤다. "이게 무슨 짓이냐, 이 개놈들아!" 그러면서 그는 덤불 너머를 보려고 앞으로 나왔다. 나는 망설이며 뒤를 돌아보려 했지만 시간이 없었다. 다음 순간 덤불에 숨어 피를 기다리던 두 암살자가 발각될 처지에 이르렀다.

"겁쟁이 녀석아, 우리는 망했어!" 분개한 친구가 외쳤다. 그 순간 내 총이 발사되었다. 결과는 예상대로였다. 노인은 먼저 한쪽으로 비틀거리더니, 이내 뒤로 쓰러졌다. 우리는 자리를 지켰고, 나는 동료의 눈이 기괴한 기쁨으로 빛나는 것을 보았다. 부상당한 노인은 강둑에서 일어나 앉는 자세를 취했고, 나는 그의 눈이 흐려지는 것을 보았다. 그는 아직 의식이 있는 것 같았다. 그가 낮고 거친 목소리로 말하는 것이 들렸다.

"아아, 슬프도다! 내가 대체 얼마나 크게 노엽게 했기에 이런 일을 저지른단 말인가! 나와서 너희 모습을 보여라. 내가 죽기 전에 너희를 용서하거나, 아니면 주님의 이름으로 저주하리라."

그러고는 그는 양손으로 바닥을 더듬기 시작했다. 마치 죽음의 고통 속에서 잃어버린 뭔가를 찾는 것처럼 보였다. 그리고 띄엄띄엄, 엄숙하게 용서를 구하는 기도를 중얼거리다 마지막 숨을 거두었다.

나는 마치 조각상처럼 굳어 버렸지만, 동행자는 마치 대단한 환희에 사로잡힌 듯했다. "어서 일어나, 겁쟁이야. 가자." 그가 말했다. "이번 일은 잘 해냈다. 하지만 이런 대의에서 왜 망설이는 것이냐?

이는 기독교 세계를 정화하는 위대한 사업의 작은 시작일 뿐이다. 첫 번째 희생자는 가치 있는 자였다. 이와 같은 빛들을 더 많이 즉시 꺼뜨려야 한다."

우리는 그의 피로 손이 더러워질까 봐 희생자나 그와 관련된 어떤 것도 건드리지 않았다. 총성이 나자 세 남자가 시야에 들어왔다. 그들은 황급히 현장으로 오고 있었다. 내 대담한 동조자는 두 권총을 모두 가지고 그들을 만나러 가는 듯 앞으로 나아갔고, 나에게는 알아서 도망가라고 했다. 나는 반대 방향으로 달아나 피어먼 사이크 기슭에 이르렀다. 그리고 그 골짜기를 따라 올라가 제방 꼭대기에서 모습을 드러냈다. 마치 그곳에서 총소리를 듣고 달려온 사람인 양 보이도록 그렇게 했다. 나는 무슨 일이 벌어지는지 일부 또렷이 볼 수 있었지만, 전부는 아니었다. 내 동조자가 남자들을 향해 곧장 가는 것을 보았는데, 양손에 각각 권총을 들고 무심히 흔들며 가고 있었다. 그들은 그와 마주치는 것을 꺼리는 듯했고, 그래서 그는 그대로 그들 사이를 통과해 지나쳐 갔다. 그들은 그를 뒤돌아보며 계속 전진했다. 하지만 피 흘리며 쓰러져 있는 노인을 발견하자 그들은 돌아서서 내 동료를 추격했다. 그러나 최선을 다해 재빨리 쫓지는 않았다. 내가 알기로는, 그들이 처음 그를 봤던 이후로 다시는 그를 볼 수 없었다.

그날 글래스고는 큰 혼란에 빠졌다. 가장 인기 있는 도덕 설교자 한 명이(그들의 표현에 따르자면) 냉혹하게 살해되었고, 암살자를 찾기 위해 신중하고 광범위한 수색이 이루어졌다. 그러나 두 공범자 중 누구도 발견되지 않았고, 의심조차 받지 않았다는 것은 확실하다. 대신 다른 남자가 의심스러운 상황에서 체포되었다. 이는 내가 살면서 경험한 사건 중 결코 이해할 수 없는 것이었다. 내 동료의 교묘한 술책 중 하나임이 분명했다. 나는 그와 같은 사람은 창조된 적이 없다고 믿는다. 이건 처음부터 지금까지 변함없이 드는 생각이다. 체포된 젊은 남자는 전도사였다. 그가 마을에서 총기를 구입하여 그날 아침 그것을 들고 나갔다는 것이 증명되었다. 하지만 가장 큰 수수께끼는, 내 동료를 만났던 세 남자 중 두 명이 증언한 내용이었다. 그들은 늙은 목사가 사망한 직후에 만났던 사람이, 즉 양손에 권총을 들고 지나쳤던 사람이 바로 그 불운한 전도사라고 증언했다. 불쌍한 젊은이는 억울하다며 두서없이 진술했으나, 그 진술은 정말로 의심할 여지 없는 사실이었다. 하지만 사람들은 그를 조롱했고, 청중과 배심원 사이에는 공포의 표정이 퍼져 나갔다. 나는 재판 과정을 처음부터 끝까지 지켜보았다. 길-마틴도 그랬다. 우리는 그 순회 전도사를 운명의 손에 맡겼고, 그때부터 나는 형사 재판의 정의를 믿지 않게 되었다. 사람은 한번 한쪽으로 편견을 가지면 그 편견을 지지하기 위해 무엇이든 맹세할 것이다. 나는 우리가 한 행위 때문에 젊은이가 죽음을 맞게 되는 끔찍한 부당함에 대해 내 불가사의한 친구에게 항의하려 했으나, 그는 오히려 앞서 일어난 것보다 이 사건에 더 만족스러워하며, 늙은 목사보다는 이 젊은이가 더 위험한 사람이라고 했다.

글래스고는 안팎으로 엄청난 동요가 일었다. 나라가 두 개의 정치

세력, 즉 궁정파와 국민파로 나뉘어져 있었기 때문이다. 궁정파는 회의를 열고, 포고문을 발표했다. 보상을 제시하면서 모든 것을 당파심에 기인한 폭력성 탓으로 돌리고, 상대편의 극악무도한 조치를 비난했다. 나는 이들의 정치적 차이를 이해하지 못했지만, 진정한 복음 설교자들이 모두 한쪽에 속해 있고, 다른 쪽에는 순수한 도덕성과 흠 없는 삶의 옹호자들이 있다는 것은 쉽게 알 수 있었다.* 이 분열은 우리에게 하나의 시험대가 되었다. 우리는 이 불경하고 이단적인 음모의 주요 인물 중 몇몇을 골라 기회가 될 때마다 하나씩 제거하기로 즉시 결단했다.

이제 첫발을 뗀 것이었다. 나는 우리의 위대한 과업에 상당히 열정적이었으나 실제보다 더한 열정이 있는 것처럼 행동했다. 우리는 후견인의 재주 덕분에 곧 그들 모두를 납치할 수 있었을 것이다. 그러나 다음 시도가 내 서투름이나 실수로 실패하면서 일이 어그러졌다. 그 결과 그는 제대로 정체가 드러났고 하마터면 체포될 뻔했다. 나 역시 목격되어 의심을 샀고, 그로 인해 목사 아버지와 어머니도 비공식적으로 심문을 받았다. 나는 그 일에 대해 아는 바가 전혀 없다고 부인했다. 부모님은 이 일을 터무니없는 소문으로 여겼고, 그 의혹이 전연 근거 없는 것이라고 확신하고 있었기에 그들의 증언은 인정되

---

* "진정한 복음 설교자"는 칼뱅주의에 기인한 예정론자를 가리키고, "순수한 도덕성과 흠 없는 삶의 옹호자"는 선행으로 구원을 얻는다고 믿는 행위구원론자를 말한다. 칼뱅주의는 행위구원론을 비성경적이라고 본다.

었다. 그렇게 일이 조용히 마무리되었다. 그럼에도 나는 조심스럽게 행동해야 했다. 내 동반자인 왕자는 아주 가끔 만났다. 그는 안전에 전혀 신경 쓰지 않고 매일 나돌아다녔다. 그는 매일 새로운 모습을 하고 있었기 때문에 위험을 두려워할 필요가 없었다. 또 변장에 능수능란해서, 우리가 서로를 알아보기 위해 설정한 암호가 아니었다면 나조차도 그를 알아보지 못했을 것이다.

마침 이 무렵 목사 아버지는 에든버러로부터 부름을 받았다. 국가적 사안을 정리하는 데 조언해 달라는 것이었다. 나는 아버지에게 같이 가게 해 달라고 간청했고, 허락을 받았다. 이에 내 동료도 함께 기뻐했다. 우리는 이제 새롭고 광범위한 무대로 나아가게 되었기 때문이다. 그동안 나는 고귀한 내 친구가 어디에 거주하는지 몰랐다. 그는 단 한 번도 그의 거처로 초대하지 않았고, 우리 집에 온 적도 없었다. 나는 가끔, 만약 우리가 진실한 종교적 대의명분을 위해 투쟁하다가 발각되면 그가 나를 곤경 속에 버려두고 떠나지 않을까 의심하곤 했다. 그래서 에든버러에서 만났을 때(우리는 함께 여행하지 않았다), 나는 같이 숙소를 찾아보자고 제안했고, 동시에 내 목사 스승과 내가 얼마나 경건한 가정에서 머물고 있는지 말해 주었다. 그는 그것에 기쁘게 생각한다고 말했지만, 자신은 특정한 집에 머물지 않는 것을 원칙으로 삼고 있다고 했다. 매일 혹은 매시간 편리한 대로 숙소를 정하며 어떤 상황에서도 곤란했던 적이 없었다고 했다.

"위대하신 군주님, 어찌 그리 큰 수고를 하십니까!" 내가 말했다.

"인간들에 대해 더 많이 보고, 더 깊이 알기 위해 그러시는 것 같군요."

"내 권력과 지배력을 확장하든 아니면 적들을 막아서든 나는 오직 어떤 위대한 목적을 이루기 위해서만 움직인다." 그가 대답했다.

"당신의 위대하신 지혜에 깊은 존경을 담아 말씀드리건대, 탁월한 벗이여," 내가 말했다. "당신께서 기꺼이 점하고 있는 이 초라하고 평범한 신분으로는 어느 쪽도 크게 성취할 수 없을 것 같습니다."

"네가 그렇게 말하는 건 타고난 겸손함 때문이다." 그가 말했다. "너를 내 편으로 만든 것이 기독교 세계의 위대한 통치자들도 부러워할 만한 성과라고 생각하지 않느냐? 너의 섬김이라는 그런 귀중한 상을 받기 위해 어쩌면 나는 세상의 절반을 돌아다녔을 것이다." 나는 겸손히 고개를 숙였다. 하지만 동시에 내 자신이 얼마나 자랑스럽고 영광스럽지 않았겠는가? 그는 계속해서 말했다. "사랑하는 벗이여, 나를 믿어라. 그런 상을 위해서라면 난 어떤 노력도 과하다고 생각하지 않는다. 너는 혼과 몸과 정신을 엄숙하게 하늘의 왕에게 바친 것뿐만 아니라, 태초부터 그분에 의해 선택되고, 의롭다 함을 받고 거룩하게 되어서, 결코 깨지지 않을 인연 속으로 들어간 사람이 아니냐! 어떤 행위로도 그 인연에서 떨어져 나갈 수 없는 그런 사람을 소유하는 건 왕국을 얻는 것만큼이나 가치 있는 일이다. 그가 행하는 모든 행위는 그 자신에게는 안전하고 나에게는 영광이 되기 때문이다." 나는 다시 모자를 들어 올리며 머리를 숙였고, 그는 말을 이어갔다. "나는 이제 그가 받드는 대의를 위해 그가 용기를 낼 수 있는지 엄중한 시험에 부치려 한다. 평범한 인간이라면 본능적으로 꺼릴 만한 시험이지만, 주님의 검이 되기로 헌신한 자는 평범한 인간성을 넘어서야 한다. 너에게는 혈육으로 맺어진 아버지와 형제가 있다. 그들에 대해 무엇을 알고 있는가?"

"유감스럽게도 좋은 소식은 없습니다." 내가 말했다. "그들은 타락한 자요, 버림받은 자이며, 사악한 자에게 헌신하는 존재들입니다. 그리고 사악한 자처럼 온갖 종류의 죄악을 탐욕스럽게 저지르는 자들입니다."

"그들 둘 다 반드시 몰락해야 한다!" 그가 한숨을 쉬며 우울한 표정으로 말했다. "그들 둘 다 네 손에 몰락해야 한다고 천상 의회에서 결정되었다."

"하늘의 신께서 그걸 막아 주시기를!" 내가 말했다. "그들이 그리스도와 교회의 적이라는 것을 저는 알고 믿습니다. 하지만 그들은 죄 가운데 살다 죽고, 때가 되면 대가를 치를 것입니다. 제 손으로 그들을 치지는 않을 것입니다."

"그건 자연스럽고 사랑스러운 감정이다." 그가 말했다. "하지만 다시 생각해 봐라. 육체 본능의 유대와, 주님과의 결속과 서약 중 어느 것이 더 강한가?"

"이에 대해 논쟁하지 않겠습니다, 위대한 권력자여." 내가 말했다. "그렇게 할 때마다 결국엔 굴복당하기 때문입니다. 단지 이 경우 주님의 손에서 복수를 빼앗지는 않겠다는 저의 결심을 밝힐 뿐입니다.

소용없습니다. 이들은 이마와 오른손에 짐승의 표를 받은 자들입니다. 스스로 잃어버린 존재들이지만, 다른 이에게는 영향을 미치지 않습니다. 그들이 그들의 죄 속에서 멸망하게 내버려두십시오. 저는 그들을 건드리지 않을 것입니다."

"이 얼마나 터무니없는 말인가, 나의 소중한 벗이여!" 그가 말했다. "이자들은 네 대적이다. 네가 무너지는 것을 보고 기뻐할 자들이다. 너는 이제 주님의 대의를 위해 원수들에게 복수하는 일을 맡았는데, 왜 네 적이자 그분의 적인 이들을 살려 두려 하는가? 게다가, 생각해 보라, 그 부유한 집안의 재산과 부가 진리와 거룩함을 거스르는 자들의 손에 있는 것보다 네 손안에 있다면 의와 진리의 대의를 위해 얼마나 큰 이점이 되겠는가."

이는 내 탁월한 조언자의 손쉬운 방식에 따라 행동하면 얻을 수 있는 결과 중 일부였다. 내가 전혀 예상하지 못했던 부분이었다. 나는 이런 동기에 영향을 받은 적이 없다고 공언하였으나, 이 악인들의 재산을 소유함으로써 많은 선을 행할 수 있다는 욕망이 내 마음에 어느 정도 영향을 미쳤음을 부인할 수 없다. 그래서 이 문제를 고려해 보겠다고 나는 답했다. 나는 그것을 숙고해 보았고, 매우 진지하게 자주 고민했다. 시시때때로 위대한 친구는 내 결심에 힘을 실어주었다.

마침내 나는 특히 내 형제를 죽이고 싶다는 갈망을 품게 되었다. 만약 누군가가 이 두루마리를 읽는다면, 놀라며 이 고백이 야만적이고 부자연스럽다고 여길 것이다. 처음에는 나도 그렇게 생각했다. 하지만 어떤 사건에 대해 계속 생각하다 보면 그 형태가 하나씩 바뀌게 마련이다. 나는 최선을 위해 모든 일을 했고, 옳고 그름을 나보다 훨씬 잘 아는 이의 지시에 따라 행동했다. 형을 죽이고 싶은 욕망이 있었던 것도 사실이다. 그것은 마치 목마른 사람이 물을 마시고 싶어 하는 욕망과 같은 것이었다. 하지만 동시에 이 간절한 욕망은 일종의 공포와 뒤섞여 있었다. 마치 내가 마시고 싶어 하는 음료에 치명적인 독이 섞여 있을까 두려워하는 것처럼.

이 즈음에 나는 마음이 너무나 약해지거나 오히려 부드러워져서 믿음이 조금씩 흔들리기 시작했다. 가장 믿기 어려운 기독교 교리, 즉 선택받은 자의 무류성에 대해 불경스럽게 의심하게 되었다. 내가 시작한 위대한 일을 대부분 이해하지 못했고, 나의 무류성이나 어떤 피조물의 무류성에 대해서도 의문을 품었다. 그러나 지치지 않는 벗의 노력에 힘입어 나는 다시 회개했다. 전능하신 분의 계획이 얼마나 우월한지 다시 한번 폭넓은 의미에서 바라보게 되었다. 아멘.

이 무렵 나는 은밀하게 기도를 많이 했다. 영혼에 열정과 겸손을 담아서 했다. 나의 모든 간구가 응답받았다는 사실에서 오는 만족감은 이루 말할 수 없었다.

탁월한 벗은 끊임없이 내 귀에 대고 죄 많은 친족을 제거해야 한다는 절대적 소명을 상기시켰다. 그는 성경과 성인들의 글에 등장한 유사한 행적들을 인용하며 주님께서 악인에게 복수를 행하는 이를 얼마나 기뻐하셨는지를 말했다. 나는 그의 주장에 동의하지 않을 수 없었으나 몇 가지 제한을 두기로 했다. 그의 주장에 반박하기가 쉽지 않았다. 동시에 내가 그의 뜻으로 조금씩 기울어지는 것을 그가 알아차릴까 두려웠다. 그는 말했다. "예후가 주인인 아합왕의 집안을 멸망시키는 것을 주님이 명령하고 승인했다면, 아합의 아들 중 하나가 이스라엘 하나님의 뜻을 위해 스스로 일어나 그 땅에서 죄인들과 우상들을 뿌리 뽑았다면 더욱 칭찬받지 않았겠는가?"

"당연히 그렇겠지요." 내가 말했다. "하나님에 대한 우리의 의무는 다른 어떤 의무보다 더 우선되어야 합니다."

"그렇다면 가서 그와 같이 행하라." 그가 말했다. "너는 높은 소명을 받았다. 피를 흘림으로써 네 고향에 있는 신의 성소를 정결케 하여라. 가라, 악인들의 거처를 파괴하는 통치의 힘이 되고 주된 영이 되어라. 그리하면 이 세상에서나 내세에서 큰 보상을 받을 것이다."

이제 나는 형의 얼굴을 보고 싶은 열망으로 심장이 두근거렸다. 그러자 항상 곁에 있는 동반자가 나를 도시 외곽의 작은 광장으로 데려갔다. 그곳에는 많은 젊은 귀족과 신사가 쓸데없고 게으르며 죄 많은 놀이를 하고 있었고, 저주받은 자의 언어가 횡행했다. 이 신성모독자들 중에서 그는 즉시 내 형을 가리켜 보여 주었다. 나는 그가 그런 무리와 어울리며 그런 일에 빠져 있는 것을 보고 분노로 불타올랐다. 나는 그의 움직임을 꼼꼼히 지켜보고, 그가 하는 말을 들었다.

내가 보고 들은 것을 종합해 보기 위해 바로 옆에 자리 잡았다. 그는 얼마나 깊은 죄의 구렁텅이에서 허우적거리고 있던가! 나는 그를 꾸짖기로 마음먹었다. 만약 그가 훈계를 거부한다면 그에게 어떤 합당한 벌을 내리기로 다짐했다. 나의 탁월한 벗이자 지도자가 지켜보고 있음을 알기에 나는 기개를 보여 주리라 작심했다. 그리하여 나는 그가 창조주의 이름을 세 번 모독하는 것을 들을 때까지 기다렸다. 그 후에는 영적 분노가 모든 한계를 넘어섰고 그에게로 가서 발로 걷어차 버렸다. 그렇다, 나는 대담하게 나아가 그를 발로 찼고, 실제로 가한 것보다 더 심한 타격을 주려고 했다. 그는 주님의 징계를 겸손하고 온유하게 받아들이지 않았고, 타락한 본성으로 인해 다툼과 싸움을 불러일으켰다. 그는 악한 자들이 뿜어 내는 분노로 격렬하게 나에게 달려들었다. 하지만 나는 그를 넘어뜨렸다. 그의 불경한 발이 자연스럽고 빠르게 파멸로 달려가는 것을 막았기 때문이다. 나는 가볍게 넘어졌지만, 그는 심하게 떨어졌다. 그는 분에 겨워 손에 들고 있던 방망이로 피가 흐를 때까지 나를 때렸다. 그 순간 나는 속으로 그를 파멸시키리라 맹세했다. 하지만 당시 나는 무기가 없었고, 그 비열한 자를 마땅히 벌할 수 있는 어떤 수단도 없었다. 만약 그랬다면, 나는 그와 방탕한 동료들로부터 두 배로 보복당했을지도 모른다. 나는 벗의 제안에 따라 그들 사이에 섞여 들어갔다. 그리고 그들의 쾌락과 죄의 소굴로 따라갔다. 위대한 목적을 달성할 수 있는 어떤 방법을 찾기 위해 그들 사이에 끼어들려고 했고, 그렇게 하도록 내 안의 영이 이끄는 것을 느꼈다. 하지만 나는 받아들여지지 않았을 뿐만 아니라 사악한 형과 동료들의 음모로 인해 감옥에 갇히고 말았다.

의로운 대의를 위해 고난받게 된 것이, 그리고 죄 많은 사람들의 손에 이렇게 고통받는 영광을 얻게 된 것이, 유감스럽지 않았다. 혼자 있을 때면 곧바로 기도에 몰두했고, 그토록 끔찍한 죄인들을 향한 하나님의 오래 참음을 간절히 구했다. 감옥의 간수가 와서 나에게 모욕적인 말을 퍼부었다. 그는 무례하고 원칙이 없는 자였으며, 그 시대의 방탕하고 육욕적인 태도를 지닌 자였다. 하지만 나는『증인들의 구름』에서 과거에 그런 사람이 투옥된 성도에 의해 개종된 적이 있다는 내용을 읽었고, 기억에 남아 있었다. 그래서 나는 그 사람에게서 회개와 개혁을 끌어 내기 위해 심혈을 기울였다.

"대체 뭐 하는 짓이냐? 도대체 왜 그렇게 울부짖으며 기도하고 난리를 피우는 거야?" 간수가 화난 표정으로 들어오며 말했다. "죄수가 기도하던 시절은 다 지난 줄 알았는데. 우린 한때 그런 놈들을 많이 봤지. 가장 형편없는 골칫덩이들이었어. 그만 중얼거려. 아니면 더 깊숙이 처박아서 거기서 실컷 떠들게 해 줄 테니까."

"친구여, 나는 모든 인간의 행동이 드러나고 심판받는 법정에 탄원하고 있는 중이오." 내가 말했다. "그곳에서는 당신도 놓치지 않을 것이오. 당신이 아무리 죄인일지라도 말이오. 나를 내버려두고 평안히 가시오."

"집 근처에는 탄원할 데가 없나 보지?" 간수가 말했다. "그게 아니라면 내가 너랑 조만간 꽤나 친해질 거 같은데, 그게 좀 걱정이 되는구먼."

그때 나는 그에게 종교의 신비, 특히 은혜의 선택이라는 위대한 교리를 명확하고 이해하기 쉽게 설명했다. 그러고는 덧붙여 말했다. "자, 친구여, 당신이 이 선택받은 무리에 속해 있는지 말해 보시오. 이것은 누구나 스스로 확인할 수 있는 것이며, 그걸 확인하는 것은 모든 사람의 의무입니다."

"그걸 알면 당신에게 무슨 도움이 될까?" 그가 물었다.

"만약 당신이 내 형제라면, 나는 당신을 기쁘게 받아들여 교제하고 교류할 것입니다." 내가 대답했다. "하지만 만약 당신이 거듭나지 못한 자들에 속해 있다면, 나는 당신을 처단할 사명이 있소."

"이런, 젠장! 그래?" 간수가 입을 벌리고 웃으며 말했다. "이 젊은 친구야, 누가 너에게 그런 멋진 사명을 주었단 말이냐?"

"내 권한은 하늘의 인장으로 봉인되었소." 내가 말했다. "나는 그것을 당신과 모든 죄인에게 알릴 것이오. 나는 가장 엄숙한 서약과 약속으로 이 일에 헌신했소. 나는 주님의 검이며, 기근과 역병은 내 자매들이오. 이 땅의 악한 자들에게 화가 있을 것이니, 그들은 함께 죽어 쓰러질 것이며, 그로 인해 교회가 정화될 것이오!"

"오호라! 이제야 알겠네." 그가 말했다. "당신은 대단한 권한을 가진 거로구먼. 하지만 여기서는 그걸 쓸 기회가 별로 없을 텐데. 내가 충고 하나 하지. 당신 친구들에게 편지나 좀 쓰시지. 내가 보내 줄 테니 말이야. 여긴 대단한 사람이 있을 곳이 아니거든. 만약 당신이 큰일을 하느라 손이 떨려서 글을 쓸 수 없다면, 말로 해도 돼. 장담하건대, 이곳은 당신이 그런 일을 할 수 있는 세상과는 전혀 다른 곳이니까."

간수는 분명 내가 정신이 나갔다고 생각한 듯했다. 그는 처음부터 그런 위대한 진리를 받아들일 수 없었던 것이다. 그래서 나는 그의 조언을 따라 목사 아버지께 한 줄 편지를 보냈다. 아버지는 곧바로 찾아왔고, 간수는 이 땅의 위대한 기독교 귀족들이 석방 보증서에 서명한 것을 보고 크게 놀랐다.

목사 아버지는 이 일을 심각하게 받아들였고, 범죄자들이 부끄러워 얼굴을 들지 못할 정도로 선한 대의를 위해 심혈을 기울였다. 나의 탁월한 동반자도 가만히 있지 않았다. 내가 감옥에 있을 때나 석방될 때 그가 오지 않은 것은 이상했지만, 그는 의인들을 선동하여 하나님의 명령을 실행하는 데 힘쓰고 있었다. 그는 매우 성공적이었고, 형과 그의 친구들은 그 의인들이 뿜어내는 분노의 제물이 될 지경이었다. 많은 이가 다쳤고, 구타당했고, 투옥되었다. 도시는 큰 혼란에 휩싸였다. 나는 목사 아버지가 내리는 저주를 들으며 마음을 굳혔다. 그가 사적인 자리(즉 가정 예배 시간)에서 기도하는 중에 나의 육친 아버지와 형을 사탄에게 넘겼고, 그리하여 그들은 하나님께 버림받아 마음 가는 대로 쾌락을 따르며 인간의 악마들에게 잡아 먹힐 것이라는 걸 나는 온몸으로 느꼈다. 누구든 그들을 죽이는 자는 하나님께 선한 봉사를 하는 거라고 그는 단호히 말했다.

이튿날 아침, 나는 탁월한 벗을 이른 시각에 만났다. 그는 우리 생각이 같은 것을 알고 크게 기뻐했다. 나는 말했다. "나는 길갈에서 형의 얼굴을 마주하고 그의 아비와 그의 죗값을 물을 시간을 간절히 기다려 왔습니다. 나는 그 일을 위해 강해졌고 준비되었습니다."

"나는 그 방탕한 자의 움직임을 지켜보고 있었다." 그가 말했다. "보라, 내가 너를 곧바로 그에게로 데려갈 것이니, 너는 사자의 마음을 갖고, 팔에는 강철같은 힘을 실어, 하늘에서 내리치는 번개처럼 빠르게 복수하라. 오랫동안 스코틀랜드에서는 의롭고 선한 자의 피가 흘렀다. 하지만 이제 복수의 날이 시작되었다. 마침내 영웅이 일어났으니, 그는 참 교회에 적대감을 품은 자나 자신의 행위를 의지하는 자를 모두 지옥으로 보낼 것이다!"

이렇게 격려를 받아 나는 벗을 따라갔다. 그는 전날 내가 사악한 자를 징계했던 바로 그 광장으로 나를 데려갔다. 오, 거기에는 같은 무리가 다시 모여 있었다. 내가 반감과 질책의 눈빛으로 그들 사이를 걸어 다니자, 그들은 공포에 찬 시선으로 나를 바라보았다. 선택받은 자는 눈빛 하나만으로도 벨리얼*의 자식들을 흠칫하게 하고 도망가게 한다는 것을 나는 깨달았다. 나는 옆으로 걸어가, 거리를 두고 지켜보고 있던 벗에게 갔다. 벗은 내게 물었다. "지금 무슨 생각을 하는가?"

* 밀턴의 『실낙원』에 등장하는 타락한 천사

나는 그 타락한 예언자의 말을 빌려 대답했다. “보시오, 지금 내 손에 칼이 있다면 나는 당장 그를 죽일 것이오.”

“어찌하여 그대는 칼을 가지고 있지 않은가?” 벗이 말했다. “그들이 네 존재에 떨고 있는 것이 보이지 않는가? 그들은 피의 복수자가 그들 가운데 있음을 알고 있다.”

이 말에 나는 마음이 고양되어 다시 그들 가운데로 성큼 걸어 들어갔다. 내가 위협적인 눈빛으로 바라보자 그들은 너무나 당황하여 죄스러운 오락을 포기하고 각자 집으로 도망쳤다!

이는 악한 자들에 대한 명백한 승리였고, 이를 통해 나는 주님의 손길이 나와 함께 있음을 알았다. 나의 동행 또한 기뻐하며 말했다. “내가 말하지 않았는가? 보라, 너는 네 힘의 반도, 너에게 예정된 위대한 일의 반도 모르고 있다. 나를 따르라. 내가 너에게 이보다 더한 것을 보여 주리라. 이 젊은이들은 죄를 짓지 않고는 살 수 없다. 나는 그들의 계획을 들었고, 그들이 어디서 다시 만나는지 알고 있다.”

그리하여 벗은 나를 조금 더 남쪽으로 이끌었다. 우리가 옆길을 따라 걸어가자니 점차 사람들이 모여들기 시작했다. 얼마 지나지 않아 우리는 어제 보았던 무리가 어리석고 미친 행동을 더 능숙하게 하려고 옷을 벗는 것을 보았다. 우리가 다가갔을 때 그들은 이미 놀이를 시작했고, 욕설과 저주도 터져 나왔다. 나는 주머니에 손을 넣고, 용기를 내어 위엄 있게 그들 한가운데로 걸어 들어갔다. 그것으로 충분했다. 그들은 공포와 놀라움에 사로잡혔다. 그들 중 몇몇이 나를 향해 소리쳤지만, 그들 목소리는 곧 두려워 웅성거리는 소리에 묻혔다. 그들 중 한 명이 대표로 나와 자기들이 놀게 내버려두라고 간청했다. 하지만 나는 단호히 거절했다. 나는 무리에게 내 손가락 하나라고 건드려 보라고 도발하며 주님의 이름으로 그들을 해산시켜 버렸다.

그들은 다시 모두 내 눈길을 피해 도망치고 흩어졌다. 나는 친구와 몇몇 선한 기독교인의 호위를 받으며 당당하게 집으로 돌아왔다. 하지만 그 기독교인들은 아직 절제와 겸손으로 처신하는 법을 배우지 못한 듯 보였다. 나는 적들에 비해 우위에 있었고, 그건 실로 대단했다. 나는 가는 곳마다 요란한 칭송을 받았고, 죄스러운 형은 가는 곳마다 조롱과 비웃음을 당했다. 그는 결국 수치스러운 머리를 숨기고 더 이상 공공장소에 나타나지 않게 되었다.

이 일이 있은 직후 나는 이상한 병에 걸렸다. 친구나 의사 들도 이해할 수 없는 병이었다. 그 병으로 인해 나는 여러 날 동안 방에 갇혀 있어야 했다. 하지만 내가 주술에 걸렸음을 알게 되었고, 아버지의 첩으로 알려진 여자가 이 일을 저질렀다고 의심했다. 나는 내가 두려워하는 바를 목사 보호자에게 토로했다. 그는 주저하는 듯했으나, 나는 그의 말과 표정을 보며 내가 옳다는 걸 그도 알고 있음을 감지했다.

대개 나는 두 사람이 된 것 같았다. 침대에 누워 있을 때 두 명의 내가 그곳에 있는 것처럼 느껴졌다. 앉아 있을 때는 항상 다른 한 사람을 보았는데, 그 사람은 언제나 내가 앉거나 서 있는 곳에서 왼쪽으로 세 걸음 정도 떨어진 곳에 위치해 있었다. 주변에 사람이 있든 없든 상관없이 내 두 번째 자아는 항상 그 자리에 있었고, 이로 인해 나는 말과 생각에 혼란이 일었다. 친구들도 깜짝 놀랐다. 그들은 한결같이 내가 정신이 오락가락하는 것이 아니라 오히려 그 어느 때보다도 강한 에너지와 숭고한 사상이 대화에 드러난다고 말했다. 그럼에도 나는 내가 두 사람이라는 이 기이한 망상에 대해 스스로 이해할 수 없었다. 괴이한 점은 내가 이 두 사람 중 어느 쪽도 아니라고 생각했다는 점이다. 대체로 한 명은 내 동반자라고 생각했고, 다른 한 명은 내 형이라고 믿었다. 얼마 후 나는 다른 사람의 입장에서 말하고 대답하는 것이 대단히 어색한 일임을 알게 되었다.

이 글을 보고 내가 주술에 걸렸고 그 배후에 친족들이 있다는 것을 의심할 수 있겠는가? 나는 내 자신을 형이라고 끊임없이 비정상적으로 믿었다. 이 믿음에 나는 자족했고, 편견 없는 사람이라면 누구나 그럴 것이라 믿었다. 나는 이렇게 사악한 자에게 패하고 근 한 달 동안 밀러 씨 댁, 내 방에 갇혀 있었다. 결국 나는 신실한 이들의 기도로 회복할 수 있었다. 이것은 내가 교회의 적들에게 우월감을 가지며 교만해진 탓에 징계를 받은 것이라 느꼈다. 그럼에도 나는 그 가해자를 신속하게 처리하기로 결심했다. 의인들이 다시는 악마의 술책에 희생되지 않도록 하기 위함이었다.

내가 한 달간 갇혀 있었다는 점을 유의해 주길 바란다. 이를 통해 우리가 악인의 말이나 심지어 맹세조차 과연 신뢰할 수 있는가를 가늠해 볼 수 있을 것이다. 한 달 동안 나는 내 방에 들어오는 사람들 외에는 누구도 보지 못했다. 그런데도 내가 그 기간 내내 매일 형을 보았다고, 그리고 밤낮으로 형을 괴롭혔다고, 사악한 자들이 맹세하며 증언했다. 사실 나는 형의 얼굴을 단지 망상적인 꿈속에서만 보았다. 나의 탁월한 벗이 이 무렵 그들에게 어떤 술수를 부리고 있었는지 나는 알 수 없다. 그는 원하면 다른 사람으로 변신할 수 있는 능력이 있었고, 어쩌면 그들 모두가 속아서 같은 증언을 했을지도 모른다. 나는 그토록 충성스럽고 세심한 친구를 본 적이 없었다. 하지만 그는 정체가 드러날까 두려워 결코 개인 집은 방문하지 않는다는 원칙을 가지고 있었기에 내가 아파 있던 동안에는 그를 만날 수 없었다. 내가 할 수 있는 일이라고는, 내가 괜찮아졌을 때 우리의 모임 장소 중 하나에 가는 것뿐이었다. 그는 평소처럼 정시에 나타났고, 나는 기다릴 필요가 없었다.

내가 예상했던 대로 그는 환대했다. 말장난이나 겉치레 말, 또는 거창한 주장도 없었다. 내가 인사하자 진지하게 답례했고, 곧바로 교회의 개혁자이자 정화자로서 우리가 해야 할 중대한 임무에 관해 이야기했다.

"이 도시 내에서 가장 위험한 인물들을 여럿 골라냈다." 그가 말했다. "우리가 이 땅을 떠나기 전에 꼭 이들이 참 포도원을 어지럽히지 못하도록 제거해야 한다. 만약 네가 주어진 소명에 힘쓰지 않는다면,

나는 그 영예를 걸머질 다른 이를 일으켜 세울 것이다!"

"탁월한 왕자시여, 저는 전적으로 당신을 섬기겠습니다." 내가 말했다. "해야 할 일을 보여 주시면, 담대히 행동할 가슴과 실행으로 옮길 손이 여기 있습니다. 당신은 제 육신의 친족들을 불타야 할 나뭇가지로 지목했습니다. 저는 그 판단에 단호히 찬성합니다. 아니, 그것을 정말 실행하고 싶습니다. 저 역시 그들의 악마적 술책에 심각하게 고통당했기 때문입니다. 일단 이 신앙에 대한 헌신의 시험이 끝나거든 그때 당신이 계획한 것을 알려 주십시오."

"너는 말과 약속에 거리낌이 없구나." 그가 말했다.

"주인을 섬기며 하는 일에서도 그럴 겁니다." 내가 말했다. "열정도, 의지도 부족함이 없지만, 다만 경험이 무척 부족할 뿐입니다. 이 부족함 때문에 당신의 제안에 따를 수밖에 없습니다!"

"내일 아침 일찍 여기서 만나자." 그가 말했다. "어쩌면 네가 의로운 대의를 향한 열정을 보일 기회가 있을 수도 있겠다."

그가 원하던 대로 우리는 만났다. 그는, 형이 이동하고 있으며 몇 분 전에 산으로 향하는 걸 보았다고 기쁨에 찬 표정으로 빠르게 말했다. "언덕이 구름에 싸여 있다." 그가 덧붙였다. "정의로운 벌을 내릴 수 있는 더할 나위 없는 기회가 될 것이다. 너는 이슬을 따라가면 틀림없이 절벽 위에서 그를 찾을 수 있을 것이다. 타락한 자는 태양에 머리를 드러낼 때도 그저 은밀한 곳에서만 할 수 있으니까."

"전 무기가 없습니다. 무기가 있다면 그를 쫓아가 쓰러뜨렸을 것입니다.” 내가 말했다.

“여기 작은 단검이 있다.” 그가 말했다. “무기류는 이것뿐이지만, 이건 강력한 것이다. 잘 사용하면 이보다 더 즉각적이고 확실한 것은 없을 것이다.”

“당신은 같이 가지 않으십니까?” 내가 물었다. “분명 같이 가시겠지요?”

“나는 너와 함께 있거나 가까이에 있을 것이다.” 그가 말했다. “먼저 가라.”

그가 지시한 대로 나는 서둘렀다. 퀸즈베리의 근위병들을 지나치며 그런 청년이 시내에서 나가는 것을 보았는지 막힘 없이 물어보았고, 그들은 그렇다고 답했다. 벗이 묘사한 정보는 방탕한 자의 삶이라고 보기에는 적절하지 않아 의심이 들었는데 그제야 확신할 수 있었다. 형이 앞서갔다는 확실한 정보를 얻자, 나는 무엇을 하는지도 모른 채 내달렸다. 여러 번 뒤를 돌아보았지만, 열정적이고 독보적인 벗의 모습은 보이지 않았다. 그러자 성 앤서니 우물에 다다랐을 때는 내 결심이 흔들리기 시작했다. 용기가 부족한 것은 아니었다. 한 번 참된 신앙의 대의를 위해 피를 흘린 이상, 나는 대단히 담대하고 열성적이 되었다. 하지만 혼자 있을 때면 죄스러운 의심에 시달렸다. 이 의심은 항상 한 가지에 집중되었다. 나는 선택받은 자의 무류성을 의심했고, 그걸 약속한 성경 말씀이 어떤 상황이나 어떤 관계에서도 언제나 유효한지를 확신할 수 없었다. 이것이 나의 죄스럽고 수치스러운 약점이었음을 고백한다. 그것은 내 본성에 뿌리 박힌 것이었고, 나는 그것을 피할 수 없었다. 나 자신이 선택받은 자 중 한 명이라는 것은 절대 의심하지 않았다. 또한 강렬한 내적, 영적 확신과 더불어 자애로운 아버지의 보증이 있었다. 아버지는 너무나 명확히, 그리고 확실히 그 계시를 받았기 때문에 의심할 수 없었다.

이렇게 낙담한 상태에서 나는 돌 위에 앉아 내 행동이 경솔했는지 돌이켜 보았다. 내가 정말로 하나님의 명령을 받아 이런 범죄를 행하는 것인지 스스로 확인하려 했다. 인간의 관점과 법에 따르자면 이것은 중대하고 통탄할 만한 범죄였다. 이런 생각에 잠겨 있는 동안 나는 하얀 안개 같은 것에 휩싸였고, 하늘을 올려다보며 위로부터의 계시를 구하려던 찰나에, 근처에서 조롱과 질책을 내뱉는 듯한 나직한 목소리가 들려왔다. 그 소리가 나는 방향으로 신경을 모아 바라보니 흰옷을 입은 한 여인이 다가오고 있었다. 그녀는 너무나 엄중한 눈빛과 몸짓으로 나를 응시해서 나는 차마 말을 걸 수 없었다. 하지만 그녀는 기다리지 않고 내 옆으로 곧장 다가오며 이렇게 말했다.
"어리석은 자여! 그런 목적을 마음에 품고 어찌 감히 하늘을 올려다볼 수 있느냐? 집으로 도망가 네 영혼을 구하라, 그렇지 않으면 영원히 결별이다!"

내가 기억하는 한 이것이 그녀가 말한 전부였다. 하지만 그날 아침 정신이 어수선했던 탓에 놓친 말이 있을 수도 있다. 나는 간절한 마음으로 그녀를 눈으로 좇았으나, 그녀는 성스러운 우물 위쪽 바위를 가로질러 미끄러지듯 움직이다가 순식간에 사라졌다. 나는 환상을 본 것이라고 스스로 합리화했고, 내게 말을 했던 그 빛나는 존재는 신이 의인의 발걸음을 지키도록 보낸 선한 천사거나 수호령일 거라고 생각했다. 첫 번째 충동은 그녀의 조언을 따라 집으로 도망치는 것이었다. 나는 이렇게 생각했다. '이 은밀하고 불가사의한 낯선 이가 자유 그리스도인의 행동을 판단할 자격이 있을까?'

생각이 채 정리되지도 않은 상태에서 내가 뒤로 여섯 걸음도 가기 전에, 나는 탁월한 벗이자 위대한 조언자가 산등성이를 따라 내게 다가오는 것을 보았다. 급하고 격한 걸음걸이이었다. 나는 심장이 철렁했다. 그가 다가와 말을 걸었을 때 나는 마치 잘못을 저지르다 들킨 사람처럼 보였다.

"낙담한 게으름뱅이야, 무엇 때문에 지체하고 있느냐?" 그가 말했다. "너는 진실로 다시는 돌아오지 않을 황금 기회를 놓치고 있다. 나는 구름 속 은신처까지 그 버림받은 자를 추적했다. 보아라, 그는 백 길 높이의 절벽 꼭대기에 앉아 있다. 발로 툭 차거나 손가락을 튕기기만 해도 그를 구름 속으로 던져 버릴 수 있을 것이다. 그가 절벽 아래에서 산산조각 난 채로 발견될 때까지 다시는 볼 일이 없을 것이다. 주님과 주인의 일에서 번영하고 명성을 얻고자 한다면, 어서 서둘러라, 이 게으른 놈아."

"나는 더 이상 이 일을 진행하지 않겠습니다." 내가 말했다. "환영을 보았는데, 내 행동을 꾸짖었습니다."

"환영? 언덕에서 내려왔던 그 여자 말인가?" 그가 물었다.

"나에게 위험을 경고한 존재는 분명 여인의 모습이었습니다." 내가 답했다.

"그녀는 나에게도 와서 몇 마디 말을 했다." 그가 대꾸했다. "그녀의 행동에는 뭔가 신비로운 구석이 있더군. 그녀가 무슨 말을 했지? 그런 특별한 메시지를, 그것도 그런 메신저한테서 들은 것은 조심해야 한다. 내가 제대로 이해했다면, 그녀는 우리가 온전히 믿지 못하는 것과 어리석게 지체하고 있는 것을 꾸짖었다."

나는 여인의 말을 그대로 전했으나, 그는 당시 내가 좀 많은 의심에 사로잡혀 있었다고 했다. 그녀의 말은 바로 그런 의심을 겨냥한 것이었다고. 요컨대 이 놀라운 통찰력을 지닌 이방인은 이내 나에게서 모든 의심과 낙담을 사라지게 했다. 내가 그것들을 부끄러워하게 만들었다. 이제 나는 다시 그와 함께 형을 찾아 나섰다. 그는 이슬에 남은 발자취를 보여 주며 형이 있는 곳을 가리켰다.

"너는 그저 조용히 그의 뒤를 따라가라." 그가 말했다. "일 미터 정도까지 다가가서는, 그에게 달려들어 자리에서 밀어 버리면 된다. 거기에는 발판도, 붙잡을 곳도 없다. 그때까지 나는 그가 반대편에 시선을 두도록 유인하겠다. 그는 누가 이런 일을 했는지 알지 못하고, 느끼지도 못할 것이다. 더욱 중대한 문제는 차치하고라도, 한 가지 분명한 것은 그가 빨리 무너질수록 책임질 죄도 그만큼 줄어들 것이라는 점이다. 영혼이 혐오할 정도로 죄악에 빠져 거듭나지 않은 삶을 오래 사는 것보다 다음 세상에서의 삶이 더 나을 거라는 것이다."

"그보다 더 명확하고 적절한 말은 없을 것입니다." 내가 말했다. "그러므로 나는 하나님과 인간에 대한 의무를 수행하기 위해 서둘러 나아가겠습니다!"

"너는 머지않아 큰 명예와 승급을 받게 될 것이다." 그가 말했다.

"그건 중요하지 않습니다. 내가 이곳에서 주인님을 위해 명예와 정의를 실현할 수 있다면 그걸로 충분합니다." 내가 말했다.

"너는 네 아비의 재산과 영지를 상속받게 될 것이다." 그가 덧붙였다.

"내가 선한 일을 한다는 것 말고는 다른 어떤 이기적인 동기도 거부하고 업신여깁니다." 내가 말했다.

"그래, 선하게 살고 싶어 하는 마음은 위대하고 신성한 것이지." 그가 말했다. 그가 그렇게 말할 때 나는 그의 얼굴에서 조롱 섞인 환희의 표정을 보았다. 그게 무슨 뜻인지 이해할 수 없었다. 사실 나는 탁월한 벗에게서 이런 모습을 종종 목격했는데, 때로는 공손하게 언급한 적도 있었지만, 그는 언제나 그것을 부인했다. 이번에도 나는 아무 말 하지 않았다. 대신 그가 준 단검을 옷에 숨기고 산으로 올라갔다. 그리고 의구심이 들지 않도록 다시 한번 마음을 다잡았다. 결심을 유지하는 것이 어느 때보다 힘들었다. 나는 내 생각을 통제할 수 없었다. 어떤 생각의 흐름과 유형은 큰 영향력이 있어 마음을 연약하게 만든다. 나는 한 인간을 절벽 꼭대기에서 아래 어둡고 안개 낀 공허 속으로 밀어 넣는 끔찍한 일을 머릿속에 그려 보았다. 그가 튀어나온 바위에 부딪혀 산산이 부서지는 것, 구름 속으로 떨어지며 내지르는 비명 소리, 그리고 그가 떨어지며 뾰족한 바위들을 바라보는 모습을 상상했다. 그다음으로는 한 영혼을 갑자기 지옥으로 밀어 넣거나, 아니면 최선의 경우라도 그 불타오르는 심연의 가장자리를 맴돌게 하는 것을 떠올렸고, 그 영혼이 전능하신 분의 심판대 앞에 서서 선고받는 장면을 떠올렸다. 그러고는 이런 생각이 들었다. '그곳에서 나도 판결받지 않을까? 완전해진 의인들로 구성된 배심원단에 의해, 하늘의 기록부에 쓰인 심판?'

이런 생각은 의도치 않게 찾아왔다. 나는 그것을 떨쳐 버릴 수 없었다. 아니 그것은 내 상상력의 정점에서 더욱 강하고 밀도 높게 결집했다. 그리고 또 다른 생각 하나가 특별한 방식으로 나를 압박했는데, 그건 앞서 언급한 것들만큼 강하지는 않았다. 바로 이 생각이었다. '만약 내가 첫 시도에서 실패한다면 어떻게 될까? 그 결과로 혹시 내가 바위 꼭대기에서 떨어지게 되는 건 아닐까?' 그렇게 되면 나는 육체와 영혼에 대해 예상했던 모든 감정이 일 것이다! 이는 등골이 서늘해지는 성찰이었다. 비록 이런 일이 일어날 가능성이 높았지만, 나는 경건한 대의를 향한 열정이 강했고, 모든 위험과 공포에도 불구하고 계속 전진했다.

나는 곧 형에게 가까이 다가갔다. 그는 아찔한 봉우리에 앉아 있었다. 시선은 나와 반대 방향을 향해 고정되어 있었다. 나는 그의 뒤에 있는 작은 초록 협곡에 먼저 발을 내디뎠고, 때때로 고개를 들어 그가 움직이는지 살폈다. 그의 자세는 계속 그대로였다. 마침내 내가 그에게 매우 가까이 다가갔다. 만약 그의 얼굴이 나를 향해 있었다면 숨소리를 들을 수 있을 정도가 되었다. 나는 모자를 옆에 내려놓고 그를 덮쳐 밀어 버릴 준비를 했다. 하지만 아무리 하려 해도 그렇게 할 수가 없었다! 내가 감히 하지 못했다고는 생각하지 않는다. 나는 항상 선한 대의를 위해서라면 무엇이든 할 수 있는 용기가 있다고 믿어 왔다. 하지만 나한테는 마음이, 아니면 내가 가졌어야 할 무언가가 부족했다. 간단히 말해, 쉽게 할 수 있었을 일을 제때 하지 못한 것이다. 이런 생각은 맞서기에 정말 힘겨운 적이다! 나는 의로운 목적을 이루지 못한 것이 괴로워서 얼굴을 땅에 대고 눈물을 흘렸다. 그리고 다시, 위대하고 정통한 벗이자 후견인이 나에게 뭐라고 말할지 생각했다. 내 결심은 다시금 의분에 차올랐고, 피가 아니고서는 어떤 것으로도 해소될 수 없을 만큼 굳건해졌다. 나는 오른쪽 무릎을 세우고 왼발로 몸을 일으켰다. 막 왼발을 앞으로 내딛으려던 참이었다. 다음 한 걸음이면 내 위대한 목적이 완수되고, 그 죄인은 자신의 범죄에 합당한 처벌을 받게 될 터였다. 하지만 무엇이 그를 움직이게 했는지 모르겠다. 결정적인 순간에 그는 벌떡 일어나 맹렬하게 나에게 달려들었고, 내 목숨이 위태로울 정도로 나를 넘어뜨렸다. 나는 있는 힘을 다해 빠져나와 도망쳤지만, 그는 나를 잡아 땅에 쓰러뜨리고 무서운 기세로 절벽에서 던져 버리겠다고 위협했다. 나는 그 충격적인 일격에서 조금 정신을 차린 후 싸울 태세를 갖추었다. 비록 위험했던 격투의 상황을 상세히 기억하지는 못하지만, 내가 그를 제압했고, 그가 용서를 빌며 화해를 청했던 건 기억한다. 그러나 나는 모든 것을 거절했고, 사악하고 부패한 그의 마음이 벌을 받도록 내버려둔 채 자리를 떴다.

언덕에서 다시 벗을 만났다. 그는 내가 무능하고 결단력이 부족하다며 거만하고 엄한 태도로 비웃었다. 나는 내가 목적을 이루는 데에 얼마나 가까웠는지 설명하며 최선을 다해 변명했다. 그는 내가 피를 흘리고 있는 것을 보고는 형에게 싸우지 않겠다는 서약을 요구하고, 형이 먼저 공격했으니 처벌받게 하라고 조언했다. 나는 그렇게 하겠다고 약속하고 그와 헤어졌다. 실패한 것이 창피했다. 내 벗이 두려웠고, 당분간 그에게서 벗어날 수 있어 다행이라 여겼다.

목사 아버지는 내가 두 번째로 형의 손에 피 흘리는 것을 보고 극도로 불쾌해했다. 그는 높은 지위와 대의의 정당성을 믿었고, 즉시 이 사안을 법정으로 가져갔다. 형과 나는 먼저 대면 조사를 받았다. 형의 진술은 완전히 허구였다. 내 진술도 사실은 아니었으나 나는 목사 아버지와 탁월한 벗의 조언에 따라 진술했고, 두 사람 모두 진실한 신앙을 가진 그리스도인임을 알기에 나는 그것이 정당하다고 생각했다. 나는 아침 일찍 기도하러 산에 올라갔고, 혼자 있고 싶어서 작은 외딴 골짜기로 들어갔다고 진술했다. 그리고 모자를 벗어두고 막 무릎을 꿇으려는 순간에 형이 거칠게 공격해서 넘어졌고 거의 죽을 뻔했다고 말했다. 그들은 형에게 이것이 사실인지 물었다.

형은 그렇다고 인정했다. 내가 맨머리로 무릎을 꿇으려는 순간에 의도치 않게 나를 치받게 되었다고 했다. 하지만 판사는 이 진술의 개연성이 낮음을 지적하며 그를 강하게 추궁했다. 그리하여 타락한 형은 난감한 처지에 놓이게 되었다. 형이 말한 나머지 이야기는 더욱 형편없었다. 결국 형은 그 자리에 있던 사람들의 웃음거리가 되었다. 판사는 이렇게 지적했다. 그가 처음에 훤히 트인 산에서 우연히 부딪혀서 나를 넘어뜨린 것을 인정한다 해도, 내가 빠져나와 도망쳤는데 어떻게 나를 쫓아가서 다시 때려눕혔는지 설명할 수 있느냐고, 그것 역시 우연이라고 주장하느냐고 반문했다. 피의자 형은 이에 대해 아무 말도 하지 못했다. 판사가 판결을 선고하는 순간 나와 목사 아버지가 얼마나 기뻤는지 잊지 못할 것이다. 판결은 내 사악한 형이 살인 의도를 가진 폭행과 구타 혐의로 감옥에 수감되고 형사 재판을 받아야 한다는 것이었다. 판사는 공정하고 정의로웠으며 사안을 바르게 판단할 줄 아는 사람이었다. 즉, 그는 의로운 사람과 사악한 사람을 구별할 줄 알았고, 그렇기에 우리 둘 중 누가 옳고 누가 그른지에 대해 일말의 의구심도 없었다.

의롭게 된 사람은 결코 잘못을 저지를 수 없다는 것을 만약 내가 믿지 못했다면, 이 상황에서 내가 한 진술—아버지와 벗의 조언에 따라 내가 했던 진술—에 대해 마음이 편치 않았을 것이다. 나는 교회 정원에서 잡초를 뿌리 뽑아 의로움을 성장하게 한다는 걸 쉽게 이해할 수 있었다. 하지만 이처럼 미심쩍은 문제에 대해 마지못해 거짓 증언을 하는 방식이 나는 처음부터 그다지 탐탁지 않았음을 고백한다. 그러나 나는 이제 오직 탁월한 벗의 뜻과 명령에 따라 움직일 뿐이었다. 그의 시야에서 벗어나면 평화도 위안도 없었고, 그의 곁에 있을 때조차도 많은 것을 자랑할 순 없었다. 이는 그리스도인의 삶이 곧 고난의 삶이라는 말이 얼마나 진실한지 보여 준다.

나는 이제 목사 스승님과 함께 다가오는 재판을 준비하는 데 많은 시간을 보냈다. 우리는 원고 측이었다. 우리 변호인은 완벽한 승리를 장담했고, 법에 근거해 가해자에게 내려질 가장 관대한 판결은 유배형이 될 것이라고 했다. 하지만 결과는 얼마나 달랐던가! 피고 측과 부정을 나눈 사악한 재판부가 술수를 부리고 모호한 태도를 취하는 바람에 나는 패소했다. 그 배은망덕한 건달은 무죄를 선고받았고, 나는 수감되었다. 결국 무거운 벌금을 내고, 평온하게 살겠다는 서약을 한 후에야 석방되었다.

나는 이 결과에 몹시 기분이 나빴고, 벗의 조언을 전면에서 비난했다. 그는 크게 안타까워하며 우리 사법부의 사악함에 대해 장황하게 늘어놓았다. "그대에게서는 신속하고 단호한 조치를 기대할 수 없겠군. 하지만 나는 너를 위해 그 사악한 판사에게 복수할 것이고, 너는 며칠 안에 그것을 보게 될 것이다."

그 주법원 재판장이 바로 그 주에 죽었다! 그는 자택, 자기 침대에서 죽었다. 내 벗이 무슨 방법을 써서 그렇게 했는지 나는 모른다.

벗은 그 일에 대해 아무 말도 하지 않았으나, 판사의 갑작스러운 죽음은 큰 소란을 일으켰다. 내가 궁금하여 세부 내용을 묻고 다니는 바람에 우리 가족이 부당한 수법을 썼다는 의혹을 받기도 했다. 나는 아무것도 모르며, 오히려 그가 하늘의 심판을 받아 죽었다고 생각한다. 어쩌면 벗이 그 징후를 미리 알아채고 완벽한 복수를 약속하며 나를 달랬던 것 같다.

며칠이 지난 후, 나의 벗은 형을 죽일 계획을 다시 언급했다. 그때 나는 형을 향한 분노가 절정에 이른 상태였고, 그도 그걸 알았다. 하지만 나는 최근 법원의 판결 때문에 더는 그 계획을 고려할 수 없다고 말했다. 판결에 따르자면, 형이 실종되거나 시체로 발견된다면 나는 목숨을 잃을 것이고 또한 내 친구들도 벌을 받아 파멸할 터였다.

"네 영혼이 완벽하게 안전하다는 것을 알고, 믿느냐?" 그가 말했다. "그것은 태초부터 정해진 일이며, 이제는 천국과 지상 모두에서 확정되고 비준된 사실이라는 것도?"

"나는 그것을 철저히, 그리고 완벽하게 믿습니다." 내가 말했다. "그것에 대해 의심을 품을 때면 죄와 약함을 느낍니다."

"아주 좋아. 나도 그렇지." 그가 말했다. "이제 나는 모든 면에서 분명히 네 불멸의 영혼이 어떤 고귀한 보상을 받을지 예견할 수 있다. 그러니 내 말을 더 들어 보라. 너에게 엄숙한 확신과 피를 통해 맹세하지. 이제부터는 어떤 인간의 손도 네 생명을 해치거나 네 귀중한 피를 한 방울이라도 흘리게 할 수 없을 것이다. 단, 조건이 있다.

너는 항상 내 지시를 따라야만 한다."

"기꺼이 그렇게 하겠습니다." 내가 말했다. "당신의 현명한 조언 없이는 나는 아무것도 할 수 없을 테니까요. 하지만 당신에게 내 생명을 보호할 수 있는 능력이 있는지는 의심이 듭니다. 아니, 우리가 당신의 영토에 있다 해도 당신은 그것을 보장할 수 없을 것입니다."

"어떤 영역, 어떤 땅에 있든 나에게는 힘이 있다." 그가 말했다. "나는 오직 인간의 힘과 무기에 대해서만 네 생명을 보장하는 것이다. 그것에 대해서는 내가 주시하고 있을 테니, 너는 믿어도 된다. 나는 너에게 한 말이나 약속을 어긴 적이 없다. 나를 믿느냐?"

"네, 믿습니다." 내가 말했다. "당신이 진실하다는 걸 압니다. 이해는 못 하지만 믿습니다."

"그렇다면 왜 너는 당장 형에게 명예 결투를 신청하지 않느냐? 네가 위험 없이 행동할 수 있다면 두려움도 버릴 수 있지 않느냐?"

"그것은 두려움이 아닙니다." 내가 대답했다. "저를 믿으십시오. 저는 두려움이 무엇인지 잘 모릅니다. 문제는 이런 위급한 상황에서 제 마음을 계속 괴롭히는 의심입니다. 그렇게 행동하면서 제가 올바른 상태에서 벗어날 수 있다는 걱정입니다. 이것이 형제 살해를 두렵게 하는 겁니다!"

"진정 무능하구나." 그가 말했다. "우리는 그 점에 대해 수백 번 정리하고 동의했다. 그러니 나는 형에게 일대일 결투를 청하라고 권고한다. 네 안전은 내가 보장한다. 그는 네 요구를 거절할 수 없을 것이다."

"하지만 내가 처벌을 받지 않을까요?" 내가 물었다.

"우리는 그걸 피하려고 할 것이다." 그가 말했다. "만약 네가 붙잡힌다고 해도, 일단 네가 달캐슬과 발그레넌의 영주가 되면 징계가 무슨 의미가 있겠느냐?"

"우리가 그 이신론 신학자를 처리했던 것처럼 그를 조용히 비밀리에 제거할 수는 없을까요?" 내가 물었다.

"어느 쪽이든 그 행위는 똑같이 가치가 있겠지." 그가 말했다. "허나 기회를 잡으려면 몇 년을 기다려야 할지도 모른다. 그래서 가능한 한 비밀리에 그에게 결투를 신청하고, 거기서 그를 처치하라고 제안하는 것이다."

"그렇게 하겠습니다." 내가 말했다. "달이 가득 찰 때 그를 불러내어 누군가와 대화하도록 유도하겠습니다. 그곳에서 그를 쳐 죽이겠습니다. 그러면 그는 더 이상 의로운 자들을 괴롭히지 못할 것입니다."

"그렇다면 바로 오늘 밤이군." 그가 말했다. "달은 거의 차올랐고, 오늘 밤 네 형과 죄 많은 동료들은 흥청망청 술잔치를 벌일 테니까. 그들은 내일 여행을 떠나기로 되어 있어. 그 방탕한 건달이 도시를 떠나겠지. 내가 떠날 때까지는 우리는 여기 있어야 한다. 그러면 그는 안전히 계속 살아남아 신을 모독하고 자기 영혼뿐 아니라 다른 많은 영혼까지 파멸시킬 것이다. 아, 애석하도다! 우리가 지체한다면 그와 친구들은 밤새 죄를 지을 것이고, 그 죄악들은 하늘을 향해 울부짖으리라! 우리가 이렇게 느린 속도로 나아간다면, 하나님의 성소를 정화하는 우리의 위업은 언제나 마치겠느냐?"

"꼭 일을 해야겠군요." 내가 말했다. "그래야 한다면, 그렇게 하겠습니다. 나는 즉시 무장하겠습니다. 그를 술과 방탕의 한가운데서 불러내어 나에게로 보내 주십시오. 거기서 나는 칼날로 그를 치겠습니다. 우리의 위대한 과업이 지체되지 않도록 말입니다."

"말하는 만큼이나 실행력이 좋다면 얼마나 위대한 사람이 될 수 있을까!" 그가 말했다. "우리는 한 번 더 시도해 볼 것이다. 만약 또 실패한다면, 아, 나는 인류를 위한 고귀한 목적을 이루기 위해 다른 수단을 쓸 수밖에. 너는 집에 가서 준비하라. 나는 가서 그들의 움직임에 대한 정보를 수집하겠다. 그리고 이십 분 후에 호수 너머 휴이의 골목 첫 번째 모퉁이에서 만나자. 나는 변장하고 가겠다."

"나는 준비할 것이 없습니다." 내가 말했다. "집에 가고 싶지 않습니다. 네게 칼을 가져다주세요. 우리가 기도와 서약으로 그것을 봉헌할 수 있을 것입니다. 만약 내가 그 칼을 사악하고 불경한 자를 쓰러뜨리는 데 사용하지 않는다면, 주님께서 나에게 똑같이, 아니 그 이상으로 하시기를 원하나이다!"

우리는 헤어졌고, 나는 다시 20분 동안 복잡한 생각들과 마주하게 되었다. 이는 벗 때문에 항상 겪는 일이었다. 이런 생각은 죄인들에게 맞서는 것보다 더 힘들었다. 나는 속으로 내 행동의 고귀한 동기를 이해하지 못하는 사람들에게 내 행위가 알려지지 않기를 기도했다. 나는 또한 마음속으로 시편 10편의 일부를 노래했다. 하지만 이런 모든 노력에도 불구하고 죄스러운 의심은 되돌아왔다. 그래서 탁월한 벗이 돌아와 금 도금된 두 개의 장검 중 하나를 선택하라고 했을 때, 나는 어느 것도 받아 들지 않았다. 대담하고 열정적인 태도로 나는 완전한 사람들의 모든 행위가 의롭다고 인정받는 것에 대한 의구심을 표출하기 시작했다. 그는 나를 심하게 꾸짖고 비겁하다고 낙인찍었다. 비겁함은 내 본성과는 전혀 맞지 않는 것이었다. 그는 나를 거짓말쟁이라고 하며, 신과 인간 모두에 대한 가장 엄숙한 약속을 어겼다고 비난했다.

나는 마음이 내키지 않았지만 어쩔 수 없이 장검을 받았다. 하지만 그가 사용한 모든 논리와 위협, 약속에도 불구하고, 그의 말처럼 형에게 결투를 신청하는 것은 동의하지 않았다. 나는 그가 사용한 논리 중 하나에 약간 영향을 받았는데, 그래도 그리 심한 것은 아니었다. 그는 내 형이 악명 높고 추잡한 여자들의 소굴로 갔다고 말하며 만약 그를 잠깐이라도 그대로 내버려둔다면 그는 앞으로 오랜 세월 비참한 상태에 머물 거라고 했다. 이는 나에게 시험과 같은 일이었다. 하지만 나는 그것을 거부했고, 의심이 다시 돌아왔다. 이에 그가 말하길, 나에게 영예를 안겨 주려 했으나 내가 그 기회를 잡지 않으니 그가 직접 실행하고 책임을 지겠다고 했다. "나는 힘든 노력 끝에 네 생명을 지킬 보호권을 얻었다." 그가 말을 이었다. "내 생명에 대한 보호권은 없지만, 그건 그렇다 치고, 나는 친구들을 돕는 일에 시도도 하지 않은 채 좌절하지는 않을 것이다. 너는 어쨌든 나와 동행할 것이며, 내가 정의를 실현하는 걸 지켜볼 것이다, 그렇지 않으냐?"

"물론 그렇게 하겠습니다." 내가 말했다. "만약 그가 당신을, 내 벗이자 후견인을 이긴다면 그에게 화 미칠진저!"

그의 입술이 경멸의 미소로 비틀렸고, 나는 그것을 참기 어려웠다. 나는 그가 나에게 보장한 높은 지위가 이미 시야에서 사라지고 있는 게 아닌가 염려하기 시작했다. 그의 호의 없이는 살 수 없었기에 나는 어떻게 해야 다시 환심을 살 수 있을지 고민했다. 나는 생각했다. '행동은 남자답게 할 것이다. 하지만 감정적으로는 굴복하지 않을 것이다. 그는 분명 이런 나를 더 존경하게 될 것이다.'

우리가 어두운 골목을 지나 밝은 달빛 아래로 나왔을 때, 나는 깜짝 놀라 온몸에 오싹한 전율이 흐르는 걸 느꼈다. 나는 또다시 나도 모르게 다른 사람과 대화를 나누고 있는 것 같았다. 내 벗은 하일랜드 의상을 입고 있었고, 완전히 다른 존재로 변모해 있었다. 그의 말투가 아니었다면 인간의 어떤 감각으로도 그를 알아볼 수 없었을 것이다. 나는 놀라움을 금치 못하며 그에게 오늘 밤 누구로 변장하고 싶었는지 물었다. 그는 무심히 대답하기를, 오늘 밤 일어날 수 있는 일의 책임을 뒤집어쓸 한 젊은이로 변장한 것이라고 했다. 이것이 이 사안에 대해 오간 대화의 전부였다.

우리는 노스 로크 아래의 돌계단을 따라가며 내내 열띤 논쟁을 벌였다. 나는 다른 사람이 우리 대화를 들을까 걱정되었다. 밤은 고요했고 거의 낮처럼 밝았으며, 우리가 걸어가는 동안 여러 사람이 우리를 지나쳐 갔다. 하지만 벗은 열정이 너무 강해서 모든 위험을 무시한 채 자기 맘대로 내 잘못이라고 단정한 것에 대해 큰 소리로 격렬하게 논쟁을 이어갔다. 나는 단 하나의 논리만을 고수했다. "성경에서 선택받은 자들에게 한 약속을 제아무리 폭넓게 해석한다고 할지라도 그들이 결코 죄를 지을 수 없다고 보장하는 건 아니라고 생각합니다. 따라서 사람은 누구나 자기 행동을 신중히 살펴야 합니다."

견식 있는 벗이자 스승을 이처럼 화나게 하는 종교적 의구심은 없었다. 그는 그것을 참을 수 없었다. 게다가 하나님의 약속에 따른 위대한 개혁자들 또한 그와 같은 견해를 가지고 있었기에 내가 틀렸다는 것에는 의심의 여지가 없었다. 그는 이 사안에 대한 내 주장을 들으며 인내심을 완전히 잃었다. 그는 나를 붙잡고 좁은 통로의 어두운 초소로 데려갔다. 다정하면서도 날카롭게 질책한 후, 나에게 그곳에 은밀히 숨어서 사건을 지켜보라고 했다. "그리고 만약 내가 쓰러진다면, 단연코 내 죽음을 복수해 주겠지?"

나는 괴로움에 짓눌려 아무런 대답도 할 수 없었다. 그러자 그가 돌연 나를 떠났다. 나는 절망에 사로잡혔고, 그가 내 형을 데리고 달빛 비치는 초원으로 내려올 때까지 아무것도 보거나 듣지 못했다. 그들은 말소리가 들릴 정도로 가까이 오기 전에 이미 다퉜던 것 같다. 내가 처음 들은 말은 술에 취한 형의 말이었고, 그는 그런 상황에서 늘 그랬듯이 화해를 촉구하고 있었다. 벗은 그 제안을 거부했고 형에게 결투를 신청했다. 한참 동안 허세 넘치는 말다툼이 있었는데,

나는 정신이 어수선했던 터라 그 내용을 기억할 수 없다. 결국 형은 어쩔 수 없이 검을 빼 들고 방어 자세를 취했다. 절망적이고 끔찍한 대결이었다. 처음에 나는 그 고귀한 이방인이자 신앙의 위대한 옹호자가 형을 쉽게 이길 것이라고 생각했다. 하늘이 그의 편이고, 그에 맞서는 것은 그저 죄 많은 인간의 팔에 불과하다고 여겼다.

하지만 착각이었다. 죄인 형은 바위처럼 굳건히 버텼고, 공격자는 그림자처럼, 아니 영혼처럼 빠르게 날았다. 형의 가벼운 움직임은 모두 그의 기술과 숙련도를 과시하기 위한 허세일 뿐이고 그들이 실제 가까이서 붙어 싸우게 되면 순식간에 패배하리라 생각하며 나는 내심 웃었다. 하지만 역시 착각이었다. 형의 팔은 무적이었고, 그들이 가까이에서 싸울수록 형의 우세가 더욱 또렷해졌다. 그들은 초원을 돌며 물가 끝까지 이동했고, 계속 돌고 돌아 내가 숨어 있던 은신처 바로 앞까지 왔다. 더 이상 움직일 공간이 없어지자, 형은 그와 더욱 가까이 붙어 싸워야만 했다. 여전히 형이 우위를 점하고 있었기 때문에 벗은 검을 내려놓고 소리쳤다.

나는 더 이상 참을 수 없었다. 숨어 있던 곳에서 뛰쳐나와 검을 뽑아 들고 그들 사이로 돌진했다. 마치 두 학생을 떼어 놓듯 그들을 갈라놓고 형에게 돌아서서 이렇게 말했다. "이 망나니! 악당아! 네가 무엇을 하려는 줄 아느냐? 주님의 기름 부음 받은 자에게 손을 대려느냐, 그의 귀중한 피를 흘리려 하느냐? 나한테 덤벼라. 내가 네 모든 악행과 나에게 가한 수많은 해를 응징하리라!" 우리는 모든 면에서 복수심에 불타올라 싸움을 시작했다. 결투는 격렬했지만, 승리한 것은 내 힘이 아닌 하늘의 힘이었다. 그 불경하고 타락한 젊은이는 상처로 뒤덮인 채 쓰러졌고, 입에서는 저주와 신성모독이 흘러나왔다. 나는 아무런 상처 없이 살아남았다. 그의 능력은 거기까지였다.

내가 이 사건에서 받은 직접적인 인상이 위 묘사와 다소 차이가 있음을 부정하지 않겠다. 하지만 이는 탁월한 벗이 나중에 설명한 그대로이다. 나는 그가 준 정보를 전적으로 신뢰할 수 있다. 당시 그는 방관자였고, 나는 감정이 격앙된 상태였다. 그가 진실이 아닌 말을 할 이유가 없었다.

형이 쓰러지기 전까지는 이 모든 일에 목격자가 있으리라고는 전연 예상하지 못했다. 그때, 불공정한 결투라는 거친 비난이 우리 귀를 때렸다. 나는 꽤 충격을 받았으나, 내 벗은 그들을 비웃으며 나를 안전하게 데리고 갔다. 이 과정의 불공정함에 대해 나는 이 정도만 말할 수 있다. 왕족 벗의 검이 내려간 것은 내가 검을 뽑기 전이었다. 하지만 우위에 있는 자를 반격해 그와 같은 방식으로 벌하는 것이 불공정하다고 말하는 이에게 나는 이렇게 답한다. 만약 누군가가 주인에게 명확한 임무를 받고 그 일을 해내겠다고 맹세했다면, 그 일을 완수하는 방법에 대해서 너무 까다롭게 굴어서는 안 된다고. 더 나아가, 나는 경전을 근거로 든다. 경전에는 악하고 불경한 자들이 결국 멸망하는 걸 보고 주님이 기뻐하시는 사례가 많이 기록되어 있다. 따라서 나는 이 논리는 반박할 수 없다고 본다.

여러 날 동안 마음이 크게 불안했다. 그 사건에 목격자가 있다는 걸 알았고, 또한 나에게 내려진 법원의 최근 판결로 인해 내가 위험한 상황에 부닥쳤음을 알고 있었다. 하지만 반대로, 내 도통한 벗은 어느 때보다 기분이 좋아 보였다. 그는 나에게 위험이 없다고 확신시켰고, 다시 한번 인간의 힘으로부터 내 생명을 보장한다고 말했다. 그럼에도 나는 일주일 동안 숨어 있는 것이 적절하다고 생각했다. 하지만 그가 말한 대로, 놀랍게도 비난은 다른 사람에게 향했다. 그 사람은 고발당했을 뿐만 아니라 여론에 의해 유죄 판결을 받았고, 법정에 출석하지 않아 도망자가 되었다! 이런 일을 경험하고서 어떻게 하늘의 손길이 나를 돕고 지지하고 있다는 걸 의심할 수 있겠는가? 이 일은 내 이해를 넘어서는 것이었다. 나의 벗은 지난 일에 대해 어떤 것도 설명하지 않았으나, 그의 활약과 술수는 비할 데가 없었다.

그는 우리의 성공을 크게 기뻐했다. 나 또한 어느 정도 기뻤지만, 그건 순전히 그가 편안해 보였기 때문이었다. 나는 이런 행위로 인해 교회가 어떤 면에서 더 나아지거나 순수해졌는지 알 수 없었다. 그는 계속해서 명예, 명성, 보상에 관한 큰일들로 나를 추켜세웠고, 무엇보다도 내 육체와 영혼이 헌신한 그분의 축복과 보호를 강조했다. 하지만 이러한 큰 약속들 이후, 나는 더 이상 마음이 편하지 않았다. 그는 아버지의 죽음을 끊임없이 강하게 촉구하기 시작했다. 나는 그것을 따르는 것 말고는 다른 방법이 없음을 깨달았다. 나는 따르겠다고 했고, 그의 열광적인 지지는 말로 표현할 수 없을 정도였다. 그가 너무나 재촉하고 압박하는 바람에 나는 선택의 여지 없이 노골적으로 폭력적인 수단을 고안할 수밖에 없었다. 그러나 하늘은 나에게 그 일을 맡기지 않고 직접 복수의 손을 드셨다. 그 유혈적이지만 의로운 일을 내 손으로 행하기 전에 노인은 아들을 따라 무덤으로 갔다. 나의 탁월하고 열성적인 벗은 다소 유감스러워하는 듯했으나, 그래도 모든 것이 나의 공로라고 여기며 위안을 삼았다. 나는 그에 동감했다. 사실상 내가 그것을 이루었기 때문이다. 나는 하나의 행동으로 두 가지 결과를 모두 가져온 셈이었다.

장례식이 끝나자마자 나는 벗과 함께 달캐슬로 갔다. 아버지가 가지고 있던 여러 집과 땅, 재산은 아무런 이의 없이 내가 소유하게 되었다. 하지만 그의 은식기와 막대한 현금 재산은 오랫동안 아버지의 정부로 살았던 방탕하고 하찮은 여자에게 넘어갔다. 나는 그녀를 그녀가 사랑했던 사람의 뒤를 따라 보내고 싶었다. 그것에 대해 벗에게 몇 번 넌지시 말했으나, 그는 단지 고개를 저으며 우리는 모든 이기적이고 사사로운 동기를 배제해야 한다고 말했다.

오랫동안, 아침에 눈을 뜰 때면 나는 내 감각을 믿을 수 없었다. 내가 정말로 이렇게 많은 부와 영광의 유일한, 누구도 토를 달 수 없는 소유자라는 것을. 나는 너무나 만족스러워서 당장 할 수 있는 선행을 하기 시작했으며, 벗이 그걸 인정해 주고 격려해 주었으면 하고 바랐다. 허나 내 생각은 틀렸다. 내가 그런 행동을 하려고 했을 때 그는 처음부터 반대했고, 내 동기를 의심했으며, 일관되게 그것이 잘못되었다고 지적했다.

어느 날 아침, 하인이 와서 뒤쪽 방에 나를 만났으면 하는 여자분이 있다고 말했다. 그녀가 누구인지는 말할 수 없다고 했다. 옛 하인들은 이전 영주의 사망 소식을 듣고 모두 저택을 떠났고, 새로 온 하인들은 이웃 사람들을 몰랐다. 여러 정황으로 보아 나는 여자들과의 은밀하게 대화하는 것이 꺼림칙했다. 그래서 그녀에게 가지 않았다. 대신 하인에게 그녀가 원하는 게 무엇인지 물어보라고 했다. 그녀는 말하려 하지 않았고, 오직 나에게만 상황을 설명하겠다고 했다. 나는 내 높아진 위상에 걸맞은 약간의 위엄 있는 태도가 필요하다고 생각했다. 그래서 만약 그것이 내 집사가 처리할 수 없는 일이라면 처리되지 않은 채로 남아 있어야 할 것이라는 대답을 보냈다. 하인이 가져온 답변은 위협적인 성격을 띠고 있었다. 그녀는 반드시 나를 만나야 한다고 했다. 만약 내가 여기서 그녀의 청을 거절하면, 내가 피할 수 없는 곳에서 억지로 만나게 될 것이라고 했다.

내 벗이자 인도자는 내가 곤경에 빠진 것을 보며 재밌어하는 듯했고, 오히려 여인의 말을 들어 보는 것이 좋겠다고 조언했다. 그래서 나는 그녀가 벗 앞에서 용건을 전달한다는 조건으로 동의했다. 여인은 눈에 띄게 분노하고 분개하며 들어왔고, 대담하고 직설적으로 나를 비난하기 시작했다. 그녀는 내가 그녀의 딸에게 수치스러운 폭행을 저질렀다고 했다. 그녀를 바른길에서 탈선시키기 위해 가장 비열한 방법을 사용했다고 했고, 그것이 실패하자 가장 부적절한 조치를 했다고 주장했다.

나는 그 혐의를 전적으로 부인했다. 내가 아는 한 부인의 딸 누구도 본 적이 없으며, 하물며 그들에게 해를 끼친 적은 더더욱 없다고 단호히 말했다. 그러자 그녀는 크게 화를 내며 내 얼굴에 대고 나를 노련한 불량배이자 위선자, 호색가라고 욕했다. 더 나아가 그녀는 내가 그녀의 딸과 결혼하지 않으면 나를 교수대로 보내겠다고, 그것도 아주 이른 시일 안에 그렇게 하겠다고 노골적으로 말했다.

"정직한 부인, 당신 딸과 결혼하라고요!" 내가 말했다. "그리스도인의 믿음으로 말씀드리지만, 나는 결코 당신 딸을 본 적이 없습니다. 그리고 분명히 말하지만, 나는 당신이나 당신 딸과 결혼하지 않을 겁니다. 내가 이곳에 온 지 별로 안 되었다는 생각은 안 해 보셨습니까? 그 짧은 시간 동안 얼마나 많은 일이 있었는지? 또 내가 그런 악행을 저지를 가능성이나 있었는지 생각해 보셨어요?"

"당신의 그리스도인 양심에 묻죠. 당신은 이전 영주가 죽은 후 여기에 얼마나 머물렀습니까?" 그녀가 물었다.

"그건 두말할 필요가 없을 정도로 모두가 다 아는 사실입니다." 내가 말했다. "단지 며칠밖에 되지 않았어요, 지금 정확한 숫자는 말할 수 없습니다만. 아마도 삼십 일에서 사십 일, 아마 그 정도일 겁니다. 하지만 그 시간 내내 나는 당신이나 당신이 말하는 두 딸 중 누구도 본 일이 없습니다. 그 점은 당신도 잘 아실 겁니다."

내가 말하는 동안 벗은 고개를 세 번 저었다. 반면, 여자는 놀라고 혐오하며 손을 들고 외쳤다. "여기 자기 의로움에 취한 사람이 있소! 성스러운 청년, 절대 잘못을 저지를 수 없는 자가 있어! 이 정의롭고 경건하고 종교적인 악인이 지닌 신앙의 실체에 대해 당신도 알고, 세상도 알게 될 거요! 당신은 이미 이곳에 사 개월하고 칠 일이나 있었어요. 그걸 부인하는 거요? 그 시간 동안 당신이 내 집에 스무 번이나 출입 금지당했다는 것도요? 또 당신이 가장 비열하고 비도덕적인 목적을 이루기 위해 끈질기게 노력했다는 것도? 또 당신이 그것을 이루었다는 것을? 당신은 위선자요 사기꾼이요! 그래, 신사 양반, 당신은 젊고 순진하고 아무것도 모르는 존재에 비열하고 이기적이고 타락한 목적을 달성했고, 이 가난한 과부의 유일한 희망을 망쳤다는 것을 감히 부인할 수 있습니까? 아니오, 당신은 내 면전에 대고 이 중 어느 것도 부인할 수 없을 거요."

"이 여자가 미쳤군!" 내가 말했다. "탁월한 분이여, 당신은 내가 이곳에서 지낸 게 아직 한 달도 되지 않았다는 걸 누구보다 잘 알잖아요."

벗은 다시 고개를 저으며 대답했다. "자네가 틀렸어, 친구. 사실 부인 말이 맞아. 네가 이곳에 온 지 정확히 그만큼의 시간이 지났고, 나도 같이 왔지. 넌 그녀의 집에 자주 찾아갔고, 종종 젊은 숙녀 중 한 명과 은밀한 연락을 주고받았어. 그걸 내가 분명히 알고 있어서 유감이군. 그 속 내용은 난 잘 모르지만."

"날 놀리고 있군요." 내가 말했다. "내가 한 달 이상 여기 있었다거나, 당신이 말한 걸 증명할 흐릿한 증거나 사실이 있다고 설득하려 하는 것은, 내 존재 자체를 부정하려는 것과 마찬가지요. 나는 나를 만드신 위대한 하나님께 맹세합니다. 그리고….”

“멈춰라. 파렴치한 건달!” 부인이 격렬하게 외쳤다. “혐오스러운 죄악에 위증까지 더하지 마라. 자비를 위해서라도, 당신이 왜곡하고 모욕한 그 이름의 속성을 더 이상 모독하지 마라. 상처받은 내 아이에게 어떻게 보상할지나 말해 봐.”

“다시 한번 하늘에 맹세합니다, 부인. 제가 아는 한, 제 기억으로는, 당신 딸을 본 적이 없습니다. 지금 생각해 보니 당신의 얼굴은 본 듯한 기억이 아련하게 있는 것 같지만, 어디서, 어떤 장소에서 보았는지는 분명하지 않습니다.”

“왜 그럴까요?” 그녀가 말했다. “당신은 몇 달 며칠을 흠뻑 취해 있던 바람에 시간이 잊혀진 꿈처럼 지나가 버렸지. 우리 집에 처음 온 날부터 당신은 정신이 오락가락했었어. 주로 와인과 독주의 독기 때문이었지.”

“그건 명백한 거짓말이요!” 내가 말했다. “와인이나 독주라면, 며칠 전 저녁 한 번 빼고는 달캐슬을 소유하게 된 후로 마셔 본 적이 없어요. 부끄럽게도 그날 제가 좀 마셨다는 건 인정합니다. 하지만 저는 용서를 구했고, 용서받았어요. 제 말이 사실인지 아닌지 저기 고귀하고 존경받는 친구를 증인으로 세우겠습니다. 그는 이 세상 누구보다도 진정한 그리스도교를 위해 많은 일을 하고, 많은 것을 희생한 사람입니다. 당신도 그를 믿을 것입니다."

"네가 용서받을 수 있기를 바란다." 벗이 진지하게 말했다. "사실 나를 의심하는 것은 신성모독에 가깝다. 하지만 넌 최근에 매우 무절제한 상태였어. 네가 처음 술의 기쁨을 맛본 그 밤 이후부터 지난 월요일까지 한 번이라도 올바른 정신 상태였는지 모르겠다. 의심할 여지 없이 너는 꽤 오랫동안 부인의 딸에게 열심히 구애해 왔을 거다."

"정말 이해할 수가 없군요." 내가 말했다. "어떤 일을 하면서 동시에 하지 않을 수는 없습니다. 하지만 정말로, 정직한 부인, 살아오면서 내가 두 번째 자아가 있다거나 아니면 나와 똑같이 생긴 다른 존재가 있다고 느낀 몇 가지 사건이 있었습니다."

여기서 내 벗이 비웃으며 나를 가로막았다. 그는 내가 정신 나간 소리를 한다고 눈치를 주었다. 그러고는 부인에게 돌아서서 말했다. "내 친구 콜완 씨가 정의롭고 옳은 일을 하리라는 걸 나는 알고 있소. 가서 그 어린 숙녀를 데려오시오. 이 친구가 그녀를 보면 그녀와의 모든 연애사를 기억할 거요!"

내가 말했다. "실례지만, 나에게 어떤 여성과의 연애사를 언급하는 것은 너무나 터무니없어요. 내 원칙과 매우 동떨어져 있고, 내가 태어나고 성화된 순수한 본성과 배경에서 너무 벗어나 있소. 나는 그것을 모욕으로 간주하고 경멸합니다."

나는 그 생각에 더욱 단호히 반박하려 했지만, 하인이 들어와서 어떤 신사가 나를 만나고 싶어 한다고 전했다. 여인에게서 벗어날 기회를 얻게 되어 기뻐하며, 나는 하인에게 그를 안으로 모시라고 지시했다. 곧이어 긴 매부리코에 키가 작고 야윈 대머리 신사가 들어왔다. 그는 분과 포마드로 뒤덮여 있었다. 나는 그를 본 적이 있는 것 같았으나 이름은 생각나지 않았다. 하지만 그는 나에게 매우 친근하게 말했다. 적어도 공적인 인물이 흔히 취하는 그런 유의 친근함이었다. 그는 분주하게 이리저리 움직이며 모든 사람에게 말을 걸었지만, 단 1초라도 누군가의 말을 들으려 하지 않았다. 부인은 물러나려고 했다. 그러나 그는 그녀를 멈춰 세웠다.

"아니, 아니, 킬러 부인, 가실 필요 없습니다. 가실 필요 없어요. 가셔선 안 됩니다, 부인. 제가 온 일이 당신과 관련이 있어요… 네, 그렇습니다. 워커 사건은 안된 일이었죠? 음, 어쩔 수 없었죠… 할 수 있는 건 다 했습니다, 로버트 링힘 씨. 당신 일을 처리했습니다. 여기 모든 게 다 준비되어 있어요. 아니, 이게 아니군요… 이 중에 있긴 합니다만… (내 친구를 향해) 당신 이름이 잠시 기억이 안 나는군요… 자주 뵈었는데 말이죠… 정말 자주… 당신을 잘 압니다."

"아니, 당신은 모릅니다." 벗이 냉정하게 말했다. 하지만 그 난입자는 벗의 말에 전혀 신경 쓰지 않았다. 그는 법률 서류 뭉치에서 눈을 들지도 않은 채로 진지하면서도 빠르게 말을 이었다.

"그럴 리가 없소! 매우 비슷한 얼굴을 봤어요… 당신 이름이 뭐라고 했죠? … 정말 매우 비슷해요. 살해된 젊은 영주, 바로 그 사람 닮지 않았습니까?"

이때 킬러 부인이 비명을 질렀고, 그 소리에 놀란 나머지 나도 창백해진 듯했다. 그리고 벗의 얼굴을 보았다. 그는 죽은 내 형과 너무나 닮아 있었고, 무언가가 강렬하게 나를 뒤흔들어 놓아 거의 정신을 잃을 뻔했다. 부인은 옆에 서 있는 것이 내 형의 영혼이라고 외쳤다.

"그럴 리가 없소!" 변호사가 소리쳤다. "정말 그러지 않길 바랍니다. 그러면 그의 서명은 아무 쓸모도 없게 될 테니까요. 그 건에 대해 약간의 잔금이 남아 있습니다, 부인. 당신의 몫을 원하십니까? 여기 준비되어 있습니다만, 이런 일은 미루는 게 좋지 않습니다. 콜완 씨의 유언에 연관된 이 일은 부인에게 힘든 일이 될 겁니다. 꽤 힘들 거요."

"일이라니 무슨 말씀입니까, 선생?" 내가 말했다. "나는 어떤 일로도 당신을 고용한 적이 없어요."

그는 나를 신경 쓰지 않고 계속 말했다. "당신은 항소할 수 있습니다. 네, 네, 고집불통인 사람들을 위해 항소라는 것이 있죠. 여기 있습니다, 여러분. 여기 모두 다 있군요. 우선, 선생, 여기 당신의 위임장이 있소. 정식으로 보증되고, 봉인되고, 당신 손으로 서명한 것이죠."

"엄숙히 단언하건대, 나는 그 문서에 서명한 적이 없소이다." 내가 말했다.

"네, 네, 체계적으로 부인하는 건 보통 나쁘지 않아요." 변호사가 말했다. "하지만 지금은 그럴 필요가 없어요. 당신의 필적을 부인하지는 않으시겠죠?"

"나는 그 일과 관련된 모든 것을 부인합니다." 내가 소리쳤다. "나는 그것을 전면 부인하며, 태어나지 않은 아이만큼이나 그것에 대해 아는 바가 없다고 단언하오."

"거 참 훌륭하시군요!" 변호사가 외쳤다. "당신 고집이 참 마음에 듭니다! 나는 당신의 편지 세 통과 서명 세 개를 가지고 있습니다. 그 부분은 모두 해결되었고, 나머지 부분도 그렇게 되길 바랍니다. 여기 당신 아버지에 대한 증서 원본이 있는데, 아버님은 이걸 사용할 생각을 전혀 하지 않으셨더군요. 순진한 신사분! 하지만 여기 내가, 변호사 링컴이, 영국의 어떤 공증인, 작성자, 변호사, 또는 서기관이 하는 시간의 백분의 일로, 국왕 위원의 서명을 받아 냈고, 당신과 당신 집안에 이 증서를 영원히 확정시켰습니다… 실례합니다, 부인." 부인과 나는 링컴이 떠드는 것을 여러 번 중단하려 했지만, 소용없었다. 그는 빠르게 손을 휘두르며 계속 말을 이어갔다.

"여기 있군요.

'대영제국과 프랑스, 아일랜드의 왕 제임스는 하나님의 은총으로 신뢰하는 사촌에게 문안한다. 충성스럽고 신뢰할 만한 사촌인, 달캐슬과 발그레넌의 조지 콜완이 국왕의 권리와 칭호를 위해 큰 손실을 보고 많은 고초를 겪었음을 고려하여, 본인은 따라서, 본인을 위해, 또 스코틀랜드의 대감독으로서, 그리고 매우 신뢰하는 사촌들과 의원들의 동의를 얻어, 상기 조지 콜완과 그의 상속인 및 양수인에게 아래에 명시된 모든 토지와 기타 재산을 상속하도록 허하고, 취소는 허하지 않는다. 즉, 키플리그의 5마크* 토지, 이스터 녹워드의 5파운드 토지, 그에 속한 모든 성과 요새, 저택, 집, 건물, 마당, 과수원, 언덕, 농장, 방앗간, 숲, 어장, 늪, 황무지, 초원, 공유지, 목초지, 석탄, 탄광, 소작인, 소작권, 자유 소작인의 조력, 부속물, 연결물, 종속물, 부속품, 부속지, 그리고 그에 관련된 모든 것을 포함한다. 이는 그와 상기 명기된 자들이 편안하게 향유하고, 사용하고, 처분할 수 있으며, 상속은 가능하나 취소는 불가하고, 이는 미래 모든 시간에 걸쳐 적용된다. 이에 대한 증거로, 국왕은 스스로를 위해, 또 스코틀랜드의 대감독으로서, 상기 언급된 자들의 조언과 동의, 인식, 적절한 동기, 그리고 왕의 권세로, 위에 언급된 모든 토지를 하나의 완전하고 자유로운 남작령으로 만들고, 세우고, 새로 만들고, 통합하고, 부속시키고, 편입한다. 이는 그것의 모든 권리, 경계, 그리고 전에 분할된 경계선을 따라, 집, 건물, 방앗간, 방앗간 임대료, 매사냥, 사냥, 낚시와 더불어, 법정, 고소, 상속세, 가축 몰수권, 교수대 권리, 범죄인 체포권, 범죄인 재판권, 사형권, 그리고 기타 모든 특권을 포함한다. 화이트홀 궁전에서 발행됨, 등등. 국왕 폐하 만세.

작성료 5파운드 13실링 8펜스

1687년 9월 26일 등록됨.'

보세요, 부인, 여기 그 해의 추밀원† 의원 열 명의 서명이 있고,

---

* 옛 스코틀랜드의 화폐 단위

† 국왕을 위한 정치 자문 회의

여기 현재 연도의 다른 열 명의 서명이 있습니다. 퀸즈베리 공작 각하가 맨 위에 있고요. 모두 정상입니다. 여기 있소, 선생… 모두 정상입니다… 당신의 일을 마쳤습니다. 보시다시피, 부인, 이 신사는 자기 아버지가 소유한 모든 토지의 진정한, 유일한 상속인이며, 지난 이십 년 이상의 모든 임대료도 포함됩니다. 제 고용주들에게는 훌륭한 일입니다! 부인의 입장에서는 유감이겠군요… 어쩔 수 없죠."

나는 다시 이 문제에 대한 이해관계나 연관성을 부인하려 했지만, 벗이 나를 막았다. 게다가 부인의 불평과 탄식이 너무 압도적이어서 더 이상 대화는 불가능했다. 한편 링컴 변호사는 나를 따라와 그가 들인 큰 비용과 나에게 제공한 중요한 서비스에 관해 설명했고, 결국 나는 내 회계원에게 100파운드를 지급하라는 증서에 서명할 수밖에 없었다.

마침내 우리는 물러났다. 나는 벗에게 이 모든 일에 대해 진지하게 설명해 달라고 요구했다. 그의 설명은 만족스럽지 못했다. 그는 내가 들은 모든 것을 확인해 주었다. 그의 말에 따르자면, 내가 아름다운 젊은 숙녀를 유혹하려고 공들였을 뿐만 아니라(그리고 그것을 성공한 듯했다), 더 나아가 협의를 통해서 이 낡고 조작된 것으로 보이는 증서를 찾아와 서명을 받아 냈고, 그것으로 숙녀의 집안을 파멸시켜 숙녀가 오로지 나에게 의지하고 내 뜻대로 행하도록 만들었다고 했다.

나로서는 전연 이해할 수 없는 일이었다. 나는 그가 말한 내용에 거침없이 반대했다. 맹세할 수 있었다. 하지만 증거는 나에게 불리했고, 부인할 수 없는 성질의 것이었다. 여기서 고백하자면, 여성과의 사랑이나 친밀한 관계는 탐탁지 않게 여겼음에도 불구하고, 아름다운 여성을 단지 내 마음대로 할 수 있는 것에서는 일종의 막연한 즐거움, 불경한 쾌락을 느꼈다. 하지만 그 와중에도 나는 그녀의 영적 유익을 생각했다. 벗은 걱정하며 나의 타락을 말했고, 용서를 확실히 구하고 타락의 길에서 벗어나라고 요구했다. 그리고 그는 몇 마디 달콤한 위로의 말을 덧붙였다. 하지만 이때부터 나는 때때로 내 존재에 대해 역겨움을 느끼기 시작했다. 나는 잠재울 수 없는 불만과 갈망, 열망을 느꼈고, 무슨 일을 하고 있는지 인식하지 못한 채 중요한 일을 수행하는 습관이 있어 무책임한 존재가 된 듯했다.

나도 나 자신을 이해할 수 없었다. 내 모습을 빌려 일을 처리하는 제2의 자아가 있거나, 아니면 때론 내 몸을 제어하는 영혼에 사로잡혀 있었다. 나는 그런 행동을 전혀 의식하지 못했다. 이는 내 철학으로는 설명할 수 없는 이상 현상이었고, 이를 생각할 때마다 나는 여러 번 표현하기 어려운 공포와 정신적 고통에 휩싸였다. 같은 몸과 같은 영혼 안에서 동시에 의식과 무의식 상태가 있는 건 불가능했다. 나는 극도의 불안 속에서 내 본성에 순간적으로 어떤 변화가 일어날까 두려웠다. 날짜가 지나가는지 전혀 알지 못했다. 내 시간의 절반, 아니 3분의 2가 완전히 사라진 것 같았다. 이 무렵 나는 자주 열정적으로 기도했고, 특히 내가 의식하지 못하고 피할 수도 없는 죄를 지을 수도 있었기에 이 절망적인 상황을 한탄했다. 고백하건대, 내가 의지하도록 배운 약속들에도 불구하고, 구원을 방해하는 거대한 원수가 영향력을 발휘하여 나를 파멸로 이끌고 있다는 은밀한 공포를 느끼기 시작했다. 이는 일시적이고 죄스러운 두려움에 불과했지만, 나는 더욱 불행해졌다.

가장 끔찍했던 것은, 내가 지금까지 한 번도 느껴 보지 못했고, 아직 스스로에게 고백할 용기도 없는 것인데, 바로 내 고귀하고 헌신적인 벗의 존재가 점점 성가시게 느껴진다는 것이었다. 나는 혼자 있을 때 더 자유롭게 숨 쉴 수 있었고, 발걸음도 더 가벼웠다. 하지만 그가 다가오면 마음에 고통이 찾아왔고, 그와 함께 있을 때는 견딜 수 없는 짐을 짊어진 듯 행동했다. 이 얼마나 끔찍한 상황인가! 그럼에도 그를 떨쳐 내는 것은 불가능했다. 우리는 서로 결합되어 있었고, 말하자면 한 몸처럼 서로 엮여 있었다. 나에게는 그를 분리시킬 힘이 없었다. 나는 여전히 그가 누구인지 몰랐다. 단지 그가 어떤 외국의 권력자이며, 지금까지 반쯤 이해되고 그 이하로 실행된, 순수하고 진정한 기독교 교리를 확립하고자 한다는 정도만 알고 있었다. 그가 이 대의를 위해 말하고 행동하고 고통받은 것을 고려하면 이 점에 대해서는 의심의 여지가 없었다. 나는 또한 그가 어떤 초자연적인 힘을 가지고 있다고 확신했다. 그 힘의 원천에 대해서는 전혀 알지 못했다. 한 사람이 그리스도인이면서 동시에 강력한 주술사가 될 수 있다는 것이 모순되어 보였고 우리 교회에서 가르치는 모든 원칙에 위배되는 듯했기에, 나는 그가 하늘로부터 능력을 물려받았다고 믿게 되었다. 그가 가진 원칙의 건전성이나 그가 설명할 수 없는 일들을 해냈다는 사실을 의심할 수 없었기 때문이다. 이렇게 나는 혼돈의 한가운데에 머물러 있었다.

지나온 삶을 고통스럽게 되돌아보았다. 마치 누군가가 자신이나 타인에게 아무런 이득도 얻지 못한 채 어렵사리 목적지에 다다른 위험천만했던 여정을 돌아보는 것처럼. 그리고 앞을 보니, 혐오스럽고 무서운 형상과 함정과 절벽 들이 가득한 컴컴한 황무지가 있는 것 같은. 뚜렷한 경계도 없고. 나는 역겨워하며 그곳으로부터 돌아섰다. 불행은 재산과 함께 열 배로 증가했다. 게다가 내가 간절히 원해 꿈속에서 얻은 또 다른 거대한 재산은 고통과 어려움을 가중시켰다. 이 무렵 나는 제대로 설명하거나 명명할 수 없는 무언가에 대한 채울 수 없는 갈망에 사로잡혀 있었다. 그것을 완전한 망각에 대한 갈망이라고 해야 할 것 같다. 나는 잠들고 싶었다. 밤에 감각이 잠기는 것보다 더 깊고 더 긴 잠을 원했다. 안식과 평온을 갈망했고, 이 덧없는 삶과 연관된 과거와 미래에 눈을 감고 싶었다. 하지만 일찍이 천상 의회에서 최종적으로 결정된 것에 대해 의문을 제기할 생각은 없었다.

이러한 짜증과 비참함 속에서 나는 삶을 질질 끌어가고 있었다. 주변의 모든 것을 혐오했고, 특히 어머니를 혐오했다. 어머니가 사랑과 염려를 표현하는 방식은 넌더리가 났다. 어머니는 나에게 극도로 불쾌한 존재가 되었다. 멀리서 들리는 그녀의 목소리만으로도 내 마음에 화살이 꽂힌 듯했고, 모든 신경이 움츠러들었다. 그리고 사람들이 내가 한때 무척 사랑에 빠졌다고 말하는 그 아름다운 젊은 숙녀라면, 나는 마치 악마를 피하듯이 그녀나 그녀의 가족과 접촉하는 걸 피했다. 나는 그들이 보낸 여러 통의 편지를 읽고 불태워 버렸으며 어떤 이유로도 숙녀나 그녀의 어머니를 만나기를 거부했다.

이즈음 존경하는 목사 아버지가 장로 한 분과 함께 어머니와 나를 보러 왔다. 그 장로는 항상 우리 가족에게 기쁨을 주었다. 어머니는 기분이 좋아졌고, 나 역시 내가 딱히 좋아하는 사람이나 나를 아끼는 사람이 별로 없었기 때문에 그분을 뵙는 것이 다소 즐거웠다. 나의 탁월한 벗 또한 (나를 제외한) 다른 누구보다도 그분에게 애착을 가졌다. 그들은 모든 면에서 종교적 원칙이 일치했고, 대화는 흥미롭고 진지하며 숭고했다. 나는 내가 신세 진 분을 잘 대접하고 싶었다. 그분은 정직하고 의로웠지만 그래도 이 속세의 좋은 것들을 경멸하지는 않았다. 그래서 나는 최근에 작고한 영주의 잘 갖춰진 지하 저장고에서 향기롭고 건강에 좋은 여러 와인을 가져왔다. 우리는 그걸 마시며 기분이 좋아졌고, 나는 바람에 밀려가는 소나기처럼 고통과 억누르는 재앙이 내 머리 위로 흘러가 버리는 것을 느꼈다. 기분이 들뜨고 행복했으며, 손님들을 수백 번이나 환영했다. 나는 그들과 종교적인 대화를 나누었는데, 내가 자주 경험하지 못했던 열정과 열의로 참여했고, 이는 그들 모두의 마음을 기쁘게 했다. 그래서 나는 "분명 하나님의 모든 선물은 축복이며, 관대함과 감사함으로 사용해야 한다."라고 나 자신에게 말했다.

다음 날, 나는 열기로 들뜬 잠에서 깨어나 마실 것을 달라고 청했다. 전에 본 적 없는 하인이 응답했는데, 그는 내 하인의 옷과 제복을 입고 있었다. 나는 전날 밤 식탁에서 시중들었던 앤드류 핸디사이드를 찾았지만, 그는 멍한 표정으로 웃기만 했다.

"야 이놈아, 무슨 말을 하는 것이냐?" 내가 말했다. "여기서 뭐 하는 거야? 뭐가 그리 우스워? 너는 네 일이나 하고 핸디사이드를 보내라. 마실 것을 가져오라고 해."

"나리, 마실 것이요?" 녀석이 말했다. "이걸 한 잔 쭉 드시고 정신을 차리십시오. 그래야 잠결에 유령을 찾지는 않으실 테니까요. 설마 앤드류 핸디사이드가 육 개월 전에 무덤에 묻힌 걸 깜빡하신 건 아니겠지요?"

나는 이 말에 큰 충격을 받았다. 나는 더 이상 대답할 수 없었고, 마치 납덩이처럼 베개 위에 고꾸라졌다. 그렇게 진지한 얼굴로 나를 조롱하는 듯한 녀석의 손에서 음료나 다른 어떤 것도 받지 않았다. 그는 내가 화가 난 것에 미안해하고 안타까워하는 듯했다. 나는 그를 내보내고 계속 침울하게 생각에 잠겼다. 내가 다시 한동안 나 자신을 완전히 잊고, 내가 허락하지도 않고 관련도 없는 일을 처리하고 있었던 걸까! 나는 내가 관여했을지도 모를 무언가를 기억해 보려고 했지만, 어젯밤 늦은 시간에 친구들과 헤어진 이후에 무슨 일이 있었는지 마음에 그려지지 않았다. 분명 어젯밤이었다. 하지만 그렇다면, 어젯밤 식탁에서 시중들었던 앤드류 핸디사이드가 어떻게 육 개월 전에 무덤에 들어갔다는 말일까! 이는 다소 모호한 상황이었다. 상황이 이렇다 보니 혹여 누군가가 나에게 영문을 알 수 없는 고발을 해 올까 봐 일어나기가 두려웠다. 나는 어떤 정보라도 얻기 위해 다시 한번 하인을 부를 수밖에 없었다. 같은 녀석이 이전처럼 내 명령을 받으러 나타났고, 나는 구체적으로 묻기 시작했다. 그는 이름이 스크레이프라고 했다. 내가 직접 그를 고용했다고 했다. 그는 어디에 있다가 왔는지, 누구의 추천으로 고용되었는지도 말했다. 나는 웃으며 고개를 끄덕였다. 그렇게 함으로써 나는 이 악당이 거짓말하고 있다는 걸 내가 알고 있음을 보여 주었지만, 그의 말을 처음부터 격렬하게 반박하고 싶지는 않았다.

"그럼 내 고귀한 친구이자 동료는 어디 있느냐?" 내가 물었다. "그동안 그는 무엇을 하고 있었느냐?"

"저는 그분을 모릅니다, 나리." 스크레이프가 대답했다. "하지만 나리를 모시던 그 이상하고 신비한 분, 많은 사람이 불길하다고 여겼던 그분은 작년에 글래스고의 링건 씨라는 분과 함께 떠났고 돌아오지 않았다고 들었습니다."

나는 이 사실을 접하고 마음속으로 주님께 감사드렸다. 그 탁월한 이방인이 본토로, 고향 사람들에게 돌아갔기를, 그래서 앞으로는 그 지배적인 끔찍한 존재에게서 벗어날 수 있기를 바랐다.

"그럼, 어머니는 어디 계시지?" 내가 물었다. 남자는 숨이 딱 멎는 듯했고 아무 대답도 하지 않은 채 나를 빤히 보았다. "내 어머니가 어디 계시냐고 물었잖아?" 내가 다시 물었다.

"하나님만이 아십니다. 나리 어머님이 어디 계신지는 저도 모릅니다." 그가 대답했다. "그분의 영혼이 어디 있는지는 하나님이 아실 겁니다. 그분의 육신에 관해서라면, 나리께서 모르신다면, 아마 살아 있는 어떤 사람도 모를 겁니다."

"이놈아, 그게 도대체 무슨 말이냐?" 내가 말했다. "이런 불길한 암시들은 대체 뭐냐? 어머니에 대해 아는 것을 정확하고 분명하게 말해라."

"오늘은 모든 것을 잊어버리신 건가요, 아니면 잊은 척하시는 건가요? 참 이상하네요, 나리." 그가 말했다. "어제저녁에 충분히 들으셨을 텐데요. 그에 대해 꽤 불길한 소문들이 돌고 있습니다. 하지만 이 일은 순회 판사들 앞에서 재판을 받게 될 터이니, 이러쿵저러쿵 말해서 여론에 영향을 미치는 것은 좋지 않을 겁니다. 정의가 그저 제 길을 가도록 하는 것이 가장 좋겠죠. 저로서는 드릴 말씀이 없습니다, 나리. 저에게 나리는 충분히 좋은 주인이셨고, 급여도 제때 잘 주셨으니까요. 하지만 나리께서는 정말로 결백하셔야 합니다. 나리를 향한 몇몇 심각한 고발이 제기되고 있습니다."

"하늘의 눈앞에서 내 대의를 정당화할 수 있는 한, 나는 고발당하는 것이 두렵지 않다." 내가 말했다. "그리고 나는, 내가 이걸 할 수 있다는 것을 잘 알고 있다. 가서 와인과 물, 그리고 이 화려하고 눈부신 옷 말고 다른 옷을 좀 가져와라."

나는 와인과 물을 한 잔 마시고, 검은 옷을 입고 밖으로 나갔다. 나를 둘러싼 모든 혼란에도 불구하고 기분이 상당히 들떠 있었다. 어떤 작용인지는 모르겠으나, 나는 행복을 가로막는 두 가지 큰 장애물에서 벗어난 듯했다. 어머니는 떠난 것 같았다. 그녀는 최근 내 옆구리의 가시였었다. 또 내 마음의 자발적인 움직임을 지배했던 위대한 동반자이자 조언자도 마찬가지로 사라졌다. 이 마지막 변화는 말로 표현할 수 없는 안도감을 주었다. 오랜 기간 나는 불가사의한 그의 마음과 영혼의 움직임에 따라 행동해야만 했었다. 그래서 나는 이 해방에 대해 하나님께 감사드렸고, 대담하고 영웅적인 발걸음으로 숲을 가로질러 갔다. 내 눈에는 독립의 빛이, 오른손에는 자유가 휘날리고 있었다.

콜완 숲의 끝에서 나는 천천히 위엄 있게 다가오는 한 형체를 보았다. 그것을 본 순간, 나는 마치 내가 걷고 있던 땅이 갑자기 밑으로 꺼진 듯 온몸에 충격을 받았다. 하지만 당시 나는 그 형체가 누구인지 몰랐다. 그것은 내가 두려워하고 피하고 싶은 누군가의 분위기와 몸짓이었지만, 난 도망칠 힘조차 없었다. 그것은 천천히 다가왔고, 나도 천천히 그것을 향해 나아갔다. 하지만 대화할 수 있는 거리에 왔을 때도, 나는 여전히 그것이 누구인지 알지 못했다. 죽은 내 형의 외모와 분위기, 특징을 똑 닮았다고 나는 생각했다. 하지만 그 모든 것에는 너무나 불길하고, 비참함과 좌절, 절망과 뒤섞인 특징들이 있어서 나는 여전히 그 존재에게서 물러섰고, 내가 누구의 얼굴을 보고 있는지 알지 못했다. 그러나 그 존재가 입을 열었을 때, 나는 정신적, 육체적으로 처음보다 더 끔찍한 충격을 받았다. 그것은 내가 오랫동안 벗이라고 불렀던 그 위대한 인물의 목소리였다. 나는 그에게서 영원히 자유로워졌다고 생각했었는데, 이제는 그의 존재와 조언이 지옥보다 더 두려워졌다. 그것은 그의 목소리가 맞았지만, 너무나 변해 있었다. 나는 죽는 날까지 그것을 잊지 못할 것이다. 아니, 세상의 어떤 소리가 그 순간 내 귀를 괴롭힌 목소리의 음색만큼이나 불협화음을 내고, 인간 영혼의 감정에 그토록 혐오감을 줄 수 있으리라는 것을 나는 상상조차 하기 어렵다. 그것은 쇠창살 틈새를 통해 새어 나오는 지옥의 소리 같았다. 적어도 내 혼란스러운 상상 속에서는 그렇게 들렸다.

"그래! 이제 내가 다가오니 몸서리를 치는구나, 그렇지?" 그가 말했다. "세상 역사에서 유례를 찾아볼 수 없는 애정을 주었건만 네가 보이는 감사가 겨우 이것이냐? 그 애정 때문에 권력과 지배력, 힘, 경의, 정복, 찬사 등 모든 것을 포기했는데, 인류 개혁을 위한 위대하고 진실된 원칙에 따라 귀하고 성결한 한 영혼을 얻기 위해서 이 모든 것을 포기했는데 말이다. 내가 무슨 잘못을 했느냐? 내가 무슨 악행을 저질렀느냐, 아니면 너를 위해 하지 않은 일이 무엇이 있기에 너는 왜 이렇게 내 존재를 피하려 하느냐?"

"위대하고 고귀한 왕자시여," 내가 겸손하게 말했다. "부디 이 보잘것없고 불쌍한 자를 비뚤어진 운명에 맡겨 두시고, 당신의 백성이 있는 영토로 돌아가 주십시오. 저는 당신이 베푸신 희생을 받을 자격이 없습니다. 그리고 당신의 모든 노력에도 불구하고, 제가 더 덕스러워지거나 행복해졌다고 느끼지 못합니다. 인간 본성 중 가치 있는 것을 위해, 제발 저를 떠나 당신의 집으로 돌아가 주십시오. 당신이 저를 다른 인간보다 너무 위에 있거나 아래에 있는 존재로 만들기 전에 말입니다. 제가 앞서간 사람들처럼 제 방식대로 천국과 행복을 향해 나아갈 수 있게 해 주십시오. 당신이 영원히 떠나시기만 한다면, 당신이 그토록 열심히 가르친 위대한 원칙들을 굳게 지키겠다고 약속합니다."

"내가 떠나는 것보다 어머니가 품의 자식을 버리게 하는 게 더 쉬울 것이다. 아니, 그림자가 실체를 떠나는 게 더 쉽겠지. 우리의 존재는 말하자면 융합되어 하나가 되었고, 나는 너를 당당하게 데리고 갈 수 있을 때까지 결코 이 나라를 떠나지 않을 것이다."

이 소름 돋는 말에 내가 어떤 충격을 받았는지 형언할 수 없다. 그것은 마치 최근에 자유롭다고 믿었던 사람에게 죽음을, 아니 어쩌면 죽음보다 더 끔찍하고 더 오래 지속될 무언가를 선고하는 것 같았다. 나는 거기서 비참함 속에 머물도록 운명 지어졌고, 영혼과 육체가 한 사람에게 예속되었다. 그 존재는 이 세상의 어떤 것으로도 보상할 수 없을 만큼 나에게 참을 수 없는 것이 되었다. 그리고 그 순간, 그는 내 영혼의 고통을 바라보면서 그것을 즐기고 있다는 사실을 감추지 못했다. 나는 대답을 고민했고, 그는 그걸 기다리고 있었다. 그런 애착의 표현 후에 나는 뭔가 말해야 했다. 그 진실성을 다소 흔들기 위해, 나는 매우 단순하게 물었다. 그동안 어디 계셨소?

"네 범죄와 일탈로 인해 나는 잠시 떠나 있어야만 했다." 그가 말했다. "하지만 이제 은혜의 날이 돌아왔기를 바라며, 나는 다시 한계도, 이해관계도 없는 애정으로 너에게 이끌려 왔다. 이 애정에 대해 나는 감사라는 보잘것없는 보답조차 받지 못했다. 애정의 근본적인 원천은 매력에 있는 것 같다. 마지막으로 너와 대화한 후에, 나는 아주 멀리 가서 많은 것을 보고 많은 일을 처리했다. 그 기간 너는 중대한 범죄와 비행을 저지른 것 같구나. 그 범죄들은 구원받지 못한 사람을 파멸로 몰아넣기에 충분했을 것이다. 하지만 나는 이것이 단지 일시적인 탈선일 뿐이며, 선택받고 선별된 자들이 누리는 자유의 한 단면에 불과하다는 것을 알기에, 우리의 원칙이 제멋대로 훼손되는 것을 눈감아 주었다. 그 범죄들을 네가 책임질 일은 절대 없을 것이다. 때가 되면 너는 정신을 차리고, 네가 지은 범죄의 짐을 지겠다고 자청해서 구부린 누군가의 어깨 위로 던질 것이다."

"그렇게 할 것입니다." 내가 말했다. "나는 물론이고 의롭게 된 자들은 그럴 권리가 있습니다. 근데 무슨 죄를 말하는 것입니까? 무슨 비행과 범죄 말입니까? 나는 아무것도 모르며, 내가 이해할 수 없는 암시들에 놀랄 따름입니다."

"너는 한동안 네 멋대로 행동했다." 그가 대답했다. "정신이 온전한 기독교인이라기보다는 헛소리하는 사람처럼 행동했지. 너는 어머니를 몰래 없앴다는 혐의를 받고 있다. 또한 네가 유혹했던 아름다운 젊은 숙녀의 죽음에 대해서도."

"그것은 참을 수 없는, 정말 말도 안 되는 거짓말입니다!" 내가 그의 말을 가로막으며 외쳤다. "나는 여자의 목숨을 빼앗으려고 손을 댄 적이 없고, 어린 시절부터 여자들 사회를 피해 왔습니다. 나는 어머니의 죽음에 대해 아무것도 모르며, 당신이 언급한 그 젊은 숙녀에 대해서도 전혀 아는 바가 없습니다. 아무것도 모릅니다."

"그렇기를 바라마." 그가 말했다. "하지만 너에 대한 강력한 단정적 증거들이 있는 것 같다. 그래서 오늘 너에게 경고하러 왔다. 예비 심문이 진행 중인데, 네가 결백하고 그걸 증명할 수 있다고 확신하지 못한다면 도망치는 것이 안전한 방법일 것이다. 너 없이 재판이 진행되게 하는 거지."

"나는 결코 이런 재판에서 도망쳤다는 말을 듣고 싶지 않습니다." 내가 말했다. "그렇게 하면, 실제 존재하지도 않고 생각조차 해 본 적이 없는 죄에 대해 의심받게 될 것입니다. 나는 모든 공공장소에 나가 나를 드러낼 것입니다. 그래서 어떤 중상모략의 혀도 나를 향해 나불대지 못하게 할 것입니다. 내가 죄인들의 피를 흘리게 한 건 사실이지만, 이 죽음들에 대해서는 아무런 죄가 없습니다. 따라서 나는 재판정에 당당히 맞설 것이고, 나를 고발하는 사람들을 물리칠 것입니다."

"단호히 주장한다고 해서 크게 달라지지는 않을 것이다." 그가 침착하게 답했다. "그런 주장은 적절한 상황에서 정당화될 수도 있겠지만, 나에게는 별 의미가 없다. 나는 네가 직접 네 손으로 두 범죄를 저질렀다는 것을 잘 알고 있다. 너를 배신하고 싶지는 않다. 사실, 나는 오히려 그 죗값을 경감시키려고 노력할 것이다. 비록 순리에 반하는 일이지만, 우리가 인정하고 전파하고자 하는 순수한 기독교의 대의에는 반하지 않는다는 것을 내가 증명할 수 있기 때문이다."

"당신 말이 사실이라면," 내가 말했다. "내게 두 개의 영혼이 있어 번갈아 가며 내 육신을 차지하고, 한 영혼은 다른 영혼이 행하는 일을 전혀 모른다는 것도 사실일 겁니다. 지금 이 순간 내 안에 영원한 행복을 위해 만들어지고 예정된 영혼이 있다는 것이 확실한 만큼, 당신이 지금 나에게 들씌우는 범죄들에 대해 내가 전혀 알지 못한다는 것도 확실합니다."

"네 가정이 맞을 수도 있다." 그가 말했다. "우리는 모두 서로 다른 두 본성을 지니고 있다. 나 역시 그것 때문에 심히 고통받았다. 지금 내 에너지를 지휘하는 영은 내가 창조될 때 부여받은 영이 아니다. 그것은 내 안에서 변화했고, 그래서 내 본성도 변했다. 나에게 이전의 날들은 위대함과 행복의 날들이었다. 하지만 믿겠는가? 그때 나는 그리스도인이 아니었다. 지금은 그리스도인이다. 나는 불 속을 통과하며 그 진리를 깨달았고, 마지막 개종 후 비참함이 극에 달했다. 너는 내가 너를 더 행복하게 만들지 못했다고 불평한다. 아아! 네가 시작한 이 어렵고 파괴적인 길에서 어찌 행복을 기대하는가? 하지만 나는 내가 누리는 유일한 행복의 일부를 너에게 나누어 주겠다고 약속한다. 그 행복은 숭고하게 움직이며 찬란한 성취 속에서 빛을 발한다. 너를 내 왕좌의 오른편에 앉히고, 내 영토의 위대함과 수많은 신실한 신봉자들의 행복을 보여 주리라."

나는 또다시 이 강한 권력자 앞에서 겸손해졌고, 그의 지시에 전적으로 따르겠다고 약속했다. 하지만 그 순간 이렇게 용인하면서 나는 본성이 움츠러들었고, 영혼은 차라리 바다 깊숙이 갇히거나 다시 한 번 완전한 망각 속에 빠지길 바랐다. 마치 사자 굴 속에 던져진 다니엘이 된 듯했지만, 신이 도와주리라 믿었던 다니엘의 믿음은 없었기에 나는 완전히 사자의 자비에 맡겨져 있었다. 치명적인 뱀이 내 몸을 감고 있는 것 같았다. 뱀은 계속해서 송곳니로 물고 있지만, 더 이상 해치지는 않는다. 다만 그 비늘 달린 악마 같은 몸을 즐겁게 꿈틀거리며 희생자가 누구의 힘 아래 있는지 뼈저리게 느끼게 할 뿐이었다. 그렇게 나는 한동안 날마다 극도의 권태와 무력감 속에서 생을 이어갔다. 때로는 큰 영적 열정에 싸여 예배를 드리고, 때로는 완전히 마음 가는 대로 온갖 악행과 어리석음을 탐욕스럽게 행했다. 사리에 밝은 나의 벗은 이러한 일에 절대 동행하지 않았으나, 항상 나를 그 모든 일로 이끄는 첫 번째 사람이었고, 그런 다음 나를 곤경에 빠뜨린 채 두고 자리를 떠났다. 이렇게 내가 타락한 다음 날에는, 그는 항상 부드럽게 꾸짖으며 나의 가벼운 죄과를 질책했다. 하지만 그는 내가 이미 의롭게 되었으며 결코 잘못을 범할 수 없는 상태에 있다는 점을 상기시키며 모든 것을 무마시키는 기술이 있었다. 그 말은 모든 상처에 위안을 주는 달콤한 연고와 같았고, 나는 기꺼이 받아들였다.

하지만 가장 고통스러운 것은 바로 이것이었다. 나는 매일 매시간 내가 전혀 알지 못하는 행위들에 대한 고발로 시달렸다. 학대, 불법, 명예훼손, 기만, 내가 이해할 수 없는 사업들, 소송, 세부 내용, 판결 방해, 그리고 말 많고 잘난 척하는 내 변호사의 입에서 나오는 수천 가지의 끝없는 궤변들. 이러한 지속적인 공격으로 인해 나는 삶이 너무나 피폐해져 종종 며칠씩 문을 걸어 잠그고 사무엘 스크레이프라는 하인 외에는 아무도 만나지 않았다. 스크레이프는 매우 정직하고 직설적인 사람이었고, 확고한 카메론파* 신자였지만 종교 문제에 대해서는 잘 몰랐다. 그는 펜펀트라는 곳에서 왔다고 했는데, 나는 그 이름이 너무 재밌어 그를 그 고향 마을 이름으로 불렀다. 그는 이 별명을 자랑스러워했고, 내가 펜펀트라고 부를 때면 본명인 사무엘이라 부를 때보다 더 정중하고 명확하게 답했다. 나는 잡다한 경우에 이 시골뜨기 하인을 동행으로 삼을 수밖에 없었는데, 그가 전한 나에 관한 이야기와 마을 사람들이 나를 어떻게 생각하는지에 대한 내용은 정말 기묘했다. 나는 시간을 보내기 위해 그가 말한 것을 일부 글로 적었고, 기록에 남겨 죄 많고 무지한 인간들 사이에서 훌륭하고 위대한 행동이 어떻게 왜곡될 수 있는지를 보여 주고자 한다.

---

* 17세기 스코틀랜드에서 국왕의 예배식에 반대하여 분리 독립한 장로교로, 성경의 권위와 교회의 순수성을 강조하며 칼뱅주의를 고수했다.

"사무엘, 너는 내가 너를 직접 고용했고, 꽤 좋은 주인이었으며, 매주 급여를 정확히 지급했다고 말하지. 그런데 내가 너를 고용한 적이 없고, 이번 달을 제외하고는 평생 단 한 푼의 임금도 지급하지 않았다는 것을 너도 잘 알면서 어떻게 그렇게 말할 수 있지?"

"주인님, 그건 마치 물을 보고 물이 아니라거나 돌을 보고 돌이 아니라고 말하는 것과 같습니다. 하지만 그게 바로 주인님의 방식입니다. 항상 뭔가를 하고서는 정반대로 주장하시니 정말 안타깝습니다. 자, 그렇다면 주인님이 제게 임금을 주지 않았다고 하시고, 제가 고용된 날짜와 주인님 집에 와서 일하기 시작한 날을 증명할 수 있으니, 지금 임금을 지급해 주시겠습니까? 제가 아는 한 이게 거짓말하는 몹쓸 병을 고치는 가장 좋은 방법일 겁니다."

"펜펀트와 카메론파의 원칙으로는 같은 일에 대해 두 번 돈을 받으면 안 될 것 같은데."

"이 경우는, 나리, 원칙의 문제가 아니라 단순히 예의 차원에서의 문제입니다. 이런 위기 상황에서 카메론파 신자는 꽤나 예의 바른 사람이라는 걸 말씀드릴 수 있습니다. 그는 이런 상황에 몰리면 친구의 명예에 상처를 내거나 자기 지갑에 구멍을 내야 하는 선택에 직면합니다. 아, 나리, 이 중 어느 것이 더 좋다고 생각하십니까? 예를 들어, 갤러웨이의 소 장수가 펜펀트 마을에 와서 카메론파 신자에게 (그 마을 사람들은 다 카메론파죠) '나리, 소를 사고 싶군요.' 하고 말했다고 칩시다. 카메론파 신자가 '좋습니다. 나도 소를 팔고 싶었소. 스코틀랜드 화폐로 이십 파운드를 주고 소를 가져가시오.' 하고 말합니다. 거래가 성사됩니다. 소 장수는 카메론파 신자에게 이십 파운드를 주고 소를 가져갑니다. 하지만 그 후, 갤러웨이 소 장수는 온 나라의 소 장수와 거래상 들이 모인 백사장에서 그를 다시 만납니다. 그리고 모든 증인 앞에서 카메론파 신자에게 말합니다. '이봐요, 휘감 나리, 내가 전에 그 우둔한 소를 사면서 솟값을 아직 안 줬구려. 오늘 돈을 드리겠습니다만, 행운의 동전은 잊지 마시오. 그게 많이 필요할 테니까요.' 하고 이런 식으로 말을 합니다. 그러면 카메론파 신자는 예의 바른 사람인지라 동료들 앞에서 그 사람을 멍청이나 거짓말쟁이로 만들 수는 없습니다. 그래서 그는 잠시 자신의 원칙을 마치 '잠이 든 동업자'인 양 제쳐 두고, 대신 예의를 앞세워 계산대에 섭니다. 그는 돈을 주머니에 넣고, 갤러웨이 소 장수에게 인사를 하고, 갈 길을 갑니다. 누구를 탓할 수 있겠습니까? '자신을 돌보라'는 게 첫 번째 계명입니다. 카메론파의 원칙은 결코 그의 지갑과 충돌하지 않으며, 지금도 그렇지 않을 겁니다. 왜냐하면 전 나리를 거짓말쟁이로 몰 수는 없으니까요. 그러니 제 임금을 주시면 감사하겠습니다."

"좋다, 사무엘. 내가 이 모습 그대로, 지금 너에게 말하는 이 혀와 목소리로 너를 직접 고용했다고 단언하면 임금을 주겠다."

"그렇게 단언합니다. 주인님께서 외모가 똑같고, 똑같은 혀와 목소리를 내는 두 사람이 아니라면 말입니다. 하지만, 오 세상에, 나리, 마을의 노파들이 나리에 대해 뭐라고 하는지 아십니까?"

"아무도 나한테 말해 주지 않는데 내가 어떻게 알겠느냐?"

"글쎄, 제 생각엔 다 헛소리입니다만. 사람들은 늙고 미친 할멈들이 하는 말에 신경 쓰지 말아야 합니다. 그중 일부는 마녀로도 알려져 있답니다. 그들은 '주여, 우리를 돌보소서!'라고 말하며, 악마가 종종 나리와 나란히 걸어가는 걸 봤다고 합니다. 때로는 이런 모습으로, 때로는 저런 모습으로요. 그리고 그들은 악마가 때때로 나리의 모습을 하거나 아니면 나리 안으로 들어가서 나리를 악마로 만든다고도 합니다."

나는 내가 암흑의 왕자와 교류한다는 이 끔찍한 소문에 너무나 놀라서 하인의 말에 대꾸도 하지 못하고 멍하게 앉아 있었다. 만약 내가 창세전에 선택되고 선별된 자라는 굳건한 확신이 없었다면, 그 순간 나는 대중의 믿음에 굴복하고 절망의 죄에 빠졌을 것이다. 하지만 보이지 않는 내면의 지지자 덕분에 그런 치명적인 오류에서 벗어날 수 있었다. 그럼에도 그 암시는 내가 스스로 느끼는 바와 너무나 비슷해서 나는 매우 두렵고 혼란스러웠다.

가여운 하인은 이를 눈치채고 현명한 말을 덧붙여 내가 받은 인상을 지우려고 했다.

"아이고, 나리, 그건 다 헛소리입니다, 의심의 여지가 없어요. 노파들의 헛소리를 사실로 받아들이는 건 말도 안 되는 짓입죠. 저는 그들에게 우리 주인님이 경건하고 분별력 있는 분이라고 말했습니다. 그리고 기도에 관해서라면, 주인님이 맥밀란 노인도 능가할 수 있다고 했습죠. 그들은 '악마도 그렇게 할 수 있다.'고 말하더군요. '악마들도 그들 목적에 맞는다면 설교나 기도를 할 수 있다.'고요. 그래서 제가 '아니, 아니오. 우리 주인님은 그리스도교의 모든 진리를 철저히 믿는 분이요.' 하고 말했습니다. 그들은 사탄도 그렇다고 했어요. 사탄이야말로 천국 밖에서 그리스도교의 모든 진리를 가장 굳게 믿는 자라고요. 그리고 종교 개혁 이후로 복음이 너무 흔해져서 사탄이 종종 직접 설교를 하는 지경에 이르렀다고도 했어요. 잘못된 교리를 집어넣어 복음을 신성모독과 조롱거리로 만들려는 수작이라고 말입니다."

부끄럽지만 고백하자면, 나는 이 허무맹랑한 이야기에 압도되어 온몸에 한기가 돌았다. 그 느낌을 떨쳐 내려고 갖은 애를 써 보았지만 결국 정신을 잃고 말았다. 사무엘은 곧 나를 정신이 들게 했고, 와인과 물을 한 잔 깊이 마신 후에 나는 회복되었다. 내 영혼이 저속한 관념과 거듭나지 못한 이들의 제한된 견해를 넘어서는 걸 느꼈다. 영리하지만 수다스러운 하인은 이를 알아차리고는 자신이 나에게 준 고통을 만회하려는 듯 다음 이야기를 들려주었다. 나는 그것을 기록해 두었는데, 이는 다음과 같은 대화에서 비롯된 것이었다.

"자, 펜펀트, 네가 마을 아낙네들과 나눈 이야기를 말해 봐라. 가끔씩 나를 엄습하는 메스꺼움은 좀 나아졌다. 소문난 마녀들이 나에 대해, 그리고 나와 연관된 사람들에 대해 어떻게 보고 있는지를 듣는 건 재밌을 것 같구나."

"그러니까, 나리, 제가 그들에게 이렇게 말했습니다. '우리 주인님 같이 진지한 신앙인이자 열렬히 기도하는 사람은 악마가 감히 끼어들 수가 없다. 만약 그런 사람들까지 악마에게 당한다면 누가 안전하겠는가?' 그런데, 나리, 그들이 뭐라고 했는지 아십니까? 럭키 쇼라는 여자가 그 기다란 턱을 들어 올리며 저에게 대답했고, 다른 사람들도 고개를 끄덕이며 동의했습니다. 그녀가 이렇게 말했습니다. '이 멍청하고 우유부단한 카메론파 바보야! 넌 불순종한 자들을 다스리고 조정하는 공중의 왕자에 대해 아는 게 겨우 그 정도냐? 만약 그가 신성한 소명을 가졌다고 기고만장한 거만한 신앙인이라면, 또 올빼미들도 그의 기도 서문을 외울 정도로 열심히 읽고 기도한다면, 그게 바로 늙은 씨미(악마의 별명)가 걸레로 만들려고 노리는 사람이다. 씨미는 이런 부류의 사람이나 무리를 보면 지옥에서 쉴 수가 없거든. 그리고 일단 본격적으로 작업을 시작하면, 어떻게 해서든 그들을 자기 방식대로 끌어들이지 않고는 못 배기지. 그러고 나면, 오! 그에겐 대단한 상이고, 그런 열성적인 신앙인들의 영혼을 등에 짊어지고 집으로 돌아갈 때 그는 정말 자랑스러운 악마가 되는 거지. 그래, 내 생각에 리버풀의 행상인 늙은 잉글비가 플랑드르 레이스와 네덜란드 리넨, 그리고 동인도에서 온 비단과 새틴 열 마차 분량을 앞세우고 글래스고 거리를 올라갈 때도, 사탄이 거만한 신앙인들의 영혼 꾸러미를 넓은 어깨에 짊어지고 지옥으로 활보하는 것만큼이나 거만하진 않을 거다. 히히히! 그 늙은 도둑놈이 삭막한 자기 영역을 돌아다니며 조롱하듯 물건을 사라고 외치는 모습이 눈에 선하군. '누가 방금 잡은 신선한 사제를 사시겠습니까? 술고래 주교, 금식하는 광신자, 아니면 피리 부는 사제는 어떻습니까? 그들의 모든 기도와 찬양, 구제와 참회, 울음과 통곡, 광란과 광기에도 불구하고, 결국 그들은 이렇게 오는군요! 그 최후를 보세요! 여기 귀하고 진귀한 물건들이 있습니다! 뚱뚱한 신도는 한 보들*에, 마른 신도는 반 머크에 팝니다!' 저는 그 늙은 마녀의 헛소리에 치를 떨었지만, 다른 여자들은 그 말이 신성한 진리인 양 칭찬했습죠. 럭키라는 여자는 말을 계속했습니다. '우리 중에는 양의 옷을 입은 늑대가 많아, 이 친구야. 많은 악마가 열성 신도의 가면 뒤에 숨어서 이 땅의 교회와 예배당을 돌아다니고 있지. 재작년에는 옥터머치티 마을 사람들이 하도 엄격하게 의로워져서 그들 중 가장 천한 농사꾼조차도 다른 마을과 교구에서는 빛나는 등불이 되었다지. 유명한 옥터머치티 마을에서는 밤이나 낮이나 설교와 기도, 논쟁과 교리문답 외에는 아무것도 들을 수 없대. 젊은 남자는 솔로몬의 「아가」를 읽으며 연인에게 구애하고, 여자는 「시편」의 구절로 답한다네. 아마 모임에서는 서로에게 질문을 주고받고, 결혼식에서는 성경을 읽고 찬송가를 불렀을 거야. 늙은이나 젊은이나 꿈속에서 기도하고, 잠들어서는 예언을 하고. 그 결과 지옥의 가장 먼 구석에 있던 악마들까지도 놀라 허둥댔고. 만약 로빈 루스번이라는 노인이 없었다면, 그 당시 옥터머치티는 망해서 영원히 사라

* 보들과 머크는 옛 스코틀랜드의 화폐 단위이다.

졌을걸. 하지만 로빈은 영리한 사람이었어. 지혜 이상의 것을 가지고 있었지. 그는 어릴 때 요정들의 손에 자랐기 때문에 모든 종류의 영이 눈에 보였어. 그들의 언어는 그에게 모국어만큼이나 익숙했지. 구월의 어느 고요하고 음울한 밤에, 로빈은 웨스트 로먼드 산 중턱에 앉아 있었는데, 까마귀 무리가 해가 지는 땅끝을 따라 동쪽으로 날아가는 거야. 순간 그는 그들의 움직임을 보고 이 세상 까마귀가 아니라는 걸 알아챘어. 그래서 그는 십자가를 그리고 자기 은신처 한가운데로 기어 들어갔지. 근데 까마귀들이 모두 와서 그의 주위에 앉았대. 까마귀들은 그을린 듯한 검은 날개를 털고 바람에 펼쳐 식혔어. 그때 로빈은 한 까마귀가 말하고 다른 까마귀가 대답하는 것을 들었다네. 한 까마귀가 말했대. '오늘 밤에는 까마귀들이 어디서 먹이를 찾을까?' 다른 까마귀가 답했어. '옥터머치티의 야위고 미친 영혼들에게서 찾지.' 그러자 첫 번째 까마귀가 말했어. '그들이 신앙의 따뜻한 플란넬에 너무 잘 감싸여 있고, 회개의 더러운 누더기로 기워져 있어서 우리가 먹을 수 없을까 봐 걱정되는데. 저 언덕 위로 울려 퍼지는 저 끔찍한 소리는 뭐지?' '오, 그건 옥터머치티의 늙은 아낙네들과 기름투성이 게으름뱅이들이 부르는 찬송가 소리야. 하늘나라로 간다고 흥얼거리며 가고 있는 거지. 패해서 창피한 게 아니라면 우리의 대적에게 그들을 넘겨줄 수도 있겠어. 저런 것들이 상을 받아 천국에 간다니, 정말이지! 천국! 저런 벌레 같은 것들로 가득 찬 천국을 어떻게 생각해야 할까? 그들 속에는 내가 말로 다 표현할 수 없는 가난과 더러움이 넘쳐 날 거야.' '그건 상관없어.' 첫 번째 까마귀가 말했어. '우리 힘이 무시당하게 할 순 없지. 그들을 도둑 감옥에 집어넣을지언정, 우리는 그들을 잡아야 해. 미끼를 써서 잡는 거야. 내일 모두 교회로 와. 내가 어떻게 옥터머치티의 성도를 속이는지 보여줄게. 그 사이 오늘 밤에는 시들로 산맥, 맥베스 언덕에서 잔치가 있어. 가자, 디아볼루스, 날아가자.' 한편 까마귀 무리는 로빈 루스번을 돌무덤 한가운데 남겨 두고, 우는 소리와 홰치는 소리를 크게 내며 다시 컴컴한 하늘로 올라갔어.

다음 날 회중이 옥터머치티 교회에 모였는데 목사가 나타나지 않는 거야. 장로들이 뛰어다니며 수소문했지만, 목사가 사라졌다는 사실 외에는 아무것도 알아내지 못했지. 그들은 목사가 나타날 때까지 서기에게 「시편」 백십구 편의 일부를 부르라고 명령했어. 서기는 지시받은 대로 했고, 칠십칠 절에 이르렀을 때 이상한 성직자가 서편 문으로 교회에 들어와 엄숙하게 강단으로 나아가는 거야. 모든 회중의 눈이 이 숭고한 낯선 이에게 고정되었지. 그는 검은 베옷을 입고 있었는데, 옷이 주위로 흘러내리고 뒤가 길게 끌렸어. 사람들은 그가 변장한 채 그들을 훈계하러 온 천사라고 생각했어. 그는 「에스겔」 예언서를 읽었는데, 그 내용은 다음과 같은 특이한 말씀이었어. '내가 그것을 뒤엎고, 뒤엎고, 뒤엎으리라. 그것은 더 이상 존재하지 아니하리니, 마땅히 얻을 자가 오면 그에게 주리라.'

그는 이 말씀으로 인간의 귀로는 들어 본 적 없는, 적어도 옥터머치티 사람들의 귀로는 들어 본 적 없는 설교를 했어. 그것은 진정한, 순수한 복음 설교였어. 충격적이고 숭고하며 무시무시한 설교였지. 마침내 그가 본문에 언급된 '그것'이 실제로는 분명 옥터머치티라는 유명한 마을을 의미한다고 설명했어. 그는 모든 마을 사람이 쓰디쓴 담즙과 죄악의 속박 속에 있다는 것이 완전히 납득되도록 증명했어. 그리고 하나님께서 그들과 그들의 원칙, 신앙 고백을 뒤엎으실 것이고, 마을의 가장 큰 적인 악마가 올 것이며, 만약 그들의 견해와 예배 방식에 근본적인 변화가 즉각 이루어지지 않는다면 마을은 악마의 먹잇감이 될 것이라고 했어. 그것이 악마의 권리이고 그에게 속한 것이기 때문이라고 했지.

옥터머치티 주민들은 충격을 받았어. 그들은 매료되었고, 이 설득력 있고 인상적인 그리스도교 설교자가 전달한 위대하고 숭고한 진리에 실제로 열광했지. 누군가 말했어. '그는 주님의 예언자다. 요나가 니느웨 사람들에게 보내졌듯이 우리에게 경고하러 보내진 거다.' 다른 이가 말했어. '오, 그는 이 큰 도시를 가르치러 하늘에서 보낸 천사다. 어떤 사람도 이전에 이렇게 숭고한 진리를 말한 적이 없다.' 옥터머치티의 선량한 사람들은 그들을 한꺼번에 지옥으로 보낸 이 설교자에 완전히 푹 빠져 버렸어! 신앙심 깊은 사람들에게 가장 큰 기쁨을 주는 일은 그들을 영원한 저주로 정죄하는 일이었던 것 같아. 그들은 설교자를 쫓아다녔고, 함께 모여 그가 설교한 것에 감탄하며 이야기했어. 대화를 나눌수록 경이로움과 감탄은 더욱 커져 갔지.

결국 정직한 로빈 루스번의 말은 아무도 귀 기울여 듣지 않은 거야. 그가 까마귀가 말하는 것을 들었고, 다른 까마귀가 그에게 대답하는 것을 들었다고 해도 소용없었어. 사람들은 그를 비웃고 그들의 모임에서 쫓아냈지. 그들은 로빈이 권위 있는 분을 비방한다고 여기며 그를 주술사라거나 미치광이라고 불렀어. 그가 까마귀 울음소리에서 언어를 만들어 내려고 한다고 생각했기 때문이지.

그들은 그 숭고한 설교자를 찾아서 세인트 존스턴과 던디의 구석구석까지 온 나라를 뒤졌지만 찾을 수 없었어. 하지만 그가 특정 날짜에 같은 본문으로 또 다른 설교를 한다고 공지했기 때문에, 그 인구 많은 지역의 주민들이 전부, 멀든 가깝든, 옥터머치티로 몰려들었어. 쿠퍼, 뉴버그, 스트라스미글로에서 남녀노소 할 것 없이 왔어. 퍼스와 던디에서는 수천 명이 왔고, 파이프의 동부 구석에서 그램피언 언덕 기슭까지, 그 아침에는 옥터머치티로 달려가거나 말을 타고 가는 것 말고는 다른 일이 없었지. 교회는 그 사람들 천분의 일도 수용할 수 없었어. 마을 북쪽 언덕에 화려한 천막이 세워졌고, 그 주변에 셀 수 없는 회중이 모였어. 그들이 그 위대한 설교자를 열렬히 기다리고 있을 때, 로빈 루스번이 천막에서 머리를 들고 나왔지. 로빈은 동포들에게 그들이 듣게 될 교리를 조심하라고 경고했어. 그는 그 교리가 모두 거짓이며 그들을 파멸로 이끈다는 것을 증명할 수 있다고 했어. 그들을 납득시킬 수 있다고 했지.

군중은 하나같이 로빈을 향해 분개하여 소리치며 그를 천막에서 끌어냈어. 장로들은 그를 꾸짖었고, 사람들은 더 강력한 조처를 취하겠다고 협박했어. 그는 단순하고 꾸밈없이 검은 까마귀들의 이야기를 들려준 것뿐인데 조롱을 받은 거지. 위대한 설교자가 다시 나타났어. 그는 더욱 열정적으로 두 번의 설교를 이어 갔고 더 많은 찬사를 받았지. 그의 말을 들은 사람들은 놀라움을 금치 못했어. 많은 이들은 끔찍한 흥분 상태에 빠져 몸을 뒤틀고 거품을 물며 발작을 일으켰지. 로빈 루스번은 거대한 집회의 외곽에 앉아 다른 사람들과 함께 듣고 있었어. 그는 사람들이 열광의 도가니 속에서 알아차리지 못한 것을 분명히 깨달았어. 그토록 숭고하게 주입된 교리가 파괴적인 결과를 가져오리라는 것 말이야. 로빈은 다시 한번 까마귀 친구의 목소리를 알아들었고, 자신이 틀릴 리 없다고 확신했어. 공적 예배가 끝나자 모든 장로와 신사가 위대한 설교자 주위로 모여들었어. 설교자는 회중이 보는 가운데 초록 언덕 위에 서 있었고, 모두가 그에게 경의를 표하고자 했지. 로빈 루스번은 군중 속으로 들어가 자신이 마음먹은 것을 실행하려 했어. 사람들이 보는 가운데 그는 침착하게 설교자의 넓은 옷자락 끝을 잡고 무릎 높이까지 들어 올렸어. 그러자, 맙소사, 갈라진 발굽이 드러났어! 이 늙은 도둑은 한껏 승리감에 젖어 있었는데, 한 늙은이 때문에 망했지. 그는 더 이상 속일 수가 없었어. 이를 갈며 로빈을 노려보더니 불 뿜는 용처럼 공중으로 솟구쳤어. 그러고는 로먼드산 꼭대기 위로 붉은 무지개를 던지며 사라졌어.

옥터머치티의 늙은 여자들과 직조공들은 공포에 질려 바닥에 엎드려 다시 기도를 시작했어. 그들은 자신들이 벗어난 끔찍한 위험을 보았기 때문이지. 그날 후로 지금까지 옥터머치티 사람들에게 설교를 듣게 하는 건 매우 어려운 일이 되었지. 그들이 설교를 칭찬하게 하는 것은 더더욱 어려워졌고. 그들은 항상 설교의 말미에는 갈라진 발굽이 슬며시 드러나는 것이 보인다고 믿기 때문이지. 자, 이 이야기는 사실이야, 젊은이.' 늙은 여자가 말했습니다. '그리고 누군가가 의심되면 늙은 로빈 루스번이 썼던 방법을 써 봐. 갈라진 발굽을 찾아보라구. 그건 잘 숨겨지지 않는 것이니까. 그것은 때론 예상치 못한 곳에서 나타나거든. 목사의 가운 밑에서나, 변호사의 가발 밑에서, 혹은 카메론파의 파란 모자 밑에서도 엿보일 수 있지. 하지만 그것을 감지할 수 있는 황금 규칙이 하나 있다네. 그건 절대 실패하지 않아.'

늙은 마녀는 그 규칙을 알려 주지 않았습니다. 그리고 비록 나는 그것에 대해 자주 들었지만, 부끄럽게도 나는 그것이 무엇인지 모릅니다! 하지만 나리는 잘 알고 계실 겁니다. 어쩌면 나리가 몇몇 친구들에게 그것을 시험해 보는 것도 나쁘지 않을 겁니다. 사람들 말로는 나리와 함께 걷는 어떤 신사가 있다고 하더군요. 그가 발을 디디는 곳마다 뜨거운 쇠로 그슬린 것처럼 풀이 시든다고 합니다. 그의 존재로부터 우리를 보호하소서! 주인님, 무슨 일이세요? 또 위경련이 오나요?"

사실, 이 시골뜨기의 터무니없는 이야기와 더욱 우스꽝스러운 해석에 나는 가슴이 다시 답답해졌다. 내가 내 탁월한 벗을 악마로 생각했거나, 어리석은 자의 허튼소리가 창세전에 하나님 앞에서 내 의로움을 확신시켜 준 신성한 계시와 상반되기 때문에 그런 건 아니었다. 간단히 말해, 나는 그것을 통해 내 상태를 보게 되었고, 그러면서 전율을 느꼈다. 사실 나는 이제 그 헌신적인 벗이자 통치자의 이미지가 마음에 떠오를 때면 항상 전율을 느꼈다. 간혹 이에 대해 곰곰이 되새기며, 인류의 행복만을 목적으로 삼았던 관계가 어떻게 이렇게 쓰디쓴 열매를 맺을 수 있는지 의아해했다.

그때 나는 하인이 내 머릿속에 심어 준 대로 구세주의 황금률*로 내 행위를 시험해 보려 했으나, 아, 어느 것도 시험을 통과할 수 없었다. 나는 누군가를 해친 적이 있었는데, 같은 상황에서 그가 나를 해치려 한다면 가만히 있지 않았을 것이다. 나는 다시 내 조언자의 동기를 의심하기 시작했다. 그가 나쁜 동기를 가졌다기보다는 어떤 열정이나 강렬한 감정에 의해 잘못된 길로 이끌렸을 수도 있겠다는 생각이 들었다.

그는 내 마음의 동요를 이해하는 듯했다. 그의 태도는 매일 달라졌다. 처음에는 그다지 유쾌하지 않았고, 그다음에는 거만해졌으며, 종국에는 참을 수 없을 정도로 변했다. 그래서 나는 어떤 대가를 치르더라도, 설령 외국에서 빵을 구걸하게 되더라도, 그를 떨쳐 내기로 결심했다. 집에서 그렇게 하는 것은 불가능했다. 그가 내 생명을 손

* 마태복음 7장 12절에 근거한 그리스도교의 윤리관으로 남에게 대접받고자 하는 대로 남을 대접하라는 가르침을 뜻한다.

에 쥐고 있어서 언제든 팔아넘길 수 있었다. 게다가 그는 사냥꾼이 개를 다루듯 나를 완벽하게 지배했다. 다음에 그를 만났을 때, 심지어 나는 그의 발이 두 개의 발굽으로 갈라져 있는지 보려고 유심히 쳐다볼 정도로 약해져 있었다. 겉으로 보기에는 모든 면에서 신사의 발이었지만, 그가 하는 조언의 형태는 다소 모호했고, 이중적이지는 않더라도 놀랄 만큼 비뚤어져 있었다.

내가 이 괴롭고, 참을 수 없고, 피비린내 나는 개혁자로부터 벗어나기 위해 고향을 떠나 도망갈 계획을 세웠다면, 그 역시 나를 추방하거나 법의 손아귀에 넘기려는 대책을 세웠다. 이 무렵, 죽은 아버지와 형과 관련해 나는 몇몇 첩자들에게 쫓기고 있었다. 그중 한 명이 아버지의 정부였다. 형의 죽음은 두 사람이 목격했다. 사실, 나는 한 명 이상이 목격했으리라는 예감이 항상 있었다. 근처에서 들렸던 목소리와 도전적인 말이 어렴풋이 기억났기 때문이다. 여자는 이 목격자들을 찾을 때까지 수소문했다. 나는 이 모든 과정에 비밀을 아는 유일한 사람인 내 열렬하고 헌신적인 벗이 개입했을 것이라 강하게 의심했다. 이렇게 말하는 이유는, 그가 그들을 근처에 숨겨 두고는 나도 모르게 그들의 시야에 완전히 노출되도록 나를 계속 데려갔다는 걸 알기 때문이다. 특히 한 번은, 그 비열한 여자에 대한 내 복수심을 충족시켜 준다며 그녀가 숨어 있는 곳으로 나를 데려가 두 악녀의 손아귀에 내던졌고, 나는 그들에게 목숨을 잃을 뻔했다. 내가 달캐슬에 거주하는 시간은 위기로 치닫고 있었다. 나는 더 이상 그림자처럼 나를 따라다니는 폭군과 함께할 수 없었다. 더욱이 나를 살인자로 지목하는 증거가 사방에서 나타나고 있었다. 일부는 전혀 관련이 없었지만, 세상은 그렇게 생각하지 않았다. 이 사건이 어떻게 되었을지는 하나님만이 아신다. 이 사건은 사법 재판을 받지 않았기 때문에 어떤 결과가 나왔을지 나는 모른다. 그럼에도 여기서 내가 아는 바를 말하는 게 좋겠다. 간략하게 말하자면 이렇다.

1712년 6월 1일(그날을 잘 기억한다) 나는 비밀 방에 갇혀 있었다. 낙담한 상태에서 나는 박해자들에게서 벗어나기 위해 어떻게 할지 고민하고 있었고, 차라리 벌레나 나방이 되어 짓밟혀서 편히 쉴 수 있길 바라고 있었다. 그때 갑자기 사무엘이 눈이 튀어나올 듯한 표정으로 들어와 외쳤다. "오, 주인님, 어서 도망가서 숨으세요! 주인님 어머님이 발견되었어요. 맹세컨대 그 책임이 주인님께로 떨어질 겁니다!"

"어머니가 발견되었다고?" 내가 말했다. "그럼 어머니는 지금까지 어디에 계셨던 거지?" 이 말을 하면서도 나는 어머니가 돌아왔다는 생각에 몹시 당황하고 있었다.

"거기요, 주인님! 거기? 주인님이 두신 곳에… 협곡 모래에 묻혀 있었단 말입니다. 그러니까, 주인님은 어머님의 끔찍한 모습을 보게 될 겁니다. 저는 다시는 그런 모습을 보고 싶지 않습니다요. 또 젊은 숙녀도 발견되었습니다, 주인님. 그리고 악마가… 죄송합니다, 주인님, 제 말은 주인님의 친구분 말입니다… 주인님의 친구분이 발견했다고 합니다. 사람들이 관리들을 데리러 갔고, 그들이 한두 시간 안에 여기 도착할 겁니다. 그래서 주인님께선 한순간도 낭비해서는 안 됩니다. 증거가 있거든요, 주인님, 강력한 증거와 선서한 증언이 있습니다. 주인님이 그 두 사람과 마지막으로 함께 있는 것을 봤다고 합니다. 그러니 주인님과 그 사람들에 대해 더 나은 해명을 할 수 없으면, 목숨을 부지하기 위해서는 숨거나 도망치셔야 합니다."

"나는 숨지도 도망가지도 않을 것이다." 내가 말했다. "나는 이 여자들의 피에 관해서라면 뱃속의 아기만큼이나 결백하니까."

"사람들은 그렇게 생각하지 않습니다, 주인님. 그리고 제가 장담하건대, 증거가 부족하다 해도 주인님은 사지가 찢기는 위험을 감수해야 할 겁니다. 그들이 시신을 여기로 옮겨 오고 있습니다. 증인들 앞에서 주인님이 만져 보게 하려고요. 증인은 차고 넘칠 겁니다!"

"그들을 이곳에 들이지 마라!" 내가 외쳤다. 나는 곧 행해질 실험에 심한 충격을 받았다. "당장 가서 그 부풀고 훼손된 시체들이 우리 대문 안으로 들어오지 못하게 해!"

"주인님 어머니의 시신입니다, 주인님!" 하인이 강조해서 말했다. 나는 끔찍이 동요되었고, 당황하여 방 안을 빠르게 왔다 갔다 했다. 사무엘은 어찌할 바를 몰랐지만, 나를 뚫어지게 쳐다보는 눈빛으로 보아 내가 유죄라고 여기는 듯했다. 방문을 두드리는 소리가 들렸다. 우리 둘 다 죄지은 사람처럼 흠칫 놀랐고, 사무엘의 경우에는 머리카락이 공포로 곤두섰다. 내가 그에게 손짓했을 때, 그는 간신히 문을 열 수 있을 정도였다. 마침내 문이 열리자, 들어온 사람은 다름 아닌 나의 탁월한 벗이었다. 극도의 불안 상태인 게 눈에 띄었다. 사무엘은 그를 방에 들이고는 곧바로 미친 듯이 왕자 옆으로 빠져나갔다. 이 두려운 인물이 방에 들어서는 걸 보고 나 역시 크게 혼란스러웠다. 전에는 한 번도 내 방에 들어오려고 했던 적이 없었다. 나는 그에게 용건을 물을 수도 없었다. 아마 조각상처럼 서서 그를 바라보고 있었을 것이다.

"슬프고 고통스러운 소식을 가지고 왔다, 사랑하는, 배은망덕한 나의 친구여." 그가 말했다. "네 목숨을 구할 시간이 단 일 분밖에 없건만 그래도 시도하려고 왔다. 사람들은 두 구의 시신을 가지고 이리로 오고 있다. 그들은 너를 매우 불편한 상황에 놓이게 할 것이다. 하지만 그게 최악은 아니다. 너는 결백을 증명할 수 있으니까. 이 순간 에든버러에서 사법 영장을 가지고 온 관리들이 집을 포위하고 너를 찾기 위해 수색을 시작하려 한다. 만약 그들에게 잡히게 되면 너는 틀림없이 파멸하고 말 것이다. 내가 자세히 조사해 보니, 너를 파멸시킬 만반의 준비가 되어 있었다."

"그래요. 그럼 이게 다 누구 때문입니까?" 내가 비통하게 물었다.

하지만 그는 나를 바로 막으며 덧붙였다. "지금은 그런 생각을 할 시간이 없다. 나는 네 생명이 인간의 손에 위협받지 않을 것이라고 명예를 걸고 약속했다. 그래서 내게 힘이 있는 한 너를 구할 것이다. 나는 약속을 지키고, 내 목숨을 희생해 네 생명을 구하러 왔다. 자,

항변하지 말고 나와 옷을 바꿔 입어라. 그러면 너는 관리들과 경비들뿐 아니라 심지어 다가오는 군중 사이를 태연하게 지나갈 수 있을 것이다. 이 옷에는 특별한 힘이 있다. 그들은 너를 붙잡으려 하기는 커녕 오히려 경의를 표할 것이다. 서둘러 네가 갈 수 있는 가장 안전한 곳으로 떠나라. 만약 내가 나를 둘러싼 이 위험에서 벗어난다면, 너를 찾아내 내가 알아낸 정보를 가져다주겠다."

나는 그의 녹색 프록코트와 버프 벨트, 그리고 그가 항상 머리에 쓰고 다니던 일종의 터번을 썼다. 그것은 약간 주교의 관처럼 생겼다. 그는 내 얼굴을 세 번 쓰다듬었고, 나는 그가 재촉함에 따라 방을 나갔다. 현관문과 뒷문은 모두 단단히 경계가 서 있었다. 안에서는 무장한 사람들이 벽장을 수색하고 있었다. 하지만 그들은 모두 내게 길을 비켜 주었고, 내가 지나갈 때는 모자를 들어 올리며 경의를 표했다. 한 고위 장교만이 나에게 다가와 범인을 보았는지 물었다. 나는 어떻게 대답해야 할지 몰랐지만, 우연히 진실하고 적절하게 말했다. "그는 안전합니다." 장교는 미소를 지으며 손짓했는데, 마치 '감사합니다, 나리. 그것으로 충분합니다.'라고 말하는 것 같았다. 나는 천천히 걸어 나왔다.

내가 대문을 나선 지 얼마 되지 않아 동쪽의 깊은 협곡에서 큰 소리가 들렸다. 나는 새롭게 변장했기 때문에 안전하다고 생각하며 그쪽으로 돌아섰다. 무슨 일인지, 그리고 내가 들었던 설명과 같은 상황인지 보기 위해서였다. 거기서 나는 정말로 큰 군중을 만났다. 그들은 두 구의 시신이 놓인 널빤지를 들고 오고 있었다. 시신은 하얀 시트로 단정하게 덮여 있었다. 나는 그들의 모습을 자세히 살펴보고 싶었으나, 사람들의 눈빛에서 뚜렷한 분노를 느꼈고, 이 소동에 끼어들지 않는 것이 더 안전하다고 판단했다. 어째서인지는 모르겠지만, 나는 이 장면을 보며 전에 없던 이상한 기쁨을 느꼈다. 아울러 내가 그 비정상적인 범죄의 범인으로 여겨지는 것에 묘한 자부심을 느꼈다. 이는 완전히 새로운 감정이었다. 만약 틀림없이 이번에 내 생명을 구해 준 그 탁월한 이국인의 옷에 효력이 있다면, 그가 제안했듯이 이 옷에 어떤 내재된 힘이 있다면, 이것이 그 효과 중 하나였을 것이다. 그러니까 이 옷이 내 마음을 사악하고 끔찍하며 혐오스러운 것들로 향하게 했을 것이다.

나는 그들이 무슨 말을 하는지 들어 보려고 군중 속으로 섞여 들어갔다. 모든 혀가 나를 향해 온갖 모욕적인 비난을 퍼붓고 있었다! 어떤 이는 나를 자연의 괴물이라 불렀고, 다른 이는 육신을 입은 마귀라고 했으며, 또 다른 이는 현세와 내세에서 저주받을 존재라고 했다. 나는 그들로부터 물러나 남쪽으로 발길을 돌렸다. 그러면서 그리스도교 교회의 위대한 교부들과 사도들도 이런 대우를 받고 박해를 당했음을 떠올리며 스스로를 위로했다. 사람들이 아무리 천박하게 비방해도 하늘이 나에게 부여한 뜻을 바꿀 수는 없다고 나는 확신했다.

도링턴 무어라 불리는 언덕을 넘어가면서 나는 달캐슬을 뒤돌아보지 않을 수 없었다. 아마도 이것이 마지막으로 보는 것이 되리라는 느낌이 들었다. 마지막이 아니길 바라는 마음도 별로 없었다. 그 저택에 들어가 풍요롭고 광활한 영지를 소유하게 되었을 때 내가 얼마나 큰 행복과 발전을 기대했었는지, 그리고 그것이 얼마나 비참하게 좌절되었는지 생각했다. 오히려 나는 짜증과 혐오 그리고 공포만을 경험했다. 이제 나를 괴롭히던 자의 사슬에서 벗어날 수 있으리라는 희망에 위안받았고, 그 특권을 위해서라면 세상의 어떤 고통도 기꺼이 맞설 준비가 되어 있었다. 나는 이제까지 한 번도 겪어 보지 못한, 상상조차 하지 못했던 고난으로, 즉 완전한 빈곤으로 이어질 가능성이 높은 길에 들어섰음을 깨달았다. 불과 몇 시간 전만 해도 내가 소유했던 부를 떠올려 보았다. 지금 나는 단 한 푼도 없이 내 귀족 소유지에서 쫓겨난 것이었다. 아주 적은 금액이라도 꺼내 쓰거나 운용하려 한다면 즉시 발각되거나 체포될 처지에 있었다. 내가 원래 입었던 옷을 입고 탈출했더라면 좋았을 것이다. 거기에는 상당한 금액이 감춰져 있었다. 하지만 상황이 급변하면서 나는 당장 필요한 곳에 쓸 동전조차 없었다. 그럼에도 나는 하늘에 대한 희망이 있었다. 의로운 사람은 빈곤 속에 버려지지 않을 것이며, 비록 많은 고난이 그를 둘러싸더라도 결국에는 그 모든 것에서 벗어나게 될 것임을 알았다. 나는 강하고 재능이 있고 폭넓은 교육을 받았다. 비록 그 유능하고 엄격한 신학자를 만나면서 어찌 된 영문인지 내 신학적 자질이 쇠퇴해 버렸지만, 그래도 은혜로 인한 구원, 예정론, 그리고 영원한 목적을 설교함으로써 어느 나라에서든 인류에게 유익을 주고 높은 명성을 얻을 수 있으리라는 희망을 품고 있었다.

나는 이렇게 생각하며 위안을 받고 남쪽으로 길을 재촉했다. 마을과 도시를 피해 동서로 뻗은 큰길에서 벗어나 각기 다른 길로 이어지는 샛길을 따라갔다. 첫날 밤에는 시골 직조공의 집에 묵었는데, 늦은 시간 그곳에 발을 들였을 때는 배고픔과 피로에 녹초가 되어 있었다. 내 집에서 50킬로도 넘는 거리를 여행한 상태였다. 남자는 달갑지 않게 나를 맞이하며, 멀지 않은 곳에 신사의 저택이 있고, 조금 더 가면 여관이 있다고 말했다. 하지만 나는 가난한 사람들에게 관심이 있으니 신사보다는 그와 같은 사람들과 어울리는 걸 더 좋아한다고 했다. 부자가 천국에 들어가는 것보다 낙타가 바늘귀를 통과하는 것이 더 쉬울 것이기 때문이라고.

직조공의 아내는 무릎에 아이를 앉히고 있었다. 그녀는 지금까지 입을 열지 않다가 내가 그렇게 진지하고 신앙적인 어조로 말하는 것을 듣고는, 한 손으로 불을 지피더니, 의자를 불 가까이 끌어당기며 말했다. "이리 와요, 젊은이, 여기로 들어와요. 당신이 우리에게 모든 것을 주시는 분께 속한 사람이라면, 당연히 당신도 우리와 나눌 자격이 있지요. 당신이 낯선 사람이긴 하나, 낯선 이를 대접하지 않는 사람은 결코 천사도 대접하지 못할 거예요."

나는 타고난 소박함에 쉽게 감동받는 편이 아니었으며 대체로 그런 것을 경멸했다. 그러나 당시 내 처지 때문인지 이 가난한 여인의 환영 방식에 깊은 감동을 받았다. 직조공은 저녁 내내 시종일관 무뚝

뚝한 태도를 보이며 아내가 나를 환대하는 것에 불만이 있는 듯했다. 그는 아내에게 매우 퉁명스럽게 말했는데, 나는 그의 태도를 꾸짖어야겠다고 생각했다. 여인은 외모가 단정하고 말씨도 덕스러웠으나, 직조공 남편은 체격이 크고 인상이 험하며 성격이 고약했다. 내가 그의 행동을 강하게 질책하자 남자는 억척스럽고 무례하게 비웃으며 나에게 대꾸했다. 변덕이 극에 달한 그는 아내에게 이렇게 말했다.

"천사를 대접할 기회를 그렇게도 좋아한다면, 마누라, 어떤 유의 천사인지 잘 살펴보는 게 좋을 거야. 오늘 밤 당신이 악마를 대접한 것이라 해도 별로 놀랍지 않거든. 난 그에게서 연기와 유황 냄새가 나는 것 같아. 그리 훌륭한 천사는 아닌 것 같으니 그를 잘 대접한다고 해서 별로 칭찬받을 것도 없을 거야."

내가 믿음이 확고할 때는 악마란 말을 듣더라도 전혀 두렵지 않았다. 그럴 이유가 없었다. 하지만 최근에는 상황이 반대였기 때문에 누군가가 내 대적을 언급하면 나는 몹시 동요되었다. 직조공의 말은 나에게 큰 영향을 주었고, 그들은 내 표정을 보고 아연해했다. 아내는 내가 화난 줄 알고 남편의 무례함을 부드럽게 나무랐지만, 직조공은 오히려 내가 악마라는 자기 생각에 확신을 갖는 듯했다. 그는 놀란 노루처럼 주위를 두리번거리더니 즉시 가족 성경을 집어 들었다.

그가 내 정체를 확인하려는 의도였는지는 모르겠으나 나한테 성경 구절을 읽거나 가정 예배를 인도해 달라고 하려는 것 같았다. 하지만 순간 대화가 다른 방향으로 흘러가면서 그런 일은 일어나지 않았다.

직조공은 나에게 어떻게 말을 걸어야 할지 몰랐던지 성경을 내 손에 건네려다 갑자기 내 이름을 물었다. 나는 스스로를 범죄자라기보다는 진리의 대의를 위해 싸우는 용사로 여겨 왔고, 변장 덕분에 충분히 안전하다고 생각했기에 이름을 바꿔야 할 필요성을 한 번도 생각해 보지 않았었다. 그래서 그가 내 이름을 물었을 때 잠시 망설였다. 그러나 무언가를 말해야만 했기에 나는 코완이라고 답했다. 남자는 나를 쳐다보더니, 다시 아내를 쳐다보며 무언가 불길하거나 신묘한 것을 알고 있다는 듯한 표정을 지었다.

“하! 코완이라고?” 그가 말했다. “참으로 놀랍군! 설마 콜완은 아니겠죠?”

“아니, 코완이 제 성입니다.” 내가 말했다. “하지만 발음이 별로 다르지 않은데, 왜, 콜완이면 안 되나요?”

“당신이 악마에게 사로잡혀서 자기 아버지와 어머니, 하나뿐인 형, 그리고 애인까지 죽인 그 악한일까 두려웠소.” 그가 말했다. “사실, 지금도 당신에 대해 확신이 서질 않지만. 당신은 무기를 지니고 다니는 것 같구려.”

“아닙니다.” 내가 말했다. “나는 무기를 지니고 있지 않습니다. 결백함과 정직함을 믿는 사람은 자신을 방어하기 위해 무기를 지닐 필요가 없습니다.”

“아, 아, 나리.” 그가 말했다. “그러면 옷 안쪽에 보이는 그 작은 갈대 같은 것은 뭐요?” 그러면서 그가 내 외투 안쪽을 가리켰다. 나는 그곳을 보았다. 거기에는 금박이 입혀진 단검의 자루가 있었다. 이 무기는 내가 전에도 보았고 만져 본 적이 있는 것이었다. 내 훌륭한 동료가 항상 소지하고 다니는 것으로 알고 있었으나, 그 순간까지 내가 그것을 가지고 있다는 건 전혀 몰랐다. 나는 그것을 꺼내 보았다. 이보다 더 위험하고 음흉하게 생긴 무기는 상상조차 할 수 없었다. 직조공과 아내는 모두 놀랐고, 특히 아내는 더욱 무서워했다. 그녀는 내 편이었고, 나는 그날 밤 그들의 환대에 의존해야 했기 때문에 나는 이렇게 말했다. "이 작은 단검은 내 외투에 우연히 들어 있었을 뿐입니다. 맹세컨대 내가 의도한 것이 아니에요. 그래도 이 집안 사람에게 해를 끼칠 의도를 품고 있다고 생각하실까 봐 이것을 당신 손에게 맡기겠습니다. 내일이나 내가 다시 필요로 할 때까지 잘 보관해 주시기를 부탁드립니다."

여자는 오히려 그 무기를 넘겨받는 걸 반기는 듯했다. 그녀는 그것을 내 손에서 받아서 보이지 않는 곳에 있는 식료품 저장실 같은 곳에 두고 문을 잠갔다. 그러고는 대화가 계속되었다.

"방금 말씀하신 저와 이름이 비슷한 사람의 이야기가 사실일 리 없습니다." 내가 말했다.

"비록 그 이름에서 ㄹ 자를 뺐다 해도 그 이야기라면 나보다는 나리께서 더 잘 아실 것 같군요." 그가 말했다. "그렇지만 그런 악당이자 살인자라면 소리에서 더 큰 차이가 나는 이름을 택했겠죠. 그 이야기는 분명히 사실이오. 한 시간 전쯤에 여왕의 관리 두 명이 그

불한당을 쫓아 이곳에 왔었소. 이리로 도망쳤다는 정보를 받았다고 합디다. 마지막으로 봤을 때 검은 옷을 입고 있었다며 지금도 검은 옷을 입고 있을 거라고 추정했소. 그 악한을 분간하게 하려고 그의 하인 놈도 같이 데리고 다닙디다. 미친 듯이 말을 몰아 이 마을을 누비고 다녔소. 하나님, 그놈을 붙잡아서 목을 매달아 주십시오!"

나는 직조공의 기도에 '아멘'이라고 말할 수 없었기에 가능한 한 마음을 가다듬으려 노력하며 국가의 타락 원인에 대해 종교적인 논평을 몇 마디 했다. 그러나 내 강한 벗이 자기 목숨을 구하기 위해 내 도주와 변장을 밀고했을지도 모른다는 의심이 들어 매우 불안해졌고, 나는 모든 것이 끝났다고 체념하기에 이르렀다. 나는 그들과 함께 기도를 드렸는데, 그 내용에 여자는 기뻐했지만, 직조공은 여전히 불만스러워했다. 소박한 저녁 식사를 마친 후, 남자는 내가 기도에서 간구한 모든 것이 현재 인간의 상태와는 무관하다는 걸 증명하기 위해 논쟁을 시작하려 했다. 하지만 나는 지치고 마음이 심란하여 논쟁을 피하고, 쉴 수 있는 잠자리를 부탁했다.

나는 집의 반대편 끝으로 안내되었다. 그곳에는 베틀, 발판, 실뭉치 등 모든 게 어수선하게 놓여 있었다. 거기서 나는 마치 상자 같은 곳에 갇혀 밤을 보내야 했다. 직조공은 내가 아무것도 가져가지 못하게 하려는 듯 나를 베틀 사이에 남겨 두고 조심스럽게 방 열쇠를 잠갔다. 부부와 아이들이 작은 방으로 들어간 후, 부부가 나를 두고 억제된 목소리로 티격태격 다투는 소리가 들렸다. 한 명은 내가 살인자일 가능성이 있다고 주장했고, 다른 이는 그것이 불가능하다고 반박했다. 남편은 군대나 사법 관리를 불러 체포하게 하려고 일부러 나를 가둔 것이라고 넌지시 말했다. 나는 극도의 혼란에 빠졌으나 내가 처한 절박한 위험에도 불구하고 잠이 들었다. 어떤 사람도 겪어 보지 못했을 만큼 괴롭고 고통스러운 잠이었다. 꿈은 너무나 끔찍하여 말로 표현할 수 없었다. 나는 아침 일찍 열이 나고 목이 말라 잠에서 깼다.

나는 주인을 불러 밖으로 나가게 해 달라고 하려다가 그 전에 옷을 입어야 할 것 같았다. 옷을 입으려던 순간, 예상치 못한 상황과 맞닥뜨렸다(그 이유는 지금까지도 설명할 수 없고, 평생 이해할 수 없을 것이다). 전날 변장하려고 입었던 겉옷과 터번은 사라지고, 대신 검은 코트와 삼각모가 놓여 있었다. 처음에는 꿈을 꾸고 있는 줄 알았다. 이게 생시인지 확인하려고 직조공의 베틀, 천, 발판 끈을 손으로 만져 보았다. 나는 확실히 깨어 있었다. 문은 전날 저녁과 마찬가지로 굳게 잠겨 있었다. 나는 검은 코트를 작은 창문으로 가져가 살펴보았다. 그것은 분명 내 것이었고, 비상시를 대비해 숨겨 둔 돈도 그대로 있었다. 너무 경이로워 몸이 떨렸다. 나는 작은 창문에서 돌아와 직조공의 베틀 사이를 헤매다가 그만 실에 엉켜 버렸다. 방의 한쪽 끝에서 다른 쪽 끝까지 늘어선 복잡한 리넨 실들 사이에서 소란을 부리지 않고는 빠져나올 수가 없었다. 이 악한 자의 끈을 자를 칼이 없었기에 나는 어쩔 수 없이 도와 달라고 크게 소리쳤다. 직조공은 반쯤 벌거벗은 채로 와서 문을 열고 머리와 긴 목을 들이밀며 이렇게 말했다.

"이게 뭔 일이오, 사탄 양반? 왜 그리 소리치며 난리요? 큰 지옥 대신 작은 지옥에라도 빠졌소? 녹슨 기계에 마가 꼈군! 대체 왜 아내가 짠 직물에 그렇게 엉켜 있는 거요?"

"친구여, 용서해 주시오." 내가 말했다. "나는 빛을 보고 싶었을 뿐인데, 어쩌다 보니 직물에 얽히고 말았소. 내가 빠져나가려면 심한 손상을 입힐 수밖에 없을 것 같군요. 제발 숙련된 손길로 나를 구해 주시오."

"어리석은 주댕이하고는, 벼락 맞을 놈! 내가 빼내 주마! 멍청한 마귀 새끼야! 왜 그 안에 들어가서 가난한 사람을 망치는 거냐? 나와, 비열한 누더기 놈아, 아니면 아예 낯짝을 못 들고 다니게 뼈를 작살내서 끌어낼 테니까!"

내 발은 직물의 이중 날실 사이로 미끄러져 들어갔고, (아래에 작은 구멍이 있어) 발이 땅에 닿지 않았다. 나는 탄력 있는 실 몇 가닥 위에 걸터앉아 있었고, 다른 곳에는 손이 닿지 않아 스스로 빠져나오는 것은 불가능했다. 나는 한없이 무기력했고, 실과 끈 때문에 고통스러웠다. 그런데도 잔인한 직조공은 베틀 막대를 움켜쥐고는 무자비하게 나를 때리기 시작했다. 나는 엉켜 있는 상태에서 아무것도 할 수 없었다. 그저 자비를 구하거나 도움을 청하기 위해 소리를 지를 수밖에 없었다. 드디어 도움의 손길이 나타났다. 직조공의 아내였다. 남편과 마찬가지로 단정하지 않은 상태로 나타난 그녀는 즉시 내 편을 들며 적극적으로 중재에 나섰다. 그녀가 도착하기 전, 나는 엉킨 상태에서 벗어나려고 몸부림치고 있었다. 직조공이 계속해서 때리고 저주를 퍼부었기 때문에 나는 어떤 위험을 감수하고라도 올가미에서 벗어나려고 했다. 그러나 노력은 오히려 상황을 악화시켰다. 발이 아래쪽 실에 감긴 상태에서, 위쪽 실을 안장 삼아 그 위로 몸을 던지려 하면서 발에 얽힌 아래쪽 실을 위로 당겨 올리게 되었고, 그 실들이 위 실 사이에 엉켜 버렸다. 결과적으로 나는 머리가 아래로 향하고 발은 마치 바이스에 꽉 물린 것처럼 단단히 고정된 상태로 매달리게 되었다. 직물은 더욱 엉켜 버렸고, 직조공은 더욱더 화가 나서 나를 무자비하게 때렸다.

이 긴박한 순간에 직조공의 아내가 도착했던 것이다. 그녀는 격분한 남편 앞으로 거침없이 달려가 나를 더 이상 다치지 않게 하려고 그의 손을 막았다. 남편은 이미 위협적으로 베틀 막대기를 들어 올리고 있었다. "쟈니, 당신, 오늘 아침에 좀 미쳤나 봐요. 진정해요, 제발, 집에서 보스웰 브리지 전투* 같은 걸 벌이면 안 돼요. 왜 주님의 종을 그렇게 박해하면서 거꾸로 매달아 놓고 생명을 빼앗으려 하는 거예요?"

---

* 보스웰 브리지에서 장로교 서약자 군대와 정부군이 충돌했던 전투로, 찰스 2세 왕의 스코틀랜드 정부가 장로교 서약자들의 종교 활동을 통제하자, 1679년 서약자 군대가 일어나 정부군과 싸웠으나, 서약자 군대 내 분열이 일어나서 결국 정부군에 패했다.

"당신이 그를 악마의 종이라고 했다면 차라리 더 나았을 거야, 낸스. 그가 악마가 아니라면 악마와 상당히 가까운 자임이 틀림없어. 내가 군대를 불러 잡아가게 하려고 일부러 가둬 놓은 거 몰라? 그런데 대신 이놈이 나를 죽은 듯 깊이 잠들게 했단 말이야. 내가 여기 당신 직물 한가운데서 거미처럼 숨어 있는 놈을 찾았지! 난 밤새 우리 집에 악마가 있는 꿈을 꾸었어. 그가 직조기 너머에서 나를 할퀴는 꿈이었어. 이 도둑놈아, 본때를 보여 주마!" 그는 아내가 필사적으로 막으려 했음에도 불구하고 또 한 번 나를 심하게 내리쳤다.

"자자, 쟈니 도즈, 여보! 아, 쟈니 도즈, 이게 그리스도교인다운 행동인가요? 보스웰 브리지의 영웅이 낯선 이를 환대한다면서 거꾸로 매달아 죽게 하다니요! 아, 쟈니 도즈, 당신이 지금 무슨 짓을 하고 있는지 생각해 봐요! 빗장을 느슨하게 해서 이 착하고 정직한 청년을 풀어 줘요."

직조공은 다소 마음이 누그러졌으나 여전히 내가 악마라고 주장했다. 다만 조금은 유순해져서 나를 풀어 주면서 반쯤 웃으며 이렇게 말했다. "쟈니 도즈가 지금껏 그를 둘러싼 덫과 위험을 다 피했는데, 결국 자기 손으로 악마를 잡는 그물을 짤 줄이야!"

그의 아내는 곧 나를 풀어 주면서, 옷을 입고 떠나는 것이 좋을 거라고 내게 조용히 속삭였다. 나는 지체하지 않고 그 말에 따랐다. 무엇을 하고 있는지, 무엇을 생각해야 할지, 어디로 가야 할지 모른 채 나는 그 검은 옷을 입었다. 무자비하게 난폭한 사람의 구타로 몹시 아팠고, 더 나쁜 것은 발목이 심하게 삐어서 제대로 걸을 수가 없었다. 나는 어쩔 수 없이 다시 한번 직조공에게 내 옷에 대해 뭔가 아는 게 있는지 혹은 어떻게 옷이 바뀐 줄 아는지 물어보아야만 했다. "당신은 어떻게 해서 내 옷을 훔치고 밤사이 이 옷을 갖다 놓은 거요?"

"하! 그 옷? 내가 그 옷을 가져다 놓았다고!" 그는 놀라 입을 벌리고 말하며 손가락 끝으로 옷을 살짝 건드렸다. "죽음을 앞둔 사람으로서 신께 맹세컨대 나는 결코 그 옷을 본 적이 없어!"

그는 내가 잠을 잔 작업장으로 걸어 들어가 그곳에 내 옷이 없는 것을 확인하고는 경악해하며 돌아왔다. "문은 둘 다 꼭 잠겨 있었어." 그가 말했다. "쥐새끼 한 마리라도 들어오거나 나가는 건 불가능했을 거야. 내 꿈이 맞았다! 내 꿈이 맞았어! 주님께서 너와 나 사이를 판단하실 거다. 주님의 이름으로 명하노니 당장 이 집에서 나가라. 우리 집안을 망치지 말고 조용히 정문으로 나가. 여보, 마법사의 물건이 우리 집에 남아 저주와 덫이 되지 않도록 그의 금빛 무기를 가져다줘. 주님께서 그 지옥 같은 치명적인 무기로부터 당신 백성을 보호해 주시길!"

아내는 단검을 찾으러 갔다. 그녀는 너무나 심하게 떨어서 걷기도 힘들어 보였다. 잠시 후 식료품 저장실에서 비명 소리가 약하게 들렸다. 이중 잠금장치에도 불구하고 옷과 무기가 사라진 것이었다. 이제 이 선량한 사람들은 공포가 역겹도록 극에 달했고, 나는 급히 떠나는 게 좋겠다고 판단했다. 직조공의 저주가 뒤따라왔다.

나는 몸과 마음이 정말로 처참한 상태에 있었다. 배는 고프고, 상처를 입었으며, 다리는 절뚝거렸다. 사회에서 버림받은 떠돌이 신세였다. 내 목숨은 탐욕스럽게 추적당했고, 이 모든 것은 내가 예지된 운명에 따라 행한 대가였다. 나는 어디로 가야 할지 알지 못했다. 영국으로 가서 내가 받은 고전 교육을 어떻게든 활용해 보려 했으나, 절름발이 상태라 당장은 불가능했다. 그래서 어쩔 수 없이 에든버러로 향할 수밖에 없었다. 그곳에는 나를 아는 사람이 거의 없었다. 시골에서 숨어 지내는 것보다 더 쉽게 은신할 수 있으며, 위대하고 선한 일에 관심을 가질 수 있을 것 같았다. 나는 지금 스코틀랜드 돈과 영국 돈을 조금 가지고 있었으나 이 세상에 의지할 만한 친구는 한 명도 없었다. 사실 헌신적인 친구가 한 명 있긴 했다. 그러나 그는 이제 나에게 가장 큰 공포가 되어 버렸다. 그에게서 벗어나기 위해 나는 기꺼이 세상 끝까지 여행하고 모든 고난을 감내할 준비가 되어 있었다. 하지만 어젯밤에 일어난 일이 분명한 현실이었음을 고려하자니, 눈에 띄지 않는 외딴 길로 48킬로를 여행한 후에도, 그에게서 도망치는 것이 정말 가능할지 알 수 없었다.

비참하고 외로웠다. 주변에 보이는 사람은 누구라도 무서웠다. 나는 에든버러를 향해 서둘렀다. 샛길과 인적이 드문 길을 택했다. 직조공의 집을 떠난 지 사흘째 되던 날 밤, 무난하게 웨스트 포트에

도착했다. 다리를 절며 걸어서 극도로 피곤했다. 들어간 첫 번째 집에서 숙소를 잡았다. 일주일에 2그로트*를 내고, 한 청년과 함께 숙식하기로 했다. 그 청년은 방세를 나누어 내기 위해 같이 지낼 사람을 찾고 있던 차였다. 나는 이 상황이 마음에 들었다. 경험상, 나에게 붙어 있던 그 위대한 존재는, 그리고 이제는 주변의 고통 중에 가장 큰 공포의 대상이 되어 버린 그 존재는 보통 내가 다른 사람들과 떨어져 혼자 있을 때 나를 괴롭혔기 때문이다.

룸메이트는 저녁에 집에 돌아왔다. 그는 내가 온 것을 반겼다. 그의 이름은 린턴이었다. 나는 이름을 엘리엇으로 바꾸었다. 그는 경박하고 변덕스러운 사람이었는데, 자신은 못 하는 일은 없다고 자평했으나 정작 그가 할 수 있는 일은 별로 없었다. 그는 제임스 왓슨이라는 사람이 운영하는 여왕의 인쇄소에서 조판공 일을 하고 있었다. 그날 밤 그와 대화를 나누다가 나는 일류 고전학자이며 내 교육이 도움이 될 만한 일에 전념하고 싶다는 뜻을 밝혔다. 여왕의 인쇄소에서 일하는 것만큼이나 즐거운 일은 없을 것이라고 덧붙였다. 린턴은 그 일을 추천하는 데 주저하지 않았다. 그는 이렇게 대답했다. "오, 선생, 당신이야말로 우리가 원하던 그런 사람이오. 당신의 가슴과 단추에 축복이 임하시길! 아, 그건 여기서 중요하지 않아요. 그건 다 좋습니다. 하하하. 집안에서 흔히 하는 말이죠. 하지만 내가 말씀드렸듯이, 당신은 바로 우리가 원하던 사람이에요. 원하는 만큼의 돈을

* 옛 영국 동전

받을 수 있을 거예요. 얼마든지요. 당신의 단추에 축복이 임하길! 그럼 정해졌네요… 모두 끝났어요… 정해졌어, 정해졌어… 내가 할게요, 내가 할게요… 더 이상 말하지 않아도 돼요. 정해졌어요, 정해졌어요."

다음 날 나는 린턴과 함께 인쇄소에 갔다. 그는 나를 역사상 가장 놀라운 천재이자 학자로 왓슨 씨에게 소개했다. 하지만 과장이 심했는지 왓슨 씨는 린턴의 추천을 신뢰하지 않는 듯 웃으며 아이가 재잘거리는 걸 보는 듯한 태도를 보였다. 나는 인쇄소를 두세 시간 정도 어슬렁어슬렁 돌아다녔는데, 그동안 왓슨은 코에 녹색 안경을 쓰고 분주히 움직이며 나에게는 전혀 신경 쓰지 않았다. 얼마 후 내가 여전히 그곳에 있는 것을 보더니 그는 점잖고 신사다운 태도로 말을 걸며 내 견해를 물었다. 나는 그의 질문에 만족스럽게 대답해 주었다. 특히 그가 라틴어와 그리스어에 대해 물었을 때는 더욱 그러했다. 그는 내 인성과 학식에 대한 추천서가 있느냐고 물었으나 나는 아무것도 제시할 수 없다고 답했다. 그러자 나를 의심의 눈초리로 바라보며 내가 부모나 보호자로부터 도망친 불량배가 아닐까 우려했다. 그런 사람이라면 고용할 수 없다고 했다. 나는 부모님이 두 분 다 돌아가셨고, 그로 인해 교육을 계속할 수단을 잃어버린 탓에 내 지식을 유용하게 쓸 수 있는 일에 뛰어들게 되었노라고 답했다. 그는 나를 고용하고 업무과 태도에 따라 보수를 주겠다고 했다. 허나 도덕성에 대한 신뢰할 만한 추천서가 없는 사람을 정식으로 여왕 폐하의 인쇄소에 고용할 수는 없다고 했다.

나는 은혜를 배제한 채 도덕성만 강조하는 그 사람을 속으로 경멸할 수밖에 없었다. 그것은 인간의 타락과 자만을 보여 주는 한심한 사례 같았다. 그래도 그의 조건을 받아들여야만 했다. 내 내면 깊은 곳에는 종교의 대의명분에서 나를 돋보이게 하고 싶은 갈증과 열망이 있었기 때문이다. 내 작품을 출판할 수 있다면 사람들을 놀라게 하고 그들이 가진 지혜와 소중히 여기는 도덕성을 혼란에 빠뜨릴 수 있을 거라 생각했다. 선행과 도덕성에 의존해야 한다는 생각을 날려 버릴 것이다! 이를 통해 나는 이교도에 맞서 싸우는 표트르 대제 군대의 장군보다 더 높은 명성을 얻을 수 있으리라 믿었다.

나는 매일 몇 시간씩 인쇄소에 출근했지만, 배우고자 하는 열의에도 불구하고 큰 격려를 받지는 못했다. 열심히 배워 곧 활자 조판을 상당히 잘할 수 있게 되었다. 바로 이곳에서 나는 이 일기를 쓰고 인쇄할 생각을 품게 되었고, 이것을 출판해 달라고 왓슨 씨에게 요청했다. 나는 이것이 『천로역정』 같은 종교적인 우화라고 말했다. 그는 책을 촘촘히 인쇄하고 소책자로 만들라고 조언하면서 만약 팔리지 않더라도 큰 비용이 들지는 않을 거라고 했다. 종교 소책자, 특히 약간의 우화를 포함한 것들은 당시 큰 인기를 끌고 있다고 덧붙였다. 나는 작품을 인쇄소에 맡기고 아침 일찍부터 늦게까지 글을 썼다. 동료에게는 틈나는 대로 그리고 일요일에 작업하도록 독려했다. 두 번째 인쇄 작업을 시작하기 전에 우리는 모든 활자를 조판하고 교정까지 마쳤으며 추가 검토를 위해 깨끗한 사본도 인쇄해 냈다. 첫 번째 인쇄를 완성하던 날, 그날 인쇄소에서 내 작품이 세상에 나가게 될 것을 보며 얼마나 기뻤는지 절대 잊지 못할 것이다. 나는 이 작품에 내가 차용한 엘리엇이라는 국경 지대 이름은 쓰지 않기로 했다.

.........

여기까지가 나의 행적과 고백이었다.

이제 나는 그리스도교 독자들에게 이 모든 일의 과정과 처리, 그리고 결말에 대한 실마리를 제공해야 한다. 나는 하나님의 도움으로 이를 짧은 몇 쪽으로 제한하고자 한다.

1712년 7월 27일, 체스터스 — 희망과 미래는 산산조각이 났다. 내 소중한 일지가 사라졌다! 불 속에 던져졌다! 나의 원수가 나를 찾아냈고, 무덤 이쪽에서는 평화나 안식을 찾을 희망이 없다.

지난주 초, 함께 하숙하던 동료가 공포에 질려 집으로 뛰어 들어왔다. 그는 악마가 두 번이나 인쇄소에 나타나 내 책의 인쇄를 도왔고, 그로 인해 몇몇 사람은 정신을 잃을 정도로 겁에 질렸다고 전했다. 왓슨 씨는 그때까지 내 책자에 관심을 두지 않다가 이 이야기를 전해 듣고 호기심이 동하여 일부를 읽기 시작했다. 그는 크게 분노하며 내 작품을 거짓말과 신성모독이 얽히고설킨 잡동사니라고 불렀다.

모든 것을 불 속에 던져 버리라고 지시했고, 천벌을 불러올 일을 만든 것에 현장 책임자와 인쇄소 관계자 모두를 질책했다.

내가 진정 영혼의 비통함으로 눈물을 흘린 적이 있었다면, 바로 이때였을 것이다. 눈물을 흘린 이유가 희망이 무너져서가 아니라 내 동포들의 무지와 어리석음이 서글퍼서였기를 바란다. 린턴은 인쇄소 몇몇 사람이 악마가 나를 찾아왔었다고 말했다는 소식을 전해 주었다. 그때 나는 돌연 다른 생각이 들었다.

"설마 그 정도로 바보는 아니겠지?" 내가 말했다. "악마가 정말로 인쇄소에 있었다고 믿는 건 아니겠지?"

"아이구, 하나님 맙소사! 내가 직접 봤다네. 고개를 끄덕이며 인사도 나눴지. 꽤 신사다운 인물이던데… 초록색 체르케스 사냥 코트에 터번을 썼고… 외국인처럼 보였어… 그런데 순식간에 사라지는 능력이 있더군… 그게 좀 의아하긴 했지만. 그것 말고는, 외모가 그리 나쁘지는 않았어."

앞선 소식에 내가 비통함에 전율했다면, 이번 소식에는 무서워서 전율했다. 나는 내 작품의 진행을 돕기 위해 인쇄소를 방문한 인물이 누구인지 알았다. 그 후로 누군가 우리 숙소에 가까이 올 때마다 내가 두려워하고 존경하는 그 친구가 오는 게 아닐까 온몸을 떨었다. 그가 베푼 도움이 늘 우호적이었음을 인정하지만, 그 도움은 미묘한 성향을 띠고 있었다. 아울러 지금 내가 가진 그를 향한 공포는 나 자신도 설명할 수 없었다. 그것은 말로 표현할 수 없고, 상상할 수도 없으며, 인간의 영혼이 감당할 수 없는 것이었다. 나는 내 미완성 작품의 유일한 사본인 인쇄된 원고를 들고, 왓슨 씨의 사무실로 곧장 간다는 핑계를 대며 해 질 무렵 직전에 포츠버그 숙소에서 빠져나와 잉글랜드로 가는 길을 택했다.

도시를 벗어나자마자, 전에는 상상조차 하지 못했던 속도로 내달렸다. 달키스 방향으로 너무도 빠르게 질주하여 종종 땅이 보이지 않을 정도였다. 나는 혼자 중얼거렸다. "오, 비둘기처럼 날개가 있다면 좋으련만. 지구 끝으로 날아가 내가 힘으로 맞설 수 없는 자들로부터 숨을 수 있을 텐데!"

그날 밤부터 다음 날 아침까지 나는 한계를 넘어 여행을 계속했다. 다음 날 정오쯤에는 엘런쇼스라는 이름의 소작농 집에 들어갔다. 나는 몸이 아파서 더는 여행을 계속할 수 없으니 누울 수 있는 침상이 있거든 하나 내어 달라고 부탁했다. 그들은 나를 마구간 다락방으로 안내했는데 그곳에는 두 개의 침대가 있었다. 나는 그중 하나에 누워 깊은 잠에 빠져 저녁때까지 깨지 않았다. 저녁에는 들에서 일을 마치고 돌아온 세 남자가 잠을 자러 그곳에 들어왔고, 그중 한 명이 내 옆에 누웠다. 나는 그 사실에 매우 안도했다. 그들은 모두 깊은 잠에 빠졌다. 불현듯 나는 마구간 밖에서 들려오는 대화 소리에 화들짝 놀랐다. 대화가 무슨 내용인지는 알 수 없었으나 적어도 한 목소리는 내가 알고 있는 목소리인 듯해 무섭고 떨렸다. 차라리 내가 틀렸기를 바랐다. 칼을 맞아 죽는 게 나았을 것이다. 식은땀이 흘렀다. 순간 스스로 목숨을 끊는 게 유일한 구원책이라는 생각이 들었다(이 성급하고 죄스러운 생각을 자애롭게 용서해 주시길!).

그때 문밖에서 두 사람이 나에 대한 권리와 이해관계를 놓고 다투는 듯한 소리가 들려왔다. 그들의 대화에는 끔찍하고 신비로운 무언가가 섞여 있었다. 한 사람이 다른 사람이 들어오려는 것을 강제로 막고 있는 듯했다. 극심한 공포 속에서 나는 옆에서 코를 골고 자던 동료를 어렵사리 깨워서 문 앞에 있는 사람들이 누구인지 조용히 물었다. 남자는 정신을 차릴 때까지 가만히 듣고 있더니, 내게 무슨 소리가 들리냐고 물었다. 나는 문밖에서 이상한 목소리들이 다투는 소리가 들렸다고 답했다.

"그렇다면 흔치 않고 좋지도 않은 무슨 일이 있었을 거유." 그가 말했다. "우리 말들이 아무 이유 없이 저렇게 콧김을 뿜어 대지는 않으니까."

그제야 나는 동물들이 마치 마구간을 뚫고 나가려는 듯 코를 벌렁거리며 날뛰는 것을 보았다. 남자는 말들의 이름을 부르며 조용히 하라고 명령했지만, 말들은 더욱 격렬하게 날뛰었다. 그는 그때 졸고 있던 동료들을 깨웠고, 그들 역시 말들이 날뛰는 것에 놀랐다. 그들은 마우스나 졸리가 한 번도 이런 적이 없었다고 했다. 내 옆자리 동료와 다른 한 명이 사다리를 내려갔고, 나는 그중 한 명이 이렇게 말하는 것을 들었다. "아이고, 주여! 도대체 마구간에 뭐가 있는 거야? 불쌍한 짐승들이 물처럼 땀을 흘리고 있네."

그들은 할 수 있다면 함께 부엌에 가서 등을 가져오기로 했다. 나는 이 말을 듣고 다행이라 생각했다. 하지만 한 사람이 다른 사람에게 속삭이는 것을 들었을 때는 그리 기분이 좋지 않았다. "저 낯선 사람이 정말 괜찮은 사람일까 싶은데."

"하나님만이 아시겠지!" 상대가 말했다. "별로 좋아 보이지는 않아."

다른 침대에 있던 청년은 이 말을 듣고 두 사람이 부엌으로 떠날 때 확연히 공포를 느끼며 고개를 들었다. 그는 아마도 그들과 함께 갔으면 좋았을 거라고 생각했을 것이다. 청년이 사다리 옆에 있어서 나는 참 다행이라고 생각했다. 그가 없었다면 나는 무슨 수로도 두 사람이 돌아올 때가 기다리지 못했을 것이다. 그들이 나가자마자 누군가가 마구간으로 들어와 사다리 쪽으로 오는 소리가 들렸다. 침대에 앉아 주의 깊게 지켜보고 있던 청년이 소리쳤다. "거기 누구야? 워커, 너야? 퍼디, 너냐?"

어둠 속의 침입자는 잠시 멈칫거리다 사다리 아래로 다가왔다. 말들은 고삐가 풀렸고, 공포에 질려 콧김을 뿜고 울부짖으며 마구간 안을 휘젓고 다녔다. 나는 평생 이렇게 무서운 소동은 본 적이 없었다. 이 소동을 일으킨 존재가 이제 우리가 있는 다락방을 향해 사다리를 오르기 시작했다. 그러자 사다리 옆 침대에 있던 젊은이가 벌떡 일어나며 소리쳤다. "주여, 우리를 보호하소서! 대체 이게 뭐야?" 그러면서 그는 다락방을 가로질러 내 침대 옆으로 달려오며 미친 듯이 기도했다. 그러고는 다락방 반대쪽 끝에서 구유로 몸을 던졌고, 벌거

벗은 채로 날뛰는 말들 사이를 뚫고 나아가, 열려 있던 문을 통해 순식간에 사라져 버렸다. 나를 곤경 속에 내버려둔 채로. 공포로 무기력해진 나는 무서워 소리를 지르면서 그가 했던 대로 했으나, 물건들의 간격을 제대로 가늠하지 못해 구유를 벗어났고, 결국 마구간한 우리 바닥에 떨어지고 말았다. 나는 정신을 잃을 뻔했고 무릎도 다쳤다. 기겁해서 일어나 도망치려 했으나 그건 내 능력 밖의 일이었다. 마구간 안에는 여러 칸막이와 교차 칸막이들이 있었는데, 말들이 미친 듯이 날뛰며 앞에 있는 모든 것을 부수고 있었다. 나는 문이 어느 쪽에 있는지조차 짐작할 수 없었다. 두세 번 말에 치여 쓰러지면서도 그 와중에 나는 계속해서 있는 힘껏 소리를 질렀다. 결국 누군가가 내 목덜미와 머리카락을 잡아끌고 갔는데, 어디로 끌려가는지 알 수 없었다. 이제 목소리는 나오지 않았고, 정신적으로나 육체적으로 모든 기운이 바닥났다. 내가 정신을 차렸을 때 사람들의 말에서 받은 느낌은 차라리 내가 사라져 주는 게 좋겠다는 것이었다. 그들은 내가 비참한 상태로 발견되었다고 했지만, 내 상태를 설명하거나 내 설명을 듣고 싶어 하지는 않았다.

날이 밝자마자 나는 농부 가족의 야유와 저주를 받으며 쫓겨났다. 그들은 나를 피해야 할 존재로 여기며 나 때문에 불경한 밤에 일이 벌어졌다고 믿었다. 다시 나는 남쪽으로 향했다. 고달픈 인생 여정의 가장 외롭고 희망 없는, 비참한 존재가 되어 있었다. 절뚝거리며 길을 걸어가며 나는 울었다. 내가 어떤 존재가 될 수 있었을지, 그리고 실제로 어떤 존재가 되었는지 생각해 보았다. 죄 많은 인간에 대한 하나님의 응징자로 나섰던 때의 높고 번창했던 희망들, 진리의 고양과 진보를 위해 내가 감행했던 모든 것을 떠올렸다. 내 신앙이 흔들리지 않도록 하는 것은 매우 어려웠지만, 나는 그 죄로부터 보호받았고, 신자의 인생 여정이 전쟁과 고난의 연속이라 확신하며 스스로를 위로했다.

내 처지는 실로 가련했다. 나는 다리를 절뚝거렸고 배가 고팠으며 지쳐 있었다. 내가 가지고 있던 것은 고갈 직전이었다. 하지만 이런 것들은 부차적인 고통에 불과했다. 내가 내면적으로 겪고 있던 고통에 비하면 생각할 가치조차 없었다. 나는 다가오는 사람은 누구든 공포의 눈으로 바라보았을 뿐 아니라, 나 자신 또한 공포의 대상이 되었다. 더 정확히 말하자면, 내 몸과 영혼이 서로에게 공포의 대상이 되어 있었다. 만약 가능했다면 그들이 서로 전쟁을 벌였을 것만 같았다. 나는 거울에 비친 내 얼굴을 바라볼 용기가 없었다. 나 자신의 이미지와 나를 닮은 형상에 전율을 느꼈다. 나는 새벽이 두려웠고, 밤이 다가오는 것에 치를 떨었다. 자연 속에서 나에게 조금이라도 기쁨을 주는 것은 아무것도 없었다.

이렇게 절망적인 육체적, 정신적 상태로 나는 엘런이라 불리는 작은 강을 따라 트위드를 향해 터벅터벅 걸어가고 있었다. 그때 골짜기의 좁은 부분에서, 하나님이 창조하신 온 우주에서 내가 가장 피하고 싶었던 존재와 정면으로 마주치고 말았다. 나는 도망칠 힘도 없었고,

감히 그럴 수도 없었다. 내 안의 영이 그를 거짓이라 비난하거나 그와의 관계를 끊을 수 없었기 때문이다. 나는 선고를 받은 죄수처럼 그의 앞에 서서 얼굴을 뚫어지게 쳐다보았다. 그가 원하는 대로 휘둘리고, 뒤틀리고, 고통받을 준비가 되어 있었다. 그는 슬프고 엄숙한 눈빛으로 나를 바라보았다. 한때 위엄 있던 그의 얼굴이 지금은 얼마나 초췌하고 절망적으로 변해 있던가. 다만 내 죽은 형과의 놀라운 닮은꼴만은 유지하고 있었다. 오히려 그 유사성은 불행과 절망으로 인해 더욱 두드러져 보였다. 우리 사이에는 세상 사람들 사이에서 오가는 그런 다정한 인사도 없었다. 그는 피를 얼어붙게 하는 눈빛으로 나를 바라보았고, 내가 용기를 내어 말을 꺼낼 때까지는 아무 말도 하지 않았다. "당신이 여기 있군요! 좋은 소식을 가져오셨겠죠?"

"절망의 소식이구나!" 그가 말했다. "하지만 그것은 겁쟁이와 배은망덕한 자가 받아 마땅한 소식이고, 예상할 수 있는 소식이지. 너는 이제 네 나라에서 무법자이자 부랑자가 되었다. 너를 잡기 위해 높은 현상금이 걸렸다. 분노에 찬 민중은 네 집과 그 안에 있는 것을 전부 불태웠고, 그 땅의 농부들은 너를 내쫓은 것에 안도한다. 인간의 자유를 회복하고자 하는 위대한 사업에 손을 댔다가 중도에서 물러나 자기 내면의 빛을 경멸하는 자는 누구나 이렇게 된다! 네 악행 때문에 나는 잠시 너를 내버려두었고, 그 결과가 어떤지 네가 보고 있지 않는가. 너는 네 영혼과 육체를 모두 삼키려고 하는 악한 존재에게 힘을 실어 주었다. 나는 너를 구하기 위해 내 모든 역량과 영향력을 동원해야 했다. 내 손길이 없었다면 어젯밤 너는 갈가리 찢겼을 것이다. 하지만 이번에는 내가 이겼다. 우리는 즉시 이 땅을 떠나야 한다. 여기에는 우리를 위한 평화도, 안전도, 안락함도 없다. 나는 네 목숨을 여러 번 구했고, 내 목숨을 걸면서까지 그렇게 했다. 너는 지금 여기서, 앞으로 내 조언을 따르고 어디든 내가 인도하는 대로 따라오겠다고 맹세할 수 있겠는가?"

"저는 항상 당신의 조언에 따랐습니다." 내가 말했다. "당신을 생각하자니, 우리의 모든 노력이 수포로 돌아가게 되어 안타깝습니다. 그래도 저는 아직 제 고향 섬에서 쓸모 있는 사람이 될 수 있길 바랍니다. 그러니 부디 폐하께서는 이 불쌍하고 천대받고 버림받은 자를 운명에 맡기시고, 폐하의 영토로 돌아가시기를 간청합니다. 그곳에서는 폐하의 존재가 크게 필요할 것입니다."

"내가 그렇게 할 수 있다면 얼마나 좋을까!" 그가 비통하게 말했다. "하지만 그건 불가능한 이야기이다. 나는 너와 너무나 깊이 얽혀 있어서 마치 한 사람인 것처럼 느낀다. 우리의 본질은 하나이다. 우리는 몸과 영혼이 하나로 결합되어 있어 나는 자석에 끌리듯 너에게 끌린다. 그리고 네가 어디에 있든 나는 너와 함께 있을 수밖에 없다."

나는 이 확신을 주는 말에 흔들리지 않았다. 그걸 감지한 그는 배은망덕하다며 나를 신랄하게 꾸짖기 시작했다. 그러고는 도저히 참을 수 없는 섬뜩한 표정을 지었다. 나는 비틀거리며 그에게서 벗어났다. 그에게 제발 나를 내 운명에 맡겨 달라고 간청하며 애원했으나 사실 나는 혼란스러워 내가 무슨 말을 하고 있는지 몰랐다. 그는 겉으로는 비참하고 고통스러운 모양새였지만 그의 흉측한 얼굴에는 승리감의 기색이 엿보였다. 이에 나는 충격을 받았다. 그는 내가 절망에 빠진 것을 보고 내심 은밀히 기뻐하는 듯했다.

나는 오랫동안 감히 뒤를 돌아볼 수 없었다. 마침내 뒤를 돌아보니 이 몰락하고 타락한 권력자가 천천히 따라오고 있었다. 주님께서 나를 대지의 심장부나 바다의 깊은 곳에 숨겨 주시길 기도했다. 트위드강을 건널 때는 그가 여전히 바로 뒤에 있었다. 절망이 극에 달한 나는 이렇게 성가신 사람을 처음 만났던 그 시간을 저주했다. 하지만 잠시 후 생각해 보니, 그것은 내가 주님께 엄숙히 헌신하고 영원히 적용되는 법에 의해 최종 선택과 확증을 보장받은 축복의 시간이었음이 떠올랐다. 나는 오로지 그 축복을 통해 위안받았기에 그 시간에 대한 저주를 철회하고 나의 경솔함을 회개했다.

트위드강을 건넌 후, 그날은 나를 괴롭히던 자가 더는 보이지 않았다. 나는 그가 잠시 떠났다는 희망을 품었다. 하지만 아아, 얼마 전에 들었던 그 선언 이후로 과연 내가 해방될 수 있으리라는 희망을 가졌겠는가! 나는 그날 밤 앤크럼 마을의 작고 초라한 여관에 묵었다. 그곳 사람들은 모두 가난하고 무지해 보였다. 잠자리에 들기 전에 나는 그들에게 저녁에 가족 예배를 드리는 것이 관례인지 물었다. 주인 남자는 세상살이에 바빠 자주 시간을 내긴 어렵지만 내가 예배를 인도해 준다면 무척 고마울 것이라고 답했다. 나는 전날 밤에 겪었던 소동이 재연될까 두려워 그 제안을 받아들였고, 최대한 품위 있게 오래 예배를 이어 갔다. 가난한 사람들은 나에게 감사를 표하며 내 기도가 우리 모두를 위해 응답받길 바란다고 했다. 그들은 내 능력에 매우 감명받은 듯했고, 나처럼 강력한 웅변력을 가진 이가 어떻게 이렇게 비참한 상태로 떠돌게 되었는지 궁금해했다. 나는 옥스퍼드로 가는 길에 있는 가난한 신학도라고 말했다. 그들은 놀라움과 실망, 두려움이 뒤섞인 표정으로 서로를 쳐다보았다. 나중에 알게 된 바로는, 그들은 신학이라는 용어를 완전히 잘못 알고 있었다. 옥스퍼드에서는 오직 흑마술만 가르친다는 터무니없는 생각이 스코틀랜드 남부 전역에 퍼져 있었다. 나는 당시 사람들이 무슨 뜻으로 그러는지 이해할 수 없었고, 주인이 심히 걱정하며 물었을 때는 더욱 그랬다. "정말로 옥스퍼드에 갈 생각이오? 그러지 않기를 바랍니다. 더 나은 길을 찾는 게 어떻겠소."

나는 교육이 마무리 단계에 있다고 말했다. 그러나 주인은 옥스퍼드 예술이 종교인 교육을 마무리 짓기에는 좋지 않다고 했다. 마지막에 나는 그에게 나와 같이 자거나 밤새 방에 같이 있어 달라고 요청했다. 나는 그와 진지하고 종교적인 대화를 나누고 싶었다. 또한 순수 예술 연구가 필수적인 것은 아닐지라도 성직자의 품성과 양립할 수 있는 것이라고 설득하고 싶었다. 그는 고개를 저으며 내가 어떻게 그것들을 순수 예술이라고 부를 수 있는지 의아해했다. 그는 내가 어떤 시각적 예시를 들어 설득하려는 것은 아니기를 바란다며 마지

못해 나와 함께 자는 것에는 동의했다. 그리고 아내와 딸이 하룻밤 함께 자도록 했다. 아내가 그것이 좋은 생각이라는 눈치를 주지 않았다면 아마 그는 거절했을 것이다. 이를 통해 나는 집에 침대가 두 개뿐이며, 내가 딸의 침대를 쓰면 그녀가 다른 곳에서 자야 한다는 걸 알게 되었다.

주인과 나는 소박한 침대로 물러났고, 한동안 일상적인 얘기를 나누다가 그는 깊이 잠이 들었다. 하지만 나는 잠이 들지 못했다. 내 안에는 눈을 감지 못하게 하는 무언가가 있었다. 밤이 깊었을 때 나는 다시 전날 밤에 들었던 것과 같은 소음과 다툼이 집 밖에서 시작되는 것을 들었다. 그리고 다시 한번 그것이 나에 대한 주권과 특권에 관한 것임을 알았다. 한 번은 소음이 우리 침대 바로 위, 집 꼭대기에서 나는 듯했다. 마치 한쪽이 지붕을 뚫고 들어오려 하고 다른 쪽이 그것을 강제로 막고 있는 것 같았다. 또 다른 때는 문에서, 그리고 또 다른 때는 창문에서 소리가 났다. 하지만 여전히 주인은 내 옆에서 깊이 잠들어 있었다. 나는 말할 수 없는 공포에 사로잡혀 열렬히 기도했다. 더 나은 방법이 없는지 혼자 찾아보며 잠자는 동반자는 깨우지 않으려고 했다. 그러나 여자들이 놀라 우리 방으로 달려왔고, 지옥의 악마들이 집을 포위하고 있다고 외쳤다. 그제야 주인이 깨어났다. 소란이 너무나 심해져서 집의 기초까지 흔들릴 지경이었다. 그 소리는 내가 상상할 수 있는 전투의 광기보다 더 크고 격렬했다. 대포 소리와 신음과 부르짖음과 신성모독적 저주가 뒤섞인 전투. 천둥 번개가 치고, 비명과 신음, 웃음소리, 저주가 모두 뒤섞여 있었다.

나는 떨면서 식은땀에 젖어 누워 있었지만 곧 몸을 일으켜야만 했다. 집 안의 사람들이 하나둘씩 나를 공격해 왔기 때문이다.

"오, 탬 더글러스! 탬 더글러스! 서둘러 그 악마 같은 자에게서 벗어나요!" 안주인이 외쳤다. "당신은 지금 악마와 같이 있어요. 우리 딸 티비가 어젯밤에 그의 갈라진 발굽을 봤대요."

"주여 도와주소서!" 탬 더글러스가 고함을 지르며 날치처럼 침대 위로 튀어 올랐다. 그러고는 이승 것이 아닌 듯한 소동을 듣고서 침대 쪽으로 돌아서서 무서워하며 한참 말이 없더니 비로소 입을 열었다.

"당신이 악마라면, 일어나서 이 집에서 조용히 떠나시오… 당신 땜에 침대 짚에 불이 붙기 전에. 그렇게 되면 당신에게 더 안 좋을 수 있소. 일어나요… 선한 청년처럼 당신 동료들에게로 가시오. 여기 누구도 당신이 해를 당하길 원치 않소. 내 말 듣고 있소?"

"친구여, 어떤 그리스도인도 이런 밤에, 그것도 마을 사람들이 이렇게 소란을 피우는 가운데 동료를 내쫓지 않을 것이오." 내가 말했다.

"아, 당신이 필시 인간일 터인데, 성경을 사용한 걸 보니 그렇게 생각되는군." 그가 말했다. "낯선 사람과 정직한 이들에게 그런 진짜 같은 농담은 하지 마시오. 이건 당신의 옥스퍼드 장난 중 하나겠지만, 그만두시면 고맙겠소. 하나님 맙소사, 그들이 집의 네 모퉁이를 동시에 뚫고 들어오려고 하고 있어!"

집주인이 나를 일으키지 못하는 것을 본 딸 티비는 필사적으로 침대로 달려와 내 허리를 붙잡고 바닥으로 끌어 내렸다. 그러면서 말했다. "당신이 악마든 사람이든, 우리가 모두 잡아먹힐 때까지 거기 누워 있을 순 없어요!"

주인 내외는 딸의 행동을 칭찬했다. 나는 어쩔 수 없이 옷을 입으려고 했으나 내가 처한 상태로는 그렇게 할 수 없었다. 다행히 세 사람이 즉각 나를 도와주었다. 그들은 내게 옷을 대충 걸치게 한 뒤, 그들을 혼란케 할 수 있는 것을 보지 않으려고 눈을 감았다. 그러고는 나를 거리로 밀어냈다. 그들은 나를 저주하며 마귀들에게 그들의 먹이를 가져가 사라지라고 외쳤다.

이어진 광경은 설명할 수도, 설령 설명한다 해도 믿을 수 없는 것이었다. 나는 순식간에 흉측한 마귀들에 둘러싸였다. 그들은 이빨을 드러내며 나를 물어뜯고, 새빨간 발톱을 내 얼굴에 치켜들었다. 바로 그 순간, 두렵고도 헌신적인 내 친구가 뒤에서 내 코트 깃을 움켜잡았다. 그는 나를 앞으로 밀면서 금빛 장검을 휘둘렀다. 마귀들의 연합 공격으로부터 나를 방어했다. 나를 공격하는 자들은 생김새가 흉측했으나(모두가 괴물 같은 형상을 하고 있었다) 나는 차라리 그들의 손에 떨어지는 편이 나을 거라 느꼈다. 내 생명이나 의지의 어떤 부분도 나의 것이라고 말할 권리나 힘도 없이 그저 내 보호자의 포로가 되어 그의 뜻대로 끌려가는 것보다는 나을 것이었다. 나는 그의 강력한 보호에 대해 감사조차 할 수 없었다. 그저 머리를 숙인 채 어디로 가는지도 모른 채 나아갔다. 마치 처형장으로 끌려가는 죄수처럼. 그동안 지옥 같은 전투는 계속되었다. 동이 틀 무렵에야 나는 고개를 들어 보았다. 마귀들은 모두 사라지고 오직 한 마리만이 저 멀리 남아 있었다. 나의 박해자이자 보호자는 여전히 내 목덜미를 잡고 앞으로 밀고 나아갔다.

마침내 그는 내게 앉아서 좀 쉬라고 했다. 나는 그의 말에 따랐다. 실로 휴식이 절실했고 그의 요구를 거부할 힘도 없었다. 그곳에서 그는 아침 내내 나를 붙들고 괴롭혔다. 과거에 대한 성찰로 나를 힘들게 하며 미래의 공포를 지적했다. 나는 수천 번이나 차라리 내가 존재하지 않았더라면 하고 바랐다.

그가 말했다. "나는 제 멋대로인 네 운명에 매달렸다. 그것은 너뿐만 아니라 나까지도 파멸로 이끌었다. 네가 아무리 배은망덕해도, 나는 네가 파멸하게 내버려둘 순 없다. 하지만 이런 삶은 더 이상 견딜 수가 없구나. 이 세상에서 우리의 희망이 무너지고 모든 웅대한 계획이 좌절되었다. 우리의 영원한 운명이 어떤 행동으로도 무효화될 수 없는 법에 의해 정해져 있다. 그러니 우리 자신의 손으로, 아니면 서로의 손으로 목숨을 끊자. 영웅처럼 죽자. 이 불순하고 부패한 육신을 벗어 버리고, 우리를 존재하게 하는 순수한 천상의 본질과 하나가 되자."

나는 이 끔찍한 대안을 들으며 몸서리쳤다. 허나 현재 상황에서는 더 이상 살 수 없음을 인정해야만 했다. 나는 이 행위의 악함과 그것이 초래할 저주에 대해 따져 보았지만 쓸데없는 짓이었다. 그는 나를 의롭게 하는 은혜의 절대성을 받아들이게 했다. 또 선택받은 자가 믿음에서 떨어지거나 그들이 부름받은 영광스러운 목적에서 절대 벗어날 수 없음을 인정하게 했다. 그렇게 함으로써 내 입으로 나 스스로를 정죄하게 만들었다. 그는 이것을 인정한다면, 자살은 영웅적인 행위이며, 겁쟁이만이 이를 피하고 매일 밤낮으로 백배나 더 고통을 겪을 것이라고 말했다.

나는 그래도 겁쟁이로 남겠다고 말했다. 내가 그에게 간청한 것은, 그저 한동안 나를 운명에 맡겨 두고, 창조주의 공정한 판단에 맡겨 달라는 것뿐이었다. 하지만 그는 나를 대신해 자신의 말과 명예가 걸려 있으며, 이런 경우에 그것들은 저버릴 수 없다고 했다. "네가 네 자신을 불쌍히 여기지 않는다면 나를 불쌍히 여겨라." 그가 덧붙였다. "나를 봐라, 내가 어떤 상태로 전락했는지 보란 말이다."

그 말에 나는 무심코 고개를 돌려 그의 얼굴을 흘끗 보았다. 새 예루살렘의 아름다움을 영혼 깊숙이 비추게 될 운명의 눈도 그때 내가 본 광경을 보지 않기를! 내가 가진 불멸의 영혼과 피와 뼈는 그 파괴적인 모습에 모두 시들어 버렸다. 나는 신음하며 일어나 물러났다. 죽음의 고통조차도 내게서 짜낼 수 없는 신음이었다.

나는 뒤를 돌아볼 용기도 없어 기어가듯 길을 갔다. 그날 밤 스코틀랜드 국경의 작은 마을에 이르렀다. 나는 위험에 무뎌지고 공포의 장면에 둔감해졌다. 마침내 홀아비인 가난한 농부의 집에 묵게 되었다. 그는 나에게 벽난로 옆에 있는 골풀 침대밖에 줄 수 없었다. 자정에 이상한 소리가 들렸는데, 그것은 최근에 내가 익히 들어 온 소리와 너무나 비슷했다. 하지만 그 소리는 멀리서 들려왔고, 나는 곧 이 집에는 나를 지배하거나 나와 싸우는 힘보다 더 강력하게 보호하는 힘이 있다고 확신하게 되었다. 그런 피난처를 찾은 것에 기뻐하며 나는 그 소박한 오두막에 머물렀다.

이곳에서 지낸 지 3일째다. 지옥 같은 공격자들로부터 자유로워져서 기도를 하거나 일기를 쓰며 시간을 보내고 있다. 이 일기는 내 인쇄된 저서에 첨부할 계획이며 이 순례를 이어가는 동안 계속 추가할 생각이다. 하지만 이 순례가 오래 지속되지 않으리라는 걸 나는 분명히 느낀다.

1712년 8월 3일 — 오늘 아침 농부가 리데스데일에 석탄을 구하러 갔다가 돌아와 소식을 전해 주었다. 어떤 낯선 신사가 그 지역을 돌아다니며 나를, 혹은 나와 비슷한 모습의 사람을 열심히 찾고 있다고 했다. 농부가 이 낯선 사람을 묘사하는 것을 듣자니 그가 누구인지 쉽게 알 수 있었다. 나를 괴롭히는 자가 한 번이나마 내 흔적을 놓쳤다는 사실에 기뻐하며, 나는 이 낯선 사람을 쫓는다는 구실로 서둘러 은신처를 떠날 준비를 하고 있다. 하지만 사실은 그의 추격으로부터 더욱 꼭꼭 숨기 위해서이다. 아마도 이것이 내가 쓰게 될 마지막 문장일지도 모른다. 만약 그렇다면, 안녕히 계시오, 그리스도인 독자여! 하나님께서 당신에게 이 땅에서 내게 주신 것보다 더 행복한 운명을 허락하시고, 천국에서도 같은 은총을 받을 수 있기를! 아멘.

1712년 8월 24일, 울트-리 — 여기 나는 황량한 벌판에 앉아 내 비통한 일기에 한 문장을 더 쓴다. 그리고 이제, 태양 아래의 모든 것들이여, 안녕!

국경 지대의 농부 오두막을 떠나서 나는 북서쪽으로 서둘러 갔다. 그쪽에 가장 높고 거친 언덕들이 보였기 때문이다. 호윅 위의 산을 넘어가면서 나는 언덕 비탈에 누워 슬픈 사랑 노래를 흥얼거리던 가난하고 소박한 양치기와 옷을 바꿔 입었다. 그는 바꾼 옷을 좋아했고, 그 성결한 옷차림에 뿌듯해했다. 나 역시 이제 완벽하게 변장했다고 생각했기에 새 옷이 그에 못지않게 좋았다. 더군다나 이 평범한 양치기의 차림 덕분에 어느 집이든 나를 반갑게 맞아 주었다. 첫 번째 밤은 로버튼 교회 근처의 농가에서 잤는데, 특별히 이상한 것을 보거나 듣지 않았다. 하지만 다음 날 아침, 모든 하인이 혐오의 눈빛으로 나를 쳐다보며 멀리했다.

다음 날 밤 나는 이 집에 왔다. 농장주는 나를 양치기로 고용했다. 나는 그가 친절하고 신실한 신도라는 걸 깨닫고 그의 조건을 기꺼이 받아들였다. 하지만 양을 치러 몇 번 나가지 않아 다른 양치기들이 주인에게 내가 양을 돌볼 줄 모른다며 나를 내보내라고 요구했다. 주인은 그들의 말이 사실임을 잘 알았지만, 내 학식과 종교적 대화에 매료되어 나를 내쫓지 않고 대신 소를 치게 했다.

내가 이곳에 오기 전부터 오랫동안 특정 시기가 되면 이 농가에 유령이 출몰한다는 소문이 나돌았는데, 그건 내게 다행스러운 일이었다. 이게 다행이었다고 하는 이유는, 내가 이곳에 온 지 며칠 지나지 않아 예전에 들었던 끔찍한 소리가 자정 무렵에 들리기 시작했고, 종종 새벽 무렵까지 계속되었기 때문이다. 그래도 그 소리는 여전히 문밖 멀리서 들려왔다. 내가 이전에 머물던 오두막처럼, 이 주인의 집도 모든 악마의 힘으로부터 보호받는 성소인 것 같았다. 주인은 선하고 정의로운 신사로 초자연적 현상을 비웃는 듯하다. 그는 이 괴롭히는 영들의 소리를 듣지 못하거나 인정하지 않으려 한다. 하지만 최근에는 매우 불안해 보인다.

하인들의 공포는 극에 달했다. 그들은 모든 것을 유령 탓으로 돌리며, 오래전 이곳에서 일어났다는 살인에 대한 무서운 이야기들을 한다. 최근에는 내가 유령에 홀렸다고 의심하기 시작했다. 내가 나에 대해 만족할 만한 설명을 해 주지 않았기에, 그들은 내가 살인자이며 내가 죽인 사람들의 영혼에 쫓기고 있다고 수군거리고 있다.

8월 30일 — 오늘 나는 밤에 본채에서 나가 혼자 헛간에서 자야 한다는 말을 들었다. 이는 내가 없을 때 가족들이 조금이라도 쉴 수 있는지 보기 위해서다. 나는 단호하게 이를 거부했고, 그 결과 주인의 형제가 나를 때리고 발로 찼다. 나는 고통으로 몸이 완전히 지치고, 마음도 몸도 약해지고 쇠약해져서 어떤 모욕이나 상해에도 대응

할 수 없는 상태이다. 이 세상에 불행과 절망의 자식이 있다면, 바로 나일 것이다. 주인은 아직 내 편이지만, 이곳에는 너무나 많은 주인이 있고 그들 모두가 나에게 똑같이 가혹해서, 나는 매시간 내가 무덤 속에 있었으면 하고 바란다. 만약 밤에 가족의 성소에서 쫓겨난다면, 아침이 되기 전에 나는 갈기갈기 찢길 것이다. 그렇게 되면 누가 굳이 나의 찢긴 사지를 모아 명예로운 장례를 치러 줄 것인가?

나의 마지막 시간이 왔다. 나에게 고통을 주는 자가 다시 한번 이 광야에서 나에게 다가오는 것을 본다. 아, 땅이 나를 삼켜 버리거나 언덕이 무너져 나를 덮어 버렸으면! 영원히 안녕!

1712년 9월 7일 — 헌신적이고 고귀하고 낙관적인 친구가 계속해서 나를 찾아왔다. 내 시간은 다 되었다. 나는 말할 수 없는 안도감을 느낀다. 그는 나의 어떤 행동도 영원한 섭리를 망치거나 창세전에 정해진 사건을 조금이라도 바꾸거나 경감시킬 수 없다는 것을 확인시켜 주었다. 그는 심히 걱정하며 나를 지켜보았으나 내가 그를 깊이 혐오하는 것을 알고는 나를 괴롭히지 않았다고 했다. 하지만 그는 이제 내가 오늘 밤 성소에서 쫓겨날 것이며 지옥의 존재들이 내 몸을 노릴 거라는 걸 알고는 나에게 절망하지 말라고 경고하러 왔다. 그에게 힘이 있는 한 어떤 위험을 무릅쓰고라도 나를 보호하겠다고 했다. 그리고 그는 내가 큰 위기에 처했을 때 외워야 할 절규의 기도문을 누차 말해 주었다. 나는 그 말들이 모호하고 끔찍한 의미로 해석될 수 있다고 하며 거절했지만, 그는 이에 대해 반박했다. 그와 논리적 대화를 나누는 것은 무의미했다. 그는 내가 정말 곤경에 처하지 않는 한 그 기도문을 외울 필요는 없다고 했으나, 자신은 힘과 능력이 약해지고 있으며 아마도 그것 말고는 나를 구할 수 있는 길이 없을 것이라고 했다.

두려운 밤이 찾아왔다. 그가 말한 대로 나는 가족의 거처에서 쫓겨나 뒤편에 있는 외양간, 즉 소 우리로 가라는 명령을 받았다. 거기 건초가 다락처럼 쌓인 곳에 초라한 침대가 있었고, 아래에서는 소들이 그르렁거리며 숨을 내쉬고 있었다. 달캐슬의 화려한 연회장과는 얼마나 다른가! 내가 지금 어떤 상태로 전락했는지, 사려 깊은 독자들이 판단하길 바란다. 주여, 당신은 내가 이 땅에서 당신의 대의를 위해 한 모든 일을 아십니다! 그런데 왜 저를 이토록 가혹하게 다루십니까? 왜 저를 분노의 표적으로 삼으셨습니까? 하지만 당신의 뜻은 이루어져야 합니다! 당신은 더 나은 세상에서 저에게 보상하실 것입니다. 아멘.

9월 8일 — 이곳에서의 첫 번째 시련의 밤이 지나갔다! 이 저주받은 세상에서 내가 보게 될 마지막 밤이었으면 좋겠다! 만약 지옥의 공포가 내가 겪은 것과 같다면, 그곳에서의 영원은 짧은 기간일 것이다. 어떤 피조물도 한 달이나 일주일 동안 그것을 견딜 수는 없을 테니까. 나는 그 어떤 생명체도 겪지 못한 고통을 받았다. 내 모든 생명력이 찢겨 나갔고, 내 영혼의 모든 능력과 감정이 고문당해 무감각해졌다. 나는 바닥을 볼 수 없는 심연 위에 머리카락으로 매달렸다. 그제야 비로소 나는 그 무시무시한 기도를 외쳤다! 나는 즉시 자유로워졌다. 지금 내가 어떤 상태인지는 전능하신 하나님만이 아신다! 아멘.

1712년 9월 18일 — 나는 아직 살아 있지만, 인간이라기보다는 환영에 더 가깝다. 하지만 오늘은 죽을 운명을 타고난 내 삶의 마지막 날이다. 더 이상 저항할 수 없다. 내 헌신적인 벗은 오늘 우리가 함께 죽고, 무덤은 사람들의 자비에 맡기자고 제안했다. 나는 동의했다. 나는 엄숙히 맹세했으며, 비록 후회할지라도 그를 거절할 수 없음을 알고 있다. 그는 자신의 위엄이 몰락하고 쇠퇴한 것에 절망하며 분노하고 있다. 나를 괴롭히는 자와 함께 몰락한다는 생각에 나는 약간의 비참한 위안을 얻는다. 온갖 불행으로 가득한 세상이여, 안녕. 당신에게는 위안도 즐거움도 없었으니! 내가 경멸하고 피해 온 여성이여, 안녕히 계시라. 그리고 내가 미워했던 남성도, 안녕. 그럼에도 불구하고 당신들에게 자비가 임하시길! 그리고 너, 태양이여, 훨씬 더 밝은 광채의 빛나는 상징이여, 너에게도 작별을 고한다! 나는 지금 너에게 마지막 시선을 주지 않으련다. 가련한 자살자의 마지막 시선이 너의 영광스러운 궤도에 올려질 것이기 때문이다. 아! 저기 무서운 절망에 찌든 검은 얼굴로 격렬하게 다가오는 자는 누구인가! 나의 시간이 임박했다. 전능하신 하나님, 내가 지금 무슨 일을 하려는 것입니까! 회개의 시간은 지나갔고, 이제 나의 운명은 불가피하다. 영원히 아멘! 이제 이 작은 책은 봉하여 숨겨 둘 것이다. 이를 바꾸거나 고치려는 자는 저주받을지어다.

회고록의 끝

.........

이 작품은 무엇이 될 수 있을까? 물론 당신은 비유담이라고 말할 것이다. 아니 (작가의 말대로라면) 자기 의의 끔찍한 위험을 보여 주는 종교적 비유라고 할 수 있겠다. 나는 잘 모르겠다. 뒤에 이어지는 내용에 주목해 보라. 이것은 매우 특별하고, 전례가 없으며, 인간 역사의 흐름에서 벗어난 것이다. 만약 그 진실을 증언할 수 있는 수백 명의 산증인들이 없다면, 나는 어떤 이성적인 존재에게도 이것을 믿으라고 하지 않을 것이다.

우선, 1823년 8월 『블랙우드 매거진』에 게재된 믿을 만한 편지에서 발췌한 다음 내용을 살펴보자.

"세 지주의 땅이 서로 만나는 코완스 크로프트라는 황량한 고지대 꼭대기에는 자살자의 무덤이 오랫동안 자리 잡고 있었다. 무덤은 머리맡과 발치에 서 있는 돌로 표시되어 있었다. 그곳 한 농장에서 양치기로 일할 때 나는 종종 그 무덤 앞에 서서 생각에 잠기곤 했다. 그 무덤은 농장의 가장 끝 경계에 있었다. 나는 젊은이가 한창 젊은 나이에 무엇 때문에 손을 잘못 놀리고 그토록 억지스럽고 터무니없는 행동을 저지르며 창조주에 맞서 질주했을까 생각했다. 하지만 나는 단 한 번도 썩어 가는 범죄자의 뼈를 파내 볼까 하는 호기심을 가져 본 적은 없었다. 내 생각에 그것은 가장 혐오스러운 일이었다. 그러나 지난달에 그 일이 실제로 일어났다. 이 나라에서 내가 들어 본 것 중 가장 놀라운 자연 현상이 발견되었다.

이 불운한 젊은이에 관한 이야기는 매우 특이해 작은 전설이 되었다. 그는 이 지역 출신이 아니었고, 어디서 왔는지 결코 말하려 하지 않았다. 다만 그는 남달리 마음이 깊고 사색적이며 우울한 성품을 지녔다. 이곳에서 알려진 바로는 인품이 나쁘지 않았고, 이 지역에서 상당 기간 살았다. 마지막에는 약 100년 전에 사망한 엘트리브(왕의 시내라는 뜻으로, 스코틀랜드 게일어로는 '올트-리'라고 한다)의 앤더슨 씨 밑에서 일했다. 그는 그곳 엘트리브 호프에서 여름 동안 어린 가축을 돌봤다. 9월 어느 날, 주인 아들인 제임스 앤더슨이 이 양치기와 함께 호프에 놀러 갔다. 양치기는 점심을 싸 갔는데, 오후 1시경 어린 제임스가 집에 가자고 제안하자 양치기는 그냥 남아서 자기 점심을 같이 먹자고 강권했다. 하지만 소년은 부모님이 걱정할까 봐 집에 가겠다고 말했다. 이에 양치기는 소년에게 이렇게 말했다. '그럼, 제임스, 네가 가 버린다면, 네가 다시 돌아오기 전에 나는

목을 벨 거다.'

나는 또 다른 사람으로부터 다음과 같은 이야기를 들었다. 꽤 오래 전 주인집에서는 몇 가지 물건이 도난당했는데, 그날 소년이 도난당한 물건인 은제 나이프와 포크를 양치기가 가지고 있는 걸 보았다는 것이다. 소년은 이걸 보고 바로 절망에 빠졌다고 한다.

소년은 그날 오후 호프로 돌아가지 않았다. 저녁이 올 무렵, 하트루프라 불리는 고개를 지나 에든버러로 양 떼를 몰고 가던 한 목부는 엘딘호프의 건초 더미 옆에서 이상하고 무서운 자세로 서 있는 사람 형체를 보았다. 목부는 이 이상하고 기괴한 형체를 빤히 바라보며, 양을 몰던 길이 그곳에서 그리 멀지 않았기에 먼저 소리쳐 불러 보았다. 하지만 아무 대답이 없었다. 그는 그곳으로 다가갔고, 놀랍게도 그것은 앞서 언급한 젊은이였다. 그는 건초 더미를 묶은 밧줄에 목을 매 자살한 상태였다.

이는 큰 불가사의로 여겨졌다. 사람들은 만약 악마가 돕지 않았다면 이런 일은 일어나지 않았을 것이라고 말했다. 보통 이런 밧줄은 푸른 건초로 만들어져 쉽게 끊어져서 건초 더미를 묶는 것도 겨우 버틸 정도였기 때문이다. 그리고 이 지역의 선량한 사람들을 더욱 공포에 떨게 한 것은, 목부의 말에 의하면, 그가 처음 보았을 때는 두 사람이 건초 더미 주위를 바쁘게 돌아다니며 무언가를 하고 있었다는 것이다. 그게 사실이라고 거의 맹세했는데, 그는 그들이 건초 더미를 다듬고 있다고 생각했었다고 말했다.

만약 이 주장이 조금이라도 사실에 가깝다면, 이는 적어도 이 불운한 젊은이가 양 떼를 몰고 가던 사람을 본 후에 목을 맸다는 것을 증명한다. 하지만 그를 풀어 내렸을 때는 이미 완전히 죽어 있었다. 건초 더미 한쪽 아래에 있던 오래된 건초 밧줄 두 개는 묶여 있었기 때문에(사실 처음 쌓을 때 모두 그렇게 묶었다) 그는 다른 쪽 끝 두 개만 풀면 되었다. 그는 목에 이 밧줄을 매듭지어 묶은 다음, 서서히 무릎을 구부리며 몸을 내려, 건초 밧줄이 그의 모든 체중을 지탱하게 했다. 그런 방식으로 생명을 끊었다. 하지만 만약 스코틀랜드 어디라도 외딴 건초 더미 위에 던져진 밧줄을 시도해 보면 알겠지만, 어느 것도 콜리 개조차 매달 수 없을 만큼 튼튼하지 않다. 그래서 이 불쌍한 이가 죽은 방식은 꽤나 특이한 상황이었다.

이튿날 아침 일찍 앤더슨 씨 하인들은 마지못해 집을 나섰다. 그들은 수의로 쓸 낡은 담요를 가져갔다. 건초 밧줄이 아직 목에 둘러 있는 상태에서 먼저 시신을 플래드*로 감싸고, 낡은 담요로 전체를 덮었다. 그들은 혐오스러운 주검을 수레에 싣고 5킬로 정도 떨어진 코완스 크로프트 정상까지 운반했다. 그곳은 부클루 공작의 땅과 드러멀지어 영주의 땅, 그리고 내피어 경의 땅이 서로 만나는 지점이었다. 거기서 그들은 은제 나이프와 포크, 그가 입은 것과 가진 것 전부를 그와 함께 땅에 묻었다. 여기까지가 전해 내려오는 이야기이고, 누구도 이 역겨운 구전 설화에 토를 달지 않았다.

---

* 스코틀랜드 전통 의상으로 격자무늬의 어깨걸이 천

그 불운한 청년이 죽던 날 함께 있었던 앤더슨 씨 조카의 말에 따르자면, 그가 기억하는 친척들의 이야기와 특히 삼촌의 이야기를 종합해 볼 때, 다음 달(즉 1823년 9월)이면 그 사건이 일어난 지 105년이 된다고 한다. 나는 이 신사의 정보가 정확할 것으로 본다. 하지만 내가 상담했던, 훨씬 나이가 많은 몇몇은 6, 7년이 더 지났다고 주장한다. 그들은 제임스 앤더슨 씨가 당시 10살 소년이었다고 들었다고 한다. 그가 80세가 넘는 고령까지 살았고, 그가 죽은 지가 42년이 되었다고. 어느 쪽이든, 대략 그즈음이었다는 데는 의심의 여지가 없다.

공교롭게도 이번 여름 윌리엄 쉴과 W. 쏘드라는 두 젊은이가 인근 고지대에서 토탄을 캐고 있었다. 그들은 이 황야에 있는 무덤을 파서 옛날 수 세기 전에 자살한 사람의 뼈가 남아 있는지 확인해 보고 싶었다. 그래서 무덤을 팠지만, 절반만 팠다. 머리 쪽과 중간 부분을 동시에 파기 시작했다. 얼마 지나지 않아 그들은 낡은 담요를 발견했다. 지표면에서 30센티미터 정도 되는 얕은 깊이였다고 그들이 말했던 것 같다. 그들은 담요를 찢어 열었다. 주검의 가슴을 따라 늘어진 건초 밧줄이 보였다. 그것은 매우 생생해서 그들은 첫눈에 그것이 리스프로 만들어졌다는 것을 알아챘다. 리스프는 습지와 호숫가 주변에서 자라는 긴 검 모양의 풀이다. 한 젊은이가 밧줄을 잡고 당겼으나 악마의 오래된 마법이 남아 있어 끊어지지 않았다. 그래서 그는 계속 당기고, 또 당겼다. 보라! 시신이 앉은 자세로 올라왔다. 머리에는 넓은 파란 보닛을 쓰고 그 언저리에는 플래드를 두르고 있었다. 모든 것이 처음 묻힌 그날처럼 생생했다! 나는 이렇게 놀라운 보존 상태에 대해 들어 본 적이 없다. 만약 내가 들은 이야기가 사실이라면 말이다. 그렇다고 내가 직접 가서 시신을 볼 정도로 궁금한 것은 아니다. 그는 얼굴 특징이 너무나 또렷해서 그를 아는 사람이라면 쉽게 알아봤을 것이다. 한 젊은이가 시신의 얼굴을 엄지와 손가락으로 집어 보았는데, 볼은 꽤 부드럽고 살집이 있는 느낌이었다. 하지만 보조개는 그대로 있어 다시 펴지지 않았다. 그는 약 25센티 길이의 아름다운 금발 머리를 가지고 있었고, 칼로 일부를 잘라 내기 전까지는 단 한 가닥도 뽑을 수 없었다. 그들은 그의 옷을 약간 잘라 냈는데 모든 것이 아주 생생했다. 그들은 이를 지인들에게 나누어 주었고, 그중 일부를 자연의 진기한 물건으로 보관하라며 나에게도 보내왔다. 몇몇 신사가 이 마법에 걸린 옷 조각을 달라고 나를 채근했지만, 나는 당신을 위해 작은 조각을 남겨 두었고 이 편지와 함께 보낸다. 플래드 조각 하나와 조끼 가슴 부분의 조각 하나인데, 보면 알겠지만 무덤에 묻힌 그날처럼 그대로 생생하다.

그가 입었던 널찍한 파란 보닛은 몇 주 전에 에든버러로 보내졌다. 이에 그 땅과 연관된 몇몇 신사는 그것을 기념품으로 갖고 싶어 했기 때문에 매우 아쉬워했다. 나 역시 파란 보닛을 좋아하고, 특히 넓은 걸 좋아하지만 차마 그 보닛을 쓸 용기는 없었다고 고백한다. 내가 들은 바로는 은제 나이프와 포크는 발견되지 않았고, 발견될 가능성도 크지 않았다. 그는 현금이 거의 바닥난 상태였던 것으로 보인다. 아마 그것 때문에 완전히 절망했을 것이다. 그의 주머니를 뒤졌을 때 발견된 것은 오래된 스코틀랜드 반 페니 동전 세 개뿐이었다. 이 젊은이들이 나중에 다른 양치기를 만났는데, 그 양치기는 매우 궁금해했다. 그래서 그들은 다시 가서 그 진기한 유해를 파헤쳤다. 유감스러운 일이었다. 공기에 노출되고 이전처럼 단단히 묻을 수 없었기에 이제 그 살은 흙으로 돌아갈 것이다."

........

위 발췌문이 담긴 편지에는 제임스 호그의 서명이 있고, 알트리브 레이크에서 1823년 8월 1일이라고 적혀 있다. 편지는 한 줄 한 줄 진정성이 느껴졌다. 하지만 나는 그 매거진에 실린 기발한 상상력에 여러 번 속았기 때문에 처음 이 이야기를 접했을 때는 믿지 않았다. 그러나 이것을 읽는 순간부터, 만약 그런 유해가 실제로 존재한다면 직접 조사해 보겠다는 다짐을 어렴풋이나마 하게 되었다. 그 사건이 일어났던 장소 근처에는 썩어 가는 자살자의 유해보다 훨씬 더 매력적인 것들이 있다고 믿었기 때문이다.

마침 나는 작년 9월에 볼일이 있어 에든버러에 갔다. 런던에서 오는 친구를 며칠 기다려야 했는데, 그 기회를 틈타 내 동향이자 대학 동창인 C—d 출신의 L—t 변호사를 방문했다. 나는 그에게 호그의 편지를 언급하며 그 내용이 조금이라도 사실에 근거한 것인지 물었다. 그는 이렇게 답했다. "그럴 것 같네. 나로서는 그 이야기를 한 번도 의심해 본 적이 없거든. 얼마 전부터 포리스트 지역에서 그 일에 대해 많은 얘기가 오갔다고 들었네. 하지만 하나님만이 아시겠지! 호그가 대중을 상대로 그럴듯한 거짓말을 한 게 한두 번이 아니니까."

나는 만약 거리가 괜찮다면 그 양치기와 그가 묘사한 스코틀랜드 미라를 보고 싶다고 말했다. L—t 씨는 첫 번째 제안에 동의하며 그곳까지 같이 말을 타고 가서 그 양치기에게 증거를 보여 달라고 하는 것에 반대하지 않는다고 했다. 우리는 낭만적이고 이제는 고전이 된 지역을 통과하며 즐거운 여행을 할 수 있을 것이며, 만약 그가 내일 장인에게서 말을 한 필 빌릴 수 있다면 덤으로 좋은 경험도 할 수 있을 거라고 했다. 그는 L—w 씨라는 분에게 문의했고, L—w 씨는 내가 쓸 수 있는 훌륭한 조랑말이 있다고 답했다. 아울러 그도 우리와 동행하겠다고 했는데, 써를스테인에서 열리는 큰 양 시장에 가야 하기 때문이라고 했다. 그는 그 양치기도 분명 그곳에 있을 거라고 자신했다.

L—t 씨는 그가 바로 우리 일행을 완성시켜 줄 인물이라고 말했다. 다음 날 아침 일찍 우리는 8월호 『블랙우드 매거진』을 챙겨 써를스테인의 양 시장으로 향했다. 우리는 말을 타고 고대 왕실 자치구인 셀커크를 지나갔고, 에트릭강의 깊은 폭포 근처에 있는 낭만적인 마을에서 잠시 멈춰 말에게 먹이를 주었다. 정오가 거의 다 되어서 써

를스테인 그린 시장터에 도착했다. 우리는 곧 호그를 발견했는데, 그는 시장의 끝자락 근처에 서 있었고, 큰 무리의 폴리스 옆에 있었다. 폴리스는 내가 전에 본 적이 없는 종류의 가축이었다. 작은 양들이었는데, 등에 붉은 분필로 줄이 그어져 있었다. L—t 씨는 호그에게 나를 훌륭한 양모 도매상이라고 소개하면서 양털 가격을 올리려고 온 사람이라고 우스갯소리를 했다. 하지만 그는 나를 의심스러운 눈초리로 쳐다보더니 우리에게 등을 돌리며 말했다. "내 건 다 팔렸소."

나는 그를 따라가 앞서 인용했던 편지를 보여 주며 그가 그토록 정교하게 묘사한 그 기이한 유해를 한번 보고 싶다고 했다. 하지만 그는 그저 "양모 도매상이 묘한 취미를 가졌구려. 참 별나군." 하고 답했다.

마침 그의 두 친구는 그에게 함께 그 장소에 가 달라고 요청했다. 또 시신을 들어 올리는 데 도와줄 양치기 몇 명을 데려와 달라고도 했다. 하지만 그는 그 생각을 일축하며 말했다. "아이고, 젊은이! 난 다른 일이 있소. 이 폴리스들을 다 팔아야 하고, 저기 초원에 있는 하일랜드 황소들도 전부 팔아야 하오. 그러고는 암양 이백 마리를 사야 하는데, 내 가축을 먼저 팔지 못하면 다른 걸 살 수가 없소. 오늘은 할 일이 너무 많아서 백 년 된 뼈를 파러 갈 시간이 없소이다."

우리는 그에게서는 아무것도 얻어 낼 수 없음을 깨닫고, 그를 폴리스 양들과 하일랜드 황소들, 회색 재킷, 그리고 넓은 파란 보닛과 함께 남겨 두고 다른 안내자를 찾아 떠났다. L—w는 곧 한 사람을 찾아왔는데, 그는 시장 사람을 전부 알고 있는 듯했다. W—m B—e라는 이름의 괜찮은 목부 노인이었다. 그는 매우 특이하면서도 친절하고 예의 바른 사람이었다. 그가 내건 유일한 조건은 우리가 이 일을 다른 사람에게 말하지 않는 것이었다. 그는 자신이 이런 불경스러운 일에 관여했다는 소리가 주인의 귀에 들어가는 것을 원치 않았다. 우리는 철저히 비밀을 지키겠다고 약속했고, 다른 농부인 S—t 씨와 함께 B—e 노인을 따라 무덤으로 향했다. B—e 노인은 그 무덤이 시장에서 약 2킬로 정도 떨어진 곳에 있다고 했다.

우리는 목부의 오두막에 들어가 우유를 마셨다. 그때 나는 우리 안내인에게 호그 씨가 묘사한 걸 읽어 주며 이게 정확하다고 생각하는지 물었다. 그는 그 묘사가 거의 맞지 않는다고 말했다. 무덤이 코완스-크로프트 언덕에 있지도 않았고, 세 영주의 땅이 만나는 지점도 아니라고 했다. 그것은 포-로라고 불리는 언덕 꼭대기에 있으며, 그곳에서 400미터 내에는 버클루 공작의 땅이 아닌 곳은 없다고 했다. 그 시인이 한때 무덤이 있는 그 땅에서 양을 쳤고, 자기 집 창문에서 두 언덕을 다 보았을 텐데 어떻게 그런 착각을 했는지 의아하다고 그는 덧붙였다. L—w 씨는 그 실수가 특이해서 아연해했고, 또한 시신이 3, 4명의 영주 땅이 만나는 지점에 묻히지 않은 것에도 놀랐다. 이는 스코틀랜드 남부에서는 오랫동안 계속된 관습이었기 때문이다. 우리 안내인은 그가 항상 들어 왔던 이야기를 전했다. 엘트리브 마을 사람들은 데이비드 앤더슨 씨를 필두로 월요일 새벽에 일찍 일어났다고 했다. 그 남자가 자살한 것이 일요일이었다. 그들은 세 토지의 경계가 만나는 코완스-크로프트에 그를 매장할 요량으로 나섰다. 그런 죄인은 해 뜨기 전에 매장하는 것이 불변의 법칙이었는데, 이 다섯 남자가 베리-노우 집을 지날 때는 이미 날이 밝아오기 시작했고, 포-로의 정상에 도달했을 때는 동쪽 하늘이 환해지고 있었다. 이에 그들은 시신을 내려놓고 서둘러 깊이 무덤을 팠다. 하지만 파고 나니 무덤이 너무 짧았고, 시신은 뻣뻣해서 들어가지 않았다. 이때 데이비드 앤더슨 씨는 동녘을 바라보며 몇 분 안에 해가 떠오를 것을 깨닫고는, 자살한 사람의 이마에 발을 올려놓고 철제 굽 신발로 그의 머리를 무덤 속으로 밟아 눌러 버렸다. 코와 머리뼈가 으스러지는 소리가 났고, 동시에 그는 가문의 명예를 실추시키고 그들을 이토록 고생시킨 불쌍한 자에게 무시무시한 저주를 퍼부었다. 우리 안내인은 이 일화를 어렸을 때 로버트 레이들로의 입을 통해서 들었다고 했다. 로버트 레이들로는 시신을 매장한 다섯 사람 중 하나였다.

우리는 곧 그 장소에 도착했다. 나는 머리맡과 발치에 서 있는 회색 돌을 보고는 묘한 감정이 들었다. 앞서 들었던 대로 무덤은 절반이 파였다가 새로 다시 덮인 게 분명했다. 땅이 축축해 보이지 않고 도리어 말라 썩은 이끼 같아 보여 나는 이것이 현실 같지 않았다. 주변을 둘러보다가 우리는 옷 조각들, 이빨 몇 개, 그리고 수첩의 일부를 발견했다. 이것들은 시신을 마지막으로 들어 올렸을 때 무덤에 다시 넣지 않은 것들이었다. 시신은 이전에 두 번 들어 올려졌었는데, 허리 위쪽만 올려졌었다.

우리는 삽 두 개로 작업을 시작해 곧 무덤을 덮고 있던 흙을 모두 치웠다. 이전에 열렸던 무덤 부분은 이끼 낀 회반죽으로 채워져 있어 우리를 가로막았다. 그래서 시신의 앞부분은 제대로 조사할 수 없었다. 존경하는 증인들 앞에서 내가 본 것을 자세히 설명하겠다. 허락된다면 그들의 이름도 모두 공개하겠다. 많은 뼈가 따로따로 나왔다. 깊은 무덤으로 계속 물 같은 것이 흘러 들어와 뼈들이 제자리를 지키기가 어려웠기 때문이다. 마침내 거친 옷, 담요, 격자무늬 천 등이 대량으로 나타났다. 우리는 이것들을 하나씩 들어 올렸고, 그렇게 하자 뼈대 일부가 드러났다. 딱히 살이랄 건 없었으나, 척추 주변 검은 조각에 살점 같은 것이 약간 매달려 있었고, 그것도 듬성듬성 형태만 있을 뿐 실질적인 조직은 아니었다. 머리가 없었다. 나는 머리뼈를 꼭 가지고 싶어서 회반죽과 헝겊 조각들 사이를 다시 뒤졌다. 우리는 먼저 두피 일부를 발견했는데, 긴 머리카락이 단단히 붙어 있었다. 이것을 닦아서 보니 흑발도, 금발도 아닌 어스름한 회색으로 아주 흔한 색깔이었다. 곧이어 우리는 머리뼈를 발견했으나 온전하지 않았다. 머리뼈는 삽질에 손상되어 있었고, 관자놀이 한쪽 부분은 없었다. 나는 골상학자가 아니라서 각 기관을 구분할 줄 몰랐지만, 이 불쌍한 사람의 머리뼈는 연구할 가치가 없을 듯했다. 특이한 점이라면 귓구멍 위에 약간의 돌출부가 있는 걸 제외하고는 거의 완벽하게 둥근 형태라는 것.

이전에 열린 적이 없었던 무덤 부분에 닿았을 때는 모든 것이 달라 보였다. 이끼로 덮인 밀폐된 납골 저장소 아래 유해가 놓여 있었고, 그 안 공간은 비어 있었다. 아마도 전에 일부 무덤을 파면서 이 부분이 더 깊어지고 습기는 빠져나간 듯했다. 여기는 모든 것이 완벽했다. 바지는 여전히 허벅지에 놓여 있고, 양말은 다리에, 가터*는 마치 방금 묶은 것처럼 무릎 아래에 깔끔하고 단단하게 매여 있었다. 신발은 끈이 썩어 떨어져 솔기 부분이 모두 벌어져 있었다. 하지만 자작나무로 만든 밑창이나 갑피 가죽, 나무 굽은 모두 우리가 신고 있는 것만큼이나 새것 같았다. 한 가지 인상적인 부분은, 신발 한 짝 안쪽에는 약 0.3센티 두께의 쇠똥 층이 있었고, 밑창의 오목한 부분에는 0.6센티 정도로 두꺼운 층이 있었다. 단단하고 푸르고 생생한 그것은 그가 외양간에서 일했음을 증명했다. 그의 옷은 모두 특이하게 예스러운 재단이었고, 직물의 질감도 마찬가지로 독특했다. 옷의 내구성은 틀림없이 대단했을 것이다. 두께, 투박함, 강도 면에서 나는 그것과 견줄 만한 천을 본 적이 없었다. 그의 코트는 소매가 넓은 연한 황갈색의 프록코트였다. 촘촘히 짜여 있었고 카펫보다도 두꺼웠다. 나는 코트 자락을 두 조각 잘라서 가져왔다. 조끼는 줄무늬 능직물이었다. 내가 종종 시골 사람들에게서 보았던 종류였다. 안감과 등 부분은 흰색 천으로 되어 있었다. 바지는 일종의 격자무늬

* 무릎 아래 양말을 고정하는 밴드

천이었는데, 나는 이런 옷을 입은 사람을 본 적이 없었다. 하지만 우리 안내인은 예전에 이 지역에서 매우 흔했다고 말하며 남아 있는 낡은 옷가지로 판단해 볼 때 이 옷이 유행한 지 족히 200년은 지났을 거라고 추정했다. 그의 가터는 모직이었고 검은색이나 파란색 줄무늬가 있었다. 양말은 회색이었으며 발 부분이 없었다. 나는 이 모든 것에서 샘플을 떼어 왔다. 나는 역시 보닛*도 가지고 있는데, 이 점이 가장 의문스럽다. 이 보닛은 다른 옷들과 어울리지 않았다. 넓은 보닛도 아니고 보더 보닛†도 아니다. 뒤쪽에 묶는 부분이 열려 있는데, 이것은 진짜 보더 보닛에는 절대 없다고 들었다. 하일랜드 보닛인 것 같았는데, 마치 스콘 모양으로 머리 꼭대기에 납작하게 쓰는 스타일로, 지금도 스코틀랜드 서부에서 가끔 볼 수 있는 유형이다. 허리에서 발가락까지 모든 사지는 온전해 보였지만 손으로 만질 수는 없었다. 우리가 그것을 다시 무덤에 되돌려 놓기 전에 대부분 산산조각 나 버렸다. 다만 넓적다리 부분은 어느 정도 흐물거리는 형태를 유지하고 있었다.

리넨으로 꿰맨 그의 옷들은 실이 썩어서 모두 떨어져 있었다. 하지만 모직 실로 꿰맨 부분들은 단단하여 온전한 상태로 남아 있었다. 이렇게 어수선한 상황에서 우리는 그의 주머니를 전부 찾아내느라 힘겨운 작업을 했다. 우리 안내인은 결국 우리가 전체 주머니의 절반

---

* 스코틀랜드 남자들이 쓰는 테 없는 모자

† 16~18세기 스코틀랜드와 잉글랜드 국경 지역에서 유행했던 전통 보닛

도 찾지 못했을 거라고 추정했다. 조끼 주머니에서는 날카로운 긴 접이식 칼이 나왔다. 칼자루는 얇았고, 비늘 모양의 장식은 마치 안쪽에 은이 들어 있는 것처럼 반짝였다. Sc—t 씨가 그것을 가져가서 그의 이웃인 W—n L—e의 R—n 씨에게 선물했는데, 그분은 아직도 그 칼을 소지하고 있다. 우리는 빗, 나사송곳, 작은 병, 깔끔한 작은 정사각형 판자, 도금된 무릎 버클 한 쌍, 그리고 여러 종류의 천 샘플을 발견했다. 천 샘플들은 서로 깔끔하게 말려 있었다. 우리가 열심히 수색하던 중에 L—t 씨가 가죽 케이스 하나를 주웠다. 이 케이스는 리본이나 끈으로 여러 번 감겨 있었던 듯했지만, 그것은 이미 썩어 없어지고 감겼던 자국만 남아 있었다. L—w와 B—e는 "이건 담배 주머니야, 그것도 꽉 차 있군!" 하고 외쳤다. 하지만 우리가 그것을 열어 보니 놀랍게도 인쇄된 소책자가 들어 있었다. 우리는 이런 사람이 어떤 유의 책자를 읽었을지, 그가 이토록 소중히 여겼던 것에는 무엇이 담겨 있을지 궁금해졌다. 소책자를 감싸고 있던 가죽은 고급 섀미*였다. 원래 색깔이 무엇이었는지는 알 수 없었다. 책자는 축축했고 착 달라붙어 있었다. 썩어서 색이 누렇게 변해 있었다. 마치 한 덩어리인 것처럼 보였다. 우리는 읽을 수 있는 몇 단어를 보고는 이것이 종교 책자라고 결론 내렸지만, 내용을 파악하는 건 불가능해 보였다. L—w 씨는 이 작은 책에 담긴 내용이 무엇인지 궁금해했고, 그래서 한두 문장이라도 읽을 수 없다면 정말 아쉬울 거라고 말

* 무두질한 염소나 양의 부드러운 가죽

했다. 그는 문학과 법률에 연관된 일이 너무 많아 이 책자를 생각할 여유가 없을 것 같다며, 그것을 L—t 씨에게 건네며 나에게 전해 주라고 했다. L—t 씨는 우리 중 아무나 책자를 가져가도 좋다고 했다. 그는 원래 한두 줄이라도 읽어서 그 내용을 감 잡을 수 있으면 좋았겠지만 그렇게 할 수 없었기에 무덤으로 돌려보낼 생각이었다고 했다.

"무덤이라고, 이 양반아!" L—w가 강한 스코틀랜드 어투로 외쳤다. "정말이지, 당신은 묻는 걸 참 좋아하시는군! 나한테는 그 담배 주머니 안에 든 물건이 가장 귀중한 보물이여. 내가 뭔지 말해 주지. 난 이 사람의 시신이 기적적으로 부패하지 않고 보존된 이유가 종종 궁금했소. 다른 어떤 시신보다도, 심지어는 가죽 무두질공의 시신보다도 백배는 더 오래 보존됐었을 테니까. 하지만 이제 한 기니*를 걸고 말하건대, 그건 바로 이 작은 책을 보존하기 위해서였을 거요. 그 안에 뭐가 들어 있을지 주님 말고는 누가 알겠소! 어쩌면 사람들이 아직 전혀 모르는 어떤 비밀을 밝혀 줄지도 모르지."

"이보슈, 만약 그 안에 무슨 비밀이 있다 해도 그건 당신이 다룰 문제가 아니오." L—t 씨가 대답했다. "당신은 이미 비밀에 너무 빠져 있으니까." 그는 그렇게 말하며 나에게 그 미스터리 책자를 건넸다. 나는 습기를 말린 후에야 별 어려움 없이 그것을 펼쳐 볼 수 있었다. 그리고 거기서 내가 대중에게 공개하려고 하는 그 책자를 발견했다. 일부는 작고 조악한 활자로 인쇄되어 있었고, 나머지는 수기로 되어

* 17~19세기 영국에서 통용되었던 화폐 단위

있었다. 표지는 다음과 같이 손글씨로 쓰여 있었다.

본인이 직접 저술한

의롭다 함을 받은 어느 죄인의 비밀 회고와 고백

충성하는 자에게는 확실한 보상이 있으리니.

그리고 책의 상단을 따라 현재 출판된 책의 제목과 동일한 글이 적혀 있었다. 나는 제목을 '스스로 의롭다 함을 받은 어느 죄인'으로 바꾸려 했으나 출판업자가 허락하지 않았다. 또한 저자가 이를 변경하거나 수정하려 드는 자에게 저주를 내리고 있어서, 나는 원래대로 두기로 했다. 만약 이것이 우리 교회의 어떤 공인된 원칙에 불신을 초래한다고 여겨진다면 그건 내 잘못이 아니다. 인쇄된 부분은 273페이지에서 끝나고, 나머지는 아주 작고 촘촘한 글씨로 쓰인 멋진 고풍스러운 필체이다. 나는 인쇄업자에게 이 부분의 복사본을 만들어 본책에 함께 제본하도록 요구했다.

작품 자체에 관해서는 나는 감히 판단을 내릴 수 없다. 이해가 되지 않기 때문이다. 어떤 사람도, 남자든 여자든, 나처럼 주의를 기울여 이 작품을 읽지는 않을 것이다. 그럼에도 나는 작가의 의도를 이해하지 못했노라고 고백한다. 그가 직접 행했다고 묘사하는 그 장면들이 실제로 일어났을 리 만무하다. 그가 어떤 식으로든 형의 죽음에 관여했을 가능성은 있다고 본다. 하지만 나는 그것조차도 매우 의심스럽다. 그 사건에 대한 수많은 설화가 남아 있는 까닭은, 이 작품이 인쇄되었다가 불에 타 버린 데다가, 인쇄업자와 그의 가족, 주변 사람들이 이 이야기를 익히 알고 있었기 때문일 것이다. 젊은 달캐슬의 영주 조지 콜완이 폭력적인 죽음을 맞이했다는 점에는 의심의 여지가 없다. 하지만 그 비열한 자가 조지를 죽였는지에 대해서는 상당한 의구심이 든다. 설령 그것이 사실이었다 하더라도 나머지 부분은 모두 꿈이나 광기였으리라 추측한다. 아니면 그가 왓슨 씨에게 말했듯이, 실체가 거의 없지만 그가 큰 의미를 부여했던 무언가를 설명하기 위한 종교적 비유일 수도 있다. 만약 이 이야기가 조금이라도 이성적으로 말이 된다면, 전해 내려오는 사실들과 너무나 세밀하게 맞아떨어져서 사실로 받아들이지 않을 수 없었을 것이다. 하지만 오늘날, 그리고 현세대에게는 한 사람이 매일 인간의 모습을 한 악마에게 유혹을 받고, 결국에는 악마이자 가해자가 자신과 함께 고통받고 몰락할 것이라는 희망 속에 자기 파멸의 길로 이끌렸다는 이야기는 받아들여지지 않을 것이다. 이는 비유담으로서 대담한 주제였고, 만약 이 작업에 적절한 자격이 갖춘 사람이 그걸 썼다면 그 시대에 잘 맞았을 것이다. 하지만 이 작가는 그렇지 못했다. 간단히 말해, 우리는 그를 가장 큰 바보이자 인간 형상을 한 가장 비참한 존재로 여기거나, 아니면 종교적 광신자로서 망상에 빠진 한 인물에 대해 계속 글을 쓰다가 결국 자신이 줄곧 묘사해 온 그 대상이 바로 자기 자신이라고 믿게 된, 광기의 정점에 이른 이라고 이해해야 한다. 아울러 상상 속의 고문자로부터 벗어나기 위해, 그가 받아들인 교리에 의하면 결코 용서받을 수 없는 행위를 저질렀고, 그로 인해 그의 기억과 이름은 영원한 혐오의 대상으로 남게 되었다.

끝.

해설

## 믿음과 구원과 행위 사이의 틈

제임스 호그는 『죄인의 고백』에서 칼뱅주의 교리가 가진 모순과 그로 인해 발생하는 도덕적, 심리적 갈등을 치밀하게 묘사한다. 호그는 칼뱅주의 예정설이 주인공 로버트를 어떻게 파멸로 몰아넣는지를 보여 줌으로써 신앙의 본질과 인간의 책임에 대해 비판적이고 철학적인 질문을 던진다. 이 작품은 종교적 신념이 인간의 심리와 행동에 미치는 영향을 탐구하며, 신앙과 광신의 경계가 얼마나 불안정한지를 경고하는 걸작이다.

칼뱅주의는 16세기 종교 개혁 시기에 장 칼뱅(Jean Calvin, 1509-1564)이 만든 신학적 사상이다. 칼뱅주의의 핵심 교리는 예정설로, 이는 인간의 구원 여부가 신에 의해 태초부터 결정되었다는 것이다.

칼뱅주의는 신의 절대적 주권과 인간의 전적 타락을 강조하며, 인간의 행위가 아니라 오직 신의 선택에 의해서만 구원이 주어진다고 본다. 달리 말해 인간의 구원은 오직 하나님에 의해서 결정되며, 이 결정은 인간의 선한 행동과는 아무런 관계가 없다는 말이다. 칼뱅주의에 따르자면, 하나님의 선택을 받지 못하면 우리는 아무리 선하게 살아도 죽어서 천국에 갈 수 없다. 구원이 확정되었다면 이 교리는 신앙적 확신을 주지만, 동시에 개인의 자유 의지와 도덕적 책임에 대해 복잡한 철학적 질문을 제기한다. 칼뱅주의는 인간의 선행이나 의지와 무관하게 신의 뜻이 절대적이라고 주장하기 때문에, 광신적 행동이나 극단적인 신념으로 이어질 가능성을 내포한다.

로버트 링힘 콜완은 칼뱅주의 예정설을 절대적으로 받아들여 자신의 구원이 이미 보장되었다고 믿는다. 자신이 신의 선택을 받은 "의롭다 함을 받은 죄인"이라는 확신 아래, 자기 행동이 신의 뜻과 부합한다고 믿는다. '의롭다 함을 받았다'는 의미는 신의 선택을 받아 구원이 확정되었다는 의미이다. 그리스도교 교리에 의하면, 인간은 원죄를 가지고 태어난다. 원죄란 최초의 인간인 아담이 지은 죄, 즉 아담이 하나님의 명령을 거부하고 선악을 알게 하는 나무의 실과를 먹음으로써 지은 죄를 말한다. 이 죄의 대가로 아담은, 그리고 아담 이후의 모든 인간은, 죽음이라는 운명을 맞게 된다. 모든 인간은 이 죄를 안고 태어나며, 따라서 인간은 태어나자마자 죽을 운명에 처하게 되는 것이다.

하나님은 완전하고, 완벽하고, 무결하고, 의롭기 때문에 어떠한 죄도, 티끌만 한 죄도 허용하지 않는다. 반면 원죄를 안고 태어난 인간은 죄와 떨어질 수 없는 운명을 안고 태어난다. 그래서 결과적으로 죽어야 하는 것이다. 단 하나님이 죄를 용서하면 살 수 있다. 죄는 분명히 있으나, 하나님이 죄가 없는 셈 쳐 주면 된다. 이것이 바로 의롭다고 해 주는 것이다. 이렇게 의롭다 함을 받은 인간은 죄에서 구원을 받게 되고, 지상에서의 삶이 끝나면 천국에서의 영생을 보장받게 된다. 이 의롭다 함을 받는 방법은 오직 하나뿐이다. 하나님의 은혜와 선택뿐이다. 선한 행위로 구원받는 것이 아니다. 에베소서 2장 8-9절은 이렇게 말한다. "너희가 그 은혜를 인하여 믿음으로 말미암아 구원을 얻었나니 이것이 너희에게서 난 것이 아니요 하나님의 선물이라 행위에서 난 것이 아니니 이는 누구든지 자랑치 못하게 함이니라" (개역한글). 이 구절은 선한 행위로는 구원받을 수 없음을 명시하고 있다. 아울러 구원이 확정되면, 즉 하나님의 선택을 받은 것이 확정되면, 어떠한 행위도 그것을 바꿀 수 없다. 이것을 신봉하는 로버트는 자신이 구원받은 존재이기 때문에 어떤 죄악을 저지르더라도 신의 계획 안에 있다고 여긴다. 이러한 신념은 극단적이고 비도덕적인 행동을 정당화하는 데 사용된다.

이 신념은 로버트의 '탁월한 벗'에 의해서 끊임없이 상기된다. 로버트는 악마적 존재인 탁월한 벗를 만나서면서 신앙의 변곡점을 맞이한다. 탁월한 벗은 심리적, 종교적, 상징적 의미를 가진 독특한 존재이다. 그는 로버트의 내적 갈등과 종교적 광신을 구체화하며, 작품의 중심 주제인 선과 악, 신앙과 유혹의 긴장 관계를 상징적으로 드러낸다. 탁월한 벗은 사탄 혹은 악마의 전형적 화신으로 볼 수 있다. 그는 로버트를 끊임없이 유혹하여 로버트가 가진 종교적 신념을 광신으로 변질시키는 역할을 한다. 기독교 전통에서 사탄은 인간을 시험하고, 선과 악의 경계를 흐리게 만드는 존재이다. 탁월한 벗이 로버트의 행동을 한결같이 정당화하려는 모습은 성경에서 사탄이 아담과 이브를 타락시킨 방식과 유사하다.

특히 이 탁월한 벗이 로버트가 구원의 확신을 받은 날 등장하는 것은 매우 흥미롭다. 링힘 목사는 마침내 양자 로버트의 구원에 대한 확신을 받았노라고 선포한다. 그가 오랫동안 간구해 왔던 것을 드디어 답을 받았다는 것이다. 물론 이 구원의 확신은 매우 주관적인 것이었다. 링힘 목사는 "옛 족장처럼 하나님과 씨름을 했다고 했다. 하룻밤이 아니라 수일, 수년 동안 나를 위해 쓰라림과 고통의 영으로 씨름했다고 했다. 비로소 그는 승리했고, 이제 전능하신 하나님께서 당신 아들의 공로와 고난을 통해 나를 받아들이셨다고, 오랫동안 간절히 바랐던 확신을 얻었다고 말했다"(141-142쪽). 목사는 연이어 "모든 어둠의 권세도 다시는 너를 구원자의 손에서 빼앗아 갈 수 없을 것이다"(142쪽)라고 선포한다. 바로 이날 아이러니하게도 로버트는 탁월한 벗을 만나게 된다. 영적 시험의 시작이었던 것이다. 이 구원의 논리가 어떤 허점을 갖고 있는지 로버트가 경험을 통해 깨닫게 되는 모험의 시작이었다.

탁월한 벗이 로버트를 '선택받은 자'로 확신시키는 모습은 신의 말씀을 왜곡해 인간을 오도하는 사탄의 본질적 역할을 반영한다. 탁월한 벗은 구원은 이미 창세전에 신에 의해 결정되었고, 지상에서의 행동이 그 구원 결정을 바꾸지 못한다고 끊임없이 속삭인다. 또 구약 시대에도 그랬듯이, 신의 뜻을 거스르는 자는 죽여야 한다고 한다. 인간의 구원은 이미 결정된 사안이기 때문에 그들을 개종시키려고 노력하는 것은 헛된 일이며 무익한 것이라고 한다. 차라리 그들을 제거하는 것이 신의 뜻에 따르는 것이라고 말한다. 로버트는 탁월한 벗에 의해 주입된 교리가 신성한 진리라고 점차 믿게 된다. 하지만 이 탁월한 벗은 외부에 존재하는 게 아니라 이미 그의 내면에 존재하는 또 다른 자아일 수도 있다. 따라서 그의 욕망은 단순히 외부인인 탁월한 벗에 의해 생성된 것이 아니라 그 자신의 자아와 무의식 속 욕망이 결합된 자기기만에 가깝다.

정신분석적 관점에서 볼 때 로버트의 탁월한 벗은 로버트의 무의식적 욕망과 파괴적 충동을 투영한 존재이다. 로버트는 자신의 어두운 본능과 욕망을 직접적으로 직면하지 못하고, 이를 외부의 악마적 존재로 치환한다. 그는 자신의 죄책감을 탁월한 벗의 조언과 유혹으로 전가함으로써 도덕적 책임에서 벗어나려 한다. 이 점에서 탁월한 벗은 단순한 초자연적 존재가 아니라 로버트 자신 속에 잠재된 악의 대리자이다.

지크문트 프로이트는 인간의 정신을 이드(Id), 자아(Ego), 초자아

(Superego)로 나누어 설명한다. 이드는 원초적인 본능과 욕구를 나타내며, 무의식 속에서 쾌락 원칙에 따라 즉각적인 만족을 추구한다. 자아는 현실 원칙에 따라 작동하며, 이드의 충동을 현실적이고 사회적으로 수용 가능한 방식으로 조절한다. 자아는 현실과의 조화를 추구하며, 문제 해결과 합리적 행동을 가능하게 한다. 초자아는 도덕적 기준과 양심의 자리로, 자아가 옳고 그름을 판단하고 윤리적으로 행동하도록 압력을 가하는 역할을 한다. 로버트의 정신은 이 세 가지 요소의 충돌과 불균형을 통해 분석할 수 있다.

로버트의 탁월한 벗은 로버트의 이드가 외부적으로 투영된 상징적 존재로 볼 수 있다. 탁월한 벗은 로버트에게 살인과 같은 극단적 행위를 부추기며, 그의 본능적 욕망과 파괴적 성향을 자극한다. 이는 로버트의 억압된 욕망과 도덕적 제약이 결합된 심리적 투쟁의 결과이다. 한편 칼뱅주의적 신념과 그에 종속된 양심은 초자아를 형성한다. 그렇지만 이 초자아는 극도로 강박적이며, 결국 로버트의 행동을 스스로 정당화하고 자기기만으로 이어지게 한다. 그는 자신이 '구원받은 자'라는 확신을 통해 도덕적 판단과 윤리를 왜곡된 형태로 적용한다. 즉 초자아가 과잉 발달하게 되면서 로버트는 신의 예정설에 대한 왜곡된 해석을 통해 자신의 범죄를 종교적으로 정당화한다. 탁월한 벗은 이 점을 이용해, 그의 구원은 확정된 사실이며 어떤 것으로도 바꿀 수 없음을 끊임없이 상기시킨다. 결과적으로 로버트의 자아는 이드와 초자아의 갈등을 중재하지 못한다. 그의 자아는 초자아

(종교적 신념)의 압박에 굴복하면서 이드(본능적 충동)의 요구를 억제하지 못하고, 점차 현실과 단절된다. 이는 로버트가 악마적 존재와의 관계를 통해 자신의 행동을 정당화하면서, 현실 검증 능력을 상실하게 되는 과정으로 나타난다.

로버트와 탁월한 벗의 관계는 로버트의 무의식을 상징적으로 드러낸다. 탁월한 벗은 로버트 내면의 억압된 욕망, 특히 금기된 충동과 죄책감을 외부로 투영한 존재이다. 로버트는 자신의 어두운 본능을 직면하지 않고, 이를 외부적 존재인 악마에게 전가한다. 이는 프로이트가 말한 '투사(projection)'의 심리적 기제를 보여 주는 것이다. 로버트는 자신의 내적 갈등을 해결하지 못한 채, 이를 악마라는 외부적 존재의 행위로 치환한다. 종교적 신념(초자아)과 욕망(이드) 사이에서 갈등하며, 결국 자아가 분열된다. 그는 자신을 '의롭다 함을 받은 죄인'으로 정체화하면서 도덕적 책임을 회피하려고 한다. 로버트는 이드와 초자아의 갈등 속에서 정신적 균형이 붕괴되고, 자신을 구원받은 자로 확신하면서 동시에 죄책감과 광기에 시달린다. 광기는 초자아(종교적 이상)의 과잉과 이드(본능적 충동)의 억제 실패로 귀결되며 결국 로버트를 자멸로 이끈다.

제임스 호그의 『죄인의 고백』은 고딕 문학의 전형적인 특징을 포함하면서도 독창적으로 변주한 작품이다. 이 소설은 전통적인 고딕 요소인 초자연적 존재, 암울한 분위기, 심리적 갈등 등을 활용하여 종교적, 철학적 주제를 탐구한다. 호그는 고딕 장르를 통해 인간 내면의 암울한 측면과 신앙의 광신적 변질을 생생하게 묘사한다.

고딕 문학의 중요한 특징 중 하나는 어두운 배경과 음산한 분위기다. 이 소설에서도 다음과 같은 요소들이 이러한 분위기를 조성한다. 이를테면, 소설의 주요 배경인 스코틀랜드 고원과 국경 지역은 고립되고 황량한 공간으로, 주인공 로버트의 내적 불안과 광기의 배경이 된다. 특히, 어두운 하늘, 생경한 풍경, 외로운 교회는 독자에게 불안감을 조성한다. 또한 선술집, 교회, 무덤 등은 고딕 소설에서 자주 등장하는 배경으로 이야기 속 긴장감과 미스터리를 더한다.

고딕 문학은 인간 내면의 심리적 어둠과 갈등을 탐구하는 데 중점을 둔다. 이 소설에서도 로버트는 심리적 혼란과 도덕적 분열을 겪는다. 자신의 신앙과 행동 사이에서 끊임없이 갈등한다. 그는 자신이 신의 예정된 구원자라고 믿지만, 동시에 그의 행동은 비도덕적이고 파괴적이다. 덧붙여 점차 죄책감과 환상에 휩싸이며 광기에 빠진다. 이 같은 내면적 분열은 고딕 문학에서 흔히 보이는 주제이며, 이를 통해 인간의 본성과 종교적 확신의 어두운 면이 드러난다.

탁월한 벗은 초자연적 존재로서 고딕적 공포를 유발하는 핵심 인물이다. 탁월한 친구는 로버트를 유혹하고 그의 행동을 조종하며 초자연적 힘으로 보이는 능력을 발휘한다. 그는 단순한 인간적 적대자가 아니라, 로버트의 정신적, 영적 파멸을 초래하는 초자연적 존재로 묘사된다. 로버트의 경험과 세계는 초자연적 요소와 현실적 요소가 혼재되어 있다. 독자는 탁월한 친구의 존재가 실제인지, 아니면 로버트의 심리적 환상인지 명확히 알 수 없는데, 이로 인해 불확실성과 긴장감이 배가된다.

고딕 소설은 종종 이야기를 복잡하게 구성하여 독자를 혼란스럽게 한다. 이 소설 역시 이중 서사 구조와 신뢰할 수 없는 화자를 통해 이러한 특징을 드러낸다. 소설은 편집자의 관점과 로버트의 자서전 형식으로 나뉘어 진행된다. 두 서사는 동일한 사건을 다르게 해석하며, 독자는 어느 쪽이 진실인지 판단하기 어려워진다. 로버트는 자신의 신념과 경험을 바탕으로 이야기를 전하지만, 그의 시점은 광기와 자기기만으로 물들어 있다. 독자는 그의 이야기가 어디까지가 사실이고 어디까지가 환상인지 확신할 수 없다.

이 소설에 나타난 종교적 광신 또한 중요한 고딕 요소로 볼 수 있다. 로버트는 칼뱅주의의 예정설을 극단으로 받아들여, 자신을 정당화하고 폭력과 죄악을 저지른다. 그의 행동은 신앙이 극단적으로 변질되었을 때 얼마나 파괴적일 수 있는지를 보여 준다. 로버트는 자신의 행동을 신의 뜻으로 믿지만, 사실 그의 행위는 악마적 유혹과 자신의 욕망에서 비롯된 것이다. 『죄인의 고백』은 단순히 독자를 공포에 빠뜨리는 것을 넘어, 도덕성과 신앙, 본성에 대한 깊이 있는 질문을 제기한다. 고딕 요소는 이러한 철학적, 심리적 주제를 강조하며 작품의 독창성과 시대를 초월한 매력을 더한다.

제임스 호그(James Hogg, 1770-1835)는 스코틀랜드 국경 지역에서 가난한 농부의 아들로 태어났다. 그는 정규 교육을 받지 못했지만, 스코틀랜드 전통문화와 구전 문학의 영향을 깊이 받으며 자랐다. 어려운 환경 속에서도 독학으로 글을 읽고 쓰는 법을 익혔고, 이후 문학적 재능을 발휘해 시인, 소설가로서 성공적인 경력을 쌓았다.

호그는 스스로를 "에트릭의 목동The Ettrick Shepherd"이라 불렀다. 어릴 때부터 목동으로 일하며 스코틀랜드 민요와 전설을 접했다. 그의 문학적 재능은 월터 스콧(Sir Walter Scott)과의 만남을 계기로 꽃피우기 시작했는데, 스콧은 그를 격려하며 자신의 시 프로젝트인 『스코틀랜드 국경의 음유 시인*Minstrelsy of the Scottish Border*』에 참여할 것을 권했다. 이 경험은 호그가 시와 산문을 본격적으로 쓰는 계기가 되었고, 이후 스코틀랜드 문학계에서 독립적인 작가로 자리매김하게 된다.

호그의 가장 잘 알려진 작품은 1824년에 출간된 『죄인의 고백』이다. 이 소설은 당시 상업적 성공을 거두지 못했으나, 20세기 이후 문학적 재평가를 받으면서 스코틀랜드 문학의 고전으로 인정받았다. 호그는 또한 시인으로서 많은 시를 썼으며, 그의 시에는 자연에 대한 경외심과 스코틀랜드의 전통문화가 강하게 반영되어 있다. 대표적인 시집으로는 『여왕이 깨어나다*The Queen's Wake*』가 있다. 이 작품은 엘리자베스 1세 시대를 배경으로 한 서사시로, 민속적 요소와 역사적 상상력을 독특하게 결합한 것으로 평가받는다.

호그의 작품은 스코틀랜드의 풍부한 전통과 종교적 배경을 바탕으로 한 것이 많다. 그는 인간 본성과 신앙의 복잡성을 탐구하며, 종종 초자연적 요소와 사실적 묘사를 결합해 독창적인 문학을 만들어 냈다. 특히 그의 작품은 고딕 문학과 로맨틱 문학의 경계를 넘나들며 독자에게 철학적이고 도전적인 질문을 던진다.

호그는 말년에는 경제적 어려움을 겪었으나, 작품 활동을 멈추지 않았다. 그의 작품은 동시대 작가들과 비교했을 때 오랫동안 과소평가되었지만, 현대에 이르러 스코틀랜드 문학과 고딕 문학의 중요한 작가로 재발견되었다. 호그는 오늘날 스코틀랜드 문학의 풍부한 유산의 일부로 인정받으며, 특히 『죄인의 고백』은 고딕 문학, 종교 문학, 심리 문학의 교차점에서 독창성을 발휘한 작품으로 널리 읽히고 있다.

『죄인의 고백』의 한글 번역은 이 책이 처음이다. 이 번역을 통해 우리 독자들이 스코틀랜드 문학의 깊이와 매력을 경험하며 세계 문학의 다양성을 접할 기회를 가지면 좋겠다. 제임스 호그는 비교적 덜 알려진 작가로, 그의 작품은 다른 고딕 소설이나 로맨틱 문학 작품에 비해 국내에 잘 알려지지 않았다. 이번 번역 출간으로 한국 문학계에서 호그와 그의 작품에 대한 공백이 조금이나마 채워지길 기대한다.

2025년 9월

박재영